MAURITZ VON NEUHAUS

Totgehoppelt

[FAMILIEN]POLITIK Ausgerechnet während der Jubiläumsfeier des Kaninchenkastenumstellvereins in Weine wird dem Bürener Bürgermeister Maximilian Krämer übel. Er wird zur Toilette gebracht – und verschwindet spurlos. Theresia Rose und Alex Kantstein nehmen die Ermittlungen auf, aber der Lokalpolitiker bleibt unauffindbar. Das Ermittlerteam ist ratlos und sieht sich zusätzlich erhöhtem Druck aus der Staatsanwaltschaft ausgesetzt. Zur Wiedereröffnung der Wewelsburg taucht schließlich eine Leiche auf – Maximilian Krämer, wie sich herausstellt. Die Ermittlungen führen auch in die lokalpolitische Landschaft, welche gerade durch einen Korruptionsskandal aufgeschreckt wird: Der geplante Ankauf von Dudelsäcken lief alles andere als »sauber«. Doch auch das kann den Ermittlern nicht weiterhelfen – sie tappen weiter im Dunkeln.

Nach seiner Schulzeit am Bürener Mauritius-Gymnasium studierte Mauritz von Neuhaus Geschichte und Französisch in Münster. Teile seines Studiums verbrachte der begeisterte Europäer im politischen Herzen des Kontinents: Belgien. Anschließend arbeitete er einige Zeit in Japan. Heute lebt er schreibend und immer wieder von der Welt überrascht zwischen Büren und Costa Rica.

www.mauritzvonneuhaus.de

MAURITZ VON NEUHAUS

Totgehoppelt

Kriminalroman

GMEINER SPANNUNG

Besuchen Sie uns im Internet:
www.gmeiner-verlag.de

Im Ehnried 5, 88605 Meßkirch
Telefon 07575/2095-0
info@gmeiner-verlag.de

1. Auflage 2016

Lektorat: Claudia Senghaas, Kirchardt
Herstellung: Mirjam Hecht
Umschlaggestaltung: U.O.R.G. Lutz Eberle, Stuttgart
unter Verwendung eines Fotos von: © man_kukuku – Fotolia.com
Druck: CPI books GmbH, Leck
Printed in Germany
ISBN 978-3-8392-1849-5

Personen und Handlung sind frei erfunden.
Ähnlichkeiten mit lebenden oder toten Personen
sind rein zufällig und nicht beabsichtigt.

PROLOG

Ich sehe mich als Baby, als Neugeborenes in deinen Armen. Vertrauensvoll schaue ich zu dir auf. Du siehst mich an, liebevoll, mit Tränen in den Augen. Du streichelst mir über den Kopf, hältst mir deinen Zeigefinger hin, den ich instinktiv mit meinen kleinen Händen umfasse. Es ist, als könnte ich deine Gedanken lesen in diesem intimen Moment zwischen dir und mir.

Du erzählst mir deine Geschichte, die Geschichte eines 17-jährigen Mädchens, das schwanger wird und davon erst im fünften Monat erfährt. Zu spät für eine Abtreibung. Was nun? Verzweiflung, Panik! Dein Freund, mein Vater, will nichts mehr mit dir zu tun haben, serviert dich eiskalt ab mit dem Hinweis, dass doch alle wissen, dass du es mit jedem treibst. Dein Vater, der mal wieder betrunken von der Arbeit nach Hause gekommen ist, rastet vollkommen aus, schlägt dir so fest mit der Hand ins Gesicht, dass du am nächsten Tag in der Schule eine dunkle Sonnenbrille tragen musst, um das Veilchen dahinter zu verstecken. Er brüllt dich an. Beschimpft dich wüst als Schlampe und dämliche Nutte. Eine Nutte, die offensichtlich für jeden die Beine breitmache. Die dabei noch zu blöde sei, gescheite Vorsichtsmaßnahmen zu treffen. Und deine Mutter, die hysterisch heulend daneben steht, die Hände verzweifelt knetend in der Hoffnung, dass der Zorn des Vaters nicht auf sie fallen wird. Eine Hoffnung, die sich Minuten später zerschlägt. Der Vater beginnt, wie so oft, seine Wut und Aggression auf seine Frau zu richten, die in seinen Augen vollkommen in der Erziehung der Kinder versagt und totale Nichtsnutze herangezogen habe. Schon prasseln Schläge auf sie ein. Wimmernd versucht sie, sie abzuwehren. Und du, die du solche Szenen hundertfach erlebt hast, verziehst dich schluchzend ins Treppenhaus. Hältst dir die Ohren zu, um nicht die Schreie der Mutter zu hören, und hoffst, dass es diesmal schnell vorübergehen und deine Mutter mit ein paar blauen Flecken davon kommen wird.

Das alles fließt in den Minuten unseres Zusammenseins an Gedanken zwischen dir und mir hin und her. Ich sehe deine Verzweiflung, die Ausweglosigkeit in deinem abgestumpften Blick. Du drückst mich an dich. Du flüsterst mir ins Ohr, dass du nur das Beste für mich willst, dass es mir einmal besser gehen soll als dir, und dass du mir keine Zukunft geben kannst. Ich höre dich, spüre deine Liebe und vertraue dir, dass alles gut wird.

Da kommt die Krankenschwester, nimmt mich vorsichtig aus deinen Armen. Ich höre dich aufschluchzen. »Bitte Schwester, nur noch eine Minute.« Du streckst die Arme nach mir aus.

Die Schwester sieht dich an. »Sei doch vernünftig, Barbara«, sagt sie beschwichtigend. »Es wird dir nicht leichter fallen, wenn du noch mehr Zeit mit ihr verbringst, im Gegenteil. Ich weiß, dass es schwer ist. Aber glaub mir, die Kleine wird es gut haben bei ihren neuen Eltern.« Sie geht resolut mit mir in Richtung Tür. Ich höre dich aufschreien, verzweifelt weinen. Mama, weine doch nicht, du hast doch gesagt, dass alles gut wird. Ich vertraue dir, du liebst mich und willst nur mein Bestes. Die Schwester öffnet die Tür.

Wir gehen durch die Tür, überschreiten die Schwelle in ein neues Leben, mein neues Leben … in die Hölle.

KAPITEL 1

Sein Telefon klingelte. Kurz sah er von seiner Arbeit hoch, auf die er sich gerade noch konzentriert hatte, und stellte fest, dass es seine Sekretärin war. »Ja, Doris?«, fragte er knapp.

»Bürgermeister … ich weiß, Sie möchten nicht gestört werden, aber ich muss Sie an Ihren 18-Uhr-Termin erinnern.«

»18-Uhr-Termin?«, fragte er zerstreut. In Gedanken war er noch bei den prognostizierten Steuereinnahmen seiner Kommune für das nächste Jahr.

»Der …«, seine Sekretärin stockte kurz, »… der Kaninchenkastenumstellverein in Weine erwartet Sie.«

»Doris, ich weiß. 18 Uhr, Jubiläumsfeier des Vereins mit feierlicher Rede des Bürgermeisters. Wir haben heute Morgen darüber gesprochen. Aber es ist noch nicht einmal fünf. Oder trauen Sie mir nicht zu, den Weg nach Weine binnen einer Stunde zu finden?«, fragte er leicht amüsiert.

»Herr Bürgermeister, natürlich!«, versicherte Doris schnell, die sich noch immer nicht so ganz an den Humor ihres neuen Chefs, der sich so sehr von dem Alten unterschied, gewöhnt hatte. Eigentlich machte diese Eigenschaft Maximilian Krämer jedoch nur mehr als sympathisch für Doris. »Aber Sie hatten mich gebeten, heute noch so viel wie möglich über den Verein in Erfahrung zu bringen, damit Sie sich auf Ihre Rede vorbereiten können.« Sie zögerte kurz. »Viel Zeit bleibt dafür jetzt nicht mehr.«

»Sie haben natürlich recht, Doris. Ich sollte mich allmählich auf dieses Ereignis vorbereiten. Kommen Sie in mein Büro. Natürlich mit Ihrem umfangreichen Recherchematerial«, fügte er grinsend hinzu.

Er legte den Hörer auf und lehnte sich seufzend in seinem Schreibtischstuhl, über den er seine Lieblingsstrickjacke gehängt hatte, zurück. Seit fast drei Jahren war er nun Bürgermeister von Büren, einer idyllisch gelegenen Kleinstadt im Paderborner Land, nahe dem Sauerland. Und trotz dieser Zeit fiel es ihm immer noch schwer, sich an die umfangreichen und vielfältigen Aufgaben, die sein Amt mit sich brachte, zu gewöhnen.

Neben den zahlreichen politischen Problemen, die es tagtäglich zu bewältigen galt, kam gerade hier in dieser ländlichen, tief westfälisch geprägten Gegend die spezielle Mentalität der Menschen hinzu, offen und freundlich auf der einen, aber auch sehr traditionsgebunden und zurückhaltend auf der anderen Seite. Diese Gratwanderung machte es ihm, dem Rheinländer, oft schwer, mit seinen Bürgern warm zu werden. Umso mehr legte er Wert auf die Pflege und Unterstützung des Vereinswesens und Brauchtums in seiner Stadt, nebst zugehörigen Dörfern und Gemeinden.

30-jähriges Jubiläum des Kaninchenkastenumstellvereins in Weine, Bürgermeister Krämer musste innerlich schmunzeln. Unglaublich, welche Interessensgemeinschaften es in seinem Stadtgebiet gab. Im Normalfall hätte er diese Einladung wohl wegen anderer zwingender politischer Termine abgesagt, aber sein guter Ratskollege Karl Petersmann aus Weine hatte ihn persönlich eingeladen, und so hatte er kaum ablehnen können.

Solche Veranstaltungen gehörten einfach zu seinem Job, wobei er sogar zugeben musste, dass er Events dieser Art durchaus genoss, weil sie für ihn eine willkommene Ablenkung von seinem sonst eher schwierigen politischen Alltag darstellten. Und, auch das musste er zugeben, er hatte gerade auf Veranstaltungen wie Schützenfesten, Sportfesten, Musiker- und Tanzveranstaltungen wie auch Dorftheaterpremieren die ostwestfälischen Menschen in ihrer liebenswerten Eigenart besser kennengelernt, als es ihm bei den zahlreichen, aber eher trockenen Ratssitzungen und in der Verwaltung jemals möglich gewesen wäre.

Es klopfte an der Tür, und Doris trat nach einem knappen »Herein« seinerseits in sein Büro. Doris, wie immer adrett gekleidet mit knielangem dunkelgrauem Rock und tadellos gebügelter weißer Bluse, setzte sich ihm gegenüber an den Schreibtisch und öffnete ihren Unterlagenordner.

Er hatte Doris vor drei Jahren bei seinem Dienstantritt von seinem Vorgänger übernommen. Sie hatte fast 20 Jahre für den alten Bürgermeister gearbeitet, der sie damals als junge attraktive Frau eingestellt hatte. Zunächst war es beiden schwergefallen, sich aneinander zu gewöhnen. Im Gegensatz zu seinem Vorgänger, der einen eher autoritären Führungsstil gepflegt hatte, erwartete Bürgermeister

Krämer, mit Anfang 40 noch recht jung für dieses verantwortungsvolle Amt, Mitdenken und Eigeninitiative von seinen Mitarbeitern. Am Anfang hatte Doris sichtlich Schwierigkeiten, sich darauf einzulassen, aber nun hatte er den Eindruck, dass sie es zunehmend genoss, in Entscheidungen mit einbezogen, um Rat gefragt zu werden und auch eigene Ideen ins Verwaltungsleben mit einbringen zu können.

»Was haben Sie über den Verein herausgefunden?«, wandte er sich an seine Sekretärin, die sich ihre Lesebrille zurechtrückte und den Unterlagenordner öffnete. »Nun, Herr Bürgermeister«, begann sie. Auch das »Herr Bürgermeister« hatte er ihr noch nicht abgewöhnen können und er bezweifelte, ob er es im Laufe seiner Dienstzeit noch schaffte, dass sie ihn lediglich mit seinem Nachnamen ansprach. »Das war ein etwas schwieriges Unterfangen, denn im Internet gab es keine Informationen zum Kaninchenkastenumstellverein in Weine.« Eine Tatsache, die ihn wiederum nicht sehr wunderte. »Ich habe darum den Vorsitzenden des Vereins, Alfons Hönkes, angerufen und der konnte mir einige Dinge über seinen Verein erzählen. Glauben Sie mir, ihm zufolge ist der Kaninchenkastenumstellverein der weltwichtigste Verein überhaupt. Wenn ich ihn nicht gebremst hätte in seinem Redefluss, säße ich wahrscheinlich jetzt noch am Telefon und hörte mir seine Lobeshymnen an.«

Bürgermeister Krämer musste lachen.

»Der Verein wurde vor 30 Jahren gegründet«, fuhr Doris fort, »Und zwar scheint er aus einer Art Nachbarschaftshilfe entsprungen zu sein. Ein gewisser Anton Müller aus der Dorfstraße, wenn man so will, Gründer des Vereins und leidenschaftlicher Kaninchenzüchter, bat zweimal im Jahr einige Nachbarn um Hilfe beim Umstellen seiner Kaninchenställe, von draußen in einen Schuppen zum Überwintern und im Frühjahr wieder zurück auf die Wiese. In den meisten Fällen blieb es natürlich nicht beim Kaninchenkästenumstellen, sondern die Veranstaltung endete in einem feuchtfröhlichen Gelage.«

Wie Krämer die trinkfesten Dörfler kennengelernt hatte, konnte er sich gut vorstellen, dass dabei manch durchzechte Nacht herausgekommen war.

»Im Laufe der Jahre sind offensichtlich immer mehr Leute aus dem Dorf in dieses zweimal jährlich stattfindende Ereignis einbezogen worden, sodass das Kaninchenkastenumstellen zunehmend zu einem Dorfereignis wurde. Müller hat es offensichtlich geschafft, einige neue Kaninchenzüchter im Dorf zu gewinnen. Und so wurden irgendwann nicht mehr nur seine Kästen umgestellt, sondern auch noch die von fünf oder sechs weiteren Züchterfreunden. Und im Anschluss daran gab es immer eine große Party in Müllers Garten oder bei ›Pinns‹, der Dorfkneipe, mit Essen, Trinken, Blasmusik und viel Tamtam. Offiziell wurde der Verein 1981 gegründet unter dem Namen ›Kaninchenkastenumstellverein‹. Er hatte zeitweilig fast 100 Mitglieder, heute sind es allerdings nur noch 30, was der Vorsitzende sehr bedauert. Laut Herrn Hönkes gibt es heute auch leider keinen Kaninchenzüchter mehr unter ihnen, und Kaninchenkästen umstellen muss man daher auch nicht mehr.«

»Ja, aber was feiert dieser Verein, der eigentlich ein Auslaufmodell ist, heute? Warum dieser Aufwand zum Jubiläum, und welche weisen Ratschläge soll ich als Redner geben?«, warf der Bürgermeister ein und kratzte sich ratlos am Kopf.

»Nun ja, Herr Bürgermeister, zunächst einmal besteht der Verein ja noch«, antwortete Doris unbeeindruckt, »wenn auch nur aus den 30 verbliebenen Mitgliedern, wohl eher älteren Semesters. Immerhin halten diese pflichtbewusst einmal jährlich ihre Hauptversammlung ab, wählen den neuen Vorsitzenden und machen jährlich eine Vereinsfahrt, auf der offensichtlich sehr viel ›Mümmelmann‹ konsumiert wird.«

»Mümmelmann?«, fragte der Bürgermeister leicht irritiert.

»Ein Kräuterlikör, den der Verein sich offensichtlich als Vereinsgetränk gewählt hat«, klärte Doris ihn auf. »In diesem Jahr war der Verein sogar eine Woche auf Mallorca, in Anbetracht des Jubiläumsjahres, hat mir der Vorsitzende erzählt. Wenn Sie mich fragen, Herr Bürgermeister«, Doris beugte sich etwas nach vorne und schaute ihn über die Ränder ihrer Lesebrille an, »hat bei dieser groß aufgezogenen Jubiläumsfeier eindeutig der Alfons Hönkes seine Finger im Spiel. Der ist erst im letzten Jahr zum Vorsitzenden gewählt worden und will dem Verein offensichtlich wieder neues Leben einhauchen. Er hat mir lang und breit erzählt, wie er neue Mitglieder gewinnen und das Vereinsleben und damit auch die Dorfgemeinschaft wieder beleben will. Heute sind jedenfalls das ganze Dorf und diverse Kaninchenzüchtervereine aus der Umgebung eingeladen. Und, Hönkes hat das mindestens dreimal hervorgehoben, es hat zudem für heute auch der Gewinner der diesjährigen Bundes-Rammlerschau zugesagt.«

»Wie bitte?«, der Bürgermeister war nun mehr als irritiert.

»Nun ja, ich bin ja nun auch keine Kaninchenexpertin«, gab Doris zu, »aber das scheint wohl eine Art Kaninchenwettbewerb zu sein, der jährlich stattfindet und bei dem in ganz Deutschland die schönsten Rassekaninchen gekürt werden. Eine riesige Veranstaltung. So habe ich zumindest den Vorsitzenden Hönkes verstanden.«

»Na, das kann ja ein interessanter Abend werden«, resümierte Krämer, erhob sich von seinem Schreibtischstuhl und zog sein Jackett an. »Ich denke, es wird Zeit. Vielen Dank für die Informationen, Doris. Morgen werde ich Ihnen dann erzählen, wie mein Abend im Kreise mümmelnder Kaninchen und ›Mümmelmann‹ trinkender Kaninchenzüchter und ehemaliger Kaninchenkastenumsteller verlaufen ist.«

»Denken Sie an Ihre Rede morgen früh, Herr Bürgermeister«, erinnerte ihn Doris pflichtbewusst, bevor er eiligen Schrittes das Büro verließ.

»Danke, Doris, was würde ich nur ohne Sie machen?« Er zwinkerte ihr zu und verschwand durch die Tür.

»Ach, Doris«, Bürgermeister Krämer wandte sich nochmals kurz um, »rufen Sie schnell meine Frau an und sagen ihr, dass ich so gegen 21 Uhr zu Hause sein werde? Wir wollen heute noch unseren Kennenlerntag nachfeiern!«

»Aber natürlich, Herr Bürgermeister, viel Spaß heute Abend.«

Er grinste nur kurz und winkte ihr zum Abschied noch einmal zu. Kennenlerntag. Doris nickte resignierend, was Maximilian Krämer jedoch nicht mehr wahrnahm.

KAPITEL 2

Kurz vor sechs durchfuhr Bürgermeister Krämer den Ortseingang von Weine, einem 500-Seelendorf nur einige Kilometer von Büren entfernt. Das »Pinns«, eine der beiden Kneipen des Dorfes, lag mitten im Ortskern gleich gegenüber der kleinen Dorfbäckerei. Krämer parkte seinen Wagen, schaute in den Rückspiegel und richtete nochmals seine Krawatte.

Er stieg aus dem Wagen, sah sich kurz um und schnupperte. Gute, aromareiche Landluft stieg ihm in die Nase, denn hier gab es auch im Ort selbst noch einige Bauern, die Viehzucht betrieben. Ein gepflegter Ort, stellte er fest. Und das »Pinns« erst, ein Juwel erster Güte. Er schaute an dem Gebäude hoch. Ein alter Fachwerkbau aus dem Jahr 1856, wie er an der Balkeninschrift über der ehemaligen Hoftür lesen konnte. Und nun hatten es die Hausbesitzer liebevoll und mit viel Geschmack renoviert. Das alte Haus und das Scheunengelände waren an sich schon eine Augenweide. Die aufwendig gestaltete Gartenanlage direkt neben dem Haupthaus, von einer alten Bruchsteinmauer eingegrenzt, in der nun die üppigsten Grün- und Zierpflanzen wuchsen und ein kleiner Brunnen plätscherte, gaben dieser idyllischen Anlage einen eigenen Charme. Passend zum guten Wetter und dem feierlichen Anlass waren im Biergarten heute einige Sonnenschirme und grün-weiß dekorierte Stehtische aufgestellt, an denen sich schon einige Kaninchenfreunde und sonstige, dem Weiner Kaninchenkastenumstellverein wohlgesonnene Menschen versammelt hatten und lautstark miteinander diskutierten und lachten. Einige Kinder rannten kreischend mit Luftballons zwischen Kneipe und Biergarten hin und her, auf denen man das Emblem des Kaninchenkastenumstellvereins, einen angedeuteten Kaninchenstall mit einem fröhlich an Gräsern mümmelnden Kaninchen, erkennen konnte. Aus dem Haus erklang Blasmusik, die gerade ein Lied spielte, das Bürgermeister Krämer zwar kannte, dessen Titel ihm aber partout nicht einfallen wollte.

Krämer schlug die Tür seines Wagens zu, und noch bevor er sich umgedreht hatte, hörte er die Stimme seines Weiner Ratskollegen Karl Petersmann, der ihm auf die Schulter klopfte. »Mensch, Max, toll, dass du es einrichten konntest.«

Krämer drehte sich um und schaute in das gutmütige Bärengesicht seines Ratskollegen. »Ist doch klar, Karl.« Krämer schüttelte ihm voller Sympathie die Hand. »Für das Vereinsleben unserer Kommune bin ich immer zu begeistern – sei es mir persönlich auch noch so fremd«, grinste er augenzwinkernd.

»Na, dann woll'n wir mal«, gab Karl lachend zurück und legte ihm einen Arm um die Schulter, während sie die Straße in Richtung »Pinns« überquerten. »Ich mache dich mal mit einigen unserer Kaninchenzüchter bekannt.«

Sie betraten die Kneipe durch den Haupteingang, durchquerten ein schmales Treppenhaus mit einem Treppenaufgang, der nach oben in die Privaträume des Besitzers führte. Am Ende des Flurs öffnete Petersmann eine schwere Eichentür, und sie betraten den Schankraum, in dem sich eine Traube älterer Männer Zigarre rauchend und Bier trinkend um die Theke scharte. »Dort hinten steht Hönkes Alfons.« Petersmann deutete auf einen großen bärtigen Mann mit einem gewaltigen Kugelbauch, der am Ende der Theke mit einigen Kaninchenzüchterkollegen im Kreis stand und gerade in lautes Gelächter ausbrach. Auch die dörfliche Gewohnheit, den Nachnamen vor dem Vornamen zu nennen, war dem Bürgermeister noch immer fremd und klang schief in seinen Ohren. Petersmann zog ihn durch die Kneipe in Richtung des Vorsitzenden Hönkes, während Krämer allerhand Hände schüttelte und freundlich nach allen Seiten grüßte. Von Weitem erblickte er Gesine von Hohenleben, seine Stellvertreterin, in einer kleinen Runde stehend, wild gestikulierend, wobei ihr hochtoupiertes Haar bei jeder Bewegung ihres Kopfes nach rechts und links wippte. Er seufzte. Die hatte ihm noch gefehlt, eine nervtötendere Frau hatte er selten kennengelernt. In jeder Ratssitzung versuchte sie, die Aufmerksamkeit aller auf sich zu ziehen, indem sie seine Vorschläge ständig torpedierte, was die anderen Ratsmitglieder allerdings zumeist nur mit einem entnervten Augenrollen kommentierten. Konnte man dieser Frau denn gar nicht entkommen?

Vorsitzender Hönkes hatte Krämer und Petersmann schon entdeckt und kam ihnen freudestrahlend entgegen. »Bürgermeister Krämer!«, dröhnte er mit lauter Bassstimme, ergriff seine Hand und schüttelte sie kräftig. »Wie schön, dass Sie sich Zeit genommen haben. Sie sind der Höhepunkt unserer Veranstaltung heute.«

»Keine Ursache, Herr Hönkes. Ich freue mich, dass ich hier sein kann. Das Vereinsleben unserer Stadt ist mir ein echtes Anliegen, und zudem kann ich heute wohl noch einiges über Kaninchenzucht lernen, ein Gebiet, auf dem ich mich nicht allzu gut auskenne, befürchte ich«, musste Krämer lächelnd zugeben.

»Das macht doch gar nichts, Bürgermeister. Wir freuen uns, dass sie hier sind! Dann führe ich Sie mal ein bisschen herum und weihe Sie in die Geheimnisse der Kaninchenzucht ein.« Wieder ließ er sein fröhlich dröhnendes Lachen hören.

Er zog den Bürgermeister mit sich in einen großen Saal, in dem einige lange Tische und Holzbänke standen. Die Tische waren geschmückt mit Feldblumen in großen Tonvasen und Wimpeln, die unterschiedliche Wappen und Inschriften zierten. Als hätte der Vorsitzende seine fragenden Gedanken erraten, erklärte er nun: »Wir konnten für dieses Ereignis einige Züchterkollegen aus den Nachbarorten begeistern. Die unterschiedlichen Vereinswimpel gehören zu ihnen.«

Am Ende des Saales auf einer höher gelegenen Bühne, auf der zu Weihnachten oder zur Karnevalszeit bestimmt Aufführungen stattfanden, war ein Rednerpult aufgebaut. Im Hintergrund konnte Krämer einige Kaninchenställe ausmachen, die teilweise von Kindern umringt waren, die versuchten, Löwenzahn, Möhren und anderes gesundes Gemüse durch den engen Maschendraht der Käfige zu stecken.

»Sagen Sie«, begann Bürgermeister Krämer erstaunt, »das sind doch echte Kaninchen in den Käfigen, oder?«

»Was denken Sie, Bürgermeister?«, dröhnte Alfons Hönkes laut, wobei sein gewaltiger Bauch vor Lachen bebte. Er schlug ihm kameradschaftlich auf die Schulter. »Klar sind die echt. Jeder Kaninchenzüchter, der etwas auf sich hält, hat heute natürlich sein Prachtstück mitgebracht. Besonders stolz bin ich allerdings, dass ich den diesjährigen Gewinner der Bundes-Rammlerschau überzeugen konnte, hierherzukommen. Das ist fast so wie ein Sechser im Lotto. Sehen Sie den Stall in der Mitte, der mit dem Lorbeerkranz geschmückt ist?« Der Bürgermeister nickte und ließ sich von der fröhlichen Begeisterung des Vorsitzenden anstecken. »Das ist der Käfig des Gewinnerkaninchens. Ein echtes Prachtexemplar.«

Bürgermeister Krämer, neugierig geworden, wollte schon auf den Hauptattraktionspunkt zusteuern, als der Vorsitzende Hönkes ihn am Jackett zurückhielt. »Ich weiß Ihren Eifer und Ihr Interesse zu schätzen, Bürgermeister, aber als guter Gastgeber sollte ich Ihnen doch zunächst einmal etwas zu trinken anbieten.« Er winkte einer Kellnerin zu, die in ihrer Nähe stand und sie schon seit einer Weile beobachtet hatte.

»Was soll es sein, Vorsitzender?«, fragte sie dienstbeflissen.

»Das Übliche für mich, Anna. Bürgermeister und für Sie?« Er schaute Krämer fragend an.

»Eine Cola«, orderte Krämer.

»Nun seien Sie mal nicht so bescheiden, Bürgermeister, Sie müssen zumindest einen ›Mümmelmann‹ probieren, unser Vereinsgetränk, das uns in den letzten Jahren so manche Kaninchenkastenumstellaktion erleichtert hat«, lachte Hönkes laut und haute Krämer erneut auf die Schulter. »Also eine große Cola und einen ›Mümmelmann‹ für den Bürgermeister, Anna.«

»Wird gemacht!«, lächelte sie charmant und drehte sich mit Schwung zur Tür, sodass alle ihre langen schlanken Beine unter dem kurzen Rock bewundern konnten.

»Momentchen, Anna, bring die Getränke bitte nach draußen zur Würstchenbude. Bevor der offizielle Teil beginnt, wollen wir uns doch noch stärken«, sagte er dem Bürgermeister zugewandt, während er mit beiden Händen auf seinen mächtigen Bauch klopfte.

»Wie Sie wünschen«, lächelte die Bedienung und verschwand im Schankraum.

Ohne eine Antwort abzuwarten, bahnte Hönkes sich und seinem Begleiter den Weg durch den Saal hinaus in einen wunderschönen üppig begrünten Hinterhof, der voll stand mit Leuten, die Würstchen aßen, Kaltgetränke genossen, sich unterhielten oder einfach nur der Blasmusik lauschten, die im Hintergrund volkstümliche Lieder zum Besten gab.

»Sie haben es ja richtig schön hier!«, stellte Krämer anerkennend fest.

»Ja, nicht wahr?«, stimmte der Vorsitzende zu. »Das ›Pinns‹ ist ein echtes Juwel, bekannt weit über die Grenzen Bürens hinaus. Hier kann man auf Rad- oder Wandertouren durch das Almetal wunderbar haltmachen und sich erfrischen. Und was glauben Sie, wie viele tolle Familienfeiern, angefangen von Hochzeiten bis hin zu 90. Geburtstagen, ich hier schon gefeiert habe?«, schwärmte Vorsitzender Hönkes.

Bürgermeister Krämer glaubte ihm unbenommen. Dieser Idylle konnte man sich nur schwer entziehen. Er blinzelte in die Sonne und war froh, dass er heute Abend gekommen war, und wenn auch nur, um erneut festzustellen, mit welch wunderbaren Schätzen seine Kommune gesegnet war.

»So, Bürgermeister, Bratwurst oder Currywurst?«, wandte sich der Vorsitzende an ihn, als sie bei der Würstchenbude angekommen waren, hinter der zwei weißbekittelte junge Männer und eine etwa 40-jährige Frau allerhand zu tun hatten, um die hungrige Meute satt zu bekommen.

»Currywurst, bitte. Ich gehe heute Abend noch mit meiner Frau essen«, entgegnete Krämer, etwas abgelenkt durch zwei Hunde, die sich gerade lautstark um einen Knochen stritten, der irgendwie wie der Oberschenkelknochen eines Kaninchens aussah. Kopfschüttelnd wandte Krämer sich ab. Seine von mümmelnden Kaninchen durchtränkte Fantasie schien allmählich mit ihm durchzugehen.

Von hinten tippte ihm jemand auf die Schulter. »Bürgermeister, darf ich?« Die Stimme der Kellnerin riss ihn vollends aus seiner Kaninchenfantasie. Sie trug ein Tablett voller Getränke und drängelte sich zu ihnen durch. »So, eine große Cola und einen ›Mümmelmann‹ für den Bürgermeister.« Lächelnd drückte sie ihm seine Getränke in die Hand. »Und ein Bier und einen doppelten ›Mümmelmann‹ für den Vorsitzenden.«

»Danke Anna, du bist ein Schatz. Lassen Sie es sich schmecken, Herr Krämer. Wenn Sie mich brauchen, ich bin im Saal.« Anna winkte ihnen nochmal kurz zu und verschwand mit ihrem Tablett voller Gläser Richtung Haus.

Der Vorsitzende nahm seinen Likör und hielt ihn in die Höhe. »Prost, Bürgermeister, und danke noch mal, dass Sie gekommen sind. Ich weiß das zu schätzen, glauben Sie mir.« Sie prosteten sich zu, die Gläser klirrten, und mit einem Zug trank Vorsitzender Hönkes sein Glas leer. »Hmmmm, lecker, es geht doch nichts über einen ordentlichen Schluck ›Mümmelmann‹«, kommentierte er. Mit einem lauten Knall stellte er das Schnapsglas auf die Theke.

Bürgermeister Krämer blieb nicht viel anderes übrig, als es ihm nachzutun, leerte sein Glas in einem Zug, verzog sein Gesicht nur kurz wegen der für ihn ungewohnten Schärfe des Alkohols und knallte das Glas ebenso auf den Tisch. Danach nahm er sein Glas Cola und trank es mit großen Schlucken halb leer. Das tat gut nach dem Schnaps, der nun wirklich nicht sein Fall gewesen war.

»So, und hier ist auch Ihre Currywurst, Bürgermeister.« Die Wurstverkäuferin reichte ihm lächelnd eine Schale mit köstlich duftender Currywurst und einer Scheibe Brot. Für sich selbst, so schloss der Bürgermeister bei der Begutachtung seiner Schale, hatte der Vorsitzende offensichtlich eine doppelte Portion bestellt.

Hönkes schien seine Blicke zu spüren und rieb sich mit kreisrunden Bewegungen seinen gewaltigen Bauch. »Nun ja, hier muss ordentlich was rein, und ein kleines Würstchen fühlte sich in meinem Bauch ganz bestimmt einsam.« Er lachte über seinen eigenen Scherz.

»Ein tolles Fest, Herr Hönkes«, begann der Bürgermeister ein Gespräch, während er seine Currywurst aß, die tatsächlich genauso gut schmeckte, wie sie aussah.

»Ja, nicht wahr? Unser Verein hat anlässlich des Jubiläums einiges auf die Beine gestellt. Wir sind wirklich froh, dass so viele Gäste gekommen sind. Wissen Sie, unser Verein ist etwas in die Jahre gekommen, und es wäre wirklich gut, wenn wir ein paar neue, jüngere Mitglieder gewinnen könnten. Die Hasenzucht kann ein ganz interessantes Hobby sein, auch für Jugendliche und Kinder. Man lernt viel über den Umgang mit Tieren und zudem, Verantwortung für Natur und Umwelt zu tragen. Und wer weiß, vielleicht können wir mit steigender Mitgliederzahl auch irgendwann wieder unsere legendären Kaninchenkastenumstellaktion zum Leben erwecken? Das waren noch Zeiten, damals als Müllers Anton noch lebte und wir zweimal im Jahr gemeinschaftlich die Kaninchenkästen umgestellt haben«, sinnierte der Vorsitzende und schaute, tief in die Vergangenheit versunken, in die Ferne. »Na ja, vorbei ist vorbei. Was hilft es? Jetzt heißt es, nach vorne schauen, und ich sage unserem Verein eine große Zukunft voraus. Wenn Sie, lieber Bürgermeister, in Ihrer Rede gleich noch etwas Werbung für uns machen könnten, wäre das die Krönung des heutigen Tages. Bürgermeister Krämer?«

Alfons Hönkes schaute Krämer prüfend ins Gesicht. »Geht es Ihnen nicht gut? Sie sehen ja ganz blass aus.«

In der Tat fühlte Krämer sich auf einmal ganz und gar nicht mehr wohl. Ihn schwindelte, und kalter Schweiß stand ihm auf der Stirn. »Ich weiß auch nicht, was los ist. Ich fühle mich etwas seltsam. Vielleicht habe ich die Currywurst nicht vertragen oder ihren ›Mümmelmann‹, an der Cola wird es ja wohl kaum liegen.« Mit zitternden Händen lockerte er den Knoten seiner Krawatte und holte tief Luft.

»Wollen Sie sich setzen?«, fragte der Vorsitzende besorgt.

»Nein, nein, es geht schon. Ich möchte mir nur mal eben meine Hände waschen. Wo ist denn die Toilette?« Krämer riss sich zusammen. Er wollte doch hier nicht vor versammelter Mannschaft zusammenklappen. Das hätte ihm noch gefehlt.

»Martin!«, rief der Vorsitzende und winkte einen jungen Kellner herbei, der gerade mit einem Tablett voller Getränke in den Biergarten kam. Der junge Mann bahnte sich den Weg durch die Menge auf ihren Tisch zu.

»Was kann ich für Sie tun?« »Zeigst du bitte dem Bürgermeister den Weg zur Toilette?«

»Aber natürlich.« Er stellte das Tablett auf dem Tisch ab und bedeutete dem Bürgermeister, ihm zu folgen. »Hier entlang, Bürgermeister, immer mir nach.« Er drehte sich um und schlug den Weg zurück Richtung Kneipe ein.

Krämer folgte ihm mit unsicheren Schritten. »Sie wissen, wo Sie mich finden, Bürgermeister«, rief Hönkes ihm nach.

Krämer hörte ihn nur noch aus weiter Ferne. Es rauschte in seinen Ohren, und der Schwindel schien sich noch verstärkt zu haben. Leicht schwankend versuchte er, die Bedienung nicht aus den Augen zu verlieren. Konnte es sein, dass er den Jungen doppelt sah? Mein Gott, er hatte doch nur einen ›Mümmelmann‹ getrunken. Davon war man doch nicht beschwipst, auch wenn er sich gerade genauso fühlte. Oder vertrug er etwa keinen Curry mehr? Er spürte, wie er einige Leute anstieß und er seine Schritte kaum noch kontrollieren konnte. Endlich hatten sie den Saal erreicht, der zum Glück recht leer war.

»So, Bürgermeister, da vorne links ist die Herrentoilette.« Martin deutete auf eine Tür am Eingang des Saales und drehte sich zu ihm um. »Kommen Sie klar?« Er musterte ihn besorgt.

»Alles in Ordnung«, murmelte Krämer undeutlich, »von hier werde ich den Weg wohl allein finden«, setzte er hinzu. »Danke für Ihre Hilfe.«

»Kein Problem«, antwortete Martin, »wenn Sie mich noch mal brauchen, rufen Sie mich einfach.« Er drehte sich um und verschwand in Richtung Biergarten.

Krämer atmete tief durch, fixierte angestrengt die Tür, auf die die Bedienung gedeutet hatte, und ging schwankenden Schrittes weiter. Noch nie war ihm eine kurze Strecke so lang vorgekommen, und als er die Toilettentür erreichte, atmete er erleichtert auf. Mit zitternden Händen drückte er die Klinke herunter, öffnete die Tür und betrat die Toilette. Er stellte sich vor das Waschbecken, öffnete den Wasserhahn und ließ kaltes Wasser über seine Hände laufen. Sein Bild im Spiegel verzerrte sich mehr und mehr. Er zwinkerte angestrengt, dann wurde ihm schwarz vor Augen. Den harten Aufprall auf den kalten Steinboden spürte er schon nicht mehr.

KAPITEL 3

Vorsitzender Hönkes schaute auf seine Uhr und stellte fest, dass es schon auf 19 Uhr zuging. Allmählich wurde es Zeit, den offiziellen Teil zu beginnen. Er konnte spüren, dass die Leute ungeduldig wurden und auf die feierliche Eröffnung des Jubiläums mit wohlmeinenden Reden, Glückwünschen und das gemeinsame Anstoßen auf die Zukunft des Vereins warteten. Und auch er selbst war gewissermaßen unruhig und angespannt, oblag es doch ihm, die feierliche Eröffnungsrede mit zukunftsweisenden Visionen für seinen Verein zu halten.

Umso glücklicher schätzte er sich, dass der Bürgermeister von Büren sich tatsächlich die Zeit genommen hatte, hier heute Abend zu erscheinen. Ein guter Mann, der Bürgermeister, so ging es dem Vorsitzenden durch den Kopf, so bodenständig, ehrlich und nah am Volk. Fand man selten in der Politik, wie er mal wieder feststellen musste, als er ganz im Allgemeinen über »die Politiker« an sich nachdachte, eine Spezies Mensch, der er im Grunde seines Herzens tief misstraute.

Doch nun schaute er abermals ungeduldig auf seine Uhr. Wo blieb der Bürgermeister nur? Es waren mehr als 20 Minuten vergangen, seit er auf der Toilette verschwunden war. Hönkes hatte inzwischen seine dritte Currywurst verspeist, sich ein weiteres Bier und einen »Mümmelmann« genehmigt und mit einigen Kaninchenzüchtern über die Vorteile der reinen Körnerkost bei der Kaninchenzucht gefachsimpelt. So allmählich sollte der Bürgermeister doch wohl sein Geschäft, gleich welcher Art und wie schwerwiegend es auch immer gewesen sein mochte, erledigt haben. Allerdings, so musste der Vorsitzende zugeben, hatte der Bürgermeister tatsächlich nicht besonders gut ausgesehen. Im Gegenteil, wenn er recht darüber nachdachte, schien ihm ziemlich übel gewesen zu sein. Wie ein Blitz durchschoss plötzlich ein erschütternder und entsetzlicher Gedanke den Vorsitzenden. Was, wenn ihm so schlecht geworden war, dass er die Feier verlassen hatte? Er spürte, wie dieser Gedanke ihn zu übermannen drohte und er zu schwitzen begann, ein untrügliches Anzeichen für seine starke nervliche Anspannung, die ihn so jäh und unverhofft überfallen hatte.

Hektisch blickte er um sich und nahm im Augenwinkel den jungen Kellner wahr, der ruhig, freundlich und souverän wie immer die Gäste bediente. Mit einem aufgeregten Winken machte er auf sich aufmerksam, und die Bedienung eilte heran. »Ja, Vorsitzender, was kann ich für Sie tun?«

Der Vorsitzende senkte die Stimme zu einem verschwörerischen Flüstern, es musste ja schließlich nicht jeder mitbekommen, dass vielleicht irgendetwas nicht stimmte. »Sag mal, Martin, du hast doch dem Bürgermeister eben den Weg zur Toilette gezeigt. Ist er inzwischen irgendwo wieder aufgetaucht?«

Der junge Mann schaute ihn fragend an. »Ich habe ihn auf die Toilette verschwinden sehen, seitdem allerdings nicht mehr.«

»Sehr seltsam«, stellte der Vorsitzende fest und spürte, wie seine Nervosität wuchs. »Ich denke, wir sollten mal nachschauen und ihn suchen. Es ist nun beinahe eine halbe Stunde vergangen, seitdem er die Örtlichkeiten aufgesucht hat.«

»Das ist in der Tat sehr lange, er sah aber auch schlecht aus«, stimmte Martin ihm zu, »ich werde schauen, ob ich ihn drinnen im Saal irgendwo finde oder unten an der Theke, vielleicht hat er ja einen Bekannten getroffen und sich festgeredet.«

»Gute Idee, und vergiss auch die Toilette nicht«, gab der Vorsitzende, der nur ungern zugeben wollte, dass er eine unangekündigte Abreise des Bürgermeisters befürchtete, von sich. »Ich schaue mich inzwischen hier und vor dem ›Pinns‹ noch mal um.«

Der Kellner drehte sich um und verschwand im Saal, der Vorsitzende ließ seinen Blick suchend durch den Biergarten schweifen, blickte nach rechts und links, drehte sich um seine eigene Achse, stellte sich auf Zehenspitzen. Aber alles, was er sehen konnte, waren Menschen, die aßen, tranken und sich prächtig zu amüsieren schienen. Im Normalfall hätte ihn dieser Anblick höchst erfreut und mit gewissem Stolz erfüllt, den er mit seiner Fähigkeit der Organisation eines so gelungenen Festes gerechtfertigt hätte. Doch in diesem Augenblick wollte sich diese innere Freude nicht so recht einstellen. Im Gegenteil: Er verspürte ein zutiefst beunruhigendes Kribbeln in der Magengegend, das er nicht den drei verspeisten Currywürsten, sondern dem anscheinend verschollenen Bürgermeister zurechnete. Immer mit der Ruhe, wahrscheinlich ist er unten an der Theke, beruhigte er sich nun selbst und machte sich auf den Weg, bei der aktiven Suche nach dem Bürgermeister mitzuhelfen.

Unterwegs Richtung Saal sprach er einige Leute an und erkundigte sich nach Krämer, wobei er nur verneinendes Kopfschütteln erntete. Auch im Inneren des Lokals konnte er ihn nirgends entdecken, ebenso wenig im kleineren, an der Dorfstraße gelegenen Biergarten vor dem »Pinns«. Allerdings traf er hier auf den Ratskollegen Petersmann, der sich gerade ein großes Weizenbier genehmigte und sich angeregt mit Schlössers Mia unterhielt.

»Du Karl«, unterbrach der Vorsitzende unhöflich das Gespräch.

»Alfons, gelungene Party!« Petersmann schlug ihm kameradschaftlich auf die Schulter. »Da kommen einem tatsächlich Erinnerungen an unsere alten Kaninchenkastenumstellfeiern hoch.«

»Jaja«, unterbrach der Vorsitzende Petersmanns Redefluss. »Hast du zufällig Bürgermeister Krämer gesehen? Ich kann ihn nirgends entdecken, und allmählich sollten wir den offiziellen Teil beginnen.«

Petersmann sah sich kurz im Biergarten um, schaute zu Schlössers Mia, die ebenso ratlos mit den Schultern zuckte, und schüttelte den Kopf. »Seit ich ihn eben bei dir abgeliefert habe, ist er mir nicht mehr unter die Augen gekommen. Scheint sich ja ziemlich für die Hasenzucht zu interessieren, unser guter Krämer. Vielleicht wird er ein neues Mitglied in deinem Verein, Alfons«, scherzte Petersmann und zwinkerte spitzbübisch mit den Augen.

Aber Hönkes war im Augenblick nicht nach Scherzen zumute. »Jetzt mal im Ernst, Karl. Wir suchen den Bürgermeister schon überall. Seit er vor einer halben Stunde auf der Toilette verschwunden ist, weil ihm übel war, ist er nicht wieder aufgetaucht. Den Kellner habe ich auch schon auf die Suche geschickt.« Genau in diesem Augenblick erschien Martin am Durchgang zum Biergarten, schaute sich kurz suchend nach dem Vorsitzenden um und schüttelte den Kopf, als er ihn und Petersmann entdeckt hatte.

»Das gibt's doch nicht!«, sagte Hönkes nunmehr nicht nur angespannt, sondern schon fast verzweifelt. »Er scheint ja wie vom Erdboden verschwunden zu sein.« Ratlosigkeit machte sich breit.

Auch Petersmann blickte nun suchend im Biergarten umher. »Ich schaue mal auf der Straße nach. Vielleicht sitzt er ja in seinem Wagen und telefoniert.« Er wandte sich zum Gartentor, blieb kurz stehen, bedeckte seine Augen mit den Händen, um sie vor der hellen Sonne zu schützen, spähte über die Hecke und sah suchend von rechts nach links.

Nach einer Weile drehte er sich wieder zum Vorsitzenden um. »Tja, das ist wirklich seltsam. Er scheint die Party schon verlassen zu haben.« »Was?« Entgeistert starrte Hönkes Petersmann an, seine Befürchtung schien wahr geworden zu sein. »Das gibt's doch gar nicht. Einfach so? Ohne sich abzumelden?«

»Was soll ich sagen?« Petersmann zuckte ratlos mit den Schultern, »Er ist offensichtlich weg, und ich denke nicht, dass er mal eben Zigaretten holen gegangen ist. Vielleicht war ihm wirklich nicht gut und er hat es vorgezogen, nach Hause zu fahren.«

»Das ist ja wunderbar.« Hönkes Gesicht lief rot an. Eine Ader an seiner Schläfe pochte. »Das … das gibt es doch gar nicht. Einfach zu verschwinden, ohne sich abzumelden. Das macht man einfach nicht«, schwoll seine Stimme gefährlich an.

Schlössers Mia, die die cholerische Ader des Vorsitzenden zu kennen schien, legte beruhigend ihre Hand auf seinen Arm. »Mensch, Alfons, sich aufzuregen, bringt doch jetzt nichts. Wir müssen mit dem offiziellen Teil beginnen. Mit oder ohne Bürgermeister.«

»Du hast gut reden«, echauffierte sich der Vorsitzende lautstark. »Und wie soll ich das den Leuten verkaufen? Unser Bürgermeister geht einfach nach Hause, weil ihm schlecht geworden ist. Wahrscheinlich wird er morgen überall erzählen, ihm sei von unseren Currywürsten oder womöglich unserem guten ›Mümmelmann‹ übel geworden. Eine Katastrophe ist das.«

Voller Verzweiflung griff er neben sich, wo auf einem Stehtisch ein einsamer »Mümmelmann« stehen geblieben war, ließ diesen in einem großen Schluck seine Kehle hinablaufen und knallte schließlich das Glas auf den Tisch. »So, egal jetzt. Mia, du hast recht. Wir werden die Party beginnen. Mit oder ohne den verehrten Bürgermeister von Büren. Aber eins ist sicher, meine Stimme bekommt er bei der nächsten Wahl nicht mehr. Wer sich einfach so davonschleicht, ohne sich abzumelden, hat sie nicht verdient.« Im selben Moment fiel ihm ein, dass er vor einigen Minuten noch Gesine von Hohenleben gesehen hatte, die sich prächtig mit einigen Kaninchenzüchtern aus den Nachbardörfern zu unterhalten schien, und seine Stimmung hellte sich schlagartig auf. Wenn schon der Bürgermeister nicht selbst vor ihnen spräche, dann war es doch nur recht und billig, wenn seine Stellvertreterin dies für ihn tat. Und wie er sie einschätzte, spränge sie liebend gern für den Bürgermeister ein, munkelte man doch schon seit geraumer Zeit, dass Gesine von Hohenleben gar nicht glücklich darüber gewesen war, als man damals Maximilian Krämer und nicht sie zum Bürgermeister von Büren gewählt hatte. Alfons Hönkes witterte seine Chance und machte sich freudestrahlend auf die Suche Gesine von Hohenleben. Auch wenn ihm der echte Bürgermeister lieber gewesen wäre, aber welche Wahl hatte man schon, das war besser als gar nichts … Hoffentlich hatte sie das Fest nicht schon verlassen.

KAPITEL 4

Ich erinnere mich noch genau an folgende Szene: Ich bin ungefähr sieben Jahre alt, stehe vor dem großen gusseisernen Tor, das sich langsam vor mir schließt. Meine kleinen Hände umklammern die Eisenstäbe, Tränen laufen mir die Wangen hinab, salziges Wasser sammelt sich auf meinen Lippen.

Was soll ich tun? Die Konturen vor meinen Augen verschwimmen. Wie ein Zerrbild nehme ich die drei Personen wahr, die sich immer weiter von mir weg bewegen. Mann, Frau und Kind. Das Kind dreht sich noch einmal um, schaut mich an und hebt die Hand zu einem letzten Gruß, ehe es in ein Auto steigt und mit dem Mann und der Frau davonbraust. In mir schreit es verzweifelt, der Schmerz ist unendlich groß. Lautlos rufe ich ihren Namen: Kiki, Kiki, verlass mich nicht. Aber ich weiß, sie kann mich nicht mehr hören. Meine beste Freundin, die einzige, die ich bisher hatte, ist gegangen, für immer. Hinter mir höre ich Schritte. Eine Hand legt sich auf meine Schulter. »Komm, Kind.« Schwester Maria dreht mich zu sich um. Das konnte einfach nicht wahr sein. Es durfte nicht wahr sein! Wie sehr hätte ich in diesem Augenblick Trost gebraucht, eine Umarmung, eine zärtliche Hand, die mir die Tränen trocknet.

Aber nein, ich begegne Schwester Marias eisernem Blick und weiß, dass ich keine Zuneigung zu erwarten habe. Kühl blickt sie mich an. »Kind, lass es dir nicht zu Herzen gehen. So ist das Leben. Du wirst eine neue Freundin finden. Und vielleicht sogar irgendwann neue Eltern, die dir ein neues Zuhause geben. Jetzt trockne deine Tränen. Du willst doch nicht, dass die anderen Kinder dich weinen sehen.« Grob wischt sie mir mit ihrer kühlen, rauen Hand über die Wangen. Nein, das will ich nicht. Das Leben im Heim ist hart. Die Kinder untereinander haben eine strenge Hierarchie. Schwäche wird sofort bestraft. Ich habe das am eigenen Leib erfahren. Ich will stark sein, so hätte es auch Kiki gewollt.

KAPITEL 5

Es war bereits dunkel, und die Straßenlampen beleuchteten die Riemekestraße vor dem rot verklinkerten Polizeirevier. Der abendliche Halbmond war wolkenverhangen und man konnte keinen einzigen Stern am Himmel über Paderborn erkennen. Auch herrschte kein großartiger Verkehr, und es war eigentlich alles ruhig.

Bei der näheren Betrachtung des roten Gebäudes fiel auf, dass in einem Büro sogar noch Licht brannte. Wäre man nun durch das Gebäude gegangen, hätte man vermutlich nur ruhige, dunkle und leere Flure vorgefunden.

Aber in besagtem beleuchteten Büro saßen die beiden Kriminalhauptkommissare Theresia Rose und Alexander Kantstein, denn sie hatten in dieser Nacht einmal mehr Bereitschaftsdienst und hätten sich tausend bessere Dinge vorstellen können, als mit dem jeweils anderen im Büro auszuharren.

Während Alex gelangweilt mit hochgelegten Füßen vor seinem Schreibtisch saß und mit einem Bleistift spielte, tippte Theresia den Bericht des letzten Falls. Plötzlich stöhnte sie jedoch wütend auf und schlug mit der Faust auf ihren Tisch, sodass einige Zettel zu Boden fielen. Alex schreckte zusammen und sah sie fragend an.

»Ach, Röschen, was machst du denn wieder?«, sagte er lächelnd zu ihr wie zu einem kleinen Kind.

Sie antwortete berechnend: »Herr Kantstein, Kriminalhauptkommissarin Rose, wenn ich bitten darf.« Dann redete sie, mit einer abfälligen Handbewegung auf den

Computer weisend, weiter: »Diese dämliche Technik, früher war alles besser und einfacher als jetzt mit diesen ... diesen Teilen hier! Ach wenn ich nur an die gute alte Schreibmaschine zurückdenke ...«

»Okay, *Sie* müssen einfach nur die Taste hier mit dem großen Pfeil nach unten auf der linken Seite drücken, um die Blockschrift rauszubekommen ...«, unterbrach Alex ihren Erinnerungsschwall.

Plötzlich klingelte das Telefon im Büro, und die beiden schauten sich wenig begeistert an. Meist ging es diesen Leuten, die gefühlt auf der anderen Seite der Welt wohnten, um Ruhestörung, eine überfahrene Katze oder Ähnliches.

Nachdem sie das Telefon einige Male klingeln lassen hatten, rang sich Alex dazu durch, die Füße vom Tisch zu nehmen, um den Hörer abheben zu können, während Theresia sich wieder an den Bericht machen wollte.

KAPITEL 6

Er versuchte, die Augen zu öffnen. Eine heftige Erschütterung hatte ihn geweckt. Nun bemühte er sich, seine schweren Lider, die wie festgeklebt schienen, auseinanderzubekommen. Erneut schaukelte es, und sein Körper rutschte in eine Richtung, wobei er sich das Knie stieß.

Ein unterdrücktes Stöhnen kam über seine Lippen. Wieso konnte er seine Augen nicht öffnen? Wieso und vor allen Dingen wo in seinem Bett konnte er sich sein Knie gestoßen haben? Sein benebeltes Bewusstsein kam nur schwer in Gang. Wieder schaukelte es, und er wurde unsanft in die andere Richtung gerollt. Was, in Gottes Namen, war hier los? Seit wann schwankte sein Bett? Er versuchte, sich zu strecken, was ihm schier unmöglich war. Was war nur mit seinen Armen? Er konnte sie einfach nicht bewegen, sosehr er sich auch anstrengte.

Plötzlich schoss ein Gedanke wie ein greller Blitz durch sein Bewusstsein, und mit einem Schlag war er hellwach. Er versuchte nochmals, seine Arme zu bewegen, erst vorsichtig, dann zunehmend panisch. Er war gefesselt, seine Arme hinter seinem Rücken zusammengebunden. Ebenso seine Füße, die schmerzhaft angewinkelt seine Oberschenkel berührten. Erst jetzt traf ihn der Schmerz seiner ungewöhnlichen Liegeposition mit voller Wucht, er stöhnte auf. Was, in Gottes Namen, war hier los? In seinem Bett lag er offensichtlich nicht und wenn doch, musste dies ein Albtraum sein. Er öffnete seine Augen und sah nichts … absolute Dunkelheit. Verwirrt blickte er umher … alles schwarz. Voller Verzweiflung stieß er einen Schrei aus, der ihn befreien sollte, und stellte schockiert fest, dass aus seinem Mund keine Laute kamen: Er war geknebelt. Panisch atmete er durch die Nase ein und aus, wobei er das Gefühl hatte, zu ersticken. Wimmernde Laute kamen aus seinem Mund, mit aller Kraft versuchte er, seinen Körper zu bewegen. Nichts. Er war gefangen in dieser Position, gefesselt an Händen und Füßen, geknebelt und blind durch eine Augenbinde, die ihn vollkommen orientierungslos machte.

Sein Atem ging stoßweise, der Schweiß brach ihm aus allen Poren, sein Herz begann zu rasen, das Blut rauschte in seinen Ohren. Verzweifelt versuchte er nochmals, zu schreien, seinen Körper mit aller Anstrengung aus dieser Lage zu befreien. Aber alles, was er erreichte, war, dass ihm das Atmen noch schwerer fiel als zuvor. Angsterfüllt sog er Luft durch die Nase ein. Das Gefühl, zu ersticken, wurde schier übermächtig.

Du musst ruhig bleiben, schoss es ihm zwischen seinen Angstattacken durch den Kopf, bleib ruhig. Atme tief ein und aus, denk nach, verdammt noch mal, spornte eine innere Stimme, die der Panik zu trotzen schien, ihn an. Mühsam gelang es ihm, seinen Atem unter Kontrolle zu bringen. Nach einer Weile wurde er tatsächlich ruhiger, und die Furcht zu ersticken, ließ allmählich nach.

Denk jetzt nach, wieder hörte er diese innere Stimme, was ist hier los? Er lag gefesselt und geknebelt im Kofferraum eines Autos, so viel war ihm inzwischen schon klar geworden, das Schaukeln und die Motorengeräusche hatten ihm zumindest das verraten. Sollte dies vielleicht ein Scherz sein, ein sehr makabrer Scherz zwar, aber dennoch eine Art Schabernack, um ihn zu erschrecken? Nein, verwarf er diesen Gedanken sogleich wieder, niemand, den er kannte, weder persönlicher Bekannter noch Parteifreund, setzte ihn einer solchen Situation nur aus Spaß aus. Und auch das konnte er nach reiflicher Überlegung sagen, auch seine Gegner – und die gab es im politischen Geschäft immer – griffen nicht zu solchen Mitteln, um ihn zu erschrecken. Oder vielleicht doch? Wer könnte ihn derart hassen, dass er ihm so etwas antat? Oder war dieses etwa eine echte Entführung? Und wenn ja, was wollte der Entführer? Er war zwar der Bürgermeister von Büren, aber doch nicht so wichtig und einflussreich, dass man sich etwas von ihm erhoffen konnte. Gegner? Rivalen wie die von Hohenleben, ja, aber konnte das sein? Und privat? Privat war bei ihm gar nichts zu holen, alles, was er besaß, war sein Haus, für das er zudem noch einen Kredit abbezahlen musste. Seine Familie? Wieder drohten ihn Panik und Verzweiflung zu überwältigen. Tausend Fragen rasten wild durch seinen Kopf, auf die er keine logische Antwort finden konnte.

Er merkte, wie der Wagen langsamer wurde und schließlich stoppte. Er hielt den Atem an. Spannung. Eine Autotür schlug zu, er hörte unregelmäßige Schritte und eine Stimme, die leise sprach. Also waren sie zu zweit? Sein Herz klopfte bis zum Hals. Seine Nerven waren zum Zerreißen gespannt. Was erwartete ihn? Die Stimme entfernte sich und kam dann wieder näher. War da noch eine zweite?

Plötzlich öffnete sich die Klappe des Kofferraums. Er hob den Kopf, wollte sprechen, schreien, aber neben dem Knebel hielt ihn davon auch eine eiskalte Frauenstimme ab. »Herzlich willkommen in deinem neuen Zuhause, lieber Bürgermeister.« Die Stimme troff vor Sarkasmus. Spätestens bei ihrem Klang wurde ihm klar, dass seine Lage bitterernst war. Er stieß verzweifelte Laute aus in der letzten Hoffnung, dass ihn vielleicht doch jemand hörte. Kannte er diese Frau? Was war mit der zweiten Person? »Die Mühe kannst du dir sparen. Hier hört dich eh niemand, der dir helfen wollte. Ich erkläre dir jetzt die Regeln. Solange du dich daran hältst, wird dir nichts passieren. Ist das klar?«

Noch ehe er reagieren konnte, versetzte sie ihm mit ihrer Faust einen Schlag ins Gesicht. Seine Oberlippe platzte auf, doch der erwartete Geschmack von Blut in seinem Mund blieb aufgrund des Knebels aus. Er gab erstickte Schmerzensschreie von sich. Sie stieß ein höhnisches Lachen aus. »Ich wollte nur sicherstellen, dass du mich auch wirklich verstanden hast. Klar? Du hältst dich gefälligst an das, was ich dir sage, Krämer«, zischte sie gefährlich leise nah an seinem Ohr, »ich werde dir jetzt die Fußfesseln abnehmen. Du steigst dann aus dem Kofferraum. Versuchst du wegzulaufen oder mich anzugreifen, dann …«

Etwas Kaltes, Hartes war an seiner Stirn. Er wusste instinktiv, dass es sich um eine Waffe handeln musste. Dann berührten ihre Hände seine Füße, und er fühlte, wie sie die Fesseln von seinen Füßen löste. Grobe Hände ergriffen seinen Oberarm, zogen ihn hoch und zerrten ihn gewaltsam aus dem Kofferraum. Taumelnd berührten seine Füße festen Boden, doch bevor er fallen konnte, packte sie ihn mit einem harten Griff und brachte ihn zum Stehen. »Nicht doch, Bürgermeister, du wirst doch wohl nicht jetzt schon schlappmachen«, höhnte die Stimme, »unser Spiel hat gerade erst begonnen. Wir werden noch viel Spaß miteinander haben.« Grob schubste sie ihn vorwärts. »Los, geh! Und denk dran, ich habe eine Waffe. Ein falscher Schritt, und du bist tot.« Sie stieß ihm die Mündung der Pistole hart in die Rippen, und er stolperte vorwärts. Er spürte spitze, unebene Pflastersteine unter seinen Füßen, die ihn immer wieder zum Straucheln brachten, aber sie zog ihn unerbittlich mit sich, jedes Mal den Druck der Pistole in seiner Seite verstärkend, wenn er zu wanken drohte. Nach einem Weg, der ihm unendlich lang vorkam, in der Realität jedoch nur einige Hundert Meter weit gewesen sein konnte, machte sie halt und ließ ihn los. »Beweg dich bloß nicht oder versuch zu fliehen!«, zischte sie an seinem Ohr, sodass er Gänsehaut bekam.

Er hörte das Klimpern von Schlüsseln an einem Schlüsselbund, dann öffnete sich quietschend eine Tür. Sie fasste ihn fest an seine Schulter und schubste ihn nach vorn. Er stolperte Stufen hinauf, landete mit einem ungefederten Aufprall auf einem harten Steinboden. Der Schmerz trieb ihm Tränen in die Augen, und er spürte, wie ihm Blut aus der Nase lief. »Steh auf, verdammt noch mal.« Grob zog sie ihn wieder hoch und trieb ihn weiter durch einen Raum, eine weitere Tür und schließlich eine sehr steile Treppe hinunter. Seine Beine klappten zusammen, er stürzte einige Stufen hinunter. »Scheiße, was machst du da«, fluchte die Frau. Er wurde hochgerissen. Nun spürte er den Druck der Waffe noch unangenehmer als zuvor. Weiter ging es die Treppe hinab. Mit jeder Stufe spürte er, wie die Luft kühler, feuchter und modriger wurde. Es schien ihm, als verschwänden sie tief in einem Kellergewölbe. Irgendwo, wo ihn nie jemand finden, wo er verrotten würde, ohne dass irgendjemand etwas bemerkte. Und das, genau das musste ihr Plan sein.

In unendlicher Tiefe – so erschien es ihm zumindest – angekommen, schubste sie ihn gegen eine kalte Mauer. »Runter. Mit dem Rücken zur Wand«, befahl sie. Zitternd ließ er sich die grob gemauerte Wand hinabgleiten. Gewaltsam riss sie seine Arme nach oben, er hörte das Rasseln von Ketten und dann Handschellen, die einrasteten und seine Arme in einer schmerzhaften Position an der kalten Mauer fixierten. Dann riss sie ihm den Knebel aus dem Mund. Er keuchte, hustete, spuckte und schnappte befreit nach frischer Luft.

»Was … was soll das Ganze?«, waren die ersten Worte, die er mühsam krächzend hervorbrachte. »Warum tun Sie das? Was wollen Sie? Geht es um Geld?«

»Geld?« Die Stimme lachte laut auf. »Du glaubst tatsächlich, mir geht's ums Geld?«, zischelte sie nah an seinem Ohr. »Lieber Bürgermeister, ich brauche dein Geld nicht, zumal ich weiß, dass bei dir nicht genug zu holen ist.«

»Ja, aber was wollen Sie dann?« Dem Bürgermeister versagte vor Verzweiflung die Stimme. Er zerrte an den Handfesseln. »Um was geht es hier? Und wer sind Sie?«

»Wer ich bin?« Abermals ließ sie ihr höhnisches Gelächter hören. »Du kennst mich. Aber es ist ja typisch für dich, dass du nur das Offensichtliche siehst. Ab nun hast du Zeit genug, darüber nachzudenken. Ich verlasse dich jetzt. Aber keine Angst, ich komme wieder. Und dann fängt der Spaß erst richtig an.« Er nahm wahr, wie sie sich ihm näherte, dann spürte er nur noch einen Stich in seinem Oberarm. Sein Kopf sackte zur Seite.

KAPITEL 7

»Guten Abend, Polizeikreisstelle Paderborn, Bereitschaftsdienst, Kantstein am Telefon. Mit wem spreche ich?«

Am anderen Ende der Leitung meldete sich eine aufgelöste Frau: »Hier Krämer, mein Mann ist verschwunden, er wollte eigentlich schon um 21 Uhr wieder zu Hause sein. Als er dann nicht kam, rief ich seine Sekretärin an, die aber auch nichts Genaueres wusste.« Die Frau keuchte kurz auf und redete danach sofort weiter, ohne Alex zu Wort kommen zu lassen. »Ich weiß einfach nicht, was ich tun soll oder kann. Können Sie mir nicht bitte weiterhelfen? Sonst ist mein Mann doch immer so zuverlässig und auch pünktlich, und jetzt ist er auf einmal verschwunden und kommt nicht nach Hause … Falls es Ihnen mehr sagt, er ist der Bürgermeister von Büren.«

Alex schielte schräg zu Theresia hinüber, die immer noch mit dem Bericht beschäftigt war, und schaltete das Telefon auf Lautsprecher, dann versuchte er, die aufgeregte Frau zu beruhigen.»Frau Krämer, das war doch Ihr Name, oder?« Er wurde von einem immer noch apathischen, aber zustimmenden Brummen unterbrochen und fuhr dann, sich wiederholend mit seiner fast schon einschläfernden, in jedem Falle aber sehr entspannenden Stimme fort: »Frau Krämer, Ihr Ehemann ist zwar erst seit circa zweieinhalb Stunden verschwunden und nicht mehr erreichbar, aber ich kann Ihnen ja trotzdem schon einmal einige Fragen stellen, die Ihnen vielleicht dabei helfen könnten, sich zu beruhigen. Also zunächst einmal, wo hielt sich Ihr Mann denn zuletzt bis zu seinem Verschwinden vor einigen Stunden auf?«, fragte Alex, während er seine Füße wieder auf den Schreibtisch legte und einen Blick auf seine Kollegin warf, die endlich mit ihrem Computer und der Tastatur klarzukommen schien. Jetzt hieß es, Telefonseelsorge zu betreiben, mehr war vermutlich nicht notwendig. Das Problem hätte sich in wenigen Stunden geklärt, so wie Alex sich und andere Männer kannte. Manchmal brauchte man(n) einfach eine Auszeit.

Frau Krämer antwortete ihm schluchzend: »Doris hat

mir doch gesagt, dass Max noch auf einem Vereinsjubiläum von so einem verrückten Verein, der irgendetwas mit Kaninchen und deren Ställen zu tun hatte, eine Rede halten sollte. Er hatte ihr aber versichert, dass er ungefähr um 21 Uhr wieder bei mir zu Hause sei. Zunächst wollte er sich noch von Clara und Matthias, die auf ein Festival gegangen sind, verabschieden und noch etwas mit Julius wegen seiner Ausbildung besprechen, außerdem wollten wir uns dann noch einen schönen, gemütlichen Abend zu zweit machen …«

Sie war schon dabei, fortzufahren, aber Alex unterbrach ihren Redeschwall mit beruhigenden Worten, die sich in ähnlicher Weise schon so manches Mal bewährt hatten: »Also erst mal langsam, Frau Krämer, ich glaube, Sie müssen mir noch ein paar Dinge erklären. Alles verstehe ich da noch nicht. Max kann doch eigentlich nur Ihr Ehemann Dr. Maximilian Krämer, der nicht mehr ganz so *neue* Bürgermeister von Büren sein, der alte hieß meines Wissens anders … Weil diese Doris, von der Sie gesprochen haben, so gut informiert ist, könnte ich mir vorstellen, dass sie eine enge Mitarbeiterin Ihres Mannes im Rathaus ist, vielleicht die Sekretärin, die Sie zu Beginn erwähnt haben?« Damit stellte Alex zwei intelligente Fragen, für die er sogar ausnahmsweise ein zustimmendes Nicken von Theresia ernten konnte.

Frau Krämer wiederum antwortete mit einem einfachen, erschöpft klingenden: »Ja!«

Daraufhin fragte Alex weiter: »Und Sie sind sich auch *wirklich* sicher, dass Ihr Mann heute keine weiteren, vielleicht auch wichtigen Termine mehr hatte und dass es keine anderen, vernünftigen Gründe für sein Nicht-nach-Hause-Kommen gibt?«

»Ja, ich bin mir da absolut sicher, weil wir heute unseren 25-jährigen Kennenlerntag, der allerdings eigentlich schon gestern war, mit einem gemütlichen Abendessen im Restaurant nachfeiern wollten. Gestern hat das leider nicht geklappt, weil er noch eine wichtige Besprechung mit den Ratsfraktionsvorsitzenden hatte. Genaueres kann ich Ihnen da aber auch nicht sagen ...«, erzählte sie, bis sie wieder von Alex' ruhiger Stimme unterbrochen wurde.

»Und warum hat Ihr Ehemann dann nicht einfach dieses Vereinsjubiläum ausfallen lassen, das Ganze hörte sich doch nicht *so* unglaublich wichtig an, mit diesen Kaninchen. Auf jeden Fall nicht so wichtig wie Ihre Beziehung, oder?«, fragte Alex verwundert.

Frau Krämer seufzte auf: »Ach wissen Sie, die Förderung des Vereinslebens in der Region und seiner Stadt liegt ihm doch so am Herzen. Außerdem hätten wir ohnehin erst essen gehen können, wenn die Kinder zum Festival losgefahren wären. Die waren auch erst so um kurz nach neun weg, vorher wäre das sowieso nichts geworden. Die Großeltern könnten uns in solchen Engpässen auch nicht helfen, Max' Vater wohnt ja immer noch im Rheinland und seine Mutter ist wie meine Eltern schon tot. Also war sein Besuch auf dieser Feier und die Rede zum Jubiläum kein wirkliches Problem für uns.«

»Verstehe«, bemerkte Alex, »wie ich sehe, wäre das kein Job für mich. Was ist denn danach passiert?«

Frau Krämer schniefte. »Mein Max ist einfach nicht zu Hause aufgetaucht. Als er bereits eine Stunde überfällig war, habe ich angefangen, mir schreckliche Sorgen zu machen, war aber auch wütend auf ihn. Clara und Matthias sind schließlich auch schon losgefahren! Dann habe ich mehrmals versucht, ihn auf seinem Handy anzurufen, konnte aber nur die Mailbox erreichen. Daraufhin habe ich Doris angerufen. Die wusste aber auch nicht mehr als bei ihrem ersten Anruf so gegen 17 Uhr und war sehr überrascht, dass er noch nicht wieder zu Hause war, weil er nicht besonders begeistert von dem Termin schien. Dann hat sie versucht, mich weiter zu beruhigen, und ich habe Sie eben angerufen, nachdem ich noch einmal über eine Stunde gewartet hatte und ihn immer noch nicht auf seinem Handy erreichen konnte«, erzählte Frau Krämer und endete schließlich hörbar erschöpft.

Das könnte vor allem wegen der Betroffenheit der Öffentlichkeit ein schwieriger Fall werden, dachte Alex. Inzwischen war er von der Unbedenklichkeit der Angelegenheit nicht mehr vollkommen überzeugt. Er fuhr aber dennoch fort, sie zu beruhigen: »Sicherlich ist Ihrem Mann nichts Schlimmes zugestoßen, vielleicht ist ihm ja doch etwas sehr Wichtiges dazwischengekommen, sodass er sein Handy abgeschaltet hat oder sein Akku leer war und er unabsichtlich vergessen hat, Sie zu benachrichtigen. Außerdem ist Ihnen sicherlich klar, dass ihr Mann einerseits niemandem Rechenschaft über seinen Aufenthaltsort schuldig ist und auch gehen kann, wohin er will. Hinzu kommt leider noch, dass wir eine Vermisstenanzeige oder -fahndung erst nach 48 Stunden einleiten dürfen und können. Vielleicht wissen ja die Mitglieder dieses Vereins, dessen Jubiläum Ihr Mann doch anscheinend besucht hat, mehr über seine Pläne nach der Feier?«

»Das könnte ja alles stimmen«, äußerte sich Frau Krämer vorsichtig optimistisch und nicht mehr ganz so verunsichert, kurz darauf war sie jedoch wieder genauso besorgt wie zuvor, »aber er hätte sich in jedem Fall gemeldet, er war ja auch heute Morgen noch ganz normal und hat nichts Ungewöhnliches geäußert. Außer den normalen Problemen in der Politik halt, irgendetwas mit dem Schulstreit um das Liebfrauengymnasium, glaube ich. Können Sie denn wirklich nichts für mich tun, Herr Kantstein?«, endete sie abermals vollkommen erschöpft.

Nachdem Alex einen Moment lang überlegt hatte, meinte er mit aufmunternder Stimme: »Offiziell kann ich da zwar noch nichts machen, aber weil ich morgen Nachmittag noch einen Termin bei der Polizei in Büren habe, könnte ich vorher, ich denke so gegen zwölf, einmal bei Ihnen zu Hause vorbeischauen, falls Sie das beruhigt ...«

Frau Krämer antwortete hörbar dankbar: »Ja, das wäre echt gut.«

Bevor sie, so verwirrt wie sie war, wieder auflegen wollte, fragte Alex sie noch: »Wo wohnen Sie denn überhaupt, wenn ich fragen darf?«

»Oh, das hatte ich ja ganz vergessen, entschuldigen Sie bitte, wir wohnen in der Adolf-Ever-Straße«, meinte Frau Krämer zerstreut, woraufhin sich Alex von ihr verabschiedete.

»Jetzt legen Sie sich aber erst mal hin, Frau Krämer, und regen Sie sich auf keinen Fall weiter auf, bis morgen dann, hoffentlich ist Ihr Mann bis dahin wieder aufgetaucht ...«

»Ja, bis morgen, und noch einmal danke«, sagte sie und legte dann auf.

Nach diesem Telefonat musste Alex erst einmal durchatmen und sah dann zu seiner Kollegin hinüber, die so tat, als hätte sie die ganze Zeit nichts anderes gemacht, als ihren Bericht abzutippen.

»Ach, Röschen ...«, wollte Alex gerade wieder anfangen, als er schon von ihr unterbrochen wurde.

»Was, ach Röschen? Sehen Sie da etwa schon wieder eine gute Möglichkeit, sich an eine arme, verzweifelte Ehefrau heranzumachen? Ihnen ist doch bestimmt klar, dass sie nicht mehr 25 oder 30, sondern schon Mitte 40 sein wird wie ihr Mann, den sie schon seit 25 Jahren kennt, oder?«

Theresias Vorwürfe scheinbar ignorierend, stand Alex von seinem gemütlichen Schreibtischplatz auf, um sich einen Kaffee zu holen. Er brachte allerdings, anders als üblich, keinen zweiten für Theresia mit, was diese als eindeutige Antwort auf ihre Anspielung wertete. Sie machte sich kopfschüttelnd an den letzten Absatz ihres Einsatzberichts. Gleich musste sie sich wohl doch wieder mit Alex versöhnen, wenn sie ihn um das Abspeichern des Berichtes im PDF-Format bat, eine Sache, die ihr noch immer Schwierigkeiten bereitete, aber etwas Zeit hatte das ja noch …

KAPITEL 8

Mühsam öffnete er seine Augen. Er verspürte unsagbaren Durst, seine Zunge fühlte sich pelzig an. Er bewegte die über seinem Kopf hängenden Arme und hörte das Klirren von Ketten. Sein Körper war steif und ungelenk. Er spürte eine Kälte und Feuchtigkeit in seinen Gliedern, wie er sie zuvor noch nie wahrgenommen hatte. Stöhnend versuchte er, den Körper zu bewegen, und stellte fest, dass ihm das unmöglich war. Er blinzelte und registrierte, dass er tatsächlich mehr als Schwärze wahrnahm. Nochmals kniff er die Augen zusammen. Licht! Er konnte Licht von Schatten unterscheiden und spürte, wie vor Aufregung sein Herz zu pochen begann. Anscheinend hatte ihm seine Entführerin die Augenbinde abgenommen. Allmählich nahm er schärfere Konturen wahr und er begann, seine Situation analytisch zu überdenken. Handschellen umschlossen seine Handgelenke, die mit groben, verrosteten Eisenketten verbunden waren, die wiederum an Ringen befestigt waren, die man in eine Bruchsteinwand gebohrt hatte. Irgendwie kam ihm dieses Szenario bekannt vor. Sicher aus einem dieser schlechten Filme … Schließlich erlangte er genug Bewegungsfreiheit, sodass er einen Eimer erreichen konnte, der circa einen halben Meter von ihm entfernt stand und offensichtlich zur Verrichtung seiner Notdurft dorthin gestellt worden war. Immerhin etwas.

Über ihm erstreckte sich ein mittelalterlich anmutendes Gewölbe, ebenfalls aus Bruchstein gebaut, und der Boden, auf dem er zusammengesunken hockte, war sandig und erschien wenig befestigt. So weit es ging, bewegte er sich nach links in die Richtung, aus der das Licht zu kommen schien. Und richtig, die einzige Lichtquelle seines Gefängnisses schien aus einem schmalen Öffnungsstreifen in der ansonsten dick gemauerten Bruchsteinwand zu bestehen. Schon bald wurde sein Weg durch die Kette beendet. So war auch der Blick nach draußen zu eingeschränkt, um erkennen zu können, wo er sich befand. Stöhnend ließ er sich wieder auf den Sandsteinboden sinken und kauerte sich zusammen. Dunkle und schwere Gedanken waberten in seinem Kopf umher – wie tief hängende Nebelschwaden. Ein Keller, mit spärlichem Tageslicht zwar, aber ein Ort, wo ihn niemals jemand fände. Niemand hörte ihn, niemand würde ihn befreien. Seine Entführerin schien sich ihrer Sache sogar so sicher zu sein, dass sie ihm seine Augenbinde abgenommen hatte.

Er zitterte vor Kälte und fragte sich abermals, warum er entführt worden war. Warum ausgerechnet er? Was hatte er falsch gemacht, wem hatte er im Laufe seiner Politikerkarriere auf die Füße getreten? Wer wollte sich an ihm rächen? Aber sosehr er sich auch das Hirn zermarterte, ihm wollte keine Erklärung einfallen. Die Angst kroch erneut in ihm hoch, drohte, sich in seinem Körper und seinem Geist breitzumachen, belagerte ihn, wie ein wildes Tier zum Todesstoß bereit. Was würde passieren? Er vermutete, dass er dieses »Abenteuer« nicht überlebte. Er musste es mit einer Wahnsinnigen zu tun haben. Oder mit mehreren, falls er vorhin tatsächlich eine zweite Stimme gehört hatte. Mit Wahnsinnigen konnte man nicht diskutieren, nicht handeln, keinen Deal machen. Sie lebten in ihrer eigenen Welt, die sich jeder Rationalität und Logik zu verschließen schien. Welche Hoffnung hatte er also noch? Was konnte er tun? Verzweiflung drohte ihn zu übermannen. Vielleicht wäre es sogar das Beste, wenn er selbst dem Wahn anheimfiele. Dann müsste er das nicht mehr ertragen. Er dachte an seine Frau, seine drei Kinder, die er über alles liebte und die er nun nie wiedersähe, und ein fürchterlicher Schmerz der Trauer und des Verlustes durchfuhr ihn. Nicht einmal ihren Kennenlerntag hatten sie noch feiern können. Seine Schuld. Allein seine Schuld!

Verdammt noch mal, reiß dich zusammen. Wieder hörte er wie aus weiter Ferne diese innere Stimme. Noch bist du nicht tot. Also besteht noch Hoffnung, auch wenn es nur ein kleiner Funke ist. Ja, in der Tat, dachte er, wahrscheinlich hatte seine Frau, die immer besorgt um ihn war und ihn schon so manches Mal mit ihrer Überfürsorge zur Weißglut getrieben hatte, die Polizei über sein Verschwinden informiert. Sicher hatte sie schon alle Hebel in Bewegung gesetzt und eine umfangreiche Suchaktion gestartet. Oder? Er musste nur versuchen, so lange wie möglich zu überleben. Er musste eine Beziehung zu seiner Entführerin aufbauen, mit ihr sprechen. Er musste sie dazu bringen, dass sie ihm zuhörte, musste über seine Kinder erzählen, seine Liebe zu ihnen, und so ihr Mitgefühl wecken. Als leidenschaftlicher Krimileser wusste er von solchen Dingen, auch wenn er in letzter Zeit wenig zum Lesen gekommen war. Niemals hätte er sich vorstellen können, dass ihm jemals so etwas zustoßen könnte, und jetzt, wo es tatsächlich geschehen war, wurde ihm bewusst, dass die Realität um ein Vielfaches schlimmer war, als er es sich jemals ausgemalt hatte. Wenn man eine solche Geschichte las, war das doch etwas anderes, als wenn man sie erlebte. Er in der Situation einer seiner Krimifiguren? – Unglaublich, aber leider wahr.

Aus der Ferne hörte er das Quietschen einer Tür und das Klappern eines Schlüsselbundes. Am Ende der Treppe, die sich in einem weiten Bogen nach oben wand, öffnete sich eine Tür, dann hörte er Schritte. Er nahm seine Umgebung nur mit verschwommenem Blick wahr. Leichten Fußes kam offenbar eine große, schlanke Frauengestalt durch den Durchgang. Sie trug Jeans, Turnschuhe und eine dunkle Regenjacke. Auf dem Rücken hatte sie einen prall gefüllten Rucksack. Ein Großteil ihres Gesichts wurde von einer Kapuze eingehüllt oder lag im Schatten, sodass er ihre Augen nicht sehen konnte und sich ihm auch ihre Gesichtszüge nicht wirklich erschlossen, obwohl er sich anstrengte, sie zu erkennen. Sie kam auf ihn zu.

»Ich hoffe, du hast gut geschlafen, Bürgermeister. Und süße Träume gehabt.« Ihre Stimme wirkte verändert. Waren es etwa wirklich zwei Täter? Oder bildete er sich das Ganze nur ein? In seinem Zustand konnte man ja nicht wissen … Mit dem Fuß trat sie ihm in den Bauch. »Los, setz dich gescheit hin.« Mühsam rappelte er sich hoch. Schmerzen durchfluteten seinen geschundenen Körper. Sie stellte den Rucksack auf den Boden, bückte sich, öffnete den Reißverschluss und holte eine Flasche Wasser, ein Stück Brot und mehrere Äpfel hervor. »Hier, deine Ration für die nächsten Tage. Geh also sparsam damit um.« Sie legte ihm die Sachen vor die Füße.

»Sagen Sie mir endlich, was Sie von mir wollen«, brachte der Bürgermeister mit heiserer Stimme hervor. »Ich verstehe das hier alles nicht.«

Sie lachte laut auf. »Bürgermeister, Bürgermeister, nun hattest du die ganze Nacht Zeit, darüber nachzudenken, warum man dir so hässliche Dinge antut. Ausgerechnet dir, dem »Gutmenschen« schlechthin.« Wieder ließ sie ihr gehässiges Lachen hören. »Und du hast immer noch keinen blassen Schimmer, was? Schau mich an, überleg, woher du mich kennen könntest. Und glaub mir, du kennst mich. Du solltest mich kennen!«

Er sah an ihr hoch, betrachtete intensiv ihr zum größten Teil verdecktes Gesicht und durchforstete sein Gehirn, woher er sie kennen könnte. Irgendetwas an ihr kam ihm tatsächlich bekannt vor, auch ihre Stimme schien ihm auf seltsame Art vertraut, aber sosehr er auch versuchte, diese Frau irgendwie in seinem Bekanntenkreis unterzubringen, er kam auf keine schlüssige Erklärung. Stumm sah sie ihn eine Weile von oben herab an, dann zuckte sie mit den Schultern. »Ich sehe schon, du hast wirklich keine Ahnung. Du bist blind, obwohl alles so offensichtlich ist.«

»Bitte …«, flehte der Bürgermeister, »bitte lassen Sie mich gehen. Ich habe drei Kinder zu Hause, die brauchen mich doch noch.«

»Wie bitte? *Du* wagst es, *mich* anzubetteln? Ausgerechnet du? Deine Brut hat es doch besser ohne dich!« Ihre Gesichtszüge hatten sich bei ihren Worten zu einer wütenden Maske verzogen. Ihre rechte Faust schnellte nach vorn und traf erneut mit voller Wucht sein Gesicht.

KAPITEL 9

Mein Leben im Heim? Ja, meine Heimzeit, das ist eine Geschichte für sich. Passt in mein ganzes verpfuschtes Leben, denke ich. Vom Anfang weiß ich nicht mehr viel, nur, dass ich offensichtlich zunächst in einer Pflegefamilie war, bei der es aber nicht so richtig geklappt hatte. So war ich nach einiger Zeit im Heim gelandet.

Liebe und Geborgenheit gab es im Heim nicht. Die Nonnen, die das Heim führten, waren hart und streng. Wer die Regeln missachtete, wurde bestraft. Nein, nicht mit Gewalt, das entsprach offensichtlich nicht ihrer christlichen Grundeinstellung, aber Essensentzug und Arrest im stockdunklen feuchten Kellergewölbe unter dem Kloster, machten auch die renitentesten von uns Kindern irgendwann gefügig. Ich kann mich erinnern, dass ich fast jede Nacht weinte und oft, von Albträumen geplagt, aufwachte. Allerdings war niemand da, der mich hätte trösten können. Von Liebe und Nächstenliebe schienen diese Bräute Gottes nicht viel zu halten. Die Nonnen waren der Meinung, dass beten und Strenge reichten, um gute Menschen aus uns zu machen. Darüber muss ich heute noch lachen.

Und die anderen Kinder? Die hatten sich durch das Heimleben auch eine eigene Härte angeeignet und ließen jeden, der Schwäche zeigte, leiden. Kinder können grausam sein. Und ich bekam ihre Grausamkeit in den ersten Jahren mit voller Wucht zu spüren. Es lohnt sich heute nicht mehr, darüber zu sprechen, aber ich kann Ihnen sagen, dass es kein Zuckerschlecken war. Besonders nachts, wenn ich leise weinte, bekam ich ihre Brutalität zu spüren. Mehrmals stellten einige von den größeren Kindern mich unter die Dusche, wo ich stundenlang das kalte Wasser auf meine Haut prasseln lassen musste. Oder man drückte mir das Kopfkissen so lange ins Gesicht, bis ich panisch mit Armen und Beinen strampelte, weil ich zu ersticken drohte. Das sind nur einige Beispiele für die Schikanen, die ich über mich ergehen lassen musste. Nach einer Weile gewöhnte ich mir allerdings an, nachts nicht mehr zu weinen, um nicht mehr den Unmut der anderen heraufzubeschwören. Ich zog mich immer mehr in mich zurück, redete kaum noch mit den Kindern, vergoss keine Tränen mehr, ging mit gesenktem Blick durch die Welt und hielt mich an die Regeln, um bloß nicht die Aufmerksamkeit der anderen Kinder oder der Nonnen auf mich zu ziehen.

*

Und dann kam Kiki. Kiki, die mein Leben im Heim komplett auf den Kopf stellte. Kiki mit der frechen Schnauze. Kiki, die mir beibrachte, wie man sich durchsetzt und wehrt und mich stark machte.

Kiki war drei Jahre älter als ich, aber seltsamerweise schien sie sich mich als Freundin auserkoren zu haben. Zunächst war sie mir nur durch ihre extrem große Klappe und laute Fröhlichkeit aufgefallen. Ihr schien nichts etwas anhaben zu können. Obwohl dieses schon das dritte Heim in drei Jahren war, in das sie wechseln musste, schien sie sich von nichts unterkriegen zu lassen. Schnell eroberte sie sich den obersten Platz in der Hackordnung unseres Schlafsaals, in dem 20 Mädchen zwischen sechs und zehn Jahren untergebracht waren. Ich beobachtete Kiki zunächst nur aus der Ferne, wagte nicht, sie direkt anzusehen oder gar anzusprechen. Sie faszinierte mich von Anfang an. Ihre Lebendigkeit war ansteckend und schien auch die anderen Mädchen in ihren Bann zu ziehen, die sich ihr offensichtlich eher wegen ihrer charismatischen Überzeugungskraft als wegen ihrer körperlichen Kräfte anschlossen. Aber Kiki war nicht immer nur lieb, nett und gerecht. Sie konnte auch grausam sein und Kinder, die ihr im Weg standen oder andere schlecht behandelten, ebenfalls mit grausamen Strafen belegen. Aber ihre schillernde Persönlichkeit machte vieles wieder wett.

Wie ich schließlich mit Kiki in Kontakt gekommen bin, wollen Sie wissen? Nun, vielleicht hätte sie mich niemals bemerkt, denn ich war ja unsichtbar für die meisten Menschen im Kinderheim, und auch Kiki schien sich zunächst in keiner Weise für mich zu interessieren. Aber dann passierte eines Nachts etwas, das mir ihre Aufmerksamkeit einbrachte.

Es war eine der Nächte, in denen mich mal wieder Albträume plagten, von denen ich irgendwann mit tränennassem Gesicht aufwachte. Ich musste wohl schon im Schlaf geweint haben, denn als ich die Augen öffnete, sah ich, wie zwei der älteren Mädchen neben meinem Bett standen, mit einem dicken Federkissen in der Hand. Die eine grinste böse, nickte ihrer Kumpanin zu und drückte mir mit einer schnellen Bewegung das Kissen auf mein Gesicht. Noch ehe ich Zeit hatte zu schreien oder mich zu wehren, fühlte ich, wie das Kissen mir die Luft zu nehmen drohte. Panisch begann ich um mich zu schlagen und mit den Beinen zu strampeln, aber die Mädchen ließen nicht von mir ab. Im Gegenteil: Wie aus der Ferne konnte ich hören, dass sie leise lachten und sich gegenseitig noch anstachelten, fester zuzudrücken. Die Panik überrollte mich wie eine große Welle, von der man weiß, dass man ihr nicht entkommen kann. In Todesangst versuchte ich, meine Peiniger abzuwehren, aber ich spürte, wie mich meine Kräfte mehr und mehr verließen. Ich war der Ohnmacht nahe, als plötzlich und unerwartet das Kissen von meinem Gesicht gerissen wurde. Noch im schockähnlichen Zustand nahm ich um mich herum ein Gerangel wahr. Stimmen, die sich gegenseitig beschimpften. Fäuste, die flogen. Keine 30 Sekunden später war der Spuk vorbei. Die beiden Mädchen trollten sich in Richtung ihrer Betten davon. Die eine stöhnte leise, während sie versuchte, das Blut, das aus ihrer Nase floss, mit den Händen aufzufangen. »Und wagt es nicht noch einmal, sie anzufassen«, hörte ich eine Stimme zischen, »sonst bekommt ihr es mit mir zu tun.« Dann spürte ich eine Hand auf meiner Wange. Erstaunt erkannte ich das Gesicht, das sich über mich beugte. Es war Kiki, die mir tröstend über die Wange strich. »Ist ja gut, Kleines, die beiden sind weg. Du brauchst keine Angst mehr zu haben.« Ich schaute in ihre warmen braunen Augen und fühlte zum ersten Mal seit Jahren eine Nähe und Geborgenheit, die mir schier den Atem nahm. »Ich werde in Zukunft auf dich aufpassen. Dir wird niemand mehr etwas tun.« Ein breites Grinsen eroberte ihr Gesicht. »Denen habe ich es aber gezeigt, was?« Mit diesen Worten verschwand sie im Dunkeln.

Von dem Tag an änderte sich mein Leben von Grund auf. Kiki nahm mich unter ihre Fittiche und achtete darauf, dass mich niemand mehr schikanieren konnte. Ich wurde zu Kikis Schatten. Wo sie war, war auch ich nicht weit, was sie machte, machte ich ihr nach. Ich befreite mich immer mehr aus meiner Isolation, begann zum ersten Mal wirklich zu fühlen, zu reden, zu lachen, zu leben. Mit Kiki an der Seite fühlte ich mich stark. Und tatsächlich schienen auch die anderen Kinder mich mehr und mehr zu akzeptieren.

Kiki war allerdings nicht nur mein Schutz, sondern ebenso meine erste echte Freundin. Wir erzählten einander erfundene und wahre Geschichten, spielten miteinander Kinderspiele, stromerten stundenlang gemeinsam durch die Wälder, die das Heim umgaben. Und wir konnten miteinander lachen, selbst über Kleinigkeiten so sehr, dass uns die Tränen die Wangen hinunterliefen. Ja, mit Kiki fühlte ich mich lebendig und stark. Niemand konnte mir etwas anhaben. Ich hatte Kiki, und das reichte mir.

Ahnen Sie, was nun kommt? Für Menschen wie mich gibt es kein dauerhaftes Glück. Kurze Momente dieses Gefühls vielleicht, gerade so viel, dass es sich wie ein Stachel in dein Herz bohrt und einen Schmerz hinterlässt, der oft unerträglich ist. Mit Kiki hatte ich nach langer Zeit dieses Gefühl wieder spüren können, hatte eine Ahnung davon bekommen, wie es sein könnte, ein glückliches Kind zu sein.

Aber so unerwartet mich das Glück getroffen hatte, so unerwartet und plötzlich verließ es mich auch wieder. Wie alle Heimkinder warteten auch Kiki und ich darauf, irgendwann einmal neue Eltern zu finden und ein richtiges Zuhause zu haben. Wir sprachen oft davon, stellten uns vor, wie es wäre, wenn man uns auswählte. Wie glücklich wir wären, dieses Tor sich hinter uns schließen zu sehen und nie wieder zurückkehren zu müssen. Aber so oft wir auch davon träumten und uns die schönsten Geschichten ausmalten, so sehr war auch uns bewusst, dass wir nur geringe Chancen hatten, jemals ausgewählt zu werden. Mit sieben und zehn Jahren waren wir schon lange aus dem Alter heraus, das von adoptierwilligen Eltern gesucht wurde. Aber Wunder passieren tatsächlich. Nein, nicht mir natürlich. In diesem Fall traf es Kiki. Die Familie, die sich für sie entschieden hatte, hatte selbst schon zwei Kinder in ihrem Alter, und Kiki hatte sie sofort begeistert mit ihrer Fröhlichkeit und überschäumenden Ausstrahlung.

Da stand ich nun am gusseisernen Tor, mit gebrochenem Herzen, sah, wie Kikis Traum wahr wurde und meiner in tausend Stücke zerbrach. Und in dem Augenblick schwor ich mir, nie mehr mein Herz zu öffnen, für wen auch immer.

KAPITEL 10

Die Nacht mit Bereitschaftsdienst war, bis auf den Anruf von Frau Krämer, relativ ruhig verlaufen. Alex hatte morgens nach dem Dienst nur wenige Stunden Schlaf gehabt und fühlte sich dementsprechend wie gerädert, trotzdem war er auf dem Weg nach Büren.

Nachdem er wieder einmal die diversen nervenaufreibenden Baustellen in Paderborn durchquert hatte, folgte nun eine entspannte Fahrt über die endlich fertig umgebaute Schnellstraße in Richtung Kapellenberg Büren.

Alex drehte das Radio auf, es lief gerade sein aktueller Lieblingssong von den »Black Eyed Peas«, dann gab er mit seinem Audi TT auf der heute relativ freien Strecke Gas. Hinter sich und auf der Gegenspur sah er nur einige der hier leider trotz des Feiertags so häufigen LKWs, als er den letzten Kreisverkehr vorm Kapellenberg schon fast erreicht hatte.

Während er die steile Strecke hinunterfuhr, blätterte er in seinem Notizbuch auf dem Beifahrersitz, in dem er sich die Adresse des Bürgermeisters vermerkt hatte. Schon nach kurzer Suche erblickte er das für westfälische Verhältnisse imposante Haus des Bürgermeisters und parkte am Straßenrand.

Es war kurz nach zwölf, als er den Klingelknopf drückte. Nachdem er einen Moment gewartet hatte und gerade ein zweites Mal klingeln wollte, öffnete ihm ein junger Mann, wohl eines der drei Kinder des Bürgermeisters, die Tür und führte ihn vom geräumigen Treppenhaus durch die große, aber schlicht gehaltene Diele in das riesige helle Wohnzimmer. Hier saß Frau Krämer weinend. Sie war umgeben von zahlreichen aufgeschlagenen Fotobüchern und einem Berg verschnupfter und tränennasser Taschentücher.

Während der Sohn des Bürgermeisters durch einen großen Durchgang in die geräumige Essküche ging, rückte sie zur Seite und deutete mit gesenktem Kopf auf den frei gewordenen Platz neben ihr auf der cremeweißen Couch, nachdem sie bemerkt hatte, wie Alex schweigend hereingekommen war.

Dieser trat näher und begrüßte sie: »Guten Tag, Frau Krämer, Alexander Kantstein mein Name von der Kriminalpolizei Paderborn. Wir haben vergangene Nacht telefoniert. Ihr Mann ist noch nicht wieder aufgetaucht, oder?«

»Nein, Herr Kantstein«, antwortete sie schluchzend, »was soll ich denn jetzt tun?«

Alex setzte sich zunächst schweigend neben die immer noch weinende Frau Krämer auf das Sofa und schob einige Taschentücher zur Seite, dann begann er, wie schon in der letzten Nacht, beruhigend auf sie einzureden: »Ich kann Ihnen zwar leider auch nicht sagen, wo Ihr Mann steckt, aber wir können ja noch einmal gemeinsam überlegen …«

Er wurde von einem Schellen an der Haustür unterbrochen. Alex nickte ihr aufmunternd zu. Frau Krämer wollte gerade aufstehen, als ihr Sohn, der auch Alex die Tür geöffnet hatte, schon aus der Essküche kam und unter den Blicken der beiden durch die noch geöffnete Dielentür in Richtung Treppenhaus und Haustür ging. »Ich mach schon auf, Mama!«

Diese hatte ein leicht zuversichtliches Lächeln aufgesetzt und sagte: »Vielleicht ist es ja mein Mann, dann wäre diese schreckliche Angst um ihn endlich vorbei.«

Allerdings wurde ihre Hoffnung schon schnell durch ein gedämpftes: »Hallo, Julius, wie geht es denn deiner Mutter, ist dein Vater inzwischen wieder aufgetaucht? Er will doch heute noch eine Rede halten …«, von Doris Meyerhoff zerstört, und das Lächeln verschwand endgültig von Frau Krämers Gesicht, als Doris durch die Wohnzimmertür trat.

Diese hielt inne, als sie die vollkommen verzweifelte Frau zusammengesunken neben Alex auf der Wohnzimmercouch sitzen sah. Nachdem sie einen kurzen sehnsüchtigen, aber auch etwas wütenden Blick auf ein Hochzeitsfoto des Bürgermeisters, das auf einem Regal neben der Tür zur Diele stand, geworfen hatte, kam sie schnell auf Frau Krämer zu. Sie setzte sich, eine Hand auf der Schulter der Frau, tröstend neben sie, mitten in den Taschentücherberg hinein.

Dann begann sie, wie zuvor schon Alex, beschwichtigend auf Frau Krämer einzureden: »Beruhige dich doch erst einmal, Annegret.«

Diese nickte daraufhin mit gesenktem Kopf und fragte: »Was soll ich denn nur machen? Was ist denn mit den Kindern?«

»Machen Sie sich darüber erst mal keine Gedanken! Von Ihren Kindern scheint ja gerade nur eines zu Hause zu ein. Wo sind denn die anderen beiden?«, erkundigte sich Alex vorsichtig.

Nach einem weiteren Schnäuzer in ein frisches Taschentuch begann sie zu erzählen: »Ach, Clara und Matthias sind auf einem Rockfestival, davon habe ich Ihnen doch gestern erzählt. Sie wollten heute Nachmittag wiederkommen. Sie wissen noch gar nicht, dass ihr Vater verschwunden ist, aber ich will sie im Moment auch gar nicht damit belasten. Es ist ja schon schlimm genug, dass mein Julius das hier alles mitbekommen muss«, endete sie, während sich der gerade Erwähnte zur Runde setzte.

»Was ist denn jetzt mit Papa?«, fragte er vorsichtig an Alex gewandt, »Ist er einfach verschwunden? Oder sogar tot?«

»Leider haben wir noch keinen Anhaltspunkt, was mit deinem Vater geschehen sein könnte. Ich bin hier, um genau das herauszufinden, Julius. Das ist doch dein Name, richtig? Mach dir deshalb aber erst mal keine zu großen Sorgen, noch steht überhaupt nicht fest, dass ihm etwas zugestoßen ist.« »Okay«, erwiderte Julius dankbar, aber niedergeschlagen, bevor Alex auf das eigentliche Ziel des Gesprächs zurückkam.

»Also noch einmal die wichtigsten Fragen: Wo und wann wurde Ihr Mann zuletzt gesehen, beziehungsweise was war sein letzter Termin?«

Bevor Frau Krämer überhaupt zu einer Antwort ansetzen konnte, erwiderte Doris schon: »Um 18 Uhr war er zur 30-jährigen Jubiläumsfeier des Kaninchenkastenumstellvereins in Weine eingeladen und ist auch pünktlich von der Stadtverwaltung abgefahren, da sollte …« »Entschuldigen Sie, was für ein Verein, bitte?«, unterbrach Alex Doris' Redeschwall.

»Oh entschuldigen Sie, ich spreche immer so schnell, wenn ich ein wenig nervös bin. Und sagen Sie doch bitte Doris zu mir. Also der Kaninchenkastenumstellverein ist schon kurios …«, fuhr sie aufgeregt fort.

Nachdem Doris den Anwesenden einen ausführlichen Bericht über den Termin des Bürgermeisters vorgetragen und Alex sich nebenbei auch einige Notizen gemacht hatte, schluchzte Frau Krämer wieder auf.

Um sie abzulenken, fragte Alex sie noch einmal: »Ihr Mann wollte doch um 21 Uhr wieder zurück sein, oder?«

»Ja genau«, antwortete Frau Krämer, während sie sich einen Tropfen von der Nasenspitze wischte. Seit Alex angekommen war, so fiel ihm auf, wurden Nase, Augen, eigentlich ihr ganzes Gesicht immer röter, und sie sah immer verzweifelter aus.

»Doris, wenn Sie darauf bestehen, dass ich Sie so nenne …?«, begann Alex, »welche Termine hatte Herr Krämer denn heute?«

Man konnte merken, dass auch sie um Fassung ringen musste, als sie antwortete: »Ich bitte darum. Eigentlich hätte er heute nicht arbeiten müssen, wegen des Feiertags, Sie wissen schon. Aber er wurde darum gebeten, noch eine Rede zu halten, das konnte er natürlich *wieder* nicht ablehnen …«

Doris wurde erneut unterbrochen, dieses Mal aber nicht von Alex, sondern von Frau Krämer: »Ach, das sollte doch nur ganz kurz sein. Das Wichtigste heute wäre das Familientreffen gewesen. Sein Vater und seine Schwester Marina mit ihrer Familie wollten aus Köln kommen und Markus, sein Bruder, mit seiner momentanen Freundin aus Hamburg. So was machen wir meistens drei- bis viermal im Jahr. Beim vorletzten Mal war auch noch Max' Mutter dabei, leider ist sie kurz darauf an Krebs gestorben. Zuletzt, das erste Mal nach ihrem Tod, waren wir …«

Aber auch Frau Krämer konnte nicht ausreden: »Mama, das ist doch jetzt alles nicht wichtig! Wir müssen Papa erst mal wiederfinden.«

»Und weil wir genau darum hier sind, werden wir das jetzt versuchen«, schaltete Alex sich ein, »auch wenn die 48 Stunden seit seinem Verschwinden noch nicht verstrichen sind, können wir in diesem Fall, glaube ich, eine Ausnahme machen. Haben Sie zufällig die Nummer von diesem Vorsitzenden des, äh …«, Alex musste einen Blick auf seine Notizen werfen, »des Kaninchenkastenumstellvereins, mit dem Sie telefoniert haben? Ich denke, wir müssen zunächst in Erfahrung bringen, ob Herr Krämer überhaupt dort angekommen ist, dann werden wir weitersehen.«

Als er endete, war Doris bereits dabei, in ihrer Handtasche zu wühlen. »Ich hatte doch gestern meinen Terminkalender aus dem Büro mitgenommen, er müsste hier irgendwo sein …« Fündig geworden, begann sie aufgeregt zu blättern: »Ah, hier habe ich es, die Telefonnummer des Vorsitzenden Alfons Hönkes! Schauen Sie mal.«

Nachdem Alex sich die Nummer notiert hatte, meinte er nachdenklich: »Mmh, ich glaube, das hier ist erst mal wichtiger als die Unterstützung der Bürener Kollegen heute. Ich muss mal eben bei denen anrufen, um den Termin abzusagen.« Schon wenige Sekunden später hatte er sein Smartphone aus der Hosentasche geholt und die Nummer im Telefonbuch ausgewählt.

»Guten Tag, Feiertags-Bereitschaft der Polizei Büren, Kommissar Meyer am Apparat! Was kann ich für Sie tun?«, meldete sich eine freundliche Stimme am anderen Ende der Leitung.

»Hey, Patrick! Ich bin's, Alex«, wurde er freundlich begrüßt.

»Hi, Alex, gibt's was, das nicht warten kann, oder warum rufst du an? Du kommst doch sowieso gleich vorbei, oder?«, wunderte sich Patrick.

»Leider nicht. Ich bin zwar schon bei euch in Büren, kann aber heute doch nicht zu euch kommen. Ein Notfall: Euer Bürgermeister ist verschwunden. Mal sehen, wie es jetzt weitergeht, kommen kann ich auf jeden Fall nicht«, erklärte Alex.

»Wer? Unser Bürgermeister? Verschwunden? Das kann ich mir nicht vorstellen«, bemerkte Patrick.

»Ist aber so. Tut mir wirklich leid, ich muss jetzt auflegen – kein Wort zu niemandem«, stellte Alex fest. Als Patrick zugestimmt und sich verabschiedet hatte, ließ Alex sein Smartphone wieder in der Hosentasche verschwinden.

»Fällt einem von Ihnen sonst noch etwas Wichtiges ein?«, nahm er das Gespräch wieder auf und fuhr fort, als die drei verneint hatten: »Zwei Fragen hätte ich dann aber noch. Doris, ist Ihnen in letzter Zeit irgendeine Spannung im Rathaus aufgefallen? Streit mit Kollegen oder irgendetwas in dieser Richtung?«

Die Augen der Sekretärin blitzten vor Eifer auf: »In der Verwaltung auf keinen Fall. Er ist doch immer so nett zu uns allen. Wenn überhaupt, gibt es einige politische Unstimmigkeiten.«

»Und wer käme da Ihrer Meinung nach infrage, Doris?«

»Ach, so genau kann ich das auch nicht sagen. Es gab

wohl immer mal wieder, allerdings recht harmlosen, Zoff mit der Grünen-Fraktion und dann neuerdings auch mit dem CDU-Kreisvorsitz, die befürchten doch tatsächlich, dass unser Bürgermeister ihnen am Samstag einen Posten streitig machen könnte, weil er so beliebt ist. Auch seine Stellvertreterin hat es in sich. Aber das wäre ja kein Grund für eine Entführung oder dafür, jemanden einfach so von der Bildfläche verschwinden zu lassen, nicht wahr?«, plapperte Doris munter drauflos.

»Danke schön«, murmelte Alex, der schon wieder eine Seite auf seinem Block mit Notizen gefüllt hatte. »Nun zur zweiten Frage: Ist Ihnen, Frau Krämer, oder dir, Julius, in letzter Zeit irgendetwas Verdächtiges im privaten oder familiären Bereich aufgefallen, was mit seinem Verschwinden zusammenhängen könnte?«

Beide schüttelten den Kopf, und Julius fügte hinzu: »Es war eigentlich alles wie immer, er war vielleicht nur etwas gestresster, das lag dann aber an der Arbeit. Und er hat sich total auf das Treffen heute Nachmittag gefreut, weil sie sich schon so lange nicht mehr gesehen haben. Wir anderen haben uns ja auch gefreut.«

»Okay, danke, ich werde jetzt gehen und versuchen, etwas über das Verschwinden von Herrn Krämer herauszufinden«, beendete Alex das Gespräch. Damit verabschiedete er sich und ließ die Familie und Doris zurück.

Kaum hatte Julius die Haustür hinter ihm geschlossen, holte Alex bereits wieder sein Smartphone aus der Hosentasche. Zunächst wollte er die umliegenden Krankenhäuser und Polizeistationen abtelefonieren, um sicherzugehen, dass der verschollene Bürgermeister nicht etwa nach einem Unfall verletzt im Krankenhaus lag, auch wenn Alex sich diesbezüglich wenig Hoffnung machte, denn die Kollegen hätten Frau Krämer sicher informiert. Falls dies nichts ergäbe, würde er seine Kollegin Theresia anrufen und sie nach Weine beordern.

KAPITEL 11

Es war kalt, viel zu kalt.

Seine Hände hingen an der Kette und auch seine Füße waren zusammengebunden. Gliedmaßen und Brust waren taub von der Kälte. Er lag wohl schon seit Stunden, gefühlt waren es Jahre, ohne auch nur einen Lichtstrahl erblickt oder eine Stimme gehört zu haben. Ein Gefühl von Scham erfüllte ihn schon eine ganze Zeit, denn er wusste, dass er nichts anderes außer seiner Unterhose am Leib trug. Das Einzige, was er außer der Kälte und der Scham spürte, waren die Schmerzen. Grausame Schmerzen. Besonders im Gesicht und an seinen Handgelenken.

Er wollte schreien, aber das Isolierband auf seinem Mund sorgte dafür, dass er keinen Laut herausbrachte. Innerlich jedoch schrie er aus Leibeskräften. Was war das hier?

Der Boden war eisig. Die Kälte breitete sich in ihm aus wie ein böser Dämon, der sich in seinen Körper einnistete. Panik überfiel ihn. Er wollte hinaus aus seinem Eisgefängnis. Es brächte ihn früher oder später um, wenn der

Durst ihn nicht vorher tötete. Aber davor ließe die Dunkelheit ihn verrückt werden.

Plötzlich fühlte er ungeheure Energie in sich. Er versuchte, sich gegen seine eisigen Fesseln zu wehren. Er tobte. Er wand sich, um diesem Albtraum zu entkommen. Er weinte vor Anstrengung und Verzweiflung, weil die Erkenntnis, nichts gegen sein eigenes Schicksal tun zu können, ihn so schockierte.

Mittlerweile waren seine Handgelenke wund gescheuert, und Blut lief über seine tauben, kalten Arme. Einerseits genoss er diese Wärme, andererseits spürte er, dass er schwächer wurde. Könnte er doch wenigstens die Arme auf den Boden legen! Aber die Ketten hinderten ihn weiter daran.

Plötzlich ein Geräusch. Ein heller Strahl fiel in sein Gesicht. Das Licht brannte in seinen Augen. Eine schwarz gekleidete Gestalt kam auf ihn zu. Kurz vor ihm blieb sie stehen. Er konnte nur noch ihre schwarzen Lederstiefel erkennen. »Wir waren auch schon mal besser drauf«, merkte sie gehässig an. Mit einem Rütteln an seinen Handschellen vergewisserte sie sich, dass diese fest genug saßen. Die Kette rasselte. Plötzlich zog etwas an den Fesseln, doch er hatte keine Kraft mehr, um Widerstand zu leisten. Er wurde an der Wand hochgezogen. Die Steine schürften seine Haut auf, und Blut tropfte auf den Boden.

Mit einem Tritt in die Seite signalisierte seine Peinigerin, dass er sich umdrehen sollte, was sich als ziemlich schwierig erwies, denn seine steifen Gliedmaßen ließen kaum Bewegungsspielraum. Anschließend zog sie so stark an der Kette, dass er vor Schmerzen erneut aufstöhnte und sich weiter aufrichten musste. Jetzt erinnerte er sich wieder an die vergangenen Stunden – oder waren es bereits

Tage? Der Zusammenbruch auf dieser Feier, das Auto, die Treppe und nicht zuletzt der vergangene Besuch dieser Person. Noch immer wusste er nicht, was er überhaupt hier machte. Um weiter darüber nachzudenken, war er zu erschöpft.

Nun saß er wirklich mit dem Rücken zur Wand, die Hände schräg zur Kette hindeutend.

Sie beugte sich zu ihm hinunter. Heute trug sie eine Sturmmaske, durch die man nur ihre eisblauen Augen erkennen konnte. Oder war es etwa jemand anderes?

Ohne Gegenwehr ließ er sich den Mund öffnen, nachdem man ihm das Isolierband unsanft entfernt hatte, in der Hoffnung, etwas zu trinken zu bekommen. Doch er bekam nicht das lang ersehnte Wasser, sondern er fühlte etwas Glibberiges auf seiner Zunge.

»Lass es dir schmecken!«, flüsterte die geheimnisvolle Person – ob Frau oder Mann war er sich nicht mehr sicher – ins Ohr und verschwand so schnell, wie sie gekommen war. Die Tür knallte mit voller Wucht zu. Mittlerweile hatten seine reaktivierten Geschmacksknospen das glibberige Etwas identifiziert. Ein Gummibärchen, das nach Ananas schmeckte. Die Sorte, die der Bürgermeister am wenigsten mochte.

KAPITEL 12

Das Kind am verschlossenen Tor, das bin ich.

Heute glaube ich, dass das das Sinnbild meines Lebens ist, eines verpassten Lebens, das für alle anderen Wohltaten bereithält, während sich für mich immer nur die Tür wieder verschließt. Wie schrecklich, werden Sie jetzt denken. Das arme Kind, allein gelassen, verstoßen, mit Füßen getreten. Wie kann ein Kind so etwas ertragen? Wie kann so etwas möglich sein, in dieser wunderbaren Wohlstandsgesellschaft, in der es solche Missstände eigentlich nicht mehr geben dürfte? Das entspricht nicht Ihrem Weltbild, und ich mache es Ihnen nicht zum Vorwurf. Und tatsächlich gibt es Schlimmeres, als in einem Heim zu leben, glauben Sie mir. Es gibt immer Schlimmeres, das ist die Realität.

Nachdem Kiki fort war, hatte ich zumindest einen Status bei den anderen, der mir relative Ruhe und ein Dasein ohne Schikane garantierte. Niemand wagte es mehr, mich nachts zu piesacken aufgrund meines nächtlichen Weinens oder meiner körperlichen Schwächen. Ich stand weit oben in der Hackordnung, man respektierte mich, ließ mich in Frieden. Mir allerdings war das eh egal, seit Kikis Weggang schien mich gar nichts mehr berühren zu können. Ich hatte mir eine harte Schale zugelegt, die nichts mehr zu durchdringen schien. Als Achtjährige war mir das natürlich nicht klar, aber mir ist heute klar, dass ich schon damals eine Mauer um mich herum aufgebaut hatte, die immer schwerer zu durchdringen war, die höher und höher wurde und mich mehr und mehr von der Außenwelt abschirmte. Verständlich – denn wie soll man sonst als Kind mit derartigen Erlebnissen umgehen?

Doch eines Tages – bald mehr als zwei Jahre später – ereignete sich etwas, das die Mauer brüchig werden ließ. Wieder einmal war Besuchstag für potenzielle Eltern gewesen, und als der Tag zu Ende ging, war ich die Einzige, die ins Büro der Schwester Oberin gerufen wurde. Sie teilte mir mit, dass ich auserwählt worden war. Ich konnte es kaum glauben. Mein Alter und die lange Zeit, die ich im Heim verbracht hatte, sprachen dagegen, dass adoptierwillige Eltern sich ausgerechnet mich aussuchten. Aber es war tatsächlich passiert. Mir erschien es wie ein Wunder. Vielleicht gab es ja auch für Kinder wie mich noch ein Happy End, eine Zukunft, wie Kiki und ich sie uns immer erträumt hatten. Meine neuen Eltern und ich trafen uns an den nächsten Wochenenden mehrfach, um uns näher kennenzulernen, und auch meine neuen Geschwister durfte ich mehrmals treffen. Pascal und Gina waren ein paar Jahre älter als ich, ebenfalls nicht die leiblichen Kinder meiner zukünftigen Eltern. Sie wirkten offen und fröhlich. Schnell hatte ich das Gefühl, zu ihnen zu gehören, und den Wunsch, ein Teil dieser so harmonischen Familie werden zu wollen.

*

Und zu Beginn war es auch wie ein Traum. Ich zog zu dieser Familie, bekam mein eigenes Zimmer, in dem ich tun und lassen konnte, was ich wollte. Paradiesische Zustände für mich, die ich doch in meinen Jahren im Heim so etwas wie Privatsphäre nicht kennengelernt hatte. Alle waren nett zu mir und gaben sich jede erdenkliche Mühe, dass ich mich möglichst schnell in mein neues Umfeld einleben konnte. Vormittags ging ich zur Schule, nachmittags war ich die meiste Zeit zu Hause, machte Hausaufgaben, spielte mit den anderen Kindern oder genoss ganz einfach die Ruhe in meinem eigenen kleinen Paradies.

Meine neuen Eltern kümmerten sich gut um mich, zwar ohne viel menschliche Wärme, aber sie versorgten mich zufriedenstellend. Mir mangelte es an nichts, ich wurde neu eingekleidet, mein Zimmer war mit allem ausgestattet, was man sich als Kind nur wünschen kann. Es gab jeden Tag gutes Essen. Die Mahlzeiten waren die einzigen Gelegenheiten, bei denen wir als Familie zusammenkamen. Ansonsten kümmerten sich meine Eltern herzlich wenig um mich. Ich durfte tun und lassen, was ich wollte, was mir auch nicht weiter komisch vorkam, da ich ja bisher nichts anderes kennengelernt hatte. Dass meine Eltern mir nur wenig Wärme entgegenbrachten, fand ich nicht weiter schlimm, im Gegenteil: Ich war froh, dass niemand etwas von mir zu erwarten schien, was ich im Innersten nicht bereit war, zu geben. Gina und Pascal waren nett zu mir, aber auch sie waren nicht wirklich darauf aus, sich näher mit mir zu befreunden. Insgesamt lebte jeder von uns in seiner eigenen Welt, was aber niemanden zu stören schien.

Ich war so auf mich und mein neues Leben konzentriert, dass ich anfangs gar nicht merkte, was um mich herum wirklich vorging. Ich lebte schon Monate in meiner neuen Familie, als mir auffiel, dass nachts oft reges Treiben auf dem Flur vor unseren Kinderzimmern stattfand. Einmal, als ich abends noch einmal in die Küche gehen wollte, um mir etwas zu trinken zu holen, sah ich einen Mann in Ginas Zimmer verschwinden, den ich noch nie zuvor gesehen hatte. Ich wunderte mich zwar kurz darüber, aber da ich mich nur wenig für meine »Geschwister« interessierte, vergaß ich den Vorfall rasch wieder. Ich hörte spät nachts oft noch laute Musik aus Ginas Zimmer, was mich aber auch nicht weiter erstaunte, weil ich davon ausging, dass meine neuen Eltern sich genauso wenig darum scherten, was Gina machte, wie sie es bei mir taten.

So lebte ich bestimmt zwei Jahre in meiner kleinen Traumwelt, dankbar dafür, meinem bisherigen tristen Leben entronnen zu sein. Naiv, aber ich war ja noch ein Kind, noch dazu eins, das fast sein ganzes Leben lang in einem Heim gelebt hatte, in dem gänzlich andere Gesetze gegolten hatten als in der realen Welt. Aber bald schon holte sie mich ein, diese Welt, die ich besser nie kennengelernt hätte.

Zunächst begann mein Vater, mich nachts zu besuchen und kam mir nach und nach näher, als mir lieb war. Anfangs war mir sehr unwohl dabei. Wie sagt man so schön? Er weihte mich in die Welt der »körperlichen Liebe« ein. Er brachte mir alles bei, was man als gute Liebhaberin wissen muss, um einen Mann auf jedwede Art glücklich zu machen. Wie ich so kühl und distanziert darüber sprechen kann, fragen Sie sich? Wie kann man anders damit umgehen, sagen Sie es mir. Ich war zwölf, ein Kind noch, aber ein Kind, das nie Liebe erlebt hatte. Für mich war das, was mein Vater mit mir machte, Liebe. Die einzige Art Liebe, die ich je zwischen Eltern und Kindern erfahren hatte. Ich weiß, Sie werden sich angewidert abwenden, verständnislos. Wie kann man nur so darüber sprechen? Ja, heute sehe ich das auch so, aber damals wusste ich nichts von diesen Dingen. Mir war es erst unangenehm, aber dann ... Und glauben Sie mir, mein Vater war ein überaus zärtlicher Liebhaber. Er machte nichts, was mir wehtat. Wenn ich mich sträubte, schaffte er es, mich dennoch dazu zu überreden, das zu tun, was er von mir verlangte. Zumeist reichte ein mehr oder weniger sanfter Hinweis, dass ich meine neue Familie verlassen müsse, wenn ich nicht alle auch noch so absonderlichen Dinge tat, die er von mir forderte. Für mich war es Liebe. Ich vertraute ihm bedingungslos, und so verfing ich mich in den Maschen des Missbrauchs, was mir damals natürlich nicht klar war.

Auch als nach einigen Monaten aus der intimen Zweisamkeit zwischen meinem Vater und mir andere Konstellationen erwuchsen, nahm ich diese zunächst als gegeben und als Zeichen der wahren Liebe zwischen meinem Vater und mir hin. Immer öfter gab es Situationen, in denen mein Vater »Freunde« mitbrachte, die mit mir – nach einer gewissen Zeit des Vorgeplänkels natürlich – intim werden wollten. Zunächst wehrte ich mich, geschockt und entsetzt, aber nach gutem Zureden meines Vaters, der mir versicherte, dass ich ihm einen Gefallen damit täte und dieses nur wahre Zeichen meiner Liebe zu ihm seien, gab ich mich dann doch der Situation hin. Fast jeden Abend kamen andere Männer, zunächst noch gemeinsam mit meinem Vater, dann aber auch allein. Das, was ich zunächst bei meinen Geschwistern beobachtet hatte, passierte nun auch bei mir. Rege Betriebsamkeit auf dem Flur, Schritte, die kamen und gingen, laute Musik aus meinem Zimmer, um die Nebengeräusche zu übertönen. Ich machte alles mit, im Namen der Liebe, denn im Gegenzug überhäufte mein Vater mich mit Geschenken und Aufmerksamkeit, was mir als Zeichen seiner Zuneigung genügte. Gleichzeitig spürte ich, dass ich mit jedem Mann, der zu mir kam, sich an mir befriedigte, ein bisschen mehr abstumpfte, leerer wurde, ohne dass ich genau sagen konnte, woher diese Leere rührte. Heute weiß ich, was er mir damit angetan hat.

Irgendwann verließ meine Schwester Gina das Haus, für uns alle unerwartet, von jetzt auf gleich. Unsere Eltern erzählten uns nur, dass sie nun alt genug sei, ihr eigenes Leben zu leben. Sie mache eine Ausbildung in einer anderen Stadt und könne deshalb nicht mehr bei uns leben. Mein Bruder Pascal und ich stellten zwar noch einige Fragen, die aber so kurz beantwortet wurden, dass wir das Gefühl hatten, besser zu schweigen und die Gegebenheiten hinzunehmen. Seltsam ist, dass auch mein Bruder und ich uns nie über unsere Erlebnisse austauschten, wir taten und lebten so, als seien wir eine ganz normale Durchschnittsfamilie. Das finden auch Sie seltsam, nehme ich an. Aber glauben Sie mir, niemand kann sich in die Seele eines missbrauchten Kindes hineinversetzen. Und *das waren* wir, missbrauchte Kinder, ohne jeglichen Halt, ohne Selbstbewusstsein, angewiesen auf die Zuneigung und angebliche Liebe unserer Eltern. Was glauben Sie, was Kinder dafür alles tun? Nun, wir stellten keine Fragen, wir schwiegen und litten insgeheim weiter an unserem verkorksten Leben, hofften aber dennoch, dass es durch unsere »Liebesbeweise« bergauf ginge.

Eines Tages, ich muss ungefähr 16 Jahre alt gewesen sein, trat jedoch eine Änderung in mein Leben, die mich aufrüttelte aus meinem Trott.

KAPITEL 13

Am anderen Ende der Leitung meldete sich die relativ verschlafende Stimme Theresias: »Ja, guten Tag, mit wem spreche ich?«, die sich dachte, wie lästig es doch immer war, ständig mit diesen Handys erreichbar sein zu müssen. Früher, da hatte man noch einfach den Stecker des Haustelefons rausziehen können, aber im digitalen Zeitalter war die ständige Erreichbarkeit zum Fluch geworden – so empfand es zumindest die Kriminalkommissarin.

»Hi, guten Morgen, hier ist Alex! Gerade erst aus dem Bett gefallen?«, wurde sie eigentlich recht fröhlich begrüßt.

»Ach! Was wollen *Sie* denn jetzt schon wieder von mir, *Herr Kantstein*? Ich dachte, man hätte wenigstens am Feiertag einmal Ruhe von Ihnen. Aber was soll's, ich hätte ja sowieso mal langsam aufstehen müssen. Bereitschaft verleitet immer zu langem Schlafen …«

»Erinnern Sie sich noch an den Fall mit dem Bürgermeister gestern Nacht so gegen halb zwölf? Weil er immer noch nicht wieder aufgetaucht ist, war ich dann heute bei der verzweifelten Ehefrau und ihrem Sohn.«

»Was Sie nicht sagen, Herr Kantstein. Wenn ich mich recht erinnere, waren Sie es gestern Nacht noch, der auf der 48-Stunden-Regelung bestand. Wie war die Frau Krämer denn so …?«, stichelte Theresia noch einmal.

»Was Sie nicht sagen, es handelt sich hier aber um einen wirklichen Notfall. Erstens gibt es wirklich keinerlei Anhaltspunkte beziehungsweise Gründe für ein möglicherweise freiwilliges Verschwinden des Mannes, ein wundervolles Familienleben mit allerdings etwas zu viel Stress des Vaters. Deshalb habe ich mich auch von seiner Frau, ihrem gemeinsamen Sohn und seiner überaus besorgten Sekretärin informieren lassen. Dann habe ich gerade die Krankenhäuser in der Gegend abtelefoniert und mich auch bei unseren Kollegen versichert, dass kein Unfall gemeldet wurde. Nichts, überhaupt nichts. Alles in allem wirklich beunruhigend …«, begann Alex Theresia zu erklären, wobei er allerdings nicht auf ihre neuerlichen Vorwürfe einging.

»Und zweitens?«, unterbrach ihn die immer noch genervte Theresia fragend.

»Zweitens ist es der Bürgermeister von Büren, der verschwunden ist! Er hat anscheinend einen wachsenden politischen Einfluss und nicht zuletzt Amtsaufgaben und Verpflichtungen, die jetzt liegen bleiben«, führte Alex die Erläuterungen fort.

»Vorschrift sollte eigentlich immer Vorschrift bleiben, aber ich muss Ihnen recht geben. Die Umstände klingen schon beunruhigend. Manchmal stimmt es ja, wenn es heißt: ›Ausnahmen bestätigen die Regel.‹ Also, wo muss oder soll ich Sie an meinem eigentlich *freien* Tag treffen?«, lenkte Theresia erstaunlich schnell ein.

»Super, wir treffen uns in Weine. Falls Sie das nicht kennen sollten, das ist ein kleiner Ort in der Nähe von Büren umgeben von Eickhoff, Siddinghausen und eben Büren. Wenn Sie vor Ort sind, treffen wir uns in der örtlichen Kneipe, dem ›Pinns‹«, meinte Alex erleichtert über das Einlenken seiner Kollegin.

Obwohl noch verschlafen, regte sich, als Alex das sagte, ein weiteres Mal leichter Widerstand bei ihr: »*Was?* Was hat denn dieses Kaff bitte schön mit dem Verschwinden des Bürgermeisters zu tun?«

»In diesem Kaff, wie Sie es nennen, hatte der Bürgermeister nach Informationen der Sekretärin seinen letzten Termin, bevor er sich zu einem gemütlichen Abend mit seiner Frau treffen wollte. Wir müssen da mit dem Vorsitzenden von so einem Verein reden, auf dessen Jubiläumsfeier sollte Krämer nämlich eine Rede halten. In dem Kaff oder auf dem Weg zum Kaff muss er also folglich irgendwo verschwunden sein. Dort müssen wir die Ermittlungen aufnehmen und mit dem Vorsitzenden sprechen, der kann uns möglicherweise weiterhelfen und so einen ersten Anhaltspunkt für die Suche geben. Das ist doch regelkonform, oder?«, argumentierte Alex etwas genervt, weil der Sachverhalt für ihn schon lange auf der Hand lag.

»Ist ja gut«, begann Theresia zu beschwichtigen, »machen wir es so, wie Sie vorgeschlagen haben. Haben Sie diesen Vorsitzenden denn schon über unsere baldige vielleicht überraschende Ankunft informiert?«

»Nein, *Frau Hauptkommissarin*, ich rufe ihn jetzt gleich nach unserem Gespräch an. Schließlich ist mein Weg ja auch deutlich kürzer als Ihrer von Schloss Neuhaus!«, meinte Alex trotz der ernsten Lage schmunzelnd.

»Ja, schon gut, wie ich gerade gesagt habe! Wir sehen uns dann in diesem Örtchen in der Nähe von Büren – Weine, richtig? So besser?«, fragte die immer noch müde Theresia.

»Okay, bis gleich in Weine dann!«

»Auf ein baldiges Wiedersehen, Herr Kantstein!«, verabschiedete sie sich und drückte auf den Ausschaltknopf ihres Handys mit extra großen Tasten.

Sie zog sich schnell ihr Nachthemd über den Kopf,

Slip und Strumpfhose an und stieg ebenso schnell in ihren Rock. »Mist«, fluchte sie, als sie eine Masche in ihrer Strumpfhose bemerkte. Aber das ließ sich jetzt auch nicht mehr ändern. Dann folgten auf die Schnelle ein frisches Unterhemd sowie die Bluse von gestern. Am Waschbecken noch einmal Wasser ins Gesicht. »Katzenwäsche«, nannte man das wohl.

Nachdem Theresia auch noch in fast schon rasender Geschwindigkeit ihre Hochsteckfrisur mit Dutt provisorisch wiederhergestellt hatte, schnappte sie sich mit einem wütenden Blick das Handy, überprüfte ihr Aussehen im Vorbeigehen im Spiegel und verließ mit ihrer Handtasche in der Rechten die Wohnung in Schloss Neuhaus.

Daraufhin stieg sie wenigstens etwas besänftigt in ihren alten Mercedes, nachdem sie sich davor noch schnell ein belegtes Brötchen beim gerade schließenden benachbarten Bäcker geholt hatte. Auf der Fahrt nach Weine hörte sie zunächst ihre Lieblingskassette mit Musikmitschnitten von Schlagern aus den 50er- und 60er-Jahren. Irgendwann war sie aber so genervt von den gewohnten Liedern, dass sie den im Mercedes integrierten Kassettenrekorder abschaltete.

In der folgenden Stille begann Theresia über das nachzudenken, was sie bisher über den Fall wusste, was zugegebenermaßen nicht sehr viel war – hätte sie nur gestern schon besser zugehört.

Also dieser Bürgermeister von Büren, Krämer oder so ähnlich, ein Rheinländer, war schon seit gestern Spätnachmittag oder seit dem frühen Abend verschwunden, wobei von allen bisher befragten Personen in seinem Umfeld – Frau, Sohn und Sekretärin – nur Bedauern und Sorge zu hören waren …

Theresia musste plötzlich bremsen. Da hatte es sich doch tatsächlich so ein Idiot erlaubt, mitten auf der verlassenen Straße einfach stehen zu bleiben. *Mitten auf der Straße!* Sie schlug, erneut wütend, auf die Hupe ihres Lenkrads, aber der Fahrer oder die Fahrerin reagierte nur langsam.

Wieder so einer, der Fronleichnam mit Christi Himmelfahrt und Vatertag verwechselt hat! Und dann wahrscheinlich auch noch besoffen am Steuer, dachte Theresia empört und in ihrer Wut bestätigt. Als sie allerdings vorbeifuhr, sah sie zunächst nur eine Glatze. Bei genauerer Betrachtung erkannte sie ihren in ein Telefonat vertieften Vorgesetzten, Staatsanwalt Dr. Johannes Schnittmann, am Steuer der Luxuslimousine. Der bekäme am morgigen Freitag oder spätestens am Montag etwas von Theresia zu hören! Das konnte man sich, wenn man in Theresias zorniges Gesicht blickte, bestens ausmalen, besonders, wo sie ohnehin nicht sonderlich gut miteinander auskamen.

Nachdem Theresia auf der letzten Wegstrecke noch einmal die Kassette eingelegt hatte, um sich zu beruhigen, erblickte sie das Ortsschild von Weine. Sie war zwar gefühlt eine Ewigkeit durch Felder und Wiesen mit fressenden oder wiederkäuenden Kühen gefahren und hatte auch den einen oder anderen Blick auf die Karte werfen müssen, war aber nun doch wesentlich gelassener, wahrscheinlich auch beeinflusst durch die beschauliche Atmosphäre.

Ruhig durchatmend passierte sie die Ortseinfahrt, wusste nun jedoch nicht, wie sie zu dieser verflixten Kneipe kommen sollte. Nachdem sie bereits einige Zeit vergeblich in der Ortschaft herumgekurvt war, entdeckte sie schließlich am Ende einer Straße ihren Kollegen Alex, der sich mit seinem Smartphone in der Hand an seinen Wagen gelehnt hatte.

KAPITEL 14

Als Alex und Theresia gerade zusammen zum Gaststätteneingang gehen wollten, wurden sie durch einen dröhnenden Ausruf des Vereinsvorsitzenden Alfons Hönkes, der im Eingang eines benachbarten Hauses stand und mit dem Arm herumfuchtelte, überrascht: »Hallo, hier drüben, da drin wird keiner sein, der Ihnen weiterhelfen kann, die liegen alle noch besoffen im Bett und schlafen ihren Rausch von gestern Nacht aus!«

Theresia warf Alex einen vielsagenden Blick zu und ging dann schnellen Schrittes auf den Vereinsvorsitzenden zu. »Guten Tag, Kriminalhauptkommissarin Theresia Rose«, stellte sie sich vor, »das hier ist mein Kollege Alexander Kantstein. Ich nehme an, Sie haben miteinander telefoniert?«, fügte sie auf Alex weisend hinzu.

Hönkes, der allem Anschein nach, wie »alle«, noch nicht wirklich über die Jubiläumsfeier hinweg war, deutete auf die geöffnete Haustür und folgte den beiden Kommissaren dann schnaufend durch einen dunklen Flur, in dem es auch etwas muffig roch, in das altmodisch eingerichtete Wohnzimmer mit vielen schon zum Teil vergilbten Fotos an den Wänden. Von dort gingen sie weiter in den verhältnismäßig neuen Wintergarten, was sowohl Alex als auch Theresia erleichterte.

»Das ist das Herzstück meines Hauses«, verkündete Hönkes stolz, »erst im vorletzten Sommer haben wir die Fertigstellung mit einem Fest gefeiert, fast wie zu alten Kaninchenkastenumstellzeiten.«

Theresia, die überhaupt nicht begeistert vom Beginn des Gesprächs war und auch nicht wirklich wusste, was sie mit dem letzten Kommentar dieses Vereinsvorsitzenden anfangen sollte, weil sie mal wieder nicht informiert worden war, wollte möglichst schnell zum Ziel und somit zum Ende des Gesprächs kommen: »Also, bevor wir hier weiterreden, wie heißen Sie?«

»Ach, das tut mir leid, hatte ich wirklich ganz und gar vergessen, Hönkes, Hönkes Alfons!«, stellte sich der Gastgeber vor und schüttelte den beiden noch einmal die Hände. »Worum geht es denn eigentlich? Was das angeht, hat sich Ihr Kollege meiner Frau Margit gegenüber am Telefon ja vollkommen ausgeschwiegen, er wollte partout nichts erzählen«, fragte Hönkes die Kommissare neugierig, er selbst war scheinbar wegen des Anrufs von seiner Frau aus seinem Rauschschlaf geweckt worden und setzte sich jetzt in einen der gemütlichen Sessel. Theresia und Alex taten es ihm gleich.

»Also, bei unserem Besuch geht es um den Bürgermeister von Büren, Dr. Maximilian Krämer, er war doch gestern hier, oder?«, nahm Alex nun erstmals aktiv am Gespräch teil.

»Was ist denn mit unserem verehrten Herrn Bürgermeister? Ich will jedenfalls nichts mehr von ihm wissen«, meinte Alfons Hönkes sichtlich verärgert.

»Was haben Sie denn gegen den Herrn Krämer?«, fragte die überraschte Theresia.

»Dieser ›Möchte-gern-bester-Bürgermeister-aller-Zeiten‹ kam gestern pünktlich und mit gespielter Höflichkeit zu unserer Jubiläumsfeier ins ›Pinns‹«

»Also war er hier?«, unterbrach Theresia den sichtlich erregten Vorsitzenden des Kaninchenkastenumstellvereins.

»Natürlich war er hier, aber nicht wirklich lange!«, fuhr Hönkes fort. »Nachdem ich ihm eine Currywurst, eine große Cola und einen unserer ›Mümmelmänner‹, wie Sie wahrscheinlich wissen, unser Vereinsgetränk, spendiert hatte, wurde es dem hochverehrten Herrn Bürgermeister auf einmal schlecht. Er verschwand auf die Gaststättentoilette. Als er dann eine knappe halbe Stunde später noch nicht wieder aufgetaucht war, begannen wir alles nach ihm abzusuchen.«

»Wann genau war das?«, warf Theresia ein.

»Er kam so um 18 Uhr und muss dann zwischen 18.30 und 18.40 Uhr zur Toilette gegangen sein. Um 19 Uhr ging dann unsere Suche los«, berichtete Hönkes aufgewühlt und immer noch verärgert.

»Und was war dann?«, wollte Alex wissen, nachdem er sich bereits wieder einige Notizen in seinem Büchlein gemacht hatte.

Der inzwischen sehr erregte Alfons Hönkes wurde vom Eintreten seiner Frau Margit am Weitererzählen gehindert. »Alfons, der Konni vom ›Pinns‹ hat da beim Zusammenräumen der Reste von heute Nacht was im alten Pferdestall, wo wir unsere Sachen hingestellt hatten, gefunden und ist eben rübergekommen. Er meinte, dass dieses Herrentaschentuch dir gehören könnte. Hast du es gestern beim Aufräumen verloren? Ich habe es jedenfalls noch nie gewaschen oder gebügelt, da bin ich mir 100-prozentig sicher. Normalerweise hast du doch auch keine aus so einem feinen Stoff, oder?«, erzählte Margit Hönkes, während sie mit dem Fundstück vor der Nase ihres Mannes herumwedelte, dann fuhr sie fort. »Aber jetzt erst einmal etwas anderes, was kann ich den beiden Kommissaren denn zu trinken anbieten? Am Feiertag im Dienst, das muss ja wirklich schrecklich für Sie sein, das wär nichts für mich …«

»Frau Hönkes, vielen Dank für Ihr liebenswürdiges Angebot, hätten Sie vielleicht ein Wasser für mich? Mein Hals kratzt so! Herr Kantstein, was wollen Sie denn trinken?«, fragte Theresia mit etwas heiserer Stimme und froh, den Monolog der Hausfrau endlich unterbrechen zu können.

»Nein danke, ich brauche nichts, Frau Hönkes, aber darf ich vielleicht einmal das Herrentaschentuch sehen, das da gefunden wurde?«, antwortete Alex liebenswürdig und auch Alfons Hönkes tat seinen Getränkewunsch kund.

»Margit, bring mir bitte doch noch einen ›Mümmelmann‹ mit! Mein Magen rumort schon wieder.« An Theresia und Alex gewandt fuhr er dann fort:

»Also mir gehört dieser feine Fetzen nicht … Wenn man da nur einmal ordentlich reinschnäuzt, ist der ja gleich durch! Behalten Sie das ruhig.«

Nachdem sie das Stofftaschentuch auf den Tisch gelegt hatte, verließ Frau Hönkes den Wintergarten, um die Getränke zu holen, und Alex suchte seine Jackentasche ab, nur um daraufhin Theresia nach einer Plastiktüte für das Taschentuch fragen zu müssen.

Diese fand die Tüte natürlich sofort in ihrer Handtasche und ließ es sich nicht nehmen, das Fundstück selbst einzupacken und es als Erste zu begutachten: »Ein wirklich sehr gut gearbeitetes Herrentaschentuch. Es hat eingestickte Initialen! Können Sie die vielleicht lesen, Herr Kantstein? Ich werde von der Sonne geblendet.«

Während Margit Hönkes mit den Getränken in der Hand hereinkam, sah Alex sich die Initialen an und meinte: »Nein, keine Ahnung. Bekommen wir sicher im Büro raus. Vielleicht von unserem Dr. Maximilian Krämer?«

»Unwahrscheinlich, aber durchaus möglich. Warum sollte er denn ein so schönes Taschentuch verlieren, und das auch noch im alten Pferdestall der Kneipe, der gar nicht öffentlich zugänglich war. Oder, Herr Hönkes?«, bemerkte Theresia, die nun in Fahrt kam.

»Keine Ahnung, ob der dahingehen konnte, der Stall gehört zwar nicht mehr zur Gaststätte, aber ich denke schon, dass er sich dahin verlaufen haben könnte oder einfach nur rumgeschnüffelt hat …«, kommentierte Hönkes, der direkt danach Theresia mit seinem »Mümmelmann« zuprostete und ihn anschließend mit einem Zug hinunterstürzte. »Ah, das hab ich jetzt gebraucht, du meinst es aber wirklich immer gut mit mir, Margit! – Wo waren wir noch gleich stehen geblieben?«

Weil Theresia gerade noch aus ihrem Wasserglas trank, antwortete Alex an ihrer Stelle: »Der Raum war also frei zugänglich? Meinen Sie, wir könnten uns da mal umschauen?«

»Ja, das wäre wirklich nett. Übrigens vielen Dank für das Wasser, Frau Hönkes!«, ergänzte Theresia ihren Kollegen.

»Wirklich, was haben Sie denn ständig mit dem Herrn Bürgermeister? Was ist denn so wichtig?«, fragte der immer noch verwunderte Alfons Hönkes.

Bevor Alex antworten konnte, meinte Theresia: »Noch können wir Ihnen dazu leider keine genauere Auskunft geben, weil wir uns selbst zunächst ein Bild von der Lage machen müssen und nicht sagen können, was dabei herauskommt. Bis jetzt haben wir nur einige Hinweise und wissen noch gar nicht, ob überhaupt weiter ermittelt wird, alles erst einmal reine Vorsichtsmaßnahme …«

»Und dann kommen Sie hier an Fronleichnam vorbei … Na ja, ist mir ja eigentlich egal. Wenn Sie da reinwollen, müssen Sie aber mit Pinns Konni sprechen, dem gehört ja schließlich unser Dorfjuwel«, stellte Hönkes schon etwas genervt fest.

»Dann gehen wir mal rüber, okay? Sie können uns sicherlich mit dem Gaststättenbesitzer bekannt machen, Herr Hönkes, oder?«, schlug Alex vor.

»Ja, das kann ich eben machen.« Theresia trank ihr Wasser aus und bedankte sich noch ein letztes Mal bei Frau Hönkes. Dann standen alle gemeinsam auf, wobei Alfons Hönkes leichte Probleme mit seinem Bauch zu haben schien: »Ach, das Alter! Man kommt immer schlechter hoch, aber so ist das nun.«

Gemeinsam verließen sie die Wohnung und gingen zum »Pinns« hinüber. Noch immer wussten die Kommissare nicht, ob der vermeintliche Fall überhaupt einer war.

KAPITEL 15

Noch nicht ausgeschlafen, stieg Alex am Freitagmorgen aus seinem schwarzen Audi. Er hatte sich heute nicht einmal dazu aufraffen können, sich einen Spaß daraus zu machen, am Brückentag, an dem morgens weniger Verkehr herrschte, etwas aufs Gas zu treten. So ließen sich immer ein paar verschlafene Autofahrer aufschrecken. Das heiterte ihn normalerweise auf. Diesmal aber nicht. Am liebsten wäre Alex nach einem noch recht langen Abend heute erst gar nicht aus seinem warmen Bett aufgestanden, aber die Pflicht rief schließlich!

Das Jammern brachte nichts. Die Brückentage durften sich – genau wie die Ferienzeiten – erst einmal die älteren Kollegen mit Kindern freinehmen. Von Singles und jungen Leuten wie ihm wurde da etwas anderes erwartet. Zum anderen mussten er und seine Kollegin Theresia sich schließlich heute erste wirkliche Erkenntnisse im möglichen Fall Krämer erarbeiten und ihren gemeinsamen Vorgesetzten informieren. Der Besuch wäre wahrscheinlich heute, nach dem Aufstehen, der schlimmste Teil des Tages.

Alex raffte sich auf und legte die wenigen Schritte zum Eingang der Kreispolizeibehörde zurück. Einen Vorteil hatten die Brückentage doch: Auch wenn man später als sonst dran war, bekam man einen schönen Parkplatz in der Nähe des Eingangs.

Nachdem er einige menschenleere Flure durchquert hatte, stieß er die Tür zu seinem gemeinsamen Büro mit

Theresia auf. Natürlich war sie noch nicht da! Solange er die beiden Computer nicht hochgefahren hatte, würde sie sowieso nicht auftauchen. Er konnte nur davon ausgehen, dass sie mal wieder ein wichtiges Gespräch mit Kollegen eines anderen Dezernats führte, bei SpuSi, KTU und der Rechtsmedizin zu tun hatte oder zur Recherche das Polizeiarchiv besuchte.

Ach Röschen …, dachte sich Alex, *… warum bist du nur technisch so unbegabt?* Aber immerhin entwickelte sie doch scharfsinnige Gedanken, die zwar etwas altmodisch waren, aber immerhin die gemeinsamen Ermittlungen voranbrachten. Alles hatte eben ein Für und Wider …

Gerade als Alex die beiden PCs eingeschaltet und sich schwungvoll in seinen Schreibtischstuhl geworfen hatte, um sein Passwort einzutippen, erschien Theresia mit zwei Kaffeetassen in der Bürotür. »Guten Morgen, Herr Kantstein! Auch schon ausgeschlafen? Ich habe uns gerade einen Kaffee geholt und mich dabei mit Frau Meiers, der Sekretärin vom Schnittmann, verquatscht«, begrüßte sie ihren Kollegen, ausnahmsweise mit einem Lächeln auf den Lippen, und reichte ihm seinen Kaffee, »Sie brauchen die Computer aber erst gar nicht einzuschalten.«

»Warum denn das? Sonst ist es doch immer recht, wenn ich hier im Büro schon alles startbereit mache«, umschiffte Alex die »Du-oder-Sie-Frage« ein weiteres Mal. Es ärgerte ihn einfach, dass er seine Kollegin, mit der er doch schon eine ganze Weile zusammenarbeitete, siezen sollte. Daher auch die ständigen Neckereien. Er dachte sich dabei, dass nur noch die Behörden und die Archivrecherche als Ausreden fehlten.

»Mit der KTU habe ich auch schon gesprochen, sie haben es gestern Abend wohl doch nicht mehr nach

Weine in dieses Lokal oder in die dazugehörige Scheune geschafft, gut also, dass wir dort ein paar Polizeisiegel angebracht haben. Das Taschentuch ist schon auf dem Weg ins Labor, auch gerade erledigt!«, antwortete Theresia voller Tatendrang.

»Okay, sollten wir nicht noch Frau Krämer anrufen, um unsere Vermutung bestätigen zu lassen? Wenn das Taschentuch gar nicht vom Bürgermeister ist, war der ganze Aufwand schließlich umsonst«, kommentierte Alex Theresias Bericht grinsend, weil die KTU noch zu den Ausreden hinzugekommen war.

»Eine unfassbar gute Idee, das können Sie doch dann sicherlich übernehmen, Sie haben schließlich einen so guten Draht zu der Bürgermeistergattin, oder?«, begann Theresia gekränkt zu sticheln.

Doch Alex erwiderte, ohne auch nur im Geringsten auf ihre Anspielung einzugehen, freundlich: »Kein Problem, kann ich machen. Liegt außer unserem Taschentuch-Anruf und dem gemeinsamen Warten auf die KTU-Ergebnisse noch etwas an?«

»Ja, natürlich, und zwar nicht zu wenig«, begann Theresia aufgekratzt. »Wir müssen dann unseren gemeinsamen Lieblings-Vorgesetzten und Staatsanwalt besuchen, der hat heute Nachmittag schon wieder frei und will vorher den Bericht, den ich Mittwochnacht zu Ende getippt habe, auch wenn er ihn heute wahrscheinlich ohnehin nicht liest. Außerdem müssen wir mit ihm noch über unseren neuen ›Fall‹ Krämer reden. Ich sehe ihn jetzt schon ausrasten … Dann müssen auch die obligatorischen Pressemeldungen herausgegeben werden. Mal sehen, ob es dieses Mal etwas hilft. Und wir müssen das Rathaus der Stadt Büren kontaktieren.«

»Da haben wir heute wirklich Einiges vor. Hauptsache, wir müssen nicht länger machen, ich hatte heute Abend eigentlich noch etwas vor«, antwortete Alex, den Berg an Arbeit, die ihn heute noch mit Theresia erwartete, und die wahrscheinlich auch am Wochenende weiterginge, vor sich sehend.

Theresia stimmte Alex erstaunlicherweise ein weiteres Mal zu: »Heute Abend habe ich auch schon etwas vor, dann arbeiten wir heute eben etwas zügiger, den Ermittlungsarbeiten kann das nicht schaden!«

Der erstaunte Alex hatte noch nicht einmal angefangen seinen Kaffee zu trinken, als Theresia sich schon die Mappen mit dem Abschlussbericht geschnappt hatte und Alex bat, ohne dass dieser seine Verwunderung und Zustimmung überhaupt ausdrücken konnte: »Herr Kantstein, kommen Sie! Nehmen Sie bitte Ihre Notizen von vorgestern und gestern mit, damit wir Herrn Dr. Schnittmann den Fall besser erläutern können. Dann gibt es ausnahmsweise mal keinen Stress!«

Der Angesprochene zog das Buch mit den aktuellen Erkenntnissen aus der Tasche seiner Lederjacke und folgte Theresia den Flur hinunter auf das Büro des gemeinsamen Gegners und Vorgesetzten zu. Aber die beiden Stühle vor dessen Schreibtisch waren zur Verwunderung der Kommissare bereits besetzt.

»Das ist doch nicht wahr, oder? Diese McMilland und der Birnbaum! Die sitzen wieder bei ihrem ›allerbesten-Chef-den-man-nur-haben-kann‹! Die haben wahrscheinlich wieder mal von ihren neuesten Erfolgen im Bereich Drogen und Diebstahl zu berichten und müssen uns dafür wieder unseren Termin wegnehmen. Da wird Schnittmann sich über eine einfache Anklage freuen können …«, regte sich Theresia auf, als sie sah, dass die beiden, die die Aufklärungs-Quoten-Rivalen des Teams Alex–Theresia waren, im Büro des gemeinsamen Vorgesetzten saßen. Scherzhaft wurde das Dezernat wegen der ungewöhnlichen Zusammensetzung »Doppel-D-Dezernat« genannt. Der Name fußte in dem Dauerkrieg der beiden Ermittlungsteams. Warum musste er als zuständiger Staatsanwalt auch nur beide Dezernate betreuen?

Auch Alex war über die zwei besetzten Bürostühle nicht erfreut: »Ich glaube, das hier ist eine unserer wenigen Gemeinsamkeiten: der Hass auf diese Möchtegern-Ermittler, Frau Rose!«

»Davon bin ich fest überzeugt! Aber lassen Sie uns wieder zurück ins Büro gehen und weiter im Fall Krämer recherchieren, sonst können wir heute beide nicht mehr pünktlich weg, die Lobeshymnen werden ja wahrscheinlich noch eine ganze Zeit in Anspruch nehmen.«

Als sich die beiden gerade auf den Rückweg machen wollten, hörten sie aus dem Büro ihres Chefs ein Stühlerücken und blickten sich erfreut an. »Entweder ist gerade ein Wunder geschehen, wir hören nicht mehr richtig, oder die beiden sitzen schon mindestens anderthalb Stunden in dem Büro«, kommentierte Alex leise, bevor sich die Bürotür öffnete.

Mit hoch erhobenen Köpfen und einem überheblichen Grinsen gingen die zwei Drogen- und Diebstahlermittler an Theresia und Alex vorbei, woraufhin die beiden Kommissare schnell den Raum betraten. Theresia bemerkte mit kritischem Blick sofort, dass Dr. Schnittmann sich schon wieder ein neues Gemälde angeschafft hatte, wahrscheinlich aus dem ohnehin knappen Etat. Dort, wo vor einer Woche noch ein kubistisches Werk die Bürowand geziert hatte, sah man nun eine eher realistische Landschaftsmalerei, die von Theresia kommentiert werden musste.

»Ein wirklich wunderschönes neues Werk haben Sie da, aber …«

Schon wurde Theresia unterbrochen, ein weiterer Punkt, den sie an ihrem Vorgesetzten hasste. Der kleine, glatzköpfige Mann mit Doppelkinn thronte wie eh und je auf seinem ledernen Schreibtischstuhl. »Toll, dass Ihnen das gleich auffällt, Frau Rose, Sie sind nicht etwa eine versteckte Kunstkennerin? Aber nun lassen Sie uns auf Ihre gemeinsame Ermittlungsarbeit zu sprechen kommen. Hoffentlich genauso erfolgreich wie die der Kollegen aus dem Dezernat für Drogen und Diebstahl«, stellte der Staatsanwalt seine Vorliebe für die Rivalen von Alex und Theresia ein weiteres Mal klar.

»Also wir haben heute zwei Anliegen, die sicher nicht allzu viel Ihrer wertvollen Zeit in Anspruch nehmen sollten: Zuerst der Bericht unseres letzten Falls zur Unterschrift und dann einen Vorfall, der sich zu einem neuen Fall entwickeln könnte«, erläuterte Alex die Gründe des Besuchs.

»Was für ein neuer Fall denn? Aber egal, geben Sie Ihren Wisch erst einmal her, damit ich das später eben überfliegen kann!«, sagte der bereits merklich schlechter gelaunte Dr. Schnittmann und blickte fragend zwischen Alex und Theresia hin und her. Wortlos reichte Theresia ihrem Vorgesetzten die Mappen mit dem penibel geführten und äußerst ordentlichen Protokoll. Achtlos legte Schnittmann diese jedoch zur Seite und meinte: »Damit werde ich mich beschäftigen, wenn ich Zeit dafür finde. Aber jetzt rücken Sie schon damit heraus, was für einen neuen Fall haben Sie sich da eingehandelt?«

Bevor Alex etwas antwortete, wechselte er noch einen bedeutungsvollen Blick mit Theresia und sagte dann leise die sechs Worte, die Schnittmanns Kopf schlagartig in eine riesige überreife Tomate verwandelten: »Der Bürgermeister von Büren ist verschwunden!«

»WAS? Warum, warum muss so etwas immer nur meinen Zuständigkeitsbereich treffen? WARUM?«, ereiferte er sich so laut, dass die Kollegen in den benachbarten Büros, vor allem Schnittmanns Sekretärin, damit rechnen mussten, dass gleich ein Krankenwagen vorgefahren käme, um einen Akutpatienten mit Herzinfarkt ins nächste Krankenhaus einzuliefern.

»In der Nacht von Mittwoch auf Donnerstag rief die Frau des Bürgermeisters an und erzählte, dass sie in großer Sorge sei, weil ihr Mann nicht nach Hause gekommen und auch am Handy nicht zu erreichen sei. Weil wir ja laut Dienstanweisungen eigentlich in einem solchen Fall zu diesem frühen Zeitpunkt noch nichts unternehmen können, wir uns aber sorgten und daher trotzdem ein Bild von der Lage machen wollten, ist mein geschätzter Kollege Herr Kantstein dann gestern Mittag in Büren bei der Familie Krämer gewesen. Da sich immer noch keine plausiblen Erklärungen für das Verschwinden des Bürgermeisters ergaben, haben wir noch gestern mit weiteren Ermittlungen begonnen«, sagte Theresia stolz in der Meinung, eigentlich alles richtig gemacht und durchaus schnell reagiert zu haben.

»Es geht hier doch um eine wichtige Persönlichkeit in der Regionalpolitik! Anstatt Ihre Befugnisse zu überschreiten, hätten sie mich sofort über diese Vorgänge informieren müssen. Ich hätte als Staatsanwalt jeden ihrer Ermittlungsschritte genehmigen müssen. Sie bewegen sich hier auf extrem dünnem Eis«, regte sich Dr. Schnittmann weiter auf. »Wer weiß außer Ihnen beiden noch von seinem Verschwinden? Sind Sie etwa schon irgendwo angeeckt?«

»Niemand, weder die Zeugen, die wir bereits befragt haben, noch die engeren Angehörigen von Herrn Dr. Krämer wissen etwas über die Umstände seines Verschwindens«, bemühte sich Theresia ihren Chef wenigstens etwas zu besänftigen.

»Ja«, bestätigte Alex, »aber wir haben die KTU schon informiert, ein möglicher letzter Aufenthaltsort des Bürgermeisters wird bereits untersucht.«

Der immer noch erregte Johannes Schnittmann drehte sich auf seinem Schreibtischstuhl zum Fenster und blickte auf die viel befahrene Riemekestraße hinunter. Während Theresia und Alex mit verdrehten Augen und hochgezogenen Augenbrauen einen Blick wechselten, begann der Vorgesetzte in Richtung Fenster zu sprechen: »Immerhin etwas, ich hoffe für Sie, dass sich Ihre momentanen Anhaltspunkte als weiterführend erweisen und der Bürgermeister schnellstens wieder auftaucht, um einen weiteren Skandal zu verhindern. Außerdem müssen Sie, bevor die Presse von selbst dahinterkommt, auf jeden Fall noch heute eine Pressemeldung mit dem Status ›dringend‹ herausgeben.«

»Genau daran hatten wir auch gedacht! Haben Sie noch irgendwelche Fragen, ansonsten wollen wir uns jetzt gern wieder an die Arbeit machen«, versuchte Alex, das Gespräch möglichst schnell zu beenden, nicht nur wegen der schlechten Laune des Staatsanwalts, sondern auch wegen der knappen Zeit.

Dr. Schnittmann drehte sich wieder zu den beiden um und gab mit einem fast schon resignierenden Nicken das Zeichen für sein Einverständnis. Das war genau der Moment, auf den Theresia die ganze Zeit gewartet hatte: »Und noch etwas, Herr Dr. Schnittmann, Sie legen doch immer so großen Wert auf unsere Vorbildfunktion als Staatsbeamte, nicht wahr?« Alex und Schnittmann sahen sich verwundert an, als Theresia schon fortfuhr: »Dann verhalten Sie sich gefälligst dementsprechend! Auch wenn Sie Staatsanwalt sind, gelten für Sie doch dieselben Gesetze wie für alle anderen. Gestern am frühen Nachmittag musste ich Sie zunächst für einen besoffenen Autofahrer halten. Wenigstens stimmte das nicht, aber Sie waren trotzdem ein Verkehrshindernis und zugleich eine Gefahr für die Verkehrssicherheit! Man kann nicht einfach so mitten auf der Fahrbahn stehen bleiben, um mit seinem Handy am Steuer zu telefonieren. Also ich hätte wirklich Besseres von Ihnen erwartet, Herr Dr. Schnittmann!« An Alex gerichtet, fuhr Theresia fort: »Lassen Sie uns gehen, Herr Kantstein, ich muss mich jetzt erst einmal abregen, das geht am besten durch die Beschäftigung mit unserem neuen Fall.« Damit stand sie auf und verließ erhobenen Hauptes das Büro.

Als Alex ihr mit einem Schulterzucken und einem innerlichen Grinsen gefolgt war, knallte Theresia die gläserne Bürotür mit voller Wucht zu, sodass die Sekretärin Meiers sich schon fast wieder um das Leben ihres Chefs sorgen musste.

Dann machte Theresia sich mit Alex im Schlepptau wütenden Schrittes auf den Weg zurück in das gemeinsame Büro.

Der wegen seines Fehlverhaltens äußerst peinlich berührte Schnittmann blieb allein zurück. Er musste dafür sorgen, dass das Kollegium nichts von der Geschichte mitbekam. Ein Staatsanwalt, der mitten auf der Fahrbahn telefonierte – das gäbe ansonsten sicher Ärger.

KAPITEL 16

Er riss die Augen auf. Sein Kopf dröhnte. Einen klaren Gedanken fassen? Unmöglich!

Noch immer saß er in seinem eisigen Gefängnis. Doch irgendwie kam es ihm anders vor.

Enger. Kälter. Beängstigender.

Mittlerweile erhellte eine schwache Kerze, die inmitten des Raumes stand, die Umgebung. Die Wände waren in dem schummrigen Licht kaum zu erkennen. Je genauer er hinsah, desto näher schienen sie zu kommen. Die Wände bewegten sich! Er würde zerquetscht werden und qualvoll sterben. Er riss an seinen Fesseln. Diese schnitten in seine bereits aufgeschürfte Haut, und Blut lief über seinen Unterarm.

Das Blut fühlte sich an wie kochendes Wasser, das über jeden Quadratzentimeter seiner Arme floss. Er schrie vor Schmerz.

Die Wand war nur noch wenige Zentimeter von seinen gefesselten Füßen entfernt, da bewegte sie sich nicht mehr. Stattdessen drehte sich die ganze Welt um ihn herum und war merkwürdig verzerrt. Ihm wurde schwindelig. Sein

Magen rebellierte. Nur mit größter Mühe schaffte er es, sich nicht zu übergeben.

So fühlt sie sich also an, dachte er, *die Hölle auf Erden!*

Die Kerze in der Mitte verwandelte sich plötzlich in ein riesiges Feuer. Flammen tanzten um seine Füße und schienen sie zu verbrennen. Wie ein hungriges Tier breitete sich das Feuer auf seinem ganzen Körper aus.

Schmerz. Alles umfassender Schmerz war das Einzige, was er im Moment fühlte.

»Töte mich!«, schrie er. »Töte mich, wer auch immer du bist, und erlöse mich!«

Das Feuer verschwand so schnell, wie es gekommen war. Es war still. Er zuckte zusammen, als eine Hand seine Schulter berührte. Es war seine Frau Annegret.

»Wieso sollte ich dich töten, mein Schatz?«, fragte sie und Tränen rannen über ihr Gesicht. »Ich liebe dich doch.«

Er schloss die Augen und atmete tief ein. Das Parfüm seiner Frau lag in der Luft. Dieser einzigartige Kokosduft mit einem Hauch Vanille und Pfirsich, der ihn immer an ihre erste Begegnung erinnerte. Das, was ihn sowohl damals als auch heute immer wieder verzauberte.

Als er seine Augen wieder öffnete, war seine Frau verschwunden. Nun liefen ihm die Tränen über die Wangen.

Was würde mit ihm passieren? Sähe er seine Frau je wieder, um ihr zu sagen, wie sehr er sie liebte? Nichts wünschte er sich sehnlicher. Aber er konnte keinen klaren Gedanken mehr fassen.

KAPITEL 17

Eines Abends kamen meine Eltern nach Hause und brachten ein neues Mädchen mit. Zwölf Jahre alt, klein und schmächtig, hübsch und süß anzusehen. In dem Augenblick, als dieses Mädchen die Schwelle unseres Hauses übertrat, ich wahrnahm, wie sie dastand, verloren und ängstlich, mein Vater beschützend an ihrer Seite, zerbrach etwas in mir. Was für ein passendes Bild. Ich hatte tatsächlich das Gefühl, dass meine ganze kleine Welt in diesem Moment in Scherben fiel. Was kann ein kleines Mädchen auslösen, was all die Jahre des Missbrauchs vorher nicht auszulösen vermochten?

Glauben Sie mir, in diesem Augenblick gingen mir die Augen auf, was Jahre unerträglicher Qual vorher nicht geschafft hatten. Der Anblick dieses Mädchens zerriss mir das Herz. Plötzlich sah ich mich selbst einige Jahre zuvor an derselben Stelle stehen, ängstlich und dennoch hoffnungsvoll, dass jetzt endlich alles besser würde. Und nun stand dort dieses Mädchen, von dem ich wusste, wie seine Zukunft aussah. Mein Vater würde ihr seine ganze Zuneigung und »Liebe« schenken, sie gäbe sich ihm hin, nicht wissend, dass das, was er mit ihr tat, Missbrauch war. Und zwar die schlimmste Art von Missbrauch, die es gibt, da sie an abhängigen, unschuldigen und ahnungslosen Kindern begangen wird. Man gaukelt ihnen vor, wahre Liebe zu erfahren, obwohl man sie nur ausnutzt. Rücksichtslos.

Und ich? Was sollte jetzt aus mir werden? In dieser Minute erwachte ich aus meinem Dornröschenschlaf.

Schlagartig begriff ich, dass auch meine Tage in diesem Haus gezählt waren. Ich dachte an Gina, die vor zwei Jahren plötzlich und spurlos aus unserem Leben verschwunden war. Sie musste damals in meinem Alter gewesen sein. Damals hatte ich mir keine Gedanken darüber gemacht. Ich war ja noch ein Kind. Aber jetzt wurde mir klar, dass Gina hatte gehen müssen, weil sie einfach zu alt geworden war und nicht mehr in das Beuteschema der Männer, die dieses Haus mit bestimmten Absichten besuchten, passte. Ja, in der Kürze der Zeit rasten tatsächlich all diese Gedanken durch meinen Kopf, als hätte ein plötzlicher Wirbelsturm all den Staub und Schmutz, der bis dahin auf meinen Wahrnehmungen gelegen hatte, einfach fortgeweht. Etwas hatte sich gelichtet, wobei mir in dem Moment noch nicht klar war, welche Konsequenzen aus meinem neuen Bewusstseinszustand erwüchsen. Wie lange hielte er überhaupt an?

Tatsächlich brauchte ich einige Zeit, um mit meinen neuen Empfindungen, meinem klareren Blick für die Zustände in unserem Haus, insbesondere auch für meine eigenen Gefühle gegenüber meinem Vater, klarzukommen. Wie sollte ich mich verhalten? Was wollte, was konnte ich überhaupt tun? Einige Zeit dämmerte ich weiter vor mich hin, wollte mich nicht wirklich mit meinem Leben auseinandersetzen. Ich ging nach wie vor zur Schule, stand kurz vor meinem Realschulabschluss, den ich auch gut, trotz aller widrigen Umstände, absolvieren wollte, lebte nachmittags weiterhin mein freies Leben und empfing abends meine Freier.

Gleichzeitig nahm ich natürlich wahr, dass sich das Leben um mich herum veränderte. Nicht plötzlich, sondern ganz langsam, fast unmerklich entzog mein Vater mir seine Liebe. Er besuchte mich nicht mehr so häufig, seine Geschenke wurden weniger. Gleichzeitig bemerkte ich, dass er die Abende mit meiner neuen kleinen Schwester verbrachte, sie mit den Aufmerksamkeiten überhäufte, die mir noch vor einigen Monaten gegolten hatten. Jedes Mal, wenn ich meinen Vater in der Nähe meiner Schwester sah, die beiden eng beieinander in vertrauter Zweisamkeit, sie zu ihm bewundernd aufblickend, sah ich mich selbst, und es zerriss mir das Herz.

Eines Abends, als ich es kaum noch ertragen konnte, fing ich ihn vor meiner Tür ab, um ihn zur Rede zu stellen. Tief im Inneren hoffte ich immer noch, dass alles ein Missverständnis sei, eine Fehlinterpretation meinerseits, zurückzuführen auf meine eigene Empfindlichkeit. Ich hatte mir ausgemalt, durch ein Gespräch endlich wieder die alte Vertrautheit zwischen mir und meinem Vater herstellen zu können. Aber das Gegenteil war der Fall. Mein Vater reagierte zunächst nur zögerlich auf meine Bitte um ein Gespräch. Schon das hätte mich stutzig machen müssen, aber ich, getrieben von dem Wunsch nach Liebe und Bestätigung, wollte die Zeichen nicht verstehen. Als er dann tatsächlich zur Unterredung erschien, mit vor der Brust verschränkten Armen in meinem Zimmer stand, war eigentlich schon klar, in welche Richtung das Gespräch liefe. Mit jeder Geste, jedem Wort machte mein Vater mir klar, dass ich nicht mehr erwünscht war in seinem Leben, dass ich einfach zu erwachsen war, um in einer Familie zu leben, und dass ich mich darauf einstellen müsste, künftig allein zurechtzukommen. Nein, natürlich hatte er nicht den Mut, mir das direkt zu sagen, aber ich konnte mit jeder Faser meines Nervensystems spüren, wohin die Reise für mich ginge. Und während er so mit mir redete, mir mehr oder weniger sensibel erklärte, dass meine Zeit abgelaufen sei, merkte ich, wie ich mich immer weiter von mir selbst entfernte. Es erschien mir, als ob ich dieses Gespräch von außen beobachtete, zusah, wie mein Vater mir gegenüber agierte und mir zuschaute, wie ich hilflos wie ein kleines Kind vor ihm stand und den Schicksalsspruch über mich ergehen ließ.

Während ich mich und die ganze Situation von oben beobachtete, spürte ich, wie sich eine Kraft in mir sammelte, die das, was zuvor hingebungsvolle und opferbereite Liebe zu ihm gewesen war, umzuwandeln schien in eine rationale Kälte, die mich alles in dem Moment glasklar sehen ließ. Ich ließ meinen Vater ausreden, völlig emotionslos, beobachtend, als sei ich eine andere Person. Ich weiß heute nicht mehr, wie ich das geschafft habe, aber als er fertig war, blickte ich ihn an mit eiskalten Augen, vor der Brust verschränkten Armen und wies ihn kurz darauf hin, dass ich wegginge, ich allerdings zunächst den Realschulabschluss machen wolle und, falls er mir das nicht ermöglichte, ich ihn und seine ach so heile Familie beim Jugendamt anzeigen würde. Zudem forderte ich eine Summe von 10.000 DM für meinen Neustart, die ihm gleichzeitig mein Stillschweigen garantierte. Noch während ich meine Forderungen aussprach, sah ich, dass mein Vater blasser und blasser wurde, die Hände zu Fäusten ballte, sich zunehmend anspannte, also wolle er mich jeden Augenblick schlagen. Irgendetwas schien ihn allerdings davon zurückzuhalten, seien es eigene Skrupel, die er augenscheinlich immer noch besaß, oder mein fester Blick, der ihm demonstrierte, dass ich es durchaus ernst meinte mit meinen Drohungen. Tatsächlich ließ er sich zähneknirschend auf meine Forderungen ein.

*

Es waren nur noch wenige Wochen bis zu meinem Schulabschluss. Meine Familie und ich begingen dieses Ereignis wie eine echte Familie. Mein Zeugnis war gut, die Abschlussfeier schön und harmonisch, wobei jedem von uns bewusst war, dass wir nur eine Rolle spielten. Die Tage danach bemerkte ich an allen alltäglichen Situationen, dass meine Eltern nur darauf warteten, was ich als Nächstes machte.

Ich tat erst einmal nichts. Ich hatte in den Wochen davor alles genau geplant, kalt, berechnend. Bis dahin war mir gar nicht klar gewesen, wie kalkuliert und rational ich handeln konnte, wenn es darauf ankam. Aber tief in mir drinnen fühlte es sich an, als sei alles abgestorben. Das Gespräch mit meinem Vater hatte mir endgültig die Augen über die wahren Motive seines Tuns und all das, was er mir zugemutet hatte in all diesen Jahren, geöffnet. Das hatte nichts mit Liebe, zumindest nicht mit der Liebe, die ich mir davon versprochen hatte, zu tun. Nachdem ich das erkannt hatte, schien ich wie versteinert zu sein. Ich hatte all mein Handeln und Denken darauf ausgerichtet, dieses Haus endgültig zu verlassen, fortzugehen, nur weg von hier, wo ich, einmal mehr, so enttäuscht worden war. Ich hatte mich um eine neue Wohnung in einer anderen Stadt gekümmert unter der Voraussetzung, dass ich 10.000 DM von meinem Vater wirklich bekäme. Ich hatte all meine Habseligkeiten zusammengepackt, in dem Wissen, dass ich irgendwann ganz plötzlich verschwinden müsste. Meinen Realschulabschluss hatte ich in der Tasche, sodass mir eigentlich die Welt offenstand. Ich malte mir schon aus, irgendwo eine Ausbildung zur Bankkauffrau absolvieren zu können, um endlich auf eigenen Beinen zu stehen. Aber zum Schluss fiel mir der Schritt, dieses Haus endgültig zu verlassen, doch unendlich schwer. Ich wusste, ich müsste es tun, ich hatte keine andere Wahl, aber mein Herz sträubte sich immer noch, die Realität anzuerkennen.

Eines Abends bekam ich mit, wie mein Vater sich mit meiner Mutter über mich unterhielt. Aus dem Gespräch ging klar hervor, dass ich möglichst schnell weg musste. Meine Mutter sprach von einträglicheren Einnahmequellen, die ihren Haushalt bereichern könnten. Ich würde nur wie ein Klotz am Bein das weitere Zimmer belegen, das sie ohne Frage an ein jüngeres Mädchen, das sowieso eher gewollt sei bei Freiern, vergeben könnte. Ich stand auf dem Flur, hörte sie über mich, die anderen Mädchen und Verdienstmöglichkeiten reden und wusste in dem Augenblick, dass die Zeit, von hier zu verschwinden, endgültig gekommen war.

Leise schlich ich zurück in mein Zimmer, schrieb noch einen letzten Brief an meine Eltern, in dem ich ihnen lediglich mitteilte, wohin sie die 10.000 DM überweisen sollten, und, falls sie es nicht täten, ich die Polizei, das Jugendamt und alle möglichen Institutionen einschaltete, steckte ihn in einen Umschlag und deponierte ihn gut sichtbar auf meinem Schreibtisch.

Dann nahm ich alle meine Sachen und verließ mitten in der Nacht, als auch in unserem Haus schon Ruhe eingekehrt war, meine kleine heile Familie.

KAPITEL 18

Nach dem Besuch bei Herrn Schnittmann und einem sehr kurzen Mittagsimbiss zurück im Büro, machten sich Alex und Theresia an die doch recht eintönige Ermittlungsarbeit. Während Theresia einen ersten Vorentwurf für die Pressemeldung handschriftlich vorbereitete, war Alex dabei, Frau Krämer, wie lächerlich es auch klingen mochte, wegen des Taschentuchs anzurufen. Inzwischen wussten Sie, dass es sich bei der Stickerei um ein »M« und ein »K« handelte.

»Julius Krämer, mit wem spreche ich?«, meldete sich der älteste Sohn der Familie Krämer hörbar bedrückt am Telefon.

»Hallo, Julius, Alexander Kantstein hier, erinnerst du dich an unser Gespräch gestern?«, begrüßte Alex Julius freundlich, ohne das Verschwinden des Vaters direkt anzusprechen.

»Ja, natürlich, Sie sind der Kommissar, der uns wegen meines Vaters besucht hat. Wenn es Ihnen darum geht, nein, mein Vater ist immer noch nicht wieder aufgetaucht … Oder haben Sie etwas Neues?«, erwiderte Julius mit niedergeschlagener Stimme und leiser werdend.

»Nein, leider nicht. Trotzdem vielen Dank für die Auskunft. Wie geht es denn deiner Mutter, deinen beiden Geschwistern und der Familie deines Vaters?«, erkundigte sich Alex besorgt.

»Wie Sie sich sicher vorstellen können, geht es uns allen ziemlich mies. Aber wir hoffen jeden Moment darauf, dass er vor der Tür steht, oder Sie uns eine gute Nachricht überbringen. Aber seien Sie mal ehrlich, deshalb rufen Sie jetzt nicht an, oder?«, fragte Julius fast anklagend.

»Nein, du hast recht, darum geht es nicht. Ich möchte noch einmal mit deiner Mutter sprechen, hoffentlich ist das kein Problem für dich oder sie …«

»Ich glaube nicht. Warten Sie bitte einen Moment, sie steht direkt hinter mir«, antwortete Julius und gab den Hörer des Telefons an die verzweifelte, aber auch angespannte Annegret Krämer weiter.

»Guten Tag, Annegret Krämer am Apparat, spreche ich mit Hauptkommissar Alexander Kantstein?«

»Genau, wie geht es Ihnen, Frau Krämer?«, stellte Alex ihr aus Höflichkeit die gleiche Frage, die eben schon ihr Sohn beantwortet hatte.

Im Hintergrund zog Theresia, über ihren Bericht gebeugt, nur einmal ihre Augenbrauen hoch und machte sich dann wieder an die möglichst diplomatische Formulierung der Pressemeldung, als sie Frau Krämer antworten hörte: »Sie haben meinen Max noch nicht wiedergefunden? Oh mein Gott, was wird denn aus uns? Was sollen wir denn machen?«

»Bleiben Sie bitte einfach weiter ruhig, okay? Sie können sowieso nichts an der momentanen Situation ändern«, musste Alex ein drittes Mal ansetzen, um die verzweifelte Ehefrau zu beruhigen, woraufhin Theresia ein weiteres Mal ihre Augen verdrehte, dann fuhr er fort: »Ich habe jetzt nur eine kurze Frage an Sie, danach haben Sie für heute Ihre Ruhe vor mir. Machen Sie sich bloß nicht verrückt. Also, besitzt Ihr Mann ein oder mehrere feine Herrentaschentücher mit den gestickten Initialen ›M. K.‹?«

»Lassen Sie mich überlegen ... Aber ja natürlich, er hat zwei solche Taschentücher bei seiner Antrittsreise in die Bürener Partnerstadt Charenton in Frankreich geschenkt bekommen. Er hat eigentlich immer eines davon bei sich, aber warum fragen Sie?«, beantwortete Frau Krämer die Frage eifrig und froh, zu den Ermittlungsarbeiten beitragen zu können.

»Wir haben nämlich so ein Taschentuch gefunden, könnten Sie das zweite vielleicht zum Vergleich in der Bürener Polizeiwache abgeben lassen, das wäre sehr nett von Ihnen und bringt uns auf jeden Fall weiter«, schlug Alex vor, froh, auf diese Weise noch eine Vergleichsmöglichkeit zu erhalten.

»Natürlich, Max' Vater – Hermann – wollte ohnehin kurz frische Luft schnappen gehen, er kann das bei der Polizei vorbeibringen. Auch wenn ich immer noch nicht recht verstehe, warum Sie es brauchen, freue ich mich, wenn ich Ihnen helfen kann. Wenn Sie etwas Neues über meinen Max wissen, rufen Sie mich bitte sofort an. Auf Wiedersehen, Herr Kantstein!«, schloss Frau Krämer, zum Ende hin wieder trauriger werdend.

»Vielen Dank, Frau Krämer. Denken Sie doch jetzt erst einmal an etwas anderes«, verabschiedete sich auch Alex und legte den Telefonhörer seufzend auf. Diese arme Frau musste ihren Max wirklich unglaublich lieben.

Etwas Ähnliches schien auch Theresia zu denken, als sie ihm die vorläufige Pressemeldung vorlegte: »Das hier habe ich während Ihres Telefonats zusammengebastelt, ist das so in Ordnung?«

»Wirklich gut geworden, Röschen«, lobte Alex, nachdem er den recht knappen Text, abgefasst in der gewohnten, unglaublich ordentlichen Schrift Theresias gelesen hatte. »Keine Panikmache, aber alle wichtigen Hinweise enthalten, mal sehn, ob die Aktion dieses Mal etwas bringt.«

Bevor Theresia sich über das »Röschen« aufregen konnte, hatte Alex sich schon die Pressemeldung zum Abtippen bereitgelegt. Deshalb rümpfte Theresia nur einmal kurz die Nase, um dann noch einmal bei der KTU anzurufen.

»Guten Tag, hier Hauptkommissarin Theresia Rose, wir hatten gestern Nachmittag und heute früh schon telefoniert?«, fragte sie jetzt schon zum zweiten Mal an diesem Tag die Sekretärin der Abteilung.

Diese antwortete genervt: »Sie sind doch diese Paderborner Kommissarin, die schon seit gestern bei uns so einen Terror macht, oder? Unsere Leute sind vor Ort, mit Ergebnissen können Sie aber frühestens in drei Stunden rechnen. Wir sind nun einmal an Tagen wie heute total ausgelastet.«

»Ich darf doch um etwas Respekt von Ihrer Seite bitten! Außerdem haben Sie jetzt schon einen Tag lang den Auftrag, *dringend* zu ermitteln. Sie werden doch noch ein einsatzbereites Team zur Verfügung haben, um die Arbeit zu beschleunigen, oder sind Sie wirklich so unterbesetzt, wie Sie behaupten? Ich muss die Ergebnisse haben, das ist im Moment äußerst wichtig für unsere Ermittlungen. Es geht hier um ein Menschenleben, also halten Sie sich gefälligst ran und machen Sie Druck bei Ihrem Team!«, wetterte Theresia los.

Sie war es einfach leid, immer wieder vertröstet zu werden. Wahrscheinlich war das Team der KTU noch gar nicht vor Ort, und die Sekretärin hatte ihr die Geschichte nur erzählt, damit sie Ruhe gab.

Alex musste über den Wutausbruch seiner Kollegin schmunzeln, ebenso wie über manche doch recht veralteten Formulierungen in der Pressemeldung, die wollte er etwas umschreiben, zum Kontrolllesen konnte sich Theresia ja meist nicht aufraffen. Sie hielt es dann bei ihrer morgendlichen Zeitungslektüre wahrscheinlich für Veränderungen der Redaktion.

Also machte er sich wieder an die Arbeit, während die Sekretärin Theresia etwas eingeschüchtert antwortete: »Ich kann da so auch nichts machen, außer Ihnen zu versichern, dass unser Team alles in seiner Macht Stehende tun wird, um möglichst schnell Ergebnisse an Sie weitergeben zu können. Aber unsere Leute sind an Feiertagen wie auch an Brückentagen und Wochenenden immer im Dauereinsatz. Die Hälfte der Mitarbeiter, die Familie mit Kindern hat, nimmt sich schließlich zu solchen Gelegenheiten frei. Das wird doch bei Ihnen in der Kreispolizeibehörde nicht anders sein, oder?«

»Jaja, ist schon gut, tun Sie einfach ihr Bestes, auch wir kennen diesen Zustand der chronischen Unterbesetzung hier nur zu gut. Also wir warten auf Ihren möglichst baldigen Rückruf«, verabschiedete sich Theresia enttäuscht.

Sie legte den Hörer auf und redete, direkt an Alex gewandt, weiter: »Ich rufe dann eben noch mal in der Stadtverwaltung von Büren an und versuche zu erfahren, wer unseren vermissten Bürgermeister vertritt. Vielleicht kann man ja auch noch etwas über mögliche Konkurrenten herausfinden. Am Besten lasse ich mich doch mit dieser Sekretärin des Bürgermeisters verbinden, oder?«

»Ja genau. Sie heißt Doris Meyerhoff, wenn ich mich nicht irre. Denk dran, Röschen, die Frau hatte entweder etwas mit unserem wie vom Erdboden verschluckten

Bürgermeister oder hätte zumindest gern etwas mit ihm gehabt«, wies Alex seine Kollegin neckend auf seinen Verdacht hin. Er wollte aber auch Doris' Gefühle nicht von der manchmal etwas groben Art Theresias verletzt wissen.

»Herr Kantstein, ich darf doch wohl bitten: kein Duzen in diesem Büro! Das ist jetzt heute schon das zweite Mal nach Mittag«, wies die Angesprochene ihn zurecht und wählte dann nach kurzem Suchen im Telefonbuch die Nummer des Bürener Rathauses.

»Guten Tag, Telefonzentrale Rathaus Büren, wie kann ich Ihnen weiterhelfen?«, wurde Theresia von einer freundlichen Frauenstimme begrüßt.

»Ah, da habe ich ja noch einmal Glück gehabt, sie zu erreichen, machen Sie nicht sonst freitags schon um eins Schluss? Ich bin Hauptkommissarin Theresia Rose, können Sie mich bitte mit dem Sekretariat des Bürgermeisters verbinden?«, fragte Theresia höflich.

»Kann ich machen, kein Problem. Aber ich glaube kaum, dass Ihnen das viel nutzen wird. Der Bürgermeister ist heute außer Haus, nur seine Sekretärin, die Doris, die könnte noch da sein«, bemerkte die eifrige Mitarbeiterin.

»Doch, doch, diese Doris wird mir bestimmt weiterhelfen können. Vielen Dank und ein schönes, erholsames Wochenende wünsche ich Ihnen«, verabschiedete sich Theresia hörbar erfreut.

»Gleichfalls, das wünsche ich Ihnen auch, Frau Hauptkommissarin, und viel Erfolg bei Ihrer Arbeit!«, schloss die Mitarbeiterin und drückte die Verbindungskurzwahltaste.

Bereits nach zweimaligem Klingeln meldete sich Doris im Büro des Bürgermeisters: »Guten Tag, Sekretariat des

Bürgermeisters von Büren, Doris Meyerhoff am Apparat. Was kann ich für Sie tun?«

»Hallo, hier Hauptkommissarin Theresia Rose«, stellte sich Theresia freundlich zum dritten Mal vor, »Sie haben gestern Mittag schon mit meinem Kollegen Alexander Kantstein gesprochen, richtig?«

»Wissen Sie etwa was Neues wegen Ma…, äh, ich meinte des Herrn Bürgermeisters?«, wollte Doris aufgeregt wissen.

»Ähm, ja … wir schreiten in den Ermittlungen voran, Frau Meyerhoff, wissen aber leider immer noch nichts Konkretes über den Verbleib von Herrn Krämer, darum rufe ich auch an. Am besten wäre es, wenn Sie als seine Sekretärin seinen Stellvertreter über die Lage informieren. Er soll dann die wichtigsten Aufgaben bis zur hoffentlich positiven Klärung des Falles übernehmen. Um wen handelt es sich dabei überhaupt?«

»Es ist eine Frau! Aber wirklich *die*? Gesine von Hohenleben? Die soll seine Amtsaufgaben übernehmen, doch nicht wirklich dieses machtgierige Miststück, oder? … Oh, entschuldigen Sie bitte meine Ausdrucksweise, Frau Rose. Das ist sonst wirklich nicht meine Art.« Von Doris' zu Beginn noch sehr wütender Stimme war nicht mehr allzu viel übrig.

»Was ist denn mit Frau von Hohenleben? Was haben Sie gegen sie? Was hat Sie Ihnen getan?«, wollte Theresia verwundert wissen.

»Ach, die Frau …, sie intrigiert immer wieder gegen unseren Herrn Bürgermeister, die wollte ja ursprünglich auch Erste Bürgermeisterin werden, da wäre ich bestimmt aus meinem Büro rausgeflogen«, nuschelte Doris kaum hörbar ins Telefon, »Ihr Kollege hatte mich ja gestern nach

Gegnern des Bürgermeisters gefragt, diese Frau gehört definitiv dazu. Bei der letzten Wahl hatte sie sich Hoffnungen gemacht, durch das Ausscheiden des alten Bürgermeisters mit ihrer *SPD* eine Chance zu haben. Aber gegen die CDU hat sie in Büren keine Chance … Seit der Wahlniederlage versucht sie, unserem Bürgermeister das Leben schwer zu machen und selbst an Einfluss zu gewinnen. Sie glaubt immer noch an den Einfluss des Adels. Diese Frau giert nur nach der Macht!«

»Informiert werden muss sie aber trotzdem, auch wenn sie eigentlich gegen den Bürgermeister stehen mag. Sofern Ihr Bürgermeister nicht bald wieder auftaucht, müssen wir uns dann auch mit ihr unterhalten, spätestens am Sonntag. Können Sie das nicht vielleicht organisieren, Frau Meyerhoff?«, fragte Theresia, vorsichtig geworden, aber auch über diese interessanten neuen Informationen erfreut.

»Ja, das mache ich natürlich. Aber kommen Sie bitte schnell mit den Ermittlungen voran. Lange halte ich es mit dieser Natter hier nämlich nicht aus, nachher ist sie noch bei der nächsten Wahl erfolgreich, nicht auszudenken! Natürlich will ich auch meinen Chef wiederhaben. Kann ich sonst noch etwas für Sie tun?«, lenkte Doris ein.

»Wenn Ihnen in letzter Zeit wirklich nichts Merkwürdiges aufgefallen ist, gebe ich Ihnen jetzt meine Mobiltelefonnummer, damit Sie mich über den Termin mit der Stellvertreterin informieren können und mir dann eventuell weitere Informationen übermitteln.«

Theresia musste erst ihr Handy aus der Handtasche heraussuchen, um dann in ihrem Telefonbuch nach der eigenen Nummer zu suchen: »Warten Sie bitte einen Moment, ich habe es gleich … ah, hier ist die Nummer …«

»Okay, bis dann, ich teile Ihnen Ihren Termin mit, Frau Rose!«, antwortete Doris etwas verwundert darüber, dass eine Hauptkommissarin sich Ihre eigene Handynummer nicht merken konnte, und notierte sich die diktierten Zahlen.

Erleichtert legten dann beide Frauen auf. Doris machte sich in Büren wenig motiviert auf die Suche nach der verhassten stellvertretenden Bürgermeisterin, während Theresia in Paderborn zum grinsenden Alex blickte und ihn fragte: »Was suchen Sie denn, Herr Kantstein? Sind Sie wenigstens mit unserer Pressemeldung fertig geworden?«

»Ja, ich muss sie nur noch versenden und zweimal ausdrucken, für die Akten und für unseren hochverehrten Herrn Schnittmann. Wirklich gut geschrieben«, meinte Alex und zwinkerte seiner Kollegin zu.

Während diese das Telefonat mit der Sekretärin des Verschwundenen geführt hatte, war Alex *der* Geistesblitz gekommen: Was war eigentlich mit dem Wagen des Bürgermeisters? Offensichtlich hatte er bei ihrem Besuch bei Hönkes in Weine gestern nicht mehr vor der Kneipe gestanden, der ganze Dorfplatz war wie leergefegt gewesen. Hatte etwa ein möglicher Entführer …? Oder war der Bürgermeister doch allein verschwunden?

Jetzt kam er endlich dazu, den Gedanken mit seiner Kollegin zu teilen: »Röschen, weißt du,welche Idee mir gerade gekommen ist?«, begann er.

»Woher sollte ich?«

Aber Alex ließ sich nicht von Theresia zurechtweisen, als er die beiden entscheidenden Worte sagte: »Krämers Wagen!«

Die durch das »Röschen« verärgerte Antwort kam prompt: »Darauf hätten wir auch schon gestern kommen können, aber es ist ja noch nichts passiert ... Liegt möglicherweise auch an der für uns doch neuen Situation. Warum haben Sie denn nicht eher daran gedacht, Kantstein? Wenn der Wagen weg ist, wurde Krämer damit vielleicht entführt, oder er hat sich selbst aus dem Staub gemacht – wer weiß, wohin?! Bei einer Entführung hätte der Entführer oder ein Komplize in dem Auto gesessen. Das hieße, in dem Fahrzeug ließen sich möglicherweise Spuren finden!«

»Darauf hätten Sie genauso gut kommen können«, konterte Alex verärgert, immerhin hatte er, wenn auch leicht verspätet, diese Idee gehabt. Gestern hätten sie in dieser Hinsicht vermutlich ohnehin wenig erreicht: der Feiertag.

»Jaja, das stimmt schon. Aber nun lassen Sie uns nicht streiten, sondern lieber den Wagen zur Fahndung ausschreiben, vielleicht haben wir ja Glück mit der Suche. Auch wenn wir noch nicht wissen, wo, kann das ja dennoch ein wichtiger Hinweis sein. Kümmern Sie sich doch bitte darum. Am besten fragen Sie bei Krämers nach eventuellen Aufklebern oder anderen besonderen Merkmalen am Fahrzeug. Dann sollten wir das auch noch in der Pressemeldung ergänzen.«

»Da habe ich doch vorhin erst wegen des Taschentuches angerufen, aber lässt sich jetzt nicht mehr ändern.« Mit hochgezogenen Augenbrauen machte sich Alex schnell an seine Aufgabe, vielleicht gab es durch diese Aktion Hinweise auf den Aufenthaltsort des Verschwundenen – auch wenn er es für unwahrscheinlich hielt. Ein besserer Weg erschloss sich ihm bisher nicht.

Sobald er alles erledigt hatte, wandte er sich jedoch an seine Kollegin und wollte wissen: »Ist jetzt nicht auch Zeit für ein Stückchen Kuchen und einen Kaffee? Wir können momentan sowieso nur warten, kommen Sie also mit oder bleiben Sie hier?«

Theresia nickte nach kurzem Überlegen zustimmend, schließlich waren sie heute ungewohnt schnell mit dem Tagesgeschäft vorangekommen und sie freute sich schon auf ihren Abendtermin bei der Volkshochschule. Etwas mulmig war ihr aber auch zumute. Was sie wohl in ihrem Computerkurs erwartete?

So ging sie gemeinsam mit Alex in die Polizeikantine, wo die Kuchenauswahl wegen des Brückentages noch recht groß war.

KAPITEL 19

Theresia war spät dran. Das passierte ihr sonst nie, aber es gab ja immer ein erstes Mal. Sie packte die Tasche, die ihren neuen Laptop enthielt, und verließ die Wohnung. Ein kräftiger Wind wehte ihr durchs Haar, was die Kriminalpolizistin aber kaum bemerkte, denn der Gedanke, zu spät zu kommen, durchflutete ihren ganzen Körper. Als sie am Parkplatz ankam, auf dem ihr alter Mercedes stand, öffnete sie den Kofferraum, packte die Laptoptasche hinein, setzte sich auf den Fahrersitz und fuhr los. Der Motor heulte auf. Die Uhr tickte.

Nachdem Theresia den Parkplatz der Volkshochschule

Paderborn erreicht hatte, atmete sie erleichtert auf, denn sie hatte noch fünf Minuten Zeit, bevor ihr Kurs anfangen sollte. Man mochte es kaum glauben, aber die ambitionierte Kriminalermittlerin Theresia Rose hatte sich doch tatsächlich zu einem »Computerkurs für Einsteiger über 50« angemeldet. Der Hohn, den ihr Kollege Herr Kantstein des Öfteren über sie ausschüttete, nervte sie unwahrscheinlich. Deswegen hatte sie sich kurzerhand in einen Volkshochschulkurs eingeschrieben. Heute sollte die erste Kursstunde stattfinden. Lange hatte Theresia auf diesen Tag gewartet, sich aber auch davor gefürchtet.

Als sie das Gebäude betrat, waren die Flure noch hell erleuchtet, und man hörte die Poliermaschine der Putzfrauen. Auf der Anmeldung hatte Raum 20 gestanden. Sie blickte auf eine Tür, auf der dick und fett eine Drei zu sehen war. Mit einem Seufzer machte Theresia sich auf die Suche. Abends allein durch eine verlassene Schule zu laufen, ließ es der baldigen, ansonsten sehr unerschrockenen Computerspezialistin doch etwas mulmig werden.

Exakt um 20 Uhr stand Theresia vor dem Raum, auf dem die Ziffer 20 prangte. Sie atmete tief durch und ergriff die Türklinke, wobei ihre Hand anfing, leicht zu zittern, wohl aus Nervosität und Vorfreude zugleich. Nach einigen Sekunden der Unsicherheit nahm die Kriminalkommissarin wieder ihre gewohnte aufrechte, fast steife Körperhaltung ein. Mit einem beherzten Ruck öffnete sie die Tür.

In der Mitte des Raumes stand ein junger Mann um die 25, wie Theresia schätzte, der sie mit einem Honigkuchenpferdelächeln angrinste.

»Herzlich willkommen bei unserem Computerkurs für Anfänger. Mein Name ist Udo Papst und ich bin Ihr Kursleiter. Und mit wem habe ich das Vergnügen? Aber setzen Sie sich doch erst mal. Ich wollte gerade anfangen«, begrüßte der Kursleiter Theresia, ohne dass dabei sein Grinsen erlosch.

»Danke schön, Herr Papst. Ich bin Theresia Rose. Es freut mich, Sie kennenzulernen«, antwortete sie, ohne mit der Wimper zu zucken. Ohne weiter auf den Kursleiter zu achten, ging sie zu einem freien Tisch und packte seelenruhig ihren Laptop aus. Allerdings bereute sie ihre Tischwahl sofort, denn eine etwas ältere und korpulente Dame verströmte einen entsetzlichen Fischgeruch. Aber Theresia ließ sich nichts anmerken. Als sie sich nun umschaute, bemerkte sie zwölf weitere Augenpaare, die sie mitleidig anschauten, weshalb Theresia sofort verstand, warum dieser Platz frei geblieben war.

»Also, in der ersten Stunde wollen wir die Grundlagen lernen«, begann Herr Papst. »Das heutige Thema lautet: Wie schalte ich meinen Computer ein? Dieses Thema ist weniger komplex, deshalb schlage ich vor, dass wir das Einschalten direkt mit dem Ausschalten und einer kurzen Textübung verbinden. Zu allererst sollten Sie den Einschaltknopf suchen«, erklärte er weiter. »Haben Sie ihn alle gefunden?«

»Wie sieht denn so ein Einschaltknopf überhaupt aus, Herr Papst?«, fragte Theresia zaghaft, »ist das der, der aussieht wie ein umgedrehtes Eis am Stiel?«

»Das ist eine sehr gute Frage, Frau Rose. Sie haben recht!«, sagte der noch immer grinsende Kursleiter. »Und jetzt suchen Sie doch mal. Finden Sie einen Knopf, der ungefähr so aussieht?«

»Oh ja. Tatsächlich«, freute sich Theresia und drückte den Knopf, um sofort aufzuschreien, als der Lüfter des Geräts sich einschaltete. Schamrot versuchte sie, sich stammelnd zu entschuldigen: »Oh, Verzeihung. Aber das Ding hat mir so einen Schrecken eingejagt.« Mit immer noch hochrotem Kopf saß sie nun auf ihrem Stuhl und starrte angestrengt auf den Bildschirm ihres Notebooks, wo die Aufforderung erschien, den Laptop einzurichten.

»Gut«, fuhr Herr Papst fort, »jetzt müssen Sie Ihren Computer einrichten, indem Sie ihm einen Namen geben und sich einen Benutzernamen zulegen.«

Theresia tat, wie geheißen, und tippte ihren Namen ein. Als dann nach kurzer Wartezeit die Startmusik des Betriebssystems ertönte, schreckte die Kriminalkommissarin erneut zusammen.

»Habe ich was kaputt gemacht?«, fragte sie sofort, und dabei wurde ihr Kopf noch röter, als er schon vorher gewesen war.

»Aber nein«, versicherte der Kursleiter ihr, um sie zu beruhigen, »das ist nur die Startmelodie des Betriebssystems. Mehr nicht. Keine Angst. So leicht geht ein Computer nicht kaputt. So, da Sie sich nun alle angemeldet haben, wollen wir uns zuerst mit einem Programm für Textverarbeitung beschäftigen.«

Ein Lächeln huschte über Theresias Gesicht: endlich etwas, womit sie sich auskannte. Unter der Anleitung des Kursleiters öffneten sie ein Programm namens »Word« und begannen. Nach anfänglichen Problemen mit dem Touchpad – Theresia war nur das Arbeiten mit einer Maus gewöhnt – vergingen die folgenden 20 Minuten für sie wie im Fluge: bisheriges Wissen aus dem Polizeialltag vom Protokolle verfassen wurde bestätigt und auch erweitert.

»Da sich unsere Zeit nun dem Ende zuneigt, speichern wir das Dokument ab und ich zeige ich Ihnen, wie Sie Ihren Laptop wieder ausschalten können.«

Er ging zur Tafel und schrieb eine Art Kurzanleitung, die man benutzen sollte, wenn man den Computer ausschalten wollte: Man sollte hierzu das Start-Menü benutzen.

Als sie das Startfeld gefunden hatte, klappte alles wie am Schnürchen. Ein Menü fuhr aus, und Theresia schaffte es ohne fremde Hilfe, ihr Notebook auszuschalten. Glücklich verließ sie den Raum, als Herr Papst sie mit einem »Bis zum nächsten Mal« verabschiedete.

Bald könnte sie Alexander Kantstein hoffentlich zeigen, wo der Hammer hing. Der würde Augen machen, wenn sie ihm sagen könnte, wie etwas am PC funktionierte.

Als sie in ihrer Wohnung ankam, überfiel sie die Müdigkeit. Es war ein harter, anstrengender Tag gewesen, und sie war schließlich nicht mehr die Jüngste. Also ging sie ins Bad, streifte sich ihr mittlerweile nicht mehr ganz modernes Lieblingsnachthemd über, zog den alten mechanischen Wecker auf und fiel schließlich todmüde in ihr Bett.

KAPITEL 20

Gerade aufgestanden, holte Theresia ihr »Ostwestfälisches Blatt« aus dem Zeitungskasten und blätterte wie gewohnt sofort zum Lokalteil, während sie ihren schwarzen Kaffee trank.

Auf der Titelseite war der Artikel zum Verschwinden des Bürgermeisters mit einem großen Porträtfoto erschienen. Sie hatten doch tatsächlich die Pressemeldung einmal überarbeitet, stellte Theresia fest. Dafür aber leider sprachlich unnötig modernisiert, wie sie fand. Ihre Vorlage war da doch besser gewesen. Aber immerhin hatten sie die Pressemeldung nicht wie sonst so häufig einfach an einen schmalen Rand der dritten Seite geschoben. Anscheinend war es der lokalen Presse dann doch wichtiger, wenn ein Bürgermeister spurlos verschwand.

Theresia begann, den Artikel zu lesen:

Bürens Bürgermeister spurlos verschwunden
– Haben wir es mit einer Entführung zu tun? –

BÜREN (OWB). Gestern, am Freitag, dem 03.06., erstattete Annegret Krämer eine formelle Vermisstenmeldung für ihren Ehemann, den Bürgermeister der Stadt Büren, Dr. Maximilian Krämer, bei der Kreispolizeibehörde Paderborn. Dieser wird seit Mittwochabend vermisst.

Vermisst wird seit Mittwoch, dem 01. Juni, der 45-jährige Dr. Maximilian Krämer. Der Bürener Bürgermeister wurde zum letzten Mal um ca. 18.30 Uhr in der Kneipe »Pinns« im Bürener Dorf Weine gesehen, um dort an der 30-jährigen Jubiläumsfeier des örtlichen Kaninchenkastenumstellvereins teilzunehmen.

Seitdem gibt es keine Hinweise auf seinen Aufenthaltsort. Erste Ermittlungen wurden bereits nach der Information durch Frau Krämer am Fronleichnamstag aufgenommen. Bisher ergaben die Ermittlungen jedoch noch keine konkreten Informationen über den Aufenthaltsort des Bürgermeisters.

Zuletzt gesehen wurde der Vermisste auf dem Weg zur Toilette der Gaststätte. Danach verliert sich seine Spur. Eine Entführung schließt die Polizei aufgrund des Ermittlungsstandes nicht mehr aus. Auch der Wagen des Bürgermeisters ist verschwunden und könnte möglicherweise aufschlussreich für den Aufenthaltsort des Verschwundenen sein und der Polizei bei den Ermittlungen weiterhelfen. Personen, die den Bürgermeister oder seinen schwarzen BMW mit silbernen Radkappen und dem Kennzeichen PB MK 142 nach 19 Uhr noch gesehen oder etwas Verdächtiges bemerkt haben, sollten sich schnellstmöglich bei der Kreispolizeibehörde in Paderborn melden.

Theresia hatte nach ausführlicher Zeitungslektüre und einem kurzen Frühstück gerade damit angefangen, ihren Abwasch zu erledigen. Sie dachte sowohl über die Entwicklung des Falls Krämer als auch über den aus ihrer Sicht doch erfolgreichen Abend beim Computerkurs nach, als ihr Handy klingelte. Sie eilte, aus ihren Träumen und Gedanken gerissen, sofort auf den Flur und durchsuchte ihre Handtasche. Genervt drückte sie, als sie fündig geworden war, auf die grüne Hörertaste.

Am anderen Ende der Leitung meldete sich eine weibliche Stimme: »Hallo, Doris Meyerhoff hier, wissen Sie inzwischen schon etwas Neues?«

Im ersten Moment überrascht, mit der Sekretärin des Bürgermeisters zu sprechen, antwortete Theresia: »Äh, ja …«, und wurde schon wieder von Doris unterbrochen. »Was? Ist er etwa wieder aufgetaucht? Dann hat sich ja Gott sei Dank alles erledigt!«, freute sich die Chefsekretärin überschwänglich.

Ihre gute Laune wurde jedoch bald wieder gedämpft: »Nein, aber wir kommen, wie Sie vielleicht bereits in der Tageszeitung gelesen haben, mit den Ermittlungen voran. Mehr kann ich Ihnen im Augenblick aber auch leider nicht sagen. Wie sieht es denn mit unserem Termin mit der Stellvertreterin unseres verschwundenen Bürgermeisters aus?«

»Ist erledigt. Und ich hatte schon gehofft, dass das nicht mehr nötig wäre! Weil die hochgeschätzte Kollegin ja jetzt so unglaublich viel zu tun hat, ließ sich der Termin nur morgen so gegen 12 Uhr bei der Wiedereröffnung der Wewelsburg einrichten. Ich hoffe, das macht Ihnen keine Umstände, Frau Rose«, fügte Doris noch immer enttäuscht hinzu.

»Das ist kein Problem. Da schicke ich dann wahrscheinlich den Kollegen Alexander Kantstein vorbei. Ich weiß noch nicht, ob ich auch mitkommen kann. Auf jeden Fall noch einmal vielen Dank und ein hoffentlich nicht zu stressiges Wochenende«, beendete Theresia das Telefonat.

Als auch Doris sich verabschiedet hatte, setzte Theresia sich auf einen ihrer Küchenstühle. Sie hatte immer noch nasse Hände vom Spülen, konnte sich aber nicht so recht überwinden, diese Arbeit wieder aufzunehmen.

Einfach zu beschäftigt mit diesem nicht alltäglichen Fall, wischte sie sich ihre Hände am Trockentuch ab. Wann hatte man schon in dieser immer noch relativ kleinen Provinzstadt – auch wenn Paderborn fußballerisch bundesweit an Aufmerksamkeit gewonnen hatte – mit dem Verschwinden von Personen zu tun? Außer alten oder verwirrten Menschen gab es in dieser Hinsicht hier auf dem Land nicht viele Menschen, die einfach verschwanden, Gott sei Dank. Umso mehr war der Krämer-Fall, der sich tatsächlich als ein Verbrechen zu entpuppen schien, eine echte Herausforderung für sie und ihren Kollegen, das musste selbst Theresia zugeben, die sich ansonsten durch nichts so leicht erschüttern ließ.

Sonderbarerweise machte die Beschäftigung mit den einfachen Dingen des Alltags, wie Geschirr spülen, Aufräumen, Putzen und Wäsche waschen, Theresias Kopf frei für kreative Kriminalistik, das war schon immer so gewesen. Die Ergebnisse der Spurensicherung waren einerseits beruhigend, weil weder Blut noch Kampfspuren in der Scheune neben der Kneipe gefunden worden waren. Andererseits gab es aber auch unsicher machende Befunde der Untersuchung. So stammte das sichergestellte Taschentuch sicher vom Bürgermeister, und es waren auch einige Fasern eines hochwertigen Stoffes entdeckt worden, welcher laut KTU besonders als Anzugmaterial verwendet wurde. Alles in allem eine schwierige und verwirrende Situation.

Sie wollte mit Alex telefonieren, um den Termin abzuklären, danach könnte sie immer noch weiter nachdenken.

*

Nach dem Telefonat mit Theresia ließ sich Alex ernüchtert auf sein Sofa fallen. Dieser Fall brachte ungewohnt viel Arbeit mit sich, die ihn einerseits beängstigte, weil solche Fälle im Paderborner Land selten waren und die Polizei deshalb wenig Erfahrung damit hatte, ihn andererseits aber auch herausforderten und motivierten. Hoffentlich kam Theresia morgen zu dem gemeinsamen Gespräch mit dieser stellvertretenden Bürgermeisterin mit, auch wenn es sich am Telefon nicht so angehört hatte. Schließlich mussten sie sich auch noch bei der Bevölkerung umhören und um Mithilfe bei der Suche nach dem Bürgermeister bitten, aber das war morgen dran.

Alex drehte die Musikanlage auf und schaltete alle anderen Gedanken ab. Endlich mal einen Moment ausspannen. Gleich wollte er noch ein wenig im Fitnessstudio trainieren gehen, um sich abzulenken, auszupowern und auch abzureagieren. Weit war es ja nicht, nur noch eben den Song zu Ende hören und sich dann in den Audi TT setzen, um loszufahren. Wenigstens war heute der Rest des Tages frei. Morgen hätten sie schließlich noch genug zu tun, beginnend mit der Befragung der stellvertretenden Bürgermeisterin.

KAPITEL 21

5, 4, 3, 2, 1, 0.

Das Laufband verlangsamte sein Tempo, und Alex sprang mit einem eleganten Satz herunter. Wie fast jeden Abend verbrachte Hauptkommissar Kantstein seine Zeit im Fitnessstudio, nicht zuletzt, um einigen attraktiven Wesen des anderen Geschlechts zu begegnen.

Nachdem er schließlich sein tägliches Fitness-Programm beendet hatte, der Schweiß ihm aus allen Poren lief und er vor Durst fast umkam, ließ er sich erschöpft auf einen Barhocker im Erfrischungsbereich fallen.

»Einen Proteinshake bitte«, bestellte er und legte eine Zweieuromünze auf den Tresen.

»Gern, Alex«, antwortete der Barkeeper namens Frank, ein alter Schulfreund von ihm, der sich den Traum eines eigenen Fitnessstudios vor mehreren Jahren erfüllt hatte.

Gedankenversunken nahm Alex den Shake entgegen und nippte daran. Er dachte über seinen momentanen Fall, den verschwundenen Bürgermeister von Büren, nach. Ihn beschäftigte die Frage, wer um alles in der Welt einen so erfolgreichen und beliebten Mann entführt haben könnte. Wo war er? Lebte er überhaupt noch?

Nach einigen Minuten wurde der sportliche Hauptkommissar aus seinen Gedanken gerissen, als eine attraktive Frau mit beträchtlichem Brustumfang, langen, zusammengebundenen blonden Haaren und intensiv grünen Augen sich zwei Hocker entfernt von ihm hinsetzte. Als die Blondine sich mit ihrer honigsüßen Stimme schließlich einen kalorienarmen Erdbeer-Bananen-Kiwi-Smoothie bestellte, stand Alex auf und setzte sich neben sie.

»Na, Süße? Hast du dir eigentlich wehgetan, als du vom Himmel gefallen bist?«, startete er einen Flirtversuch.

»Was willst du denn?«, meinte die Blondine schnippisch.

»Was immer du willst. Ich bin recht flexibel, was solche Dinge angeht«, antwortete Alex und lehnte sich lässig gegen die Theke.

»Träum weiter!«, fauchte sie, wobei sie die Nase rümpfte und ihm den Rücken zuwandte.

»Ey, Schnucki, du weißt gar nicht, was du verpasst«, nahm Alex einen zweiten Anlauf.

Plötzlich spürte das Flirtgenie etwas Hartes im Gesicht, das sein Nasenbein nachgeben ließ. Ein unerträglicher Schmerz zuckte von der Nase ausgehend durch seinen Körper. Ihm wurde schwarz vor Augen und er nahm nur noch wahr, wie er sich im freien Fall in Richtung Boden bewegte. Als er mit dem Kopf aufschlug, verlor der Hauptkommissar endgültig die Besinnung.

*

Ein Schwall kaltes Wasser ließ Alex unsanft erwachen. Sein Kopf brummte. Nachdem er die Augen geöffnet hatte, sah er, wie Frank, der Barkeeper, mit einem großen roten Eimer in der Hand über ihm stand.

Das Erste, was der ambitionierte Polizist wieder spürte, waren die Schmerzen. Qualvolle, unerträgliche Schmerzen gingen von seiner Nase aus, und in seinem Schädel pochte es, dass Alex glaubte, jemand hämmerte in seinem Kopf mit einem Presslufthammer gegen sein Gehirn.

»Ey, Alter«, begann Frank, »was war das denn grad für ’ne krasse Aktion?«

»Wieso? Was?«, stammelte Alex verwirrt.

»Du hast dich mit unserer neuen Kick-Box-Trainerin angelegt. Die hat dir ziemlich einen auf die Nase gegeben. Das hat so geknackt, dass es mir eiskalt den Rücken runterlief«, klärte ihn Frank auf.

»Danke für die Warnung. Meine arme Nase ... Die ist bestimmt gebrochen«, stöhnte Alex und sah an sich herunter, während er aufstand. Sein weißes T-Shirt und seine kurze Sporthose waren voller Blutspritzer.

Als der angeschlagene Polizist endlich stand, drohten seine Beine einzuknicken, doch der kräftige Barkeeper hielt ihn rechtzeitig fest und stützte ihn.

»Ich glaube, wir sollten einen Arzt holen, um dich professionell versorgen zu lassen. Gerade ist ein guter Bekannter von mir an den Gewichten«, stellte Frank besorgt fest.

Alex brachte nur noch ein Kopfnicken zustande, da ihm die Situation äußert peinlich war, und er sich gedemütigt fühlte. Während er im Aufenthaltsraum des Fitnessstudios auf den Arzt wartete, der sich noch schnell abduschen wollte, schwieg er betreten. Er war zu sehr damit beschäftigt, sich zu schämen, dass er sich von einer Frau hatte ausknocken lassen.

Als der Arzt schließlich eintraf, stellte er zu Alex’ Erleichterung fest, dass das Nasenbein nicht gebrochen war, also die nächsten vier Wochen keine Schiene tragen musste, um den Spott aller Kollegen, besonders Theresias, auf sich zu ziehen. Allerdings riet ihm der Arzt schmunzelnd, dass er sich demnächst nach dem Beruf der Frau erkundigen solle, bevor er sie anbaggerte.

Alex hatte sich fest vorgenommen, eine solche Schmach

nicht noch einmal zu erleben. Bevor Hauptkommissar Kantstein das Fitnessstudio verließ, wusch er sich das Gesicht, das noch völlig blutverschmiert von dem Schlag war. Das kühle Wasser linderte den Schmerz nur wenig.

Der Parkplatz war leer, als Alex in seinen Audi stieg. Er hatte sich vorgenommen, dieses Ereignis besser für sich zu behalten und von nun an ein wenig vorsichtiger mit Frauen im Fitnessstudio umzugehen.

KAPITEL 22

Nach Tagen in diesem dunklen, dreckigen und stinkenden Verlies und einem kräftezehrenden Treppenaufstieg war er derart geschwächt gewesen, dass er sich nicht gegen seine Peinigerin – oder seinen Peiniger – hatte wehren können. Der grelle Schein der Taschenlampe und seine Entkräftung hatten dafür gesorgt, dass er zusammengekrümmt und wimmernd auf dem Boden lag. Er hatte den kalten Stein an seinen nackten Händen und Füßen wahrgenommen und den warmen Wind, der ihm über sein Gesicht geweht war, förmlich in sich aufgesogen. Die feuchte und kühle Verliesluft hatte ihn mit der Zeit vergessen lassen, wie schön eine laue Sommernachtsbrise doch war. Danach hatte ihn sein Peiniger mit einigen Fußtritten dazu gezwungen, aufzustehen, doch obwohl er ihm – oder ihr – direkt gegenüberstand konnte er nichts erkennen, sondern musste sich abwenden, da ihn das Licht der Taschenlampe schmerzhaft blendete. Daraufhin hatte er sich eine Backpfeife eingefangen, die ihn erneut zu Boden warf. Aber niemand befahl ihm nun, sich wieder aufzurichten. Im Gegenteil.

Spucke landete in seinem Gesicht, die er mit seinem linken Handrücken angeekelt abwischte.

Dann hörte er die komplett in Schwarz gekleidete Person mit ungewöhnlich hoher Stimme sagen: »Du bist ja kaum wiederzuerkennen, Bürgermeisterchen! Sind wir etwas geschwächt? Oh, tut mir leid. Oder halt, nein, eigentlich nicht. Du hast es verdient. Du hast verdient, in diesem Keller zu verrotten. Du hast verdient, alles zu verlieren.«

»Bitte lass mich gehen. Ich gebe dir alles, was du willst!«, flehte der Bürgermeister und rutschte auf seinen Knien hin und her. Die Hände hatte er gefaltet und streckte sie der Person entgegen. Wahrscheinlich war es doch eine Frau. Oder täuschten ihn seine Sinne?

»Nun sieh sich einer mal diesen Knilch an. Ha, dass ich nicht lache. ›Ich gebe dir alles, was du willst‹«, äffte sie ihn nach. »Als ob mich Geld interessiert. Das Einzige, was ich haben wollte, habe ich bereits – *dich*! Ich wollte sehen, wie du leidest, wie du dich quälst, wie du den Verstand verlierst.«

»Aber warum?«, wimmerte Maximilian Krämer leise. »Was habe ich dir getan? Ich kenne dich doch gar nicht!«

»*Du* bist dafür verantwortlich, dass mein Leben ein Scherbenhaufen ist und schon immer einer war«, schnaubte die Unbekannte, »wegen dir bin ich durch die Hölle gegangen. Du hast alles, was eigentlich mir zusteht. Aber in dieser Hölle wirst du bald auch landen. Wie lange habe ich auf diesen Tag gewartet. Endlich ist es so weit. Nur du und ich.«

Maximilian Krämer wurde von den Knien hochgerissen. Seine Entführerin zerrte ihn ein Stück weiter. Er versuchte, sich dagegenzustemmen, aber seine Kraft reichte nicht aus. Das war ein ungleicher Kampf, den er nicht gewinnen konnte. Schließlich stieß er mit dem Fuß vor ein Hindernis. Der Wind frischte auf.

»Steig auf die Mauer!«, befahl die Entführerin und packte ihn im Nacken, um ihn auf die Brüstung zu hieven.

»Was hast du vor?«, fragte er ängstlich und wand sich dabei wie eine Schlange, um sich aus dem eisernen Griff zu befreien – ohne Erfolg.

»Stell keine dummen Fragen, sondern tu, was ich dir sage, sonst hast du gleich eine Kugel im Kopf«, wurde er angefaucht. Hinzu kam, dass er nun eine Pistole in seinem Rücken spürte, die ihm klarmachte, dass jede Verweigerung seinen Tod bedeuten konnte.

Also kletterte er auf die Mauer. Der Wind pfiff um das alte Gemäuer. Er meinte, das Gesicht seiner geliebten Frau Annegret sehen zu können, doch er wusste, dass das bloß Einbildung war, ein erneuter Streich seines Verstandes. Schließlich trug er doch immer noch diese lästige Augenbinde. Wie gern nähme er sie jetzt in den Arm, würde sie küssen und ihr sagen, wie sehr er sie liebte. Genauso seine Kinder. Besonders Clara.

»Umdrehen!«, ertönte es hinter ihm in einem Befehlston, der keinen Widerspruch duldete. Also drehte er sich langsam und vorsichtig auf dem, was seine Entführerin als Mauer bezeichnet hatte, um. Er versuchte, trotz seiner verbundenen Augen das Gleichgewicht zu wahren. Ihm wurde die Augenbinde abgerissen. Endlich.

Nun schaute er seinem Peiniger direkt ins Gesicht, das von einer Sturmmaske verhüllt war. Erneut sah er nur die eisblauen Augen, die in wilder Entschlossenheit funkelten. Es kamen wieder Zweifel auf: War es eine Frau? Was sollte er hier?

»Bitte!«, flehte er. Tränen flossen heiß und salzig über seine Wangen. Seine Knie zitterten. Er atmete schnell und flach. Der Schweiß lief ihm den Rücken herunter.

»Dazu habe ich viel zu lange auf diesen Augenblick gewartet«, flüsterte die Person, riss sich die Maske vom Kopf und stieß ihm mit der Hand gegen die Brust.

Er ruderte mit den Armen, versuchte vergeblich, das Gleichgewicht zurückzugewinnen, doch schließlich passierte es. Maximilian Krämer kippte nach hinten weg, sodass er schließlich mit dem Rücken voran in Richtung Boden stürzte. Im letzten Moment konnte er jedoch noch einen Blick auf die Person erhaschen, die ihn umbringen wollte. Ihn mit dem Stoß umgebracht hatte. Doch das Einzige, was er sehen konnte, waren lange Haare, die im Wind wehten. Doch eine Frau? Aber was half ihm das nun?

Es war der klarste Moment seines Lebens. Noch nie hatte er sich so befreit gefühlt von allem und jedem. Aber neben diesem Gefühl der Freiheit regte sich auch Wut in ihm: Wut auf diese Entführerin, Wut auf sich selbst, weil er zu wenig Zeit mit seiner Familie verbracht hatte und schließlich Wut auf die Welt. Weshalb er? Weshalb jetzt?

Dann erinnerte er sich: sah seinen ersten Schultag, seine Abiturentlassung, die Studentenparty, auf der er Annegret kennengelernt hatte, ihre Hochzeit, den Wahlabend, an dem er zum Bürgermeister gewählt worden war, die Geburten seiner drei Kinder.

Alles in allem hatte er ein äußerst erfülltes Leben gehabt. Ein kurzes, aber erfülltes Leben. Neben diesen Gedanken und seiner Wut flackerte auch Angst auf: Angst um seine Familie. Was wurde nun aus ihnen? Warum durfte er nicht mit Annegret alt werden? Warum nicht erleben, wie seine Kinder begannen, auf eigenen Füßen zu stehen?

Ein heftiger Aufprall riss ihn aus seinen Gedanken, und er spürte, wie Knochen mit kackendem Geräusch brachen, Bänder schmerzhaft rissen, Adern platzten und Gelenke ausgerenkt wurden. Alles drehte sich um ihn herum, aber die Schmerzen, die er erwartet hatte, blieben aus. Die Welt um Maximilian Krämer herum wurde dunkel. Es gab nur noch warmes, weißes Licht, das ihn in Empfang nahm. Vorbei.

KAPITEL 23

Ja, mein neues Leben? Das interessiert Sie jetzt, kann ich mir denken. Wie kommt ein Teenager allein in der weiten Welt klar? Und dann noch ein Teenager, der gänzlich auf sich allein gestellt ist, der nicht nur mal einen Auslandsaufenthalt in den USA macht, von dem er weiß, dass er jederzeit in den Schoß seiner Familie, die ihn liebend wieder aufnehmen wird, zurückkehren kann. Ja, es war schwer, verdammt schwer. Ich erinnere mich, dass ich in der ersten

Zeit eigentlich gar nichts tat. Ich zog in meine neue Wohnung und richtete mich ein, so gut ich konnte, Geld hatte ich ja. Meine Eltern hatten tatsächlich die vereinbarte Summe überwiesen, was für mich die Bestätigung dafür war, wie viel Dreck sie eigentlich am Stecken hatten. Es tat mir weh – seltsam, nicht wahr, dass es immer noch Dinge gab, die mir überhaupt nahegehen konnten – zu sehen, wie bereitwillig sie tatsächlich auf diese Forderung eingegangen waren.

Ich richtete mir von ihrem Geld die Wohnung ein und lebte in den ersten Monaten in Saus und Braus. Es war, als wäre ich einem absoluten Kaufrausch verfallen. Designerklamotten, Designermöbel, die technische Ausstattung meiner Wohnung – alles war vom Feinsten. Ich zog durch die Läden, als wenn es kein morgen gäbe, kaufte schöne und teure Dinge. Nach jedem Shoppingtrip kam ich nach Hause, verstreute meine neuen Klamotten, Accessoires und was auch immer ich gekauft hatte in meiner Wohnung, warf mich auf mein Sofa, streckte die Beine von mir, verschränkte die Arme hinter dem Kopf und schaute mich voller Befriedigung um. In diesen Momenten war ich glücklich, so dachte ich zumindest. Es war für mich ein Gefühl, das die Wärme und Liebe, die ich nie wirklich erlebt hatte, ersetzte. In diesen Momenten schwelgte ich in einem trügerischen Gefühl von Glück, das den Zwang nach immer mehr, nach immer teureren Dingen weckte, der stets befriedigt werden wollte. Mein Glück bestand aus materiellen Dingen. Wie hätte es auch anders sein können, da ich doch nie wahre Liebe kennengelernt hatte.

Und so lebte ich eine Zeit lang zufrieden in den Tag hinein. Allerdings holte mich in den Nächten die Realität wieder ein. Ich wachte oft nachts auf, schweißgebadet von den Träumen, die mich quälten, mir den Atem raubten und mich glauben ließen, sterben zu müssen. Ich konnte nie genau rekapitulieren, worum es in den Träumen gegangen war, aber im tiefsten Inneren war mir klar, dass ich in diesen Träumen mit meinen Kindheits- und Jugenderlebnissen konfrontiert wurde.

Was mich zudem bald einholte, war meine finanzielle Situation. 10.000 DM waren in meinen Augen viel Geld, natürlich, ich war ein junges Mädchen, das nie viel besessen hatte. Und so hatte ich keine Vorstellung davon, wie schnell dieses Geld tatsächlich ausgegeben war. Irgendwann flatterten Mahnungen bei mir ins Haus über unbezahlte Rechnungen und Ratenzahlungen für Dinge, von denen mir gar nicht mehr bewusst war, dass ich sie überhaupt gekauft hatte. Ich war ratlos, las die ersten, zweiten und dritten Mahnungen zwar, legte sie aber zur Seite, ohne irgendwelche Konsequenzen zu ziehen. Ich verdrängte die Tatsache, dass ich pleite war, vollkommen.

Und so kam es, wie es kommen musste. Eines Tages stand ein Gerichtsvollzieher in meiner Wohnung und beschlagnahmte meinen Fernseher und meine Stereoanlage. Ich konnte es zunächst nicht fassen, tobte vor Wut, bis der nette Herr im grauen Anzug mir klarmachte, dass dies das normale Vorgehen bei Menschen sei, die einfach ihre Rechnungen nicht bezahlten. Ich konnte es nicht fassen. Wie hatte es nur so weit kommen können? Ich hatte keine Ahnung vom normalen Leben, das offensichtlich alle anderen lebten. Wie und woher hätte ich es auch wissen sollen?

Tagelang noch war in mir eine Wut auf Gott und die Welt, die ich kaum kanalisieren konnte. Ich tobte in meiner Wohnung umher, begann Dinge zu zerstören, zu randalieren, zerschnitt Sofakissen mit einer Raserei, die jenseits jeglicher Rationalität lag. Und Sie werden es kaum glauben: Ich habe mich selten so gut gefühlt wie in diesen Momenten der Raserei. Ich spürte, dass in dieser Zerstörungswut und ausgelebten Aggressivität eine Kraft lag, die ich in meinem ganzen Leben zuvor nie gespürt hatte. Zum ersten Mal fühlte ich mich mächtig, als Herrin der Lage. Und dieses Gefühl weckte unglaubliche Befriedigung in mir.

Schließlich war ich so erschöpft, dass ich in einen komaähnlichen Schlaf fiel. Ich weiß bis heute nicht, ob dieser Schlaf nur ein paar Stunden oder gar einige Tage gedauert hat. Aber als ich wach wurde, erfasste mich das totale Entsetzen. Ich erinnere mich, wie ich langsam die Augen aufschlug, blinzelnd um mich sah und nach und nach das ganze Ausmaß meiner Zerstörungswut erfasste. Was ich sah, konnte ich kaum glauben. Ich wankte durch die Wohnung, die ich mit so viel Hingabe – und Geld – eingerichtet hatte, und das Entsetzen packte mich mit jedem Schritt und jedem Raum, den ich betrat, stärker. Nichts war mehr übrig von meiner Einrichtung: Teller und Gläser auf dem Boden zerschmettert, das Sofa, sämtliche Kissen, Bettdecken und mein Teppich zerschnitten, im Bad der eingebaute Spiegelschrank aus der Wand gerissen. Und zu guter Letzt waren die Wände mit obszönen Sprüchen und gewalttätigen Bildern verziert, die mir jetzt beim Betrachten Angst und Ekel einflößten. Ich konnte es nicht fassen.

Mein erster Impuls war, die Polizei anzurufen, um einen Einbruch zu melden. Ich war der festen Überzeugung, jemand habe bei mir eingebrochen und dieses Chaos hinterlassen. Schließlich waren ja auch alle meine elektronischen Geräte verschwunden. Und so begann ich panisch, in dem Chaos zu wühlen, wobei mein Blick auf ein Blatt Papier fiel, auf dem ich fett gedruckt das Wort »Gerichtsvollzieher« lesen konnte. Ich zögerte kurz, nahm das Papier hoch und las, und mit jedem Satz wurde mir klarer, dass kein Einbrecher für meine Situation verantwortlich war. Mit jedem Wort wuchs in mir die Erkenntnis, dass ich es selbst gewesen war, die all dies angerichtet hatte. Können Sie sich vorstellen, wie ich mich fühlte? Sind Sie schon einmal morgens wach geworden und wussten nicht mehr, was Sie am letzten Abend getan haben? Falls ja, können Sie zumindest ansatzweise nachempfinden, wie ich mich in diesem Augenblick der Erkenntnis gefühlt habe. In mir stieg eine nie gekannte Angst auf. Ich blickte wild um mich, Tränen liefen mir die Wangen herunter, ich sank zusammen, zog die Beine eng an meinen Körper und umklammerte sie mit beiden Armen.

Wieder einmal war ich am Abgrund, an einem weiteren Tiefpunkt meines Lebens angekommen.

Aber soll ich Ihnen etwas verraten? Ich konnte mich zwar nicht mehr an meine Taten erinnern, aber dieses wohlige und erregende Gefühl der Macht, das meine Aggressionen begleitet hatte, spürte ich noch immer in mir.

KAPITEL 24

Wie fast jeden Sonntagmorgen stand Sven Hennemann vor dem Spiegel und rasierte sich in aller Ruhe, wobei er immer sein Lieblingslied »Highway to Hell« laufen ließ. Seine Wohnung in Steinhausen bewohnte Sven erst seit der Trennung von seiner Frau Katharina, die mit ihren gemeinsamen Kindern René und Hannah zusammen in ihrem Haus in Brenken lebte. Als Sven gerade den Rasierer wieder ansetzte und an seiner Wange herunterfuhr, klingelte es plötzlich. Vor Schreck schnitt sich die Klinge ins Fleisch des 39-jährigen Lehrers.

»Was ein für Mist!«, fluchte Sven und hielt sich die Hand auf die Wange, die rasch zu bluten begonnen hatte. Schnell rannte er in die Küche, riss ein großes Stück Küchenrolle ab und presste es auf die dünne, aber tiefe Wunde. Es klingelte noch einmal, und Sven stolperte zur Tür. Als er öffnete, stand Katharina vor ihm. Etwas verwirrt ließ er das schon blutgetränkte rote Tuch los, sodass ein neues Rinnsal Blut seine Wange herunterlief und auch einige Tropfen auf Katharinas weiße Schuhe tropften.

»Was machst du denn hier?«, fragte er verwirrt.

»Das hätte ich mir ja denken können«, sagte Katharina enttäuscht, »du wolltest doch mit deinen Kindern die Wewelsburg besuchen. Die Wiedereröffnung mit Mittelaltermarkt! Oder hast du das vergessen?«

Plötzlich fiel es Sven siedendheiß wieder ein. Die Verabredung mit seinen Kindern war ihm tatsächlich entfallen. »Du weißt doch, dass ich sehr beschäftigt bin«, verteidigte er sich, »da kann so was schon mal passieren. Ich bin sofort fertig. Wo sind die beiden denn?«

»Sie sitzen im Auto und warten auf ihren Vater, so wie immer, wenn sie etwas mit ihm unternehmen wollen«, sagte Katharina mit gefährlichem Unterton.

»Gut, ich mache mich schnell fertig. Die beiden können ruhig hereinkommen. Es dauert auch nicht lange.« Sven lief ins Badezimmer.

Während er sich fertig rasierte, hörte er seine beiden Kinder hereinpoltern. Der siebenjährige René verkündete gerade lautstark, dass er sich heute den Ritterkampf auf der Burg angucken wollte. Dagegen wollte die fünfjährige Hannah, der kleine Sonnenschein der getrennten Familie, endlich Prinzessin sein. Sven lächelte. Er konnte sich keine besseren Kinder vorstellen. Als er aus dem Badezimmer trat, wurde er sofort stürmisch von den beiden begrüßt. »Papa!«, riefen sie wie aus einem Mund und redeten sofort auf ihren Vater ein: »Wir sehen uns doch den Ritterkampf an, oder?«, »Ich will eine Prinzessin sein!«, »Essen wir danach eine Bratwurst?«

Etwas überwältigt, aber lächelnd entgegnete ihr Vater: »Hey, ganz ruhig, ihr beiden. Heute ist euer Tag! Wir machen alles, was ihr wollt. Aber zuerst sollten wir vielleicht losfahren.«

Die ganze Woche hatten sich Hannah und René schon auf diesen Tag gefreut, denn an diesem Sonntag sollte die Wewelsburg, die einzige Dreiecksburg Deutschlands mit einer weit über die Grenzen der Region bekannten Jugendherberge, wiedereröffnet werden. Die Burg war drei Monate restauriert worden und deshalb in dieser Zeit geschlossen gewesen. Jetzt aber sollte mit viel Musik, Tanz und anderen zahlreichen Attraktionen gefeiert werden, auch für die kleinen Gäste war für Unterhaltung gesorgt.

Als sie nun endlich im gelben Mini ihres Vaters saßen, waren sie glücklicher denn je. »Endlich kann ich eine Prinzessin sein«, freute sich Hannah und klatschte dabei in die Hände. »Und ich werde dich vor dem großen bösen Drachen retten«, sagte René stolz.

»Wenn der große böse Drache dich nicht vorher wie ein Hühnchen röstet«, flüsterte Sven in einem gruseligen Ton. Danach schaute er in den Rückspiegel, legte den Rückwärtsgang ein und fuhr los.

*

Langsam rollte der gelbe Mini über die Almebrücke. Die ganze Zeit hatten die drei ausgelassen herumgesponnen und sich über einen tapferen Ritter, einen mächtigen Zauberer und eine bildhübsche Prinzessin unterhalten, die gemeinsam spannende Abenteuer erlebten. Nun erreichten sie die letzte Etappe ihres Ausflugs. Sven blinkte und bog schließlich links ab, um den Burgberg hinaufzufahren. »Hoffentlich ist es nicht zu voll, sonst finde ich keinen Parkplatz mehr«, murmelte er und schaute hinauf zum wolkenlosen Himmel, der ihm aufgrund der bei diesem schönen Wetter zu erwartenden Menschenmassen wenig Hoffnung auf einen freien Abstellplatz machte.

Plötzlich rollte etwas Grün-Rotes keine fünf Meter vor Svens Auto entfernt vom bewaldeten Burghang auf die Straße, sodass Sven eine Vollbremsung hinlegen musste.

Er stieg aus dem Wagen, nachdem er die Kinder angewiesen hatte, sitzen zu bleiben. Das merkwürdige Etwas lag nun keine drei Meter mehr von ihm entfernt, und der verunsicherte Lehrer konnte immer noch nicht erkennen, um was es sich handelte.

Zwei Meter …

Ein Meter …

Das Ding lag nun direkt vor ihm, und je genauer er hinschaute, desto mehr glich es einem menschlichen Körper. Sven ging in die Knie, um es, was immer es auch sein mochte, näher zu betrachten. Als er genauer hinsah, schreckte er zurück. Das, was vor ihm lag, war wirklich ein Mensch, wenn man es noch als solchen bezeichnen konnte. Er war völlig blutüberströmt, die Gliedmaßen waren verrenkt, und alles war mit einer faulig riechenden Mischung aus Blättern, Erde, Moos und Blut überzogen.

»Papa, warum kann der Vogel nicht mehr fliegen?«, fragte die kleine Hannah, die plötzlich neben ihm stand. Anscheinend war er so auf den Menschen fixiert gewesen, dass er sie nicht hatte aussteigen hören.

»Hannah, mein Schatz. Ich glaube, der Vogel hat sich den Flügel gebrochen. Komm, wir gehen zum Auto zurück, und dann rufen wir den Tierarzt an«, sagte Sven lächelnd, denn er wollte Hannah auf keinen Fall Angst machen. Die beiden gingen zurück zum Auto. Doch die Nummer, welche Sven wählte, war nicht die des Tierarztes, sondern die der Polizei.

KAPITEL 25

Theresia und Alex saßen gemeinsam in Alex' Audi TT. Er hatte es schließlich doch noch geschafft, seine Kollegin davon zu überzeugen, heute mit zur Wiedereröffnungsfeier der Wewelsburg zu kommen. Auch wenn sie darauf bestanden hatte, dass er mit Gesine von Hohenleben sprach. Theresia war inzwischen gespannt, ob diese stellvertretende Bürgermeisterin wirklich so war, wie Doris Meyerhoff sie beschrieben hatte.

Plötzlich klingelte Theresias Handy. Während sie wieder einmal in ihrer Handtasche herumwühlte, um es zu finden, meinte Alex zu ihr: »Ach, Röschen, kannst du dir nicht mal einen anderen Klingelton zulegen? Das ist doch sicherlich noch der Standardton, und der klingt wirklich grausam!«

Theresia schaute nur einmal böse zu Alex hinüber und gab ihm dann ein Zeichen, ruhig zu sein, als sie recht umständlich abnahm: »Hauptkommissarin Theresia Rose, mit wem spreche ich?«

»Kommissar Patrick Meyer, Polizeistelle Büren. Können Sie mir bitte mal eben Alex geben, er geht nicht an sein Handy, wahrscheinlich ist es ausgeschaltet …«, meldete sich der Kumpel von Alex, mit dem dieser das letzte Mal am Freitagmittag telefoniert hatte.

Theresia antwortete leicht genervt: »Das geht nicht, der fährt uns gerade zur Wewelsburg, nicht dass er noch so wie der Schnittmann endet, aber auch egal. Wenn ich schon einmal dran bin, kann ich auch als Nachrichtenüberbringerin fungieren, was soll ich ihm denn von Ihnen ausrichten?«

Alex musste schmunzeln, als er an den Besuch beim Vorgesetzten am Freitag zurückdachte, so von Röschen beschimpft werden wollte er lieber nicht. Hätte er doch den Akku gestern nach seiner Blamage noch aufgeladen … Aber das Einzige, was er nach dem peinlichen Zwischenfall gestern im Fitnessstudio noch gemacht hatte, war, sich ins Bett zu legen. Immerhin war der sonst so aufmerksamen Theresia seine lädierte Nase noch nicht aufgefallen.

»Es richtet sich eigentlich an Sie beide, Frau Rose, Sie

haben doch eben gesagt, dass Sie auf dem Weg zur Wewelsburg sind, oder?«, zögerte Patrick die Hiobsbotschaft weiter hinaus.

»Ja, wir sind, glaube ich, gleich da, aber jetzt sagen Sie schon, was ist denn?«, drängte Theresia.

»Es gibt einen Toten am Burghang, möglicherweise euer Fall und somit unser Bürgermeister …«, erläuterte Patrick.

»Was? Wirklich? Haben Sie schon das Gelände vor Ort absperren lassen? Sind die KTU und unsere Rechtsmedizinerin verständigt?«, fragte Theresia zunächst noch entsetzt, dann aber sofort strukturiert denkend.

»Ich habe gerade zwei meiner Polizisten nach Wewelsburg geschickt, die KTU und die Rechtsmedizinerin rufe ich sofort an. Sie werden aber wahrscheinlich vor den Kollegen vor Ort sein.«

Schon erblickten Alex und Theresia eine recht lange Autoschlange, die bis über die Almebrücke unterhalb der Wewelsburg hinausreichte. Wie die anderen Autofahrer, musste auch Alex seinen Wagen stoppen. Er lenkte ihn jedoch, anders als die anderen, an den grasbewachsenen Seitenstreifen.

Zusammen mit Theresia stieg er aus, diese hatte sich inzwischen von Patrick verabschiedet. Gemeinsam bahnten sie sich einen Weg an den wartenden Autos vorbei, viele der Fahrer waren bereits ausgestiegen, um nach der Ursache der Verzögerung Ausschau zu halten, sodass Theresia und Alex sie dazu auffordern mussten, wieder in ihre Wagen zurückzukehren. Gemeinsam überquerten die beiden die Almebrücke.

Von der Wewelsburg schallten unterschiedliche Geräusche hinab in das Tal: Neben mittelalterlicher Musik war auch das Geschrei einiger Händler deutlich zu hören.

Kurz hinter der Kurve am Berghang stand ein gelber Mini an der Spitze der Autoschlange. Während Alex auf die Leiche, die vor dem Wagen lag, zuging, klopfte Theresia an das Fenster der Fahrerseite. Der wie gebannt auf den Toten starrende Sven Hennemann reagierte jedoch erst beim zweiten, energischeren Klopfen Theresias und öffnete die Autotür.

Auf der Rückbank waren Hannah und René immer noch dabei, sich einen schönen Tag auf der Wewelsburg mit Rittern, Drachen und Prinzessinnen auszumalen. Auch wenn der wohl keine Realität mehr werden sollte.

»Guten Tag, ich bin Hauptkommissarin Theresia Rose, und das dort drüben ist mein Kollege Alexander Kantstein … Und Sie sind?«, sprach Theresia den sehr bleichen Sven in der für sie typischen Art an.

»Sven Hennemann«, antwortete dieser mit leiser Stimme.

Alex kam zu den beiden zurück und meinte: »Er ist es, da bin ich mir ziemlich sicher. Er ist wirklich übel zugerichtet. Vermutlich vom Turm gestürzt – der Leichnam ist blutverschmiert. An ihm kleben einige Pflanzenreste. Das überlassen wir wohl lieber der Rechtsmedizinerin. Haben Sie zufällig Polizei-Absperrband dabei?«

Theresia beförderte mit nur einem einzigen Griff in ihre scheinbar unerschöpfliche Handtasche eine angebrochene Rolle des Bandes ans Licht. Mit dem Gedanken, dass Theresia phänomenal wäre, wenn sie auch ihr Handy in dieser Geschwindigkeit finden könnte, machte Alex sich an das Absperren der Straße.

Währenddessen redete Theresia beruhigend auf Sven ein, der gerade aussteigen wollte: »Ist ja schon gut, bleiben Sie doch erst mal im Auto sitzen. Also, was ist passiert?«

Hannah und René waren inzwischen still geworden.

Ihr Vater antwortete schleppend: »Plötzlich rollte etwas von dem Abhang da vorne runter. Ich weiß auch nicht mehr so genau, nur noch, dass ich ausstieg, um zu schauen, was dort lag, und dass ich sofort bei Ihren Kollegen in Büren anrief. Ist das wirklich unser Bürgermeister? Was ist hier nur passiert?«

»Ich glaube, das Beste ist, wenn Sie mit Ihren Kindern wieder nach Hause fahren. Haben Sie morgen Zeit, zu uns nach Paderborn in die Riemekestraße zu kommen?«, fuhr Theresia mit ruhiger Stimme und tröstender Hand auf der Schulter des jungen Lehrers fort. Sie hatte in ihrem Berufsleben schon oft Situationen wie diese erlebt. Es war immer wieder ein Schock, wenn Menschen mit einem gewaltsamen Todesfall konfrontiert wurden. Sie selbst waren dagegen eher abgehärtet, auch wenn sie nicht ständig mit Toten zu tun hatten. Dennoch war es immer merkwürdig, vor einer Leiche zu stehen.

»So gegen drei oder vier?«, schlug Sven immer noch leise, aber mit etwas festerer Stimme vor.

»Das ist doch super, so machen wir das, fragen Sie einfach am Empfang nach uns, hier ist meine Karte!«, bestätigte Theresia und drückte ihre Karte dem immer noch schreckensstarren Hennemann in die Hand.

Alex kam mit dem Rest des Absperrbandes und zwei Männern in Polizeiuniform zurück. »So, die beiden übernehmen jetzt hier, Frau Rose. Wir können dann gleich hoch zur Burg gehen, um die Schreckensbotschaft weiterzureichen und mit dieser Gesine von Hohenleben zu sprechen. Ich bin gespannt, was uns jetzt noch für Dinge erwarten.«

»Lassen Sie uns eben noch die Autofahrer da unten zurückschicken und Ihr Auto abschließen. Tot ist nun einmal tot, da kommt es auf die fünf Minuten auch nicht mehr an«, stellte Theresia wenig empathisch fest.

»Mir graut schon vor dem Wutausbruch unseres Dr. Schnittmann«, fügte Alex, schulterzuckend hinzu.

Während sich einer der beiden Polizisten um Sven und seine beiden Kinder kümmerte, sperrte der andere die obere Zufahrt der Straße. Wieder hupten die Autofahrer. Als schließlich die ersten Autos wendeten und zurückfuhren, um sich einen anderen Weg zur Burg zu suchen, war es Viertel vor zwölf.

KAPITEL 26

Es war ein wunderschöner sonniger Sonntagmorgen, als Gesine von Hohenleben, eine elegant gekleidete Dame im Alter von 45 Jahren mit braunem mittellangem Haar, aus ihrem silbernen Mercedes stieg. Ihr knielanger blauer Rock und die weiße Bluse wehten ein wenig im Wind, während sie auf die Wewelsburg zuging. Nach monatelangen Bauarbeiten sollte die Burg endlich wiedereröffnet werden, was mit einem Mittelaltermarkt und anderen zahlreichen Attraktionen gefeiert wurde.

Als pflichtbewusste stellvertretende Bürgermeisterin von Büren hatte Gesine von Hohenleben ebenfalls zu erscheinen. Außerdem waren solche Veranstaltungen immer eine gute Gelegenheit, um mit Bürgern ins Gespräch zu kommen und vielleicht auch schon etwas Werbung für die nächste Bürgermeisterwahl zu machen. Der verschwundene Bürgermeister motivierte sie zusätzlich. Eine gute Möglichkeit, um sich selbst in das richtige Licht zu rücken.

Sie schlenderte vom Parkplatz zum Marktgeschehen. Um sich die Zeit zu vertreiben, blieb die eher unbekannte Stellvertreterin des Bürgermeisters von Büren vor einem Stand stehen, an dem es Bogen in allen Formen, Farben und Größen zu kaufen gab. Nach einigem Stöbern erstand Gesine schließlich einen Bogen für ihren 10-jährigen Sohn Timo für »unschlagbare« 24,99 €. Wucher, wie sie fand. Allerdings konnte sie es sich nicht leisten, bei ihren Bürgern negativ aufzufallen. Denn eine stellvertretende Bürgermeisterin beim Feilschen wäre bestimmt ein gefundenes Fressen für die lokale Presse:

Stellvertretende Bürgermeisterin zu arm,
um Billig-Bogen zu kaufen!
– Brauchen Politiker doch mehr Geld? –

Gesine konnte die Schlagzeile bereits vor ihrem geistigen Auge sehen. So was konnte sie nun ganz und gar nicht gebrauchen. Dann doch lieber ein paar Euro mehr zahlen.

Als ein Verkäufer plötzlich begann, lautstark seine Waren anzupreisen, wurde sie jäh aus ihren Gedanken gerissen.

»Kaufen Sie jetzt einen Suppentopf aus Gusseisen! Für nur 29,99 € und nur heute! Dieser Topf wird Ihr Kocherlebnis revolutionieren! Greifen Sie jetzt zu!«, pries der Händler seine Ware an. Interessiert gesellte sich Gesine zu den anderen Schaulustigen.

»Mit diesem Topf werden Sie Ihre Suppe in einer anderen Dimension erleben«, fuhr der Verkäufer fort. »Die Suppe ist bis zu zweimal schneller zubereitet und schmeckt auch doppelt so gut. Greifen Sie zu!«

»Ich nehme einen«, hörte die von sich selbst überraschte Stellvertreterin sich sagen, obwohl sie eigentlich gar keinen Suppentopf benötigte. Aber es kam bei ihren Mitbürgern bestimmt gut an, wenn sie diesen lokalen Händler unterstützte.

»Danke sehr, gnädige Frau. Das macht dann 29,99 €. Aber weil sie so bezaubernd aussehen, bekommen sie zwei Euro Rabatt«, sagte der Straßenhändler und grinste dabei schelmisch.

»Hier nehmen Sie und her mit dem Ding«, fauchte Gesine den aufdringlichen Mann an, legte ihm 30 € auf den Tisch und verließ schnellen Schrittes den Stand mit dem Suppentopf in der Hand.

Wehe, die Suppe revolutioniert mein Geschmackserlebnis nicht. Dann ist aber was los, dachte sie, während sie zurück zu ihrem Auto ging, um den Bogen und den Topf zu verstauen, damit sie den Kram nicht die ganze Zeit mit sich herumtragen musste. Immerhin hatte sie jetzt die heimische Wirtschaft unterstützt.

Als sie fertig war, schaute sie bestürzt auf ihre goldene Armbanduhr. Es war bereits kurz vor 12 Uhr. Dann sollten sowohl die Veranstaltung als auch die Burg offiziell von Bürgermeister Dr. Maximilian Krämer eröffnet werden. Im Laufschritt, so schnell es ihre hochhackigen Schuhe gerade noch zuließen, rannte Gesine in den Burginnenhof, um parat zu stehen, falls der Bürgermeister tatsächlich nicht kommen sollte. Die ganze Nacht hatte sie an ihrer Rede gefeilt, damit sie für den Ernstfall gut vorbereitet war. Sie war sich ziemlich sicher, dass der verschwundene Bürgermeister auch zu diesem so wichtigen Termin nicht wieder auftauchte, und lächelte siegessicher in sich hinein.

Im Innenhof angekommen, fuhr sie sich mit der linken Hand durch ihre braunen Locken, um sicherzugehen, dass ihre Frisur auch perfekt saß. Mit ernster Miene trat die stellvertretende Bürgermeisterin hinter die kleine Bühne, die für den Festredner aufgebaut worden war. Dort begegnete sie einigen mehr oder weniger wichtigen Leuten der Stadtverwaltung. Nur die Sekretärin des Bürgermeisters fehlte. Aber das hatte Gesine sich schon gedacht, denn ihr war nicht verborgen geblieben, wie sehr Doris Maximilian Krämer verehrte. Schon bevor er an seinem Arbeitsplatz erschienen war, hatte sie hingebungsvoll Kaffee gekocht, ihm ein Stückchen selbst gebackenen Kuchen und die Zeitung auf den Schreibtisch gelegt.

Als die Glocke der St. Jodokuskirche zwölf schlug, wurde Gesine nervös. Nach einer Wartezeit von höflichen fünf Minuten betrat die Stellvertreterin des Verschollenen die Bühne und stellte sich an das Rednerpult, auf dem die vorbereitete Rede des Bürgermeisters lag.

Im Innenhof befanden sich schon so viele Menschen, dass Leute sogar auf der Brücke vor dem Eingangstor der Burg dicht gedrängt beieinanderstanden und gespannt auf die Ansprache warteten. Neben diesen Zuhörern waren auch viele Besucher noch zwischen den Buden und Ständen vor der Burg unterwegs.

»Meine sehr geehrten Damen und Herren!«, begann Gesine mit anfangs zittriger, aber zunehmend sichererer Stimme.

»Da unser Bürgermeister, wie Sie sehen, es *nicht für nötig hielt*, heute an diesem herrlichen Tag zu erscheinen, um diese wunderschöne Burg nach monatelangen Restaurationsarbeiten wiederzueröffnen, werde ich, seine Stellvertreterin, dies für ihn übernehmen. Ich hoffe, Sie als Wählerinnen und Wähler werden dieses bei der nächsten Kommunalwahl zu schätzen wissen … Seit Langem ist die Wewelsburg bereits Wahrzeichen unserer schönen Stadt, und trotz zahlreicher Umbauten liegt immer noch ein Zauber des Mittelalters auf ihr. Dieser Zauber …«

Die Rednerin hielt kurz inne, irritiert von Sirenenlärm und Martinshorn. Sie fuhr jedoch fort: »… dieser Zauber, der Jahr für Jahr viele Tausend Besucher unserer Region anzieht, ist ein unverzichtbarer Bestandteil der Tourismusregion Büren. Dabei dürfen wir nicht vergessen, zu welchem Zweck die Burg im Nationalsozia…«

Durch die Menschenmenge bahnten sich ein junger sportlicher Mann und eine etwas ältere Frau mühsam den Weg zur Bühne. Dort angekommen, sprang der junge Mann mit einem großen Satz auf die Bühne, während die ältere Frau die kleine Treppe auf der linken Seite benutzte.

Ohne zu zögern, nahm der Polizist in Zivil bereits das Mikrofon in die Hand.

»Meine sehr geehrten Damen und Herren, ich bin Hauptkommissar Kantstein und das ist meine Kollegin Rös… äh, Hauptkommissarin Rose. Wir bedauern die Störung, aber wir müssen Ihnen leider mitteilen, dass der Bürener Bürgermeister Dr. Maximilian Krämer vor wenigen Minuten tot am Burghang aufgefunden wurde. Wir möchten Sie alle bitten, Ihre Personalien bei den bereitstehenden Polizisten zu hinterlegen und sich zu melden, falls Ihnen heute oder in den letzten Tagen etwas Ungewöhnliches aufgefallen ist. Vielen Dank für Ihre Mitarbeit und Unterstützung!«

Ohne sich auch nur einen Zentimeter zu bewegen, hatte

Gesine von Hohenleben das Geschehen verfolgt. Ein Supergau. Einen schlechteren Zeitpunkt für diese Nachricht hätte es nicht geben können. Nachdem der Kommissar geendet hatte, war sie schließlich von der Bühne gerannt, um die bestürzten Gesichter ihrer Mitbürgerinnen und Mitbürger nicht mehr sehen zu müssen. Obwohl sie es zu unterdrücken versuchte, stand Gesine der Schock ins Gesicht geschrieben. Ebenso erging es den Stadtverwaltungsmitarbeitern. Einige waren sogar in Tränen ausgebrochen.

Selbst wenn dieser unselige Bürgermeister ihr nicht mehr im Weg stand, hatte er ihr schon wieder ihren Auftritt vermasselt. Das durfte doch einfach nicht wahr sein!

KAPITEL 27

Nachdem auch Theresia noch ihren Kommentar vor dem entsetzten Publikum abgegeben hatte, verließen sie nach Gesine von Hohenleben über eine schmale Treppe die festlich geschmückte Bühne.

Theresia meinte leise zu Alex: »Wenn ich Doris richtig verstanden habe, dann wäre diese Frau auf der Bühne gerade eine erste Verdächtige. Wir haben zwar nur ihre letzten paar Worte mitbekommen, aber es schien mir so, als ob sie unseren toten Bürgermeister möglichst schlecht dastehen lassen wollte. Aber bevor Sie loslegen, fragen

Sie doch erst einmal einen der anwesenden Mitarbeiter der Stadtverwaltung. Sie haben schließlich den Termin bei dieser Frau. Ich werde mich solange bei den Leuten hier umhören und dann auf dem Fest vorbeischauen, mal sehen, was so offenbar wird …«

Nach Theresias schon fast endlosem Monolog blieb Alex nichts anderes übrig, als zustimmend zu nicken, woraufhin Theresia ihn aufmunternd anlächelte. Außerdem wunderte er sich ein weiteres Mal über Theresias Formulierung »offenbar werden« – wann hatte er diesen Ausdruck das letzte Mal gehört? Als er in der Schule Goethe und Schiller gelesen hatte?

»Okay, machen wir das so, viel Erfolg!«, stimmte er schließlich zu. Ehe er es sich versah, war Theresia auch schon bei der ersten Mitarbeitergruppe und stellte sich wie gewohnt vor.

Auf sich allein gestellt, ging er direkt auf eine sehr hübsche, braunhaarige Frau zu und fragte sie nach der stellvertretenden Bürgermeisterin. »Hi, ich bin Alex Kantstein von der Kripo. Du kannst mich aber ruhig auch einfach Alex nennen. Weißt du zufällig, ob diese Frau, die eben neben mir auf der Bühne gestanden hat, die stellvertretende Bürgermeisterin, Gesine von Hohenleben, ist?« Dabei fiel ihm auf, dass sein Angebot, ihn zu duzen, möglicherweise in der aktuellen Situation unangebracht war – aber das war nun nicht mehr zu ändern.

Die junge Frau sah Alex zunächst verdattert an. Dann lächelte sie, wobei ihre makellosen, weißen Zähne Alex in ihren Bann schlugen. »Hi, ich bin Anastasia, schön, dich kennenzulernen«, stellte sie sich immer noch lächelnd vor. Ihr Lächeln verflog aufgrund der Situation aber sofort wieder.

Alex war wie vom Donner gerührt. Konnte ein so wundervolles Geschöpf wirklich eine so grauenvolle Stimme besitzen? Von dem Klang fühlte er sich an das kreischende Geräusch von Kreide oder Fingernägeln an den Tafeln seiner Schule erinnert. Unwillkürlich musste er auch an sein letztes frauenbezogenes Scheitern am Vortag zurückdenken. Hier ging die Ablehnung jetzt allerdings von ihm aus.

Ihm lief ein weiterer Schauer über den Rücken, als er erneut von Anastasias Stimme aus seiner Schreckstarre gerissen wurde: »Ja, diese Frau da vorne ist Gesine von Hohenleben, da hast du ganz recht. Einfach schrecklich, was sie da eben über unseren tollen Bürgermeister gesagt hat, und jetzt ist er auch noch verstorben … Er war doch immer so nett und zuvorkommend zu allen. Ein wirklich guter Chef!«

»Alles klar … äh … Anastasia, danke für deine Hilfe«, machte Alex sich schnell und etwas unbeholfen daran, sich zu verabschieden, er konnte diese Stimme einfach nicht länger ertragen.

Als er gerade gehen wollte, rief Theresia mahnend zu ihm und Anastasia herüber: »Herr Kantstein, also ich darf doch wohl bitten: Konzentrieren Sie sich auf Ihre Ermittlungsarbeit!«

Errötend verabschiedete Alex sich noch ein weiteres Mal von Anastasia, um dann schnell zu Gesine von Hohenleben weiterzugehen. Wie schaffte es Theresia nur immer wieder, ihn derart vor aller Welt bloßzustellen, beziehungsweise überhaupt immer in jeder Situation ein Auge auf ihn zu haben? Es war ihm ein ums andere Mal ein Rätsel. Jetzt würde er zunächst mit dieser hochgestochenen Baronin sprechen, vielleicht vergaß Theresia darüber ja seinen Flirtversuch mit dieser Anastasia.

Gesine von Hohenleben erwartete den Hauptkommissar bereits etwas abseits des Geschehens. »Gesine von Hohenleben, wenn ich nicht irre?«, fragte Alex sie noch einmal, um ganz sicherzugehen.

»Ganz recht, und Sie sind Kommissar Kantstein, wenn ich Sie vorhin richtig verstanden habe?«

»Ja, Frau von Hohenleben. Wir werden jetzt das weitere Vorgehen besprechen, wenn es Ihnen nichts ausmacht. Können wir uns vielleicht irgendwo setzen?«

»Natürlich, kommen Sie, in der Eingangshalle der Jugendherberge gibt es eine Sitzgruppe, da können wir ungestört reden. Das Eingangstor ist direkt hier im Innenhof der Burg bei der Treppe dort«, schlug Gesine vor.

Nachdem sie sich schweigend bis zur Treppe am Eingang der Jugendherberge durchgekämpft hatten, betraten sie die vergleichsweise ruhige Eingangshalle. Es stiegen gerade nur ein Mann, seine Frau und ihre zwei Kinder die große Treppe zum ersten Obergeschoss hinauf, um dann im Gemeinschaftsraum »Topshöfen« zu verschwinden. Sie besichtigten anscheinend die renovierte Jugendherberge.

Alex und Gesine von Hohenleben ließen sich in den etwas knarzenden, aber doch sehr gemütlichen Korbflechtstühlen im Bereich zwischen dem Kiosk der Herberge, dem Eingang und den beiden Treppen nieder.

»Schön hier«, kommentierte Alex nach einem kurzen Rundumblick durch die mittelalterlich anmutende Eingangshalle.

»Ja, aber kommen wir doch zum eigentlichen Thema unseres Gesprächs, ich habe nur wenig Zeit«, erwiderte Gesine herablassend.

»Da wir nun leider nicht mehr nur das Verschwinden, sondern auch den Tod Ihres Bürgermeisters zu verkraften haben, müssen wir das Gespräch etwas anders aufziehen als geplant. Fangen wir beim Organisatorischen an und gehen dann zu Ihrer privaten Beziehung zum Bürgermeister Krämer über, Frau von Hohenleben.«

»Was meinen Sie denn bitte schön mit privater Beziehung? Wollen Sie etwa andeuten, ich hätte ein Verhältnis mit diesem Mann gehabt? Ich und dieser überkorrekte Mensch?«, stieß Gesine wütend hervor.

»Nein, nicht im Geringsten! Es geht nicht um ein intimes Verhältnis oder etwas in der Art, sondern darum, wie Sie beide zueinander standen und wie Sie sich mit ihm verstanden haben, Frau von Hohenleben!«, bemühte sich Alex zu beschwichtigen.

»Also gut, aber beeilen Sie sich bitte wirklich, ich habe noch anderes zu tun«, lenkte Gesine ein.

»Sie sind also ab jetzt unser Kontakt zur Stadtverwaltung, Frau von Hohenleben, oder bleibt das Frau Meyerhoff, weil Sie ja so viel zu tun haben?«, fragte Alex, woraufhin sich Gesine empört gab.

»Dafür habe ich natürlich keine Zeit, auch wenn Sie mir das jetzt zum Vorwurf machen wollen. Wie stellen Sie sich das denn vor, ich muss ja jetzt von einem Tag auf den anderen die Leitung der gesamten Stadt übernehmen. Bis auf Weiteres wird Doris Ihre Ansprechpartnerin sein und die wirklich wichtigen Informationen an mich weiterleiten.«

»Dann hätten wir das also geklärt«, stellte Alex fest. Als Gesine schon aufstehen wollte, hielt er sie zurück: »Wir waren noch nicht beim zweiten Teil unseres Gesprächs angekommen. Wie standen Sie also zu Bürgermeister Krämer, Frau von Hohenleben?«

»Mmh … also ich fürchte, unsere Beziehung war eher

schlecht. Wir haben uns nie sonderlich verstanden, aber was soll man tun, wenn man immer wieder zusammenarbeiten muss? Ich glaube allerdings, dass unser gespanntes Verhältnis hauptsächlich an ihm lag. Man soll zwar nicht schlecht über Verstorbene sprechen, aber ich habe mich so lange ohne Ergebnis um eine konstruktive Zusammenarbeit bemüht, das können Sie mir wirklich glauben, Herr Kantstein …«, war Gesine bestrebt, die Beziehung zu ihren Gunsten auszulegen.

Alex hob dabei nur einmal kurz die Augenbrauen. Das hier widersprach allen bisherigen Erkenntnissen, Meinungen und Informationen über den Bürgermeister und Gesine. Als was hatte Doris sie noch gleich bezeichnet? Machtgierige Natter, oder war es Miststück gewesen? Na ja, jetzt musste er erst einmal die Befragung fortsetzen …

»Wer, glauben Sie denn, könnte dem Bürgermeister so etwas angetan haben?«

»Im Grunde genommen doch sehr viele, denke ich. Er ist ständig irgendwo angeeckt und hat Stress gemacht … Kein Wunder, er kannte die Menschen und ihre Art hier ja nicht. Wir Westfalen sind nun einmal ehrlicher und direkter als die Rheinländer. Der konnte sich doch nur an der Macht halten, weil er der Sohn eines hohen CDU-Tiers war«, begann Gesine ein weiteres Mal, und zwar mit sehr ähnlichen Worten, wie Doris sie gegenüber Theresia benutzt hatte, als sie über Gesine sprach.

Das kann ja heiter werden, dachte Alex. Immerhin hatten sie mit Gesine jemanden, der ein ausgeprägtes Motiv und auch die Möglichkeiten zu Entführung und Mord gehabt hatte.

*

Während des Gesprächs zwischen Alex und Gesine war Theresia dabei, sich auf der festlichen Veranstaltung umzuhören.

Gerade hatte sie noch Alex einen mahnenden Blick zukommen lassen, als sie schon wieder mitten im Gespräch mit den Beamten war.

»Es ist einfach nur unglaublich.«, »Wer tut nur so etwas Schreckliches?«, »Diese von Hohenleben, dass man es sich überhaupt erlauben kann, so über jemanden zu reden.«, »Der arroganten Baronin sollte man doch mal das Maul stopfen!«

Solche Kommentare in Bezug auf den Bürgermeister und die Rede seiner Stellvertreterin hatte Theresia von den Verwaltungsbeamten schließlich oft genug gehört. Auf jeden Fall war sie eine Verdächtige, diese Frau von Hohenleben. Das stellte Theresia bereits einige Minuten vor Alex fest.

Als Nächstes wollte Theresia sich bei den Festbesuchern umhören. Die Stimmung war überall spürbar gedrückt, seit Alex und sie den Tod des Bürgermeisters verkündet hatten. Überall standen kleine Gruppen herum, und es gab auf dem seit Jahren größten Fest Bürens kaum ein anderes Thema als das Verschwinden und den späteren Tod des beliebten Bürgermeisters. Was war davon zu halten?

Einige Mittelalterschausteller bemängelten die fehlende Kundschaft. Sie tranken ihren eigenen Met, statt ihn zu verkaufen. Auch die angekündigten Schaukämpfe fanden wenig Beachtung, sodass sie schnell zu Ende gebracht wurden. Theresia hatte sich zwar nie für Veranstaltungen dieser Art begeistern können, konnte die Enttäuschung der Besucher und Veranstalter aber verstehen.

Plötzlich schreckte Theresia aus ihren Gedanken auf, als sie eine ihr bekannte tiefe Stimme hörte.

»Frau Kommissarin, kommen Sie doch mal hier rüber«, brüllte Hönkes ihr zu. Er hielt gerade wieder einmal einen doppelten »Mümmelmann« in der Hand. Er stand an einem bunt geschmückten Info-Stehtisch des Kaninchenkastenumstellvereins.

»Guten Tag, Herr Hönkes, ich bin ja ganz überrascht, Sie hier anzutreffen«, begrüßte Theresia den Vorsitzenden wenig erfreut.

»Ja, wir wollten heute eigentlich Werbung für unseren Verein machen, Sie wissen ja, nach 30 Jahren macht uns der Mitgliederschwund schwer zu schaffen, aber damit wird es wohl heute nichts mehr …«, meinte Hönkes traurig und stürzte den »Mümmelmann« in einem Zug herunter. »Es tut mir auch unglaublich leid, was ich Ihnen am Donnerstag über unseren Bürgermeister gesagt habe, er konnte ja wahrscheinlich gar nichts dafür und jetzt ist er tot … Und diese von Hohenleben, unverschämt, was sie da gesagt hat, wenn ich das vorher gewusst hätte, wäre sie am Mittwochabend gar nicht bei uns reingekommen!«

»Ja, es ist wirklich schrecklich, ich wünsche Ihnen aber heute trotzdem noch viel Erfolg bei Ihrer Aktion«, beeilte sich Theresia zu versichern und verabschiedete sich rasch.

Sie ging weiter, vorbei an einem Stand, dessen Inhaber, scheinbar ungerührt von den Ereignissen, weiter seine »Kochtöpfe-die-das-Kocherlebnis-revolutionieren« anpries. Wirklich viele Meinungen konnte sie den Festbesuchern aber nicht mehr entlocken. Die meisten waren einfach nur betroffen. Ihre Befragung heute verlief also nur wenig erfolgreich.

*

Auf der Rückfahrt tauschten sich die beiden Kommissare über ihre Erkenntnisse aus. Die entsetzte Familie des Bürgermeisters war inzwischen auch informiert worden und hatte die Nachricht vom Tod des Gatten beziehungsweise Vaters erschüttert aufgenommen. Auch von einem Beerdigungstermin konnte noch lange keine Rede sein.

Am nächsten Tag wartete dann der Bürgermeister Krämer in der Rechtsmedizin auf die beiden …

KAPITEL 28

Theresia war an diesem Montagmorgen wieder einmal im Stress. Ihr Wecker hatte heute Morgen zum ersten Mal, seit sie sich erinnern konnte, nicht pünktlich geklingelt. Sie hatte gestern nach dem ebenfalls anstrengenden Sonntag in Wewelsburg nur noch den »Tatort« gesehen und war dann schnell ins Bett gegangen – tatsächlich, ohne ihren Wecker aufziehen.

Die »Tatort«-Krimis schaute Theresia eigentlich nur, weil sie es gewohnt war. Sie hatte seit dem ersten »Tatort«-Film kaum eine Folge verpasst. Früher war es ihr Mann gewesen, der die Wochenenden immer damit ausklingen lassen wollte, wogegen sie sich nicht gesträubt hatte. Aus irgendeinem Grund hatte sie diese Angewohnheit auch nach der Trennung vor sechs Jahren beibehalten, auch wenn sie nur äußerst wenig von dieser Darstellung der Polizeiarbeit hielt.

Wieder einmal ohne Frühstück und zu Theresias besonderem Leidwesen auch ohne Zeitungslektüre verließ sie mit eiligen Schritten ihre Wohnung, stieg in ihren Mercedes und startete in Richtung Riemekestraße.

*

Alex saß an diesem Morgen bereits im gemeinsamen Büro, als Theresia eintraf, und meinte grinsend und gut gelaunt: »Noch müde, Frau Rose? Leider werden Sie hier jetzt auch nicht zur Ruhe kommen. Unser Termin in der Rechtsmedizin steht an!«

»Gut, immerhin etwas Positives, meine Freundin Monika habe ich auch schon lange nicht mehr gesehen«, kommentierte Theresia Alex' Begrüßung.

Sie war wirklich erfreut, ihre langjährige Kollegin Monika zu sehen und sich mit ihr zu unterhalten. Sie hatten sich das letzte Mal vor zwei Monaten getroffen. Auch Telefonate waren immer wieder am Zeitmangel gescheitert. Wie schnell doch die Zeit verging …

Theresia legte also nur kurz ihren Mantel ab und folgte Alex dann in die Rechtsmedizin. Heute schien ihr alles verkehrt herum, Alex erwartete sie, Alex wusste über die Termine Bescheid und Alex ging voran – das musste an ihrem verspäteten Aufstehen liegen …

Die Sekretärin und Assistentin der Rechtsmedizinerin blickte nur einmal kurz auf, als Alex und Theresia im rechtsmedizinischen Labor eintrafen, und winkte sie dann sofort in den Untersuchungsraum weiter. Zu Theresias und Alex' Verwunderung fanden sie statt der erwarteten

Monika eine junge und recht kleine Frau im Arztkittel vor, die über den Leichnam des Bürgermeisters gebeugt war.

Theresia ergriff als Erste das Wort: »Wer sind Sie denn und was machen Sie überhaupt hier?«

»Das könnte ich Sie genauso gut fragen, Frau Rose, schließlich ist das hier mein Labor und nicht Ihres. Aber Monika hatte so etwas in der Art schon angekündigt, als sie mir vor zwei Tagen den Schlüssel gegeben hat. Noch am Samstag hatte ich allerdings um einiges später mit Ihrem ersten Besuch gerechnet«, begrüßte die junge Rechtsmedizinerin die Kommissare lächelnd.

»Was? Wieso? Warum arbeiten Sie hier jetzt statt Monika, und noch mal, wie heißen Sie?«, wollte die immer noch zutiefst verwirrte Theresia wissen. »Ist es wegen des Krebses?«, setzte sie nach.

Alex musste schmunzeln, als er seine Kollegin hörte, und zwinkerte der jungen Rechtsmedizinerin hinter Theresias Rücken zu.

Die Angesprochene antwortete lächelnd: »Ja, der Krebs. Weil sie nicht mehr so belastbar ist wie früher, macht sie jetzt eine Langzeit-Reha. Sie weiß noch nicht, ob sie wiederkommt, oder ob ich hier auf Dauer Rechtsmedizinerin bleibe. Ich bin übrigens Milena Nolte, ich hoffe, dass wir ein genauso gutes Verhältnis zueinander haben werden wie Sie zu Monika!«

»Oh, das mit dem Brustkrebs war für mich schon abgehakt, ich muss Monika bei nächster Gelegenheit unbedingt anrufen …«, meinte Theresia immer noch sehr überrascht. Sie ärgerte sich über sich selbst: Wie lange hatte sie ihre alte Freundin schon nicht mehr angerufen oder einfach mal in der Mittagspause in der Rechtsmedizin besucht? Jetzt musste sie sich so etwas von der Neuen mitteilen lassen.

»Darf ich vielleicht einmal dieses persönliche Gespräch unterbrechen? Sie wissen doch beide noch, warum wir eigentlich hier sind, nicht wahr?«, bemerkte Alex, Milena anlächelnd und auf die Leiche deutend.

»Da haben Sie ganz recht, Herr Kantstein, also kommen Sie doch beide etwas näher«, meinte Milena, mit einer einladenden Handbewegung auf die Leiche weisend und die Abdeckung zurückschlagend. »Dieser Mann ist wirklich vollkommen hinüber, ich hätte niemals damit gerechnet, dass ich bei meiner ersten Leiche fast mehr Zeit mit der Reinigung als mit der Untersuchung verbringen würde.«

»Fangen wir dann mal mit der Todesursache und dem Zeitpunkt an, wenn Ihnen das recht ist«, schaltete sich Alex ein. Er erinnerte sich noch gut an den Anblick des Bürgermeisters, als er am Burghang gefunden wurde.

»Momentan sieht es so aus, als ob er an einem Genickbruch gestorben wäre. Er hat aber wahrscheinlich zum gleichen Zeitpunkt einen Schädelbasisbruch erlitten, sodass auch diese heftige Schädeldeckenfraktur, hier links unten, zum Tod beigetragen haben dürfte«, erläuterte Milena und hob dabei den Kopf Krämers leicht an, um das Loch in seinem Kopf von Theresia und Alex begutachten zu lassen. »Die Verletzungen stammen, so wie es aussieht, von einem Sturz vom Nordturm und dem anschließenden Aufprall, zumindest war am Fuß des Burgberges eine Menge Blut zu finden. Dazu können Ihnen dann aber die Jungs von der KTU mehr sagen, die sind angekommen, als ich gerade mit ihm fertig war …«

Während Milena versuchte, den beiden Kommissaren möglichst anschaulich zu erklären, worum es ging, schaute sich Theresia die Verletzungen genauer an; dieser Beruf wäre einfach nichts für sie, ständig dieser unappetitliche

Umgang mit Toten. Sie konnte nur alle bewundern, die zu diesem für sie so abstoßenden Handwerk fähig waren.

»Es gibt aber auch noch einige prä- und postmortale Verletzungen. Der Todeszeitpunkt hat mich zunächst vor ein Rätsel gestellt. Den normalen Berechnungen nach, die wir anhand der Körpertemperatur und des Verwesungszustandes feststellen, hätte der Bürgermeister nämlich bereits am Samstag, als es noch hell war, sterben müssen, aber das hätte ja jemand mitbekommen, oder nicht? Also habe ich nach dem Grund gesucht und bin auf eine interessante Idee gekommen, die allerdings noch überprüft werden müsste«, fuhr Milena in ihrem Fachvortrag fort, als sie plötzlich von Theresia unterbrochen wurde.

»Sie beeindrucken mich, Frau Nolte! Entschuldigen Sie bitte, aber ich brauche jetzt erst einmal einen starken Kaffee, wissen Sie, ich hatte noch keinen, weil ich heute Morgen fast verschlafen habe. Steht die Maschine noch da, wo sie schon immer stand?«

Die verdutzte Rechtsmedizinerin wusste im ersten Moment gar nicht, was auf einmal mit der zu Beginn so abweisenden Theresia geschehen war. War sie etwa so schnell aufgetaut? Immerhin sprach sie sie noch mit »Frau Nolte« an …

»Es gibt hier tatsächlich eine Kaffeemaschine? Ich hatte mich schon gefragt, was ich ohne Kaffee nur tun soll …«, meinte Milena schmunzelnd, aber weiterhin sehr überrascht über Theresias Wandlung.

Theresia musste lächeln, dieses Geheimnis war Monika also geblieben, oder hatte sie es extra für Theresia zurückbehalten? Vermutlich hatte sie einfach nicht daran gedacht. Als sie damals das rechtsmedizinische Labor mit Büro hatte einrichten lassen, waren auch einige spezielle Ideen

Monikas umgesetzt worden. Dazu gehörte unter anderem die geheime Kaffeemaschine. Selbst Alex hatte erst beim letzten Fall die Ehre gehabt, sie kennenzulernen, während Theresia in ihren vielen gemeinsamen Dienstjahren mit Monika schon so manchen Kaffee geschlürft und dabei über einen Fall nachgedacht hatte.

Sie machte einen Schritt auf die Leichenwand zu, hinter deren sechs Edelstahltüren die Leichen untergebracht werden konnten. Doch Milena hatte am gestrigen Abend vergeblich versucht, die Tür in der Mitte rechts zu öffnen, um den Leichnam von Maximilian Krämer dort über Nacht zu lagern, sodass sie auf die linke Seite ausgewichen war. Sie hatte sich nichts weiter dabei gedacht.

Theresia zog zunächst die Klinke der Edelstahltür nach vorn, drückte sie nach oben und öffnete die Tür, anders, als Milena es versucht hatte. Eine glänzende Kaffeemaschine kam zum Vorschein. Die Kommissarin machte sich grinsend an die Zubereitung des Muntermachers.

Während der Kaffee durchlief, kehrte sie zu Alex und der staunenden Milena an den Tisch zurück, auf dem der Bürgermeister lag. »So, das dauert jetzt in etwa fünf Minuten, solange können Sie uns ja noch weiter über unseren Bürgermeister hier aufklären. Ich bin gespannt, was Sie uns noch mitzuteilen haben«, äußerte Theresia überzeugt.

Die etwas verwirrte Milena Nolte wollte also von den beiden Kommissaren wissen: »Ich war doch bei meiner Theorie, den Todeszeitpunkt betreffend, stehen geblieben, nicht wahr?«

»Ja genau, fahren Sie an dieser Stelle ruhig fort, Frau Nolte«, stimmte Theresia zu.

»Wegen des Todeszeitpunkts im Zusammenhang mit der Temperatur vermute ich, dass sich Herr Krämer vor seinem Tod längere Zeit in recht kalten Räumlichkeiten aufgehalten haben muss. So vermute ich, dass er zum Todeszeitpunkt, vielleicht auch durch Fremdeinwirkung, leicht unterkühlt war. Eine solche Tatsache erklärt dann auch Körpertemperatur und Verwesungszustand beim Auffinden der Leiche. Der genaue Todeszeitpunkt lässt sich dann mithilfe der Intensität der Unterkühlung feststellen. Ich schätze ihn aber auf einen Zeitraum zwischen etwa 22.30 Uhr und 3 Uhr morgens ein, wobei ein früherer Tod wahrscheinlicher ist«, fuhr Milena in ihrem Vortrag fort.

»Gibt es denn eine Möglichkeit, den Todeszeitpunkt noch weiter einzugrenzen? Das könnte unsere Ermittlungen enorm erleichtern«, wollte Alex von der Rechtsmedizinerin wissen.

»Das könnte ich wahrscheinlich errechnen, wenn ich seinen Aufenthaltsort, die Aufenthaltsdauer und die Temperatur vor Ort berücksichtige, noch sind aber weder der Ort noch die Dauer bekannt, oder? Sobald ich die Daten habe, errechne ich Ihnen das innerhalb von zehn Minuten«, versicherte Milena mit spöttischem Lächeln.

Auch Theresia musste schmunzeln. Vielleicht waren sich Monika und diese Milena ja gar nicht so unähnlich, und sie käme in Zukunft eventuell sogar sehr gut mit der neuen Rechtsmedizinerin aus. Möglich war schließlich alles! Sie wollte es auf sich zukommen lassen und ansonsten auf die Genesung der Freundin hoffen.

»So, ich hole mir jetzt erst einmal einen Kaffee, dann können wir weitermachen, ja?«, verkündete sie schließlich. Sie füllte drei Kaffeebecher, kehrte zu Alex und Milena an den Seziertisch zurück und war sofort wieder konzentriert bei der Sache.

»Sagten Sie nicht eben noch etwas von prä- und postmortalen Verletzungen?«, fragte sie, da sie sich an Milenas kurze Erwähnung zurückerinnern konnte.

»Ja genau! Als prämortal sind mir vor allem Abschürfungen an den Handgelenken von Maximilian Krämer aufgefallen, die auf eine Fesselung schließen lassen«, erläuterte Milena und hob die rechte Hand des Bürgermeisters an, damit auch Alex und Theresia die Verletzungen begutachten konnten. »Es wirkt so, als seien sie zunächst mit einem Hanfseil gefesselt gewesen und danach für längere Zeit in metallenen Handschellen gewesen. Von den Hanffasern habe ich schon Proben genommen und an die KTU weitergeleitet. Auch an den Fußgelenken muss er gefesselt worden sein, das war allerdings etwa drei Tage vor seinem Tod. Dazu kommen dann noch zahlreiche Hämatome, zum Beispiel zwei unterschiedlich alte an seinem Knie oder in seiner Seite, auch die Oberlippe ist vor nicht allzu langer Zeit aufgeplatzt. Weiter bin ich mit der Untersuchung diesbezüglich leider noch nicht gekommen.«

»Das ist doch schon eine ganze Menge, mit der wir versuchen können, den Tathergang zu rekonstruieren. Wenn Sie etwas Neues haben, rufen Sie uns jederzeit an«, kommentierte Theresia mit anerkennendem Lächeln.

»Und der Bürgermeister ist wirklich Ihre erste eigene Leiche?«, wollte Alex überrascht wissen.

»Ja, meine erste eigene. Ich bin aber noch nicht ganz fertig: Die postmortalen Verletzungen, von denen der Körper am meisten gezeichnet ist, stammen wahrscheinlich nur von dem Abrollen am Berghang«, führte Milena weiter aus und leerte ihren Kaffeebecher in einem Zug.

»Haben Sie sonst noch etwas für uns?«, fragte Theresia abschließend.

Milena verneinte: »Wenn mir noch etwas auffallen sollte, melde ich mich sofort bei Ihnen, ich hoffe genau wie Sie, Ihnen bald genauere Informationen zum Todeszeitpunkt zur Verfügung stellen zu können. Sobald Sie den Ort gefunden haben, an dem Herr Krämer gefangen gehalten wurde, informieren Sie mich einfach.«

»Wir wollten doch jetzt zum Mittagessen in die Kantine, Frau Rose, sollen wir Frau Nolte da nicht einladen, hier mal eine Pause zu machen und mit uns zu kommen?«, äußerte Alex seine spontane Idee.

»Eine ausnahmsweise mal gute Idee, Herr Kantstein, auch ich würde mich sehr freuen, wenn Sie uns begleiten würden, Frau Nolte!«, stimmte Theresia mit einem kleinen Seitenhieb auf Alex zu.

Erfreut über das unterwartete Angebot willigte Milena ein: »Sehr gern, wissen Sie denn zufälligerweise, was heute auf dem Speiseplan steht?«

Im Gespräch über das Angebot der Kantine verließen die drei das Labor der Rechtsmedizinerin. Die Sekretärin und Assistentin hatte sich offenbar vor nicht allzu langer Zeit schon zum Mittagessen aufgemacht. Milena schloss die Tür ab, auch wenn der Bürgermeister sicher nicht davonliefe.

KAPITEL 29

Sowohl Alex als auch Theresia waren über verschiedene Akten, vom KTU-Bericht aus Weine bis zum vorläufigen Autopsie-Bericht von Milena, gebeugt, als es an der Tür des gemeinsamen Büros klopfte, und ein nicht sonderlich gut aufgelegter Sven Hennemann den Raum betrat.

»Ah, Herr Hennemann, richtig?«, meinte Theresia erfreut über den pünktlichen Besuch.

»Genau der steht vor Ihnen, Frau Hauptkommissarin, aber ich weiß leider immer noch nicht, warum ich hier bin, alles, was ich Ihnen sagen könnte, habe ich Ihnen doch gestern schon gesagt«, stellte Sven fest.

»Setzten Sie sich erst einmal. Wie geht es Ihnen denn jetzt, das muss ja ein gehöriger Schock für Sie gewesen sein, oder nicht?«, wollte Alex wissen und nickte dem fast gleichaltrigen Vater von zwei Kindern verständnisvoll zu.

»Ehrlich gesagt, weiß ich das auch nicht so genau. Ich kann irgendwie nicht sagen, wie es mir geht. Seit der Tote vor den Wagen gerollt ist, nehme ich alles um mich herum wie durch einen Nebel wahr … Ohne große Erklärungen habe ich Hannah und René gestern bei Katharina, meiner Exfrau, abgesetzt und mich dann zu Hause ins Bett gelegt. Heute bin ich in der Schule eher wie ein Zombie herumgelaufen und habe keine vernünftige Unterrichtsstunde hinbekommen«, berichtete Sven Hennemann dem Ermittlerteam niedergeschlagen und verzweifelt.

Theresia schien etwas überrascht über Svens schlechten Zustand, versuchte aber, ihn einfühlsam zu trösten:

»Dafür können Sie doch wirklich überhaupt nichts, Herr Hennemann, Sie müssen jetzt erst einmal Abstand von den Geschehnissen gestern gewinnen. Das ist vollkommen normal. Wenn Sie das hier alles zu nah an sich heranlassen, kann es noch sein, dass Sie uns daran kaputtgehen, obwohl Sie gar nichts mit dem leider verstorbenen Bürgermeister von Büren zu tun hatten, nicht wahr? Oder kannten Sie ihn vielleicht, Herr Hennemann?«

»Von kennen kann man da nicht wirklich reden, ich habe mich nach einer seiner Abitur-Reden, die er traditionell immer bei uns am Mauritius-Gymnasium hält, mal kurz mit ihm unterhalten, aber wirklich nicht über das Übliche hinaus. Wissen Sie, sein Sohn Matthias ist in der nächsten Abiturientia an meiner Schule. Ich glaube, dass es mir so schlecht geht, liegt daran, dass ich noch nie mit einer Leiche konfrontiert war – erst recht nicht mit einer so übel zugerichteten«, gab Sven, mit einer Gänsehaut an den gestrigen Leichenfund am Burghang zurückdenkend, zu.

»Ihr Verhältnis zu Maximilian Krämer kann man also guten Gewissens als »nicht bekannt« werten, denke ich, mit ihm gesprochen haben sicherlich schon viele. Sie haben mit dem Zustand des Toten recht, es ist auch nicht normal, jemanden so erblicken zu müssen. Ich werde damit aber leider hin und wieder wegen meines Berufes konfrontiert. Am besten ist es jetzt, dass Sie es in der nächsten Zeit ruhiger angehen lassen. Falls Sie aber trotzdem irgendwelche Probleme haben sollten, wenden Sie sich doch einfach an uns, eine Karte haben Sie ja schon, oder?«, wollte Alex nach seiner langen Ausführung wissen. Er war überrascht, wie gut es Sven trotz der sicher belastenden Situation gelang, seine Probleme in Worte zu fassen. Man konnte nur das Beste hoffen. Ein Leichenfund wie dieser hatte schon manchen aus der Bahn geworfen.

Als Sven zustimmend, aber noch immer verstört nickte, stellte Theresia erleichtert fest: »Dann nehmen wir jetzt mal schnell das Protokoll auf, dann können Sie auch schon nach Hause, Herr Hennemann!«

Dieser murmelte nur eine unverständliche Zustimmung. Während Alex zu tippen begann – er wollte schließlich nicht, dass Theresia sich vor Sven blamierte – stellte seine Kollegin dem Gymnasiallehrer noch einmal dieselben Fragen für das Protokoll.

»So, das wäre es dann wohl fürs Erste, wenn Sie Ihre Aussage hier eben einmal unterschreiben …«

Sven tat, wie geheißen, und Theresia fuhr fort: »Falls Sie irgendein Problem oder eine Frage haben sollten oder Ihnen noch irgendetwas einfallen sollte, Sie wissen ja, wie Sie mich erreichen … Ansonsten herzlichen Dank für Ihr Kommen heute.«

Daraufhin bedankte auch Sven sich und verließ den Raum, während Alex und Theresia sich wieder in ihre Berichtlektüre vertieften.

*

Dr. Johannes Schnittmann war gerade mit dem schnellen Durchblättern des Abschlussberichts von Theresia, den sie ihm am Freitag abgegeben hatte, fertig, als sein Fräulein Meiers an der gläsernen Bürotür klopfte. Es war zwar schon nach dem Mittagessen und ging auf die Kaffeezeit zu, aber Dr. Schnittmann ließ sich immer um diese Zeit die aktuelle Tageszeitung bringen und genoss seine Lektüre mit einem Kaffee und einem schönen, großen Stück Kuchen.

Seine Sekretärin verließ, wie Schnittmann auffiel, heute außerordentlich schnell sein Büro, aber was sollte es schon groß geben?

Er nahm einen ersten Schluck aus seiner Kaffeetasse, der Inhalt besaß ein ideales Gleichgewicht zwischen Kaffee, Milch und Zucker. Dann klappte der Staatsanwalt die umgedrehte Zeitung auf.

Ein riesiges Titelbild beherrschte die erste Seite, der zugehörige, groß geschriebene Titel erschreckte den Ermittlungsleiter:

**Verschwundener Bürgermeister tot
und auf schlimmste Weise verunstaltet aufgefunden**
– Was tut unsere Polizei? –

Mit jedem der Worte, die Schnittmann in sich aufnahm, lief sein Kopf röter an, die Adern pochten lauter und seine Atmung wurde schnaufender. Als Nächstes überflog er den Zeitungsartikel …

BÜREN (OWB). Am gestrigen Sonntagmittag wurde der seit Mittwochabend vermisste Bürener Bürgermeister Dr. Maximilian Krämer nahe der Wewelsburg tot aufgefunden.

Ein zweifacher Familienvater war gestern mit seinen Kindern unterwegs zur Wiedereröffnungsfeier der Wewelsburg. Während der Fahrt am Burgberg ist ihm eine zunächst unbekannte Person aus dem Gebüsch vor den Wagen gerollt. Nach eigenen Angaben hat der Mann sofort die zuständigen Behörden informiert, die den durch tödliche Verletzungen gezeichneten Unbekannten als den vermissten Bürgermeister Dr. Maximilian Krämer identifizierten.

Daraufhin wurde die Wiedereröffnungsveranstaltung der Wewelsburg, die gerade von der stellvertretenden Bürgermeisterin Gesine von Hohenleben eingeleitet worden war, beendet. Die Anwesenden wurden dazu aufgerufen, ihre Kontaktdaten bei der Polizei zu hinterlegen.

Die zuständigen Kommissare verweigern aus ermittlungstechnischen Gründen bisher jegliche Informationsweitergabe über die Todesumstände des beliebten Bürgermeisters. Dennoch ist die Bevölkerung zur Mitarbeit aufgerufen.

Der Bürgermeister verschwand am Mittwochabend während einer Feierlichkeit in der Bürener Ortschaft Weine. Die Anwesenden bemerkten das Verschwinden erst, als Dr. Krämer nicht zu seiner Jubiläums-Rede des örtlichen Vereins erschien.

Personen, die den Bürgermeister am Mittwoch nach 19 Uhr oder an den folgenden Tagen bis Sonntag noch gesehen oder andere relevante Beobachtungen gemacht haben, melden sich bitte bei der Kreispolizeibehörde Paderborn.

Für hilfreiche Hinweise, die die Ermittlungen voranbringen, zahlt die Dienststelle bis zu 500 €.

»Was für eine elende Stümperei! Von was für Idioten und hirnlosen Anfängern bin ich in dieser Behörde nur umgeben? Und keiner sagt mir auch nur ein Sterbenswörtchen von diesen Vorkommnissen!«

Fräulein Meiers senkte vorsichtig ihren Blick, als Schnittmann wütend aus seinem Büro stürmte und dabei fast durch die Glastür gerannt wäre.

»Meiers, sorgen Sie mir gefälligst sofort dafür, dass Rose und Kantstein hier auf der Stelle antanzen. Diese Zustände, das hier kann doch einfach nicht mehr angehen …!«, brüllte Schnittmann die Sekretärin, die schon so einiges von ihrem Chef gewohnt war, an und stürmte dann zurück in sein Büro.

*

Theresia und Alex stürzten geradezu durch den auf einmal viel zu kurz wirkenden Flur, gut, dass wenigstens Sven Hennemann, der gerade einmal fünf Minuten weg war, nichts mehr von dieser Aktion mitbekommen musste. Warum hatten die beiden nur nicht daran gedacht, den Staatsanwalt wenigstens etwas früher von den Vorgängen in Kenntnis zu setzen? Jetzt war es jedenfalls zu spät, und sie müssten den Zorn Schnittmanns über sich ergehen lassen. Dieses Mal vielleicht sogar gerechtfertigt, wie sie zerknirscht zugeben mussten.

Fräulein Meiers warf Alex, besonders aber ihrer guten Freundin Theresia, einen mitleidigen Blick zu, als diese das Vorzimmer durchquerten.

In seinem Büro stand Schnittmann, ähnlich wie zuletzt am Freitag, mit dem Rücken zu den Kommissaren und starrte aus dem Fenster. Theresia und Alex warteten schweigend im vorderen Teil des Raumes auf die sicherlich weit ausufernden Vorwürfe ihres Vorgesetzten.

Mit einem Mal drehte sich Dr. Schnittmann zu ihnen um und knallte die eben noch gelesene Tageszeitung vor

Alex und Theresia auf seinen Schreibtisch: »Was soll das hier, bitte schön? Erstens, weshalb wurde ich nicht von den aktuellen Entwicklungen im Fall Krämer unterrichtet? Zweitens, warum ist dieser gottverdammte Bürgermeister tot, sollten Sie ihn nicht retten? Und drittens, wie konnten interne Informationen, die für die Ermittlungen wichtig sind, an die Presse durchsickern und das nach wenigen Stunden?«

Theresia musste sich beherrschen, um Staatsanwalt Schnittmann nicht ebenfalls anzuschreien. Stattdessen antwortete sie mit betont ruhiger Stimme: »Erstens galt es gestern, vielen wichtigen Hinweisen nachzugehen, bevor es relevant wurde, sie zu informieren, und heute sind wir schlichtweg noch nicht dazu gekommen, auch wenn Sie formal der Ermittlungsleiter sind. Zweitens, weil der Bürgermeister vom Nordturm der Wewelsburg gestürzt wurde. Hätte ich etwa dastehen und ihn auffangen sollen? Und drittens, weil wir anscheinend jemanden in der Behörde haben, der sich etwas Geld dazuverdienen will. Das hier ist schließlich eine der größten Storys, die die Lokalpresse seit langer Zeit hatte.«

Während Alex bei der Fangfrage Theresias schmunzelte, runzelte Schnittmann die Stirn besonders bei der letzten Bemerkung Theresias.

»Das sind doch alles nur Ausreden. Das mit Ihrem angeblichen Leck ist wohl ein Fall für die Internen … Aber es kann nicht sein, dass Sie beide mich nicht umgehend von solchen Vorgängen unterrichten. Ich bin der zuständige Staatsanwalt! Geben Sie bei Ihren weiteren Ermittlungsarbeiten, nicht nur in diesem Fall, mehr auf geheime Ermittlungsinformationen acht. Ich hoffe sehr für Sie, dass Sie mir jetzt nur noch von Ermittlungsfortschritten zu berichten haben«, endete Schnittmann immer lauter werdend.

Alex und Theresia nickten, wobei die Hauptkommissarin jedoch erneuten Widerstand in sich aufsteigen spürte.

Um den Zorn des Vorgesetzten nicht noch zu verschlimmern, machte sich Alex statt der aufmüpfigen Theresia daran, zu antworten, und beschönigte dabei den Ermittlungsstand: »Ja, wir haben bereits erste Verdächtige und einige interessante Theorien zur Entführung und zum Tathergang – wir gehen von Mord aus. Um Ihnen Genaueres sagen zu können, ist es aber leider noch zu früh. Die Obduktion ist noch nicht endgültig abgeschlossen, außerdem müssen wir noch mit einigen Leuten reden und Informationen einholen, wir stehen also am Anfang umfangreicher Ermittlungen.«

»So wenig erst? Halten Sie sich gefälligst bei Ihrer Arbeit ran, ein solch wichtiger und prominenter Fall wie die Entführung und der Tod eines Bürgermeisters muss schnell aufgeklärt werden. Ansonsten wird der ganze Schlamassel noch größer, als er jetzt schon ist. Denken Sie an den Untertitel: ›Was tut unsere Polizei?‹ Ich will so etwas nicht noch einmal lesen müssen! Jetzt machen Sie sich schon an die Arbeit, ich will und muss Fortschritte sehen. Und vergessen Sie ja meine Warnungen nicht!«, schloss Schnittmann seinen Vortrag und drehte sich wieder zu seinem Fenster um.

Theresia kochte vor Wut, als sie gemeinsam mit Alex das Büro des Vorgesetzten verlassen hatte. Es hätte nicht viel gefehlt und sie wäre über den ach so korrekten Dr. Schnittmann hergefallen. Auch er machte schließlich Fehler, und aus ihrer Sicht waren diese meist deutlich gravierender. Aber jetzt musste dieser Fall schleunigst gelöst werden.

KAPITEL 30

Es war spät am Montagabend. Doris war immer noch in der Verwaltung. Sie stand im Büro des Bürgermeisters und starrte auf den leeren Bürostuhl. Die alte Strickjacke des Bürgermeisters hing noch über der Rückenlehne. Langsam ging sie um den großen Schreibtisch ihres toten Chefs herum und ließ sich auf den Bürostuhl sinken. Sie zog die Strickjacke von der Rückenlehne und drückte die weiche Wolle an ihre Wange. Der Duft seines Rasierwassers, der noch in der Strickjacke hing, stieg ihr in die Nase, und Tränen schossen ihr in die Augen. Ein verzweifeltes Schluchzen entrang ihrer Kehle. Den ganzen Tag war sie wie ferngesteuert umhergelaufen, hatte versucht, ihren täglichen Verpflichtungen nachzukommen. Besonders schwer wog die Verachtung durch Gesine von Hohenleben, welche allerdings auf Gegenseitigkeit beruhte.

Aber es war ihr unmöglich gewesen, ihre Gedanken zu sortieren. Sie konnte es immer noch nicht fassen. Gestern, während der Wiedereröffnungsfeier der Wewelsburg, hatte Theresia sie noch angerufen und ihr mitgeteilt, dass man den Bürgermeister tot aufgefunden hatte. Bei der Nachricht war sie fast zusammengebrochen. Die ganze Woche war ein einziger Albtraum gewesen. Erst war der Bürgermeister auf unerklärliche Weise verschwunden. Das allein war schon ein Schock gewesen, aber bis gestern Mittag hatte immer noch ein Fünkchen Hoffnung bestanden, dass er wieder lebend auftauchte. Aber dieser Funke war nun erloschen. Man hatte ihn gefunden, blutüberströmt und zerschunden hatte er tot auf der Straße gelegen. Der Gedanke an die Qualen, die er in den letzten Tagen durchlitten haben musste, ließ ihr wieder die Tränen in die Augen schießen. Sie holte ein Papiertaschentuch aus ihrer Tasche und schnäuzte sich die Nase.

Ihr Blick fiel auf das gerahmte Bild der Bürgermeisterfamilie, Maximilian Krämer in der Mitte stehend, umgeben von seiner Frau und seinen drei Kindern, alle strahlend in die Kamera lachend – eine Bilderbuchfamilie. Mit Annegret, der Bürgermeisterfrau, war Doris nie warm geworden. In ihren Augen war Annegret, die Ökotrophologin, die schon seit Jahren nicht mehr in ihrem Job gearbeitet hatte, es nicht wert, mit diesem wunderbaren Mann verheiratet zu sein. Ihr Herz zog sich zusammen beim Gedanken an den Mann, der, seit er in diese Verwaltung eingezogen und ihr Chef geworden war, ihr Leben bestimmt hatte. Sie hatten ihre Tage, ihre Arbeit, ihre Gedanken geteilt, so wie Annegret – da war sich Doris vollkommen sicher – es mit Maximilian nie getan hatte. Die Nächte waren das Einzige, das sie nicht geteilt hatten. Doris war immer klar gewesen, dass das auch nie der Fall sein würde – denn zu ihrem Leidwesen und Unverständnis schien der Bürgermeister seine Frau tatsächlich zutiefst zu lieben – aber ihr hatte es gereicht, zu wissen, dass Maximilian und sie echte Seelenverwandte waren. Wieder begannen die Tränen zu fließen und tropften auf die Schreibtischunterlage.

Allerdings war sie am Telefon gestern so durcheinander gewesen, dass sie wohl keine große Hilfe gewesen war. Jetzt, im Angesicht des Bildes ihres geliebten Maximilian, versuchte sie, sich zusammenzureißen und sich nochmals an die Fragen der beiden Kommissare zu erinnern. Voller

Wut schlug sie mit der Faust auf den Tisch. »Ich werde dich rächen!«, schrie sie laut aus. »Ich werde alles dafür tun, zu helfen, deinen Mörder zu finden. Das ist alles, was ich für dich tun kann.« Laut schluchzend sackte sie wieder über dem Schreibtisch zusammen, spürte aber neue Energie, die aus dem Gefühl der Rache geboren war, in sich aufsteigen. Welche Fragen hatten die Kommissare ihr am Donnerstag und am Sonntag noch gestellt? Mühsam versuchte Doris, sich zu konzentrieren. Fragen nach seinen Gewohnheiten, seinem Tagesablauf, seinen Freunden und möglichen Feinden, den politischen und privaten, waren ihr gestellt worden, ohne dass Doris irgendetwas zum Fortschritt der Ermittlungen hätte beisteuern können. Aber nun begann sie nochmals, ernsthaft darüber nachzudenken. Eine Frage hatte auch ungewöhnliche Ereignisse außerhalb der gewohnten Routine des Bürgermeisters betroffen, die ihr eventuell in den letzten Wochen oder Tagen vor dem Mord aufgefallen waren.

Nun begann Doris, ihr Gehirn zu durchforsten, rief sich nochmals seine Termine, Auftritte, Sitzungen der letzten Wochen ins Gedächtnis, konnte jedoch beim besten Willen nichts Außergewöhnliches im Tagesablauf des Bürgermeisters feststellen, das in irgendeiner Art Hinweise auf einen möglichen Täter gegeben hätte. Mutlos ließ sie den Kopf sinken. Ihr Blick fiel auf den Terminkalender des Bürgermeisters, in dem er sich wichtige Termine und Telefonnummern nochmals gerne per Hand notiert hatte, eine Marotte von ihm, die sie zwar nie wirklich verstanden, aber mit der Zeit zu akzeptieren gelernt hatte. Nun strich sie zärtlich mit der Hand über die handschriftlichen Eintragungen. Und plötzlich durchzuckte sie ein Gedanke, der zunächst nur schwer zu fassen war: Die

Telefonliste ihres Chefs hatte ihr mehrere Anrufe in Erinnerung gebracht, die ihr damals zwar merkwürdig, aber nicht besorgniserregend erschienen waren. Im Licht der jetzigen Ereignisse allerdings konnten sie vielleicht auch anders gedeutet werden: Vor einigen Wochen hatte mehrfach eine Frau angerufen, die dringend den Bürgermeister zu sprechen verlangte. Doris hatte die Anruferin allerdings nicht zum Bürgermeister durchgestellt, da diese sich vehement geweigert hatte, ihren Namen und den Grund ihres Anrufs preiszugeben. Beim letzten Telefonat war sie sogar sehr beleidigend und ausfallend geworden und hatte mit übelsten Konsequenzen und Einschaltung der Presse wegen einer für den Bürgermeister sehr unangenehmen Affäre gedroht und danach einfach aufgelegt. Doris hatte dem Bürgermeister natürlich davon berichtet – man konnte sich schließlich nie sicher sein in der Welt der Politik – aber dieser hatte nur lachend mit dem Hinweis auf die Millionen von Verrückten in der Welt abgewunken und ihr aufgetragen, die aufdringliche Anruferin beim nächsten Mal zu ihm durchzustellen, damit er ihr selbst ordentlich die Meinung sagen konnte. Damit war das Thema für sie erledigt gewesen. Da die Anruferin sich seither nie wieder gemeldet hatte, hatte sie auch keinen weiteren Gedanken daran verschwendet. Nun allerdings erschien ihr das Ganze doch recht merkwürdig.

Was, wenn die Anruferin tatsächlich etwas mit dem Verschwinden des Bürgermeisters zu tun hatte? Eine Wahnsinnige vielleicht, die etwas gegen Politiker hatte und ausgerechnet am Bürener Bürgermeister ein Exempel statuieren wollte? Sollte sie etwa die beiden Kommissare anrufen und ihnen von ihrem Verdacht berichten? Doris begann zu grübeln, erwog Möglichkeiten, stellte dann allerdings bei einem Blick auf die Uhr fest, dass es schon weit nach 23 Uhr war und sie nun nicht mehr damit rechnen konnte, die beiden noch in der Kreispolizeibehörde anzutreffen. Und zudem – vielleicht war ihr Verdacht doch ziemlich weit hergeholt. Dennoch beschloss sie, gleich morgen früh die Polizei zu informieren. Sie wollte keine auch noch so vage Möglichkeit außer Acht lassen, die Hinweise liefern konnte, den Mörder des Bürgermeisters dingfest zu machen. Mit diesem Gedanken im Kopf kritzelte sie eine kurze Erinnerungsnotiz auf einen Notizblock, den der Bürgermeister immer auf seinem Schreibtisch bereitliegen hatte.

Noch während Doris schrieb, verspürte sie etwas Eigenartiges hinter ihrem Rücken. Es war ihr, als hätte sie ein eiskalter Lufthauch gestreift. Panisch richteten sich ihre Nackenhaare auf, sie schaute hoch, horchte und drehte sich dann langsam um. Vor Schreck ließ sie den Stift, mit dem sie gerade noch geschrieben hatte, fallen. Was sie sah, ließ sie erstarren.

In der Tür stand eine Person, vollkommen schwarz gekleidet, mit schwarzen Motorradstiefeln und in schwarzer Lederkluft, das Gesicht durch eine schwarze Sturmmaske verdeckt. Zwei eisblaue Augen fixierten sie. Die Pistole in den ausgestreckten Händen des Eindringlings zielte direkt auf die Sekretärin.

Doris starrte wie hypnotisiert auf die Gestalt, die reglos breitbeinig vor ihr stand und die Waffe auf sie gerichtet hielt. Es schien Doris, als ob sie sich minutenlang schweigend fixiert hatten, obwohl nur Augenblicke verflogen waren. Aber diese Sekunden, in denen sie in die starren, gefühllosen Augen ihres Gegenübers geblickt hatte, ließen in Doris eine Eiseskälte aufsteigen, die sich wie ein Klammergriff um ihr Herz zu legen schien. Sie starrte den Mörder – und dass dies der Mörder des Bürgermeisters war, stand für Doris außer Frage – an. Sie hatte das Gefühl, dem Wahnsinn direkt in die Augen zu schauen und spürte instinktiv, dass dieses Individuum mit der festen Absicht gekommen war, auch sie umzubringen. Diese Erkenntnis, dass ihr Leben hier und jetzt zu Ende gehen sollte, traf sie mit voller Wucht und schnürte ihr Innerstes zusammen. Gleichzeitig fühlte sie einen Zorn in sich aufsteigen, den sie in einer solchen Intensität noch nie zuvor verspürt hatte.

Sie ballte ihre Hände zu Fäusten, wobei sich ihre Fingernägel schmerzhaft in ihre Handflächen gruben. »Zeig mir dein Gesicht, du Schwein!«, schrie sie laut. »Ich weiß, dass du den Bürgermeister umgebracht hast. Ich will wenigstens wissen, mit wem ich es zu tun habe, bevor ich sterbe. Oder bist du zu feige, mir von Angesicht zu Angesicht ins Auge zu sehen?« Mit dem Mut der Verzweiflung sprang sie mit einem lauten Aufschrei nach vorn, wobei ihr das Adrenalin, das durch ihren Körper strömte, eine ungeheure Kraft verlieh. Der Eindringling, der mit diesem Angriff nicht gerechnet hatte, zuckte zurück, ließ einen Augenblick die Arme sinken, wobei ihm die Pistole aus der Hand rutschte. Hektisch versuchte er, Doris' Angriff abzuwehren, indem er ihr mit der Faust ins Gesicht schlug. Ihr wurde schwarz vor Augen, und sie sackte langsam zu Boden.

Als sie wieder zu sich kam und ihre Augen mühsam öffnete, schaute sie direkt in die eisblauen Augen ihres Peinigers, der über ihr kniete und ihr die Pistole an die Schläfe hielt. »Du wolltest mein Gesicht sehen, bevor du stirbst?«, hörte sie wie aus weiter Ferne die Person fragen. »Das kannst du haben.« Mit einer schnellen Bewegung riss die Gestalt sich die Maske über den Kopf.

Eine Frau, ich hatte recht, es ist tatsächlich eine Frau. Maximilian, ich komme!, war der letzte Gedanke, der durch Doris' benebeltes Hirn ging, bevor die Mörderin abdrückte.

KAPITEL 31

Wissen Sie, ich bin eine Kämpfernatur. Das muss ich auch sein, nach allem, was ich erlebt habe. Irgendwann erhob ich mich also wieder aus dem von mir selbst verschuldeten Chaos, trocknete die Tränen und begann darüber nachzudenken, wie es nun weitergehen sollte. Ich war pleite, hatte Schulden ohne Ende, was aus dem Schreiben des Gerichtsvollziehers hervorgegangen war, und noch keine Ahnung, wie ich damit umgehen sollte. Mir war klar, dass ich das Geld niemals auftreiben könnte. Ich hatte keinen Job, geschweige denn eine Ausbildung, die mir einen einigermaßen einträglichen Beruf garantierte, die 10.000 DM waren längst aufgebraucht, und ansonsten hatte ich keinen Geldsegen zu erwarten.

Das Einzige, was ich wusste, war, dass ich rausmusste aus meiner Wohnung, und zwar so schnell wie möglich. Ich konnte hier keinesfalls bleiben. Die Wohnung war verwüstet, wie sollte ich das dem Vermieter erklären, geschweige denn die Schäden bezahlen? Ganz davon abgesehen, hätte ich mir die Miete auch nicht mehr leisten können. Ich musste so schnell wie möglich verschwinden, untertauchen, sodass niemand mich mehr finden konnte. Aber wohin?

In Windeseile packte ich ein paar unbeschädigte Sachen zusammen, die ich in dem Chaos finden konnte, steckte sie in meinen alten Rucksack, holte meine baren Geldreserven, die sich genau auf 510 DM beliefen, aus meinem Nachttisch, zog meine warme Jacke an, blickte noch einmal durch meine einst so schöne Wohnung, trat dann hinaus auf den Flur und zog die Tür hinter mir ins Schloss.

Im gleichen Augenblick öffnete sich die gegenüberliegende Tür, und die alte Dame, mit der ich schon mehrfach im Treppenhaus ein Schwätzchen gehalten hatte, steckte ihren Kopf durch den Türspalt.

»Mädchen!«, rief sie leise.

Erschrocken zuckte ich zusammen.

»Mädchen, kam der Krach aus deiner Wohnung? Ich habe mir schon Sorgen gemacht, es wäre etwas passiert. Wollte schon die Polizei rufen.«

Das hätte mir noch gefehlt. Dann wäre alles aufgeflogen, nicht nur mein riesiger Schuldenberg, sondern wahrscheinlich hätte man auch das Jugendamt involviert, da ich immer noch nicht volljährig war. Und in diese Tretmühle wollte ich keinesfalls wieder gelangen.

»Nein, nein, Frau Winter«, beruhigte ich die Frau, »machen Sie sich keine Sorgen. Ich hatte den Fernseher etwas lauter gestellt und muss wohl dabei eingeschlafen sein. Tut mir leid, wenn ich Sie gestört habe, wird nicht wieder vorkommen.« Reuevoll blickte ich sie an, selbst erstaunt darüber, wie leicht mir diese Lüge über die Lippen kam.

Frau Winter nickte nur kurz. »Dann ist ja gut. Man macht sich halt Sorgen um die Nachbarn.«

»Das ist ganz lieb von Ihnen, Frau Winter« Ich strahlte sie an, um ihr zu zeigen, dass es mir gut ging. »Ich gehe jetzt schnell einkaufen. Soll ich Ihnen etwas mitbringen?«

»Nein, danke, Kindchen. Das ist lieb gemeint, aber ich brauche im Moment nichts.«

»Na dann, bis später!« Ich winkte ihr noch mal kurz zu und sprang dann, zwei Stufen auf einmal nehmend, das Treppenhaus hinunter.

Ohne nochmals zurückzublicken, wanderte ich die Straße entlang, entfernte mich immer weiter von meinem letzten Heim, ohne zu wissen, wohin ich mich nun wenden sollte. So verbrachte ich den Rest des Tages in einem Café im Stadtzentrum, trank einen Kakao, sah die Gäste kommen und gehen und zermarterte mir das Hirn darüber, wie es nun weitergehen sollte. Eins war mir klar, ich brauchte dringend einen Job und eine Bleibe. Die 500 DM wären schnell aufgebraucht, und dann bliebe mir nur noch eine Parkbank zum Schlafen, und das war weiß Gott nicht erstrebenswert.

Wieder zurück auf der Straße, suchte ich mir zunächst ein billiges Hotel, schäbig und schmuddelig, aber mehr konnte ich mir nicht leisten. In den Tagen danach durchkämmte ich die Stadt auf der Suche nach einem Job, aber egal, wo ich auch fragte, es war nichts zu machen. Immer wieder nur bedauerndes Kopfschütteln mit dem Hinweis, dass man im Moment niemanden brauche oder nur ausgebildetes Personal einstelle. Abends kam ich müde ins Hotel, legte nur noch die Beine hoch, konnte aber trotz der bleiernen Müdigkeit, die meinen ganzen Körper erfasst hatte, nicht schlafen.

So fing ich an, auch in den Nächten durch die Stadt zu streifen auf der Suche nach Ablenkung und Entspannung.

Meine Verzweiflung wuchs, und in dem Maß, wie diese zunahm, wuchs auch meine Wut. Ich spürte, wie sie in mir brodelte und kochte, ähnlich dem Gefühl, das mich übermannt hatte, als der Gerichtsvollzieher mich besuchte. Zweimal in dieser Zeit wachte ich mittags in meinem Bett auf, ohne dass ich wusste, was ich in der Nacht gemacht hatte. Ich war noch vollständig bekleidet, meine Schuhe und Hose starrten vor Dreck, meine Jacke war zerrissen, und als ich ins Bad ging, stellte ich beim Blick in den Spiegel fest, dass meine Lippe aufgeplatzt war und ein kleines rotes Rinnsal aus meiner Nase lief. Wie ich so hatte enden können, war mir ein Rätsel. Wie beim letzten Mal hatte ich keinen blassen Schimmer, was ich getrieben hatte. Andererseits fühlte ich mich nach diesen nächtlichen Ausfällen ruhiger, die innere Wut und Aggressivität, die ich Tage vorher noch verspürt hatte, waren wie weggeblasen. Es war, als steckte eine zweite Persönlichkeit in mir, über die ich keinerlei Kontrolle hatte, die mir aber offensichtlich half, mit schwierigen, verzweifelten Situationen klarzukommen. Und so lernte ich, mit ihm zu leben, meinem zweiten Ich, das mich zunächst erschreckt hatte, mir aber mehr und mehr das Gefühl gab, dass es mir beistand und mich unterstützte, mir Macht und Kraft gab, wenn ich mich hilflos und allein fühlte.

Meine finanzielle Lage wurde allerdings immer aussichtsloser. Ich hatte fast keine Mark mehr in der Tasche, und mir war klar, dass ich in den nächsten Tagen aus dem Hotel ausziehen müsste, wenn sich nicht ganz schnell eine neue Möglichkeit auftat. Allerdings hatte ich auch nach drei Wochen intensiver Suche noch immer keinen Job gefunden.

Bei einem meiner nächtlichen Streifzüge durch die Stadt gelangte ich mal wieder ins Rotlichtviertel. Ich war schon oft dort gewesen und hatte das Treiben auf den Straßen beobachtet, ohne mir weitere Gedanken darüber zu machen. Ich sah die leicht bekleideten Mädchen auf dem Bürgersteig entlangflanieren und auf potenzielle Kunden warten, beobachtete, wie Autos heranfuhren, hielten, die Mädchen ihre Köpfe ins Wageninnere steckten, verhandelten, die eine oder andere in einen Wagen stieg und mit dem Freier davonfuhr. Da kam mir eine Idee.

Die rettende Idee.

*

Sie wissen wahrscheinlich, was ich nun tat, und können es nicht glauben: Wie kann man nur? Da wird es doch wohl noch andere Jobs geben, die zumindest ein Grundauskommen gewährleisten, und wenn es das Putzen anderer Häuser ist. Als Prostituierte arbeiten, kann ja wohl überhaupt keine Option sein. Oh doch, für mich war es eine Option, und zwar eine, die mich zunächst in keiner Weise abschreckte. Im Gegenteil: Hier bot sich mir eine Möglichkeit, etwas zu tun, was ich wirklich konnte. Ich sehe Sie die Stirn runzeln und ungläubig den Kopf schütteln. Wie kann ein 17-jähriges Mädchen schon so zynisch sein? Nein, das war ganz und gar nicht zynisch gemeint. Bedenken Sie die Situation, aus der ich kam. Mein »liebevoller Vater« hatte mir doch tatsächlich alles beigebracht, was ich für diesen Job wissen musste. Im Umgang mit Männern machte mir niemand so schnell etwas vor. Seit meinem 13. Lebensjahr kannte ich alle möglichen Arten, um Männer zu befriedigen. Es war etwas, worin ich Routine besaß, und der Gedanke daran, es wieder zu tun, schreckte mich nun nicht. Ich hatte sogar das Gefühl, endlich etwas gefunden zu haben, das mir vertraut war, und das gab mir eine Sicherheit, die mir in den vergangenen Wochen abhandengekommen war.

So machte ich mich ans Werk, kaufte mir von meinem letzten Geld ein sexy Outfit, Make-up, Schmuck und alles, was ich zu brauchen meinte. Am Abend machte ich mich fertig und schließlich auf den Weg zu meiner neuen »Arbeitsstelle«. Aber so einfach, wie ich mir das Ganze vorgestellt hatte, lief es dann doch nicht.

Als ich im Rotlichtviertel ankam, mich zu den Mädchen an der Straße gesellen wollte, ging der Konkurrenzkampf schon los. Zwei der älteren Nutten schossen auf mich zu, fragten mich, was ich hier wolle, dieses sei schließlich ihr Revier. Die eine fasste mich sogar grob an die Schulter und schubste mich Richtung Straße. »Verpiss dich!«, keifte sie. »Hier ist unser Platz.«

Zunächst war ich schockiert über die Grobheit der Frauen, wollte mich aber nicht unterkriegen lassen. »Wir leben ja wohl in einem freien Land, in dem jeder da gehen und stehen kann, wo er will, oder nicht?«, antwortete ich patzig und schlug die Hand der Frau von meiner Schulter.

Die beiden guckten sich ungläubig an. »Mädchen, pass auf, was du sagst, du hast ja keine Ahnung, worauf du dich hier einlässt. In unserem Geschäft ist nichts frei«, zischte die eine leise. »Hau lieber ab, bevor es hier ungemütlich wird.« Damit drehten sie sich um und gingen an ihren Platz zurück, ohne mich eines weiteren Blickes zu würdigen.

Im selben Moment schoss ein Mercedes die Straße hinunter, kam mit quietschenden Reifen neben mir zum Stehen. Der Fahrer stieg aus, und ich hielt den Atem an. Er war der bestaussehende Mann, den ich je gesehen hatte. Mitte 30, groß, durchtrainiert, dunkles welliges Haar, strahlend blaue

Augen, ein sinnlicher Mund in einem kantigen Gesicht. Ich war sprachlos, sollte das etwa mein erster Freier werden?

Er musterte mich einige Zeit von oben bis unten und was er sah, schien ihm zu gefallen, denn plötzlich erhellte ein Lächeln sein Gesicht. »Komm, steig ein«, forderte er mich mit seiner tiefen, warmen Stimme auf. Er öffnete die Beifahrertür, und ich sank in sein Auto, nicht ohne den anderen Frauen einen triumphierenden Blick zuzuwerfen. Wir fuhren los, und ich fragte mich aufgeregt, was nun passierte. Wohin würden wir fahren? Wollte er ein Hotelzimmer mieten oder ein stilles Plätzchen auf einem einsamen Parkplatz finden, wo wir es dann im Auto machen würden? Und wie viel Geld sollte ich nehmen? Darüber hatte ich mir im Vorfeld noch keine Gedanken gemacht, aber nun flatterten meine Nerven.

Aber nichts von alldem traf ein. Wir hielten mitten in der Stadt vor einem teuer aussehenden Lokal. Galant hielt mir mein Freier die Tür auf und führte mich zu einem Tisch in einer Nische mit tiefen gemütlichen Sesseln, von denen er einen zurückschob, mir den Platz anbot, ehe er sich selbst mir gegenübersetzte. Dann sah er mich aus seinen blauen Augen intensiv an und reichte mir die Hand über den Tisch hinweg. »Ich bin Joe«, lächelte er mich mit warmen Augen an.

Ich fühlte mich wie in einem Traum, hielt ihm zögernd meine Hand entgegen. »Ich bin Julia«, flüsterte ich heiser. Der Mann überwältigte mich zwar mit seiner Ausstrahlung, aber immerhin war ich noch geistesgegenwärtig genug, bei meinem Vorsatz zu bleiben, niemandem meinen wirklichen Namen zu verraten.

»Ein schöner Name. Was hattest du da auf der Straße zu suchen, Julia?«, fragte er mich freundlich lächelnd.

Irritiert schaute ich ihn an. Was ich dort zu suchen hatte? Das wusste er doch wohl selbst am besten. »Na ja«, stotterte ich, »ich brauche Geld und dachte, dass ...« Meine Stimme verlor sich, so peinlich war mir die Situation.

»Und du meinst, du kannst einfach auf die Straße gehen und dich dort anbieten?« Noch immer lächelte er mich freundlich an.

»Ich, ... ich brauche wirklich dringend Geld«, stotterte ich.

»Und du meinst, du kannst das? Deinen Körper verkaufen an alle möglichen Typen, die dich begrapschen wollen?« Was sollte das denn jetzt? Wollte er mir eine Moralpredigt halten? Vielleicht war Joe in Wirklichkeit ein Pfaffe, der mich zu einem anderen Leben bekehren wollte. In meinem Kopf drehten sich die Gedanken im Kreis. Ich beschloss, in die Offensive zu gehen. »Was wird das bitte schön? Du hast schließlich auch angehalten, und ich denke nicht, dass du heute Abend nur mit mir reden willst, oder?«, provozierte ich ihn.

»Bleib ganz locker, Mädchen.« Er legte seine Hand sanft auf meine. »Die Straße, auf der du dich anbieten wolltest, ist meine Straße. Und es sind meine Mädchen, mit denen du dich angelegt hast.« Jetzt fiel es mir wie Schuppen von den Augen. Joe war Zuhälter, die Nutten arbeiteten für ihn. Eine von ihnen musste ihn angerufen haben, während ich mich mit den zwei Frauen auf der Straße gestritten hatte. Joe, dieser wundervoll aussehende Mann, ein Zuhälter! Ich konnte es kaum glauben. Wie war ich nur in diese Situation geraten? Ich sah ihn ungläubig an. Er schien zu spüren, was in mir vorging, und sprach mit sanfter Stimme weiter. »Alleine zu arbeiten in diesem Gewerbe, ist viel zu gefährlich. Zum einen würden die anderen Mädchen dir die Augen auskratzen, und zudem wärest du den Freiern hilflos ausgeliefert. Und glaube mir, die sind nicht immer nett.«

Die Bedienung kam an unseren Tisch, Joe bestellte Champagner, während ich Zeit hatte, meine wirbelnden Gedanken unter Kontrolle zu bekommen.

»Du bist sehr hübsch, weißt du«, schob er nach, ohne dass ich auch nur ein Wort sagen konnte. »Ich kann mir vorstellen, dass viele Männer auf dich stehen werden. Du wirst viel Geld verdienen können. Aber glaub mir, gerade am Anfang brauchst du Hilfe und Schutz. Lass mich dir helfen.« Zärtlich streichelte er meine Hand, während seine Stimme mein Innerstes berührte und seine blauen, strahlenden Augen mich hypnotisierten.

Der Champagner kam, Joe schenkte uns ein, und wir stießen an. Ich fühlte mich wie in einem Traum, eine Prinzessin, die gerade ihren Traumprinzen gefunden hatte. Über das Geschäftliche sprachen wir nicht weiter, Joe wollte alles über mein Leben wissen, und ich sonnte mich in seinem offensichtlichen Interesse an mir. Mir schien es, als sei er der erste Mensch, der sich wirklich für mich und meine Gedanken und Gefühle interessierte. Zwei Stunden später, wir hatten die Champagnerflasche fast geleert, brachen wir auf. Ich war angetrunken, fühlte mich aber herrlich. Joe hatte den Arm um mich gelegt, und so verließen wir eng aneinandergeschmiegt das Lokal. Er brachte mich zu meinem Hotel und begleitete mich in mein schäbiges Zimmer.

Es war das erste Mal, dass ich freiwillig mit einem Mann schlief. Von dem Moment an war ich ihm verfallen.

*

Natürlich begann ich für Joe zu arbeiten. Nach unserer ersten Nacht fühlte ich mich wie im siebten Himmel. Ich war verliebt, zum ersten Mal in meinem Leben. Joe war ein wundervoller Liebhaber und sensibler Mann, und so war es keine Frage für mich, dass ich für ihn anschaffen würde. Ich hatte damit eine gute Position den anderen Mädchen gegenüber, denn ich war Joes Freundin und genoss einen Sonderstatus.

Joe hatte mir eine kleine Wohnung gemietet, die er zunächst finanzierte, ich aber abzahlen musste. Er kaufte mir tolle Kleidung, Schmuck und alles, was ich für das Business brauchte, aber auch das sollte ich im Laufe der Zeit zurückzahlen, beziehungsweise abarbeiten. Joe stellte die Bedingungen auf, und ich akzeptierte sie bereitwillig in dem Glauben, dass er mich liebte, und wir aber dennoch, wie er immer betonte, Privates von Geschäftlichem trennen sollten.

Wieder einmal naiv. Ja, das mag stimmen, aber ich war verliebt, und Joe stellte sich als unglaublich einfühlsamer Mann dar, der es verstand, jeden Zweifel, jede Frage im Keim zu ersticken. Er behandelte mich wie eine Königin, abends brachte er mich mit seinem Mercedes zum Geschäft, morgens holte er mich wieder ab, dann gingen wir schick frühstücken oder shoppen. Aus heutiger Sicht war ich nicht mehr als seine persönliche Hure, eine Position, die ich genoss, weil ich es selbst nicht so sah, mir aber von den anderen Mädchen oft mitleidige Blicke einbrachte, die ich allerdings als Neid interpretierte.

Dass ich nachts mit den verschiedensten Männern Sex hatte, störte mich nicht, zum einen, weil ich diese Situation schon vom Haus meines Vaters kannte und dort gelernt hatte, Sex als Geschäft zu sehen, zum anderen, weil Joe zunächst darauf achtete, dass meine Freier leidlich ordentliche und nette Männer waren. Gleichzeitig füllte sich meine Kasse wieder, obwohl ich natürlich einen Großteil meiner Einnahmen an Joe abgeben musste.

Mein Leben hatte also wieder Struktur, wobei ich nicht wahrnahm, dass ich total fremdbestimmt war. Aber glauben Sie mir, selbst wenn ich es bemerkt hätte, hätte ich es zu jener Zeit nicht ändern wollen, so sehr genoss ich Joes Zuwendung.

Dies änderte sich nach etwa einem halben Jahr. Nicht plötzlich, nein, Joe ging da geschickt vor. Nach und nach entzog er mir seine Zuneigung. Zunächst fielen mir nur Kleinigkeiten auf. Beispielsweise konnte er mich nicht mehr jeden Morgen und Abend abholen oder heimbringen, was er mit enormer Arbeitsbelastung rechtfertigte. Dann verbrachte er auch die Tage nicht mehr mit mir, und schließlich bemerkte ich, dass auch der Standard der Freier sich änderte. Ich hatte nun meinen Platz auf dem Straßenstrich und musste mit dem vorliebnehmen, was da kam. Und das war, genau, wie Joe bei unserer ersten Begegnung gesagt hatte, nicht immer nett und schön. Aber ich nahm mir die Freiheit, den einen oder anderen Freier auch abzulehnen, da ich mich trotz Joes verändertem Verhalten immer noch in einer Sonderposition wähnte.

Die anderen Mädchen betrachteten mich argwöhnisch, was auch kein Wunder war, da ich mich als etwas Besseres fühlte und das die Mädchen auch spüren ließ, indem ich sie von oben herab behandelte. Die Einzige, mit der ich sprach, war Tamara, ein Mädchen, etwas älter als ich, das mich wegen seiner spitzen Zunge und frechen Art irgendwie an Kiki, meine Freundin aus Kindertagen im Heim, erinnerte. Sie war es auch, die mich eines Tages zur Seite nahm und davor warnte, Freier abzulehnen, da das gegen Joes Vorschriften verstoße. Ich zuckte daraufhin nur mit den Achseln, da ich immer noch nicht bereit war, die Wahrheit zu sehen.

So war es Joe selbst, der mir irgendwann die Augen öffnete. Eines Morgens, nach meiner Nachtschicht, holte er mich ab, was er schon lange nicht mehr getan hatte. Triumphierend stieg ich in sein Auto, voll Vorfreude auf den kommenden Tag. Aber er fuhr schweigend los, würdigte mich auch während der Fahrt keines Blickes und fuhr geradewegs zu meiner kleinen Wohnung, und nicht wie sonst zu seiner, in der wir üblicherweise die Tage verbracht hatten. Mir wurde schnell klar, dass wohl heute nichts aus einem romantischen Beisammensein werden sollte, allerdings war mir der Grund für Joes schlechte Stimmung ein Rätsel. Deshalb beschloss ich, offensiv vorzugehen.

»Was ist los?«, fragte ich ihn, als er mir schweigend in die Wohnung gefolgt war und die Tür hinter sich geschlossen hatte. »Ist irgendetwas passiert?«

Er sah mich mit einem Blick an, den ich zuvor noch nicht bei ihm gesehen hatte. Seine Augen blitzten mich stahlhart an, alles Zärtliche und Fürsorgliche, das sonst in ihnen geschimmert hatte, war verschwunden. Im Gegenteil, sein Blick machte mir Angst.

»Was los ist?«, fragte er zurück mit leiser, schneidender Stimme. »Sag du es mir, meine Süße.«

Vollkommen ratlos blickte ich ihn an, wich aber einen Schritt zurück, da sein stechender Blick mir eine Gänsehaut über den Rücken jagte.

»Die Mädchen haben mir erzählt, dass du Freier ablehnst? Stimmt das?«

Ich sah ihn an und wusste, dass Lügen zwecklos wäre. »Ja …«, stotterte ich, »aber …«

Bevor ich noch eine weitere Erklärung abgeben konnte, kam Joe einen Schritt auf mich zu und schlug mir mit der flachen Hand ins Gesicht. Mein Kopf flog zurück, ich taumelte, stolperte durch die Wucht des Schlages, fiel hin und schlug mit dem Hinterkopf auf die Bettkante. Tränen schossen in meine Augen, aber ehe ich mich aufrappeln konnte, war Joe schon bei mir, riss mich an den Haaren hoch und zerrte mich aufs Bett. Ich schluchzte, spürte Tränen und Blut in meinem Mund, während er sein Knie auf meinen Oberkörper drückte und mit seinen Händen meine Arme schmerzhaft in die Matratze presste. »Mach das nie wieder, hörst du?«, zischte er, während Speichel aus seinem Mund sprühte. »Ich bin hier der Boss und du befolgst meine Regeln. Stell dir vor, jedes Mädchen entschiede selbst, mit wem sie fickt und mit wem nicht. Dann liefe ganz schnell gar nichts mehr. Wage es ja nicht, mein Geschäft kaputtzumachen. Hast du das kapiert?«

Schluchzend nickte ich, Panik benebelte mein Hirn.

»So ist es gut, meine Süße. So mag ich dich. Hör auf mich und dir wird es gut gehen.« Plötzlich blickte Joe mich wieder voller Zärtlichkeit an, ein plötzlicher Stimmungswechsel, der mich nur noch mehr erschreckte. Er ließ von mir ab, blickte mich noch einmal an, wandte sich zum Gehen. »Heute Abend, Baby, sei pünktlich zur Arbeit.«

Dann ging er. In der Folgezeit lernte ich den wahren Joe kennen.

KAPITEL 32

Alex war auf dem Weg ins Polizeiarchiv, eigentlich Theresias Aufgabe, wie er sich erinnerte. Doch seine Kollegin hatte vorerst genug damit zu tun, sich wiederherzustellen.

Durch einen plötzlichen äußerst heftigen Wolkenbruch war sie bis auf die Haut durchnässt worden, als sie sich ohne Jacke oder einen anderen Regenschutz auf dem Weg von ihrem Mercedes zum Eingang der Kreispolizeibehörde befunden hatte. Triefnass und dementsprechend mies gelaunt war sie in das gemeinsame Büro gestapft und, nachdem sie ihm ihre Anweisungen gegeben hatte, auf die Damentoilette verschwunden.

Also befand Alex sich nun auf dem Weg ins Archiv. Das letzte Mal hatte er in seiner Ausbildung diesen Weg gehen müssen. Im Archiv sollte es eine Sammlung von Zeitungsartikeln zur Bürener Politik der letzten Jahre geben. Wer machte sich nur eine solche Mühe und trug Artikel dieser Art zusammen? Immerhin ersparten sie sich dadurch eine Menge unnötige Arbeit und erhielten möglicherweise schnell Hinweise zu Gesine von Hohenleben und den toten Bürgermeister.

Als Alex gerade dabei war, ein Formular zur Archiveinsicht auszufüllen, vibrierte sein Handy. Ohne lange nachzudenken, nahm er ab. Mit den Worten: »Hi, Alex, ich bin es, Patrick, ich hab schon wieder eine Schreckensnachricht für euch: Die Sekretärin des Bürgermeisters, Doris Meyerhoff, wurde erschossen in dessen Büro aufgefunden«, wurde Alex begrüßt, bevor er überhaupt etwas sagen konnte.

Im ersten Moment war er sprachlos. Doris, die stets korrekte, besorgte und auch eifrige Sekretärin des verstorbenen Bürgermeisters war dem Objekt ihrer wohl hoffnungslosen und verzweifelten Liebe ins Jenseits gefolgt – einfach grauenhaft.

»Wir kommen sofort nach Büren, Patrick, verständige bitte inzwischen Milena Nolte und Mathis Becker, damit alles schnell geht«, stammelte Alex immer noch entsetzt, aber bereits rational denkend.

»Also Rechtsmedizin und KTU?«, vergewisserte sich Patrick, weil ihm die Namen als Kommissar der Provinz nicht so geläufig waren.

»Was? Ach ja, genau, entschuldige, ich bin etwas durcheinander. Bis gleich, ich lege jetzt auf …«, antwortete Alex verwirrt. Ein Toter wäre wirklich mehr als genug gewesen.

Er ließ die erstaunte Archivarin kurzerhand mit dem halb ausgefüllten Formular stehen und eilte hoch in die dritte Etage.

Er pochte an die Tür der Damentoilette und rief durch den Türspalt: »Frau Rose, beeilen Sie sich, es ist wirklich sehr dringend! Ich verständige unseren Staatsanwalt, wir wollen ihn ja nicht noch mal ausrasten lassen. Danach fahren wir nach Büren. Doris Meyerhoff wurde ermordet!«

Damit schlug er die Tür auch schon wieder zu und lief weiter zum Büro von Dr. Johannes Schnittmann. Unwillkürlich musste er an das letzte Mal denken, als er dorthin geeilt war. Wenigstens konnte der Vorgesetzte sich nicht beschweren, nicht umgehend informiert worden zu sein.

*

Etwa zur gleichen Zeit befand sich Milena in ihrem Labor und untersuchte die Haut des Bürgermeisters genauer, als ihre Assistentin mit dem Telefon in der Hand ins Labor gestürmt kam.
»Eine weitere Leiche, Sie müssen sofort nach Büren!«, keuchte sie aufgeregt. Damit übergab sie ihrer neuen Chefin den Telefonhörer.

»Milena Nolte. Ein Toter in Büren? Wo soll ich hinkommen?«, spulte die Rechtsmedizinerin wie vom Band ab. Es wirkte fast so, als wären Nachrichten wie diese schon längere Zeit Milenas Alltag in der Rechtsmedizin.

»Hier ist schon wieder Kommissar Patrick Meyer, der von Sonntag, Sie erinnern sich? Es handelt sich um eine weibliche Leiche. Kommen Sie bitte schnellstmöglich zum Rathaus von Büren. Ab dem Eingang hilft Ihnen dann einer meiner Kollegen weiter.«

Milena hörte dem Bürener Kommissar zu und versicherte ihm, sich sofort auf den Weg zu machen.

Als sie auflegte, war ihre Assistentin schon dabei, alle notwenigen Utensilien für die Untersuchung vor Ort zusammenzupacken. Sie wies ihre Mitarbeiterin an, den Leichnam des Bürgermeisters in die Kühlung zurückzuschieben, schnappte sich ihren Mantel sowie die von der Sekretärin bereitgehaltene Untersuchungstasche und verließ die Rechtsmedizin in Richtung Parkplatz.

Draußen schüttete es immer noch wie aus Kübeln, wie sie noch im Gebäude bei einem beiläufigen Blick aus dem Fenster bemerkte. Ärgerlich! Der Regen hatte seit dem Morgen nicht nachgelassen.

Während Milena in ihrer Manteltasche nach ihrem Knirps-Regenschirm kramte, kamen Alex und die halbwegs wiederhergestellte Theresia die Treppe hinunter.

Alex wurde gerade von seiner Kollegin wegen des Besuchs beim gemeinsamen Chef befragt. Dieser hatte sich zwar über den zweiten Mord aufgeregt, aber wegen seiner nicht ganz so schlechten Laune Alex schnell entlassen.

Alex war sehr erfreut, die junge Rechtsmedizinerin in der Eingangshalle zu treffen. »Hallo, Sie sind sicherlich auch auf dem Weg nach Büren. Sie können gern mit uns fahren. Was meinen Sie, Frau Rose?«, schlug er den Frauen vor.

Theresia war nicht sonderlich begeistert von der Idee, stimmte aber aus Höflichkeit zu. »Meinetwegen, dann können wir aber dieses Mal nicht mit Ihrem Sportwagen fahren, Herr Kantstein, der ist da deutlich zu klein für uns drei. Da muss dann wohl mein schöner, alter Mercedes her … Na ja, aus Ihrem Wagen kommt man ja sowieso nicht mehr richtig hoch«, meinte sie zum Schluss sogar lächelnd und fuhr dann, an Milena gewandt, fort: »Das Angebot müssen Sie natürlich nur annehmen, wenn Sie wollen, Frau Nolte!«

»Ich komme gern mit Ihnen mit. Wo steht denn Ihr Mercedes?«, meinte die erfreute Milena, die endlich ihren Regenschirm gefunden hatte. Auch Alex hatte inzwischen seinen Schirm aufgespannt.

Gemeinsam traten sie durch den Haupteingang in den Regen hinaus. Theresia eilte den beiden anderen voran, da sie ohnehin schon nass war und als Einzige genau wusste, wo ihr Wagen stand.

Als sie, als älteste der drei, schon aufgeschlossen und in ihrem Auto Platz genommen hatte, erfasste eine plötzliche, besonders starke Windböe Milenas Schirm und riss ihn ihr aus den Händen. Einen Moment schaute Milena dem Schirm noch ungläubig hinterher. Dann stieg sie schnell auf der Beifahrerseite ein. Alex hatte ihr seinen Stammplatz überlassen. Er war stattdessen, nachdem er seinen Schirm geschlossen hatte, hinter seiner Kollegin eingestiegen.

Milena meinte, immer noch überrascht über ihren plötzlichen Verlust: »So einen Regen habe ich selten erlebt und ein Schirm ist mir bisher auch noch nie weggeflogen … Hoffentlich befindet sich der Fundort nicht im Freien, wissen Sie schon mehr? Hat das etwas mit dem Toten bei mir in der Rechtsmedizin zu tun? Bürgermeister und Rathaus, das gehört doch wahrscheinlich zusammen, nicht wahr?«

»Da haben Sie recht. Es handelt sich um die Sekretärin des letzten Mordopfers. Und der Fundort der Leiche ist ein Büro der Stadtverwaltung, genauer gesagt, das Büro des Bürgermeisters – wenn es da keinen Zusammenhang gibt … Ich bin sicher, dass die Fälle miteinander verknüpft sind. Irgendwie hatte ich den Eindruck, dass Maximilian Krämer für Doris Meyerhoff mehr war als nur ihr Chef. Vielleicht wusste sie ja etwas über den Tod des Bürgermeisters und musste darum sterben?«, wollte Alex gerade fortfahren, als er an das interne Leck und die Vorwürfe ihres Chefs zurückdachte.

Konnte die neue Rechtsmedizinerin möglicherweise etwas damit zu tun haben? Die Vorwürfe gab es erst, seit sie dabei war … Nein, so wirklich konnte er daran nicht glauben. Er wollte es auch nicht. Aber vielleicht sollten sie beide über alles, was sie wussten und vermuteten, erst einmal Stillschweigen bewahren.

Theresia war inzwischen schon losgefahren. Als sie gerade an einer der zahlreichen roten Ampeln halten musste, bemerkte sie, dass Alex aufgehört hatte zu reden. Um das Gespräch mit der jungen Rechtsmedizinerin in andere Bahnen zu lenken, fragte sie: »Haben Sie inzwischen schon etwas Neues bei Ihrer Untersuchung des Bürgermeisters herausgefunden?«

Milena schien auf diese Frage schon gewartet zu haben: »Ja, inzwischen bin ich etwas weitergekommen, die Ergebnisse der Blutuntersuchung sind gekommen, und ich habe noch etwas Interessantes zur Körpertemperatur …«

»Dann lassen Sie doch mal hören, Frau Nolte!«, unterbrach Alex sie erfreut, von seiner Tätigkeit als Alleinunterhalter befreit zu sein und sich vorerst keine weiteren Gedanken über das Informationsleck machen zu müssen.

»Also, der Bürgermeister war leicht dehydriert. Er hatte seit seiner Entführung nicht viel Flüssigkeit oder Nahrung zu sich genommen und dabei hat er auch noch sehr geschwitzt. Am wichtigsten ist aber wahrscheinlich für Sie, dass wir LSD im Blut des Bürgermeisters nachweisen konnten. Es muss ihm während der Entführungszeit verabreicht worden sein, da es im Blut nur zwei bis maximal vier Tage nachweisbar ist. Außerdem hat er vor seinem Tod mehr Blut verloren, als ich zunächst angenommen hatte. Er muss auch schon an dem Ort, an dem er festgehalten wurde, stark geblutet haben. Als Letztes wäre da noch die Unterkühlung; ich vermute, dass unser Bürgermeister ohne Kleidung gefangen gehalten wurde, wodurch diese hervorgerufen worden ist. Sie müssen mal sehen, was Sie mit den Informationen anfangen können«, beendete Milena ihren Fachvortrag. Diese Form der Ermittlungsarbeit machte ihr mehr und mehr Spaß, sie hatte sich die Gespräche mit den Kommissaren weniger angenehm vorgestellt.

Inzwischen quälte sich Theresias Mercedes schon durch die Baustelle über die Schnellstraße in Richtung

Büren. »Danke, das war wirklich sehr aufschlussreich, mal sehen, was wir mit dem LSD machen können …«, stellte die Kommiassarin fest, danach versanken die drei in Schweigen. Jeder dachte für den Rest der Strecke über seine eigenen Schlussfolgerungen und Ideen zum aktuellen Fall nach.

Während Theresias Gedanken sich neben der Autofahrt vor allem auf Gesine von Hohenleben und die Motive richteten, war Milena immer noch ein wenig mit ihrer Todeszeitpunkt-Theorie beschäftigt. Die Sache wollte sie einfach nicht loslassen.

Alex hingegen überlegte verzweifelt, welches Detail an dem ganzen Fall für ihn irgendwie falsch wirkte. Es war wie ein doppelseitig bedrucktes Puzzle, von dem einige Teile noch versteckt waren, andere noch falsch herum dalagen, er wusste bloß nicht, welche zu welcher Kategorie gehörten. Im übertragenen Sinne hatten sie ja noch nicht einmal den Rahmen des Puzzles zusammengebracht.

KAPITEL 33

Schon vor dem Eingang zu Stadtverwaltung und Bürgerbüro schienen nicht nur die lokalen Medien einen Massenauflauf zu veranstalten. Der Regen hatte zwar etwas nachgelassen, es nieselte aber immer noch. Trotz dieser widrigen Umstände warteten viele Reporter und Schaulustige auf Informationen aus dem Rathaus. Alle Parkplätze waren voll besetzt. Die konnten nur durch das Leck so schnell vom zweiten Todesfall erfahren haben.

Als Alex, Theresia und die ihren Untersuchungskoffer mit sich schleppende Milena gerade dem Polizisten, der am Eingang die Spreu vom Weizen trennte und so die Menschenmenge zurückhielt, ihre Ausweise zeigen wollten, wurden sie von einer Reporterin von »Radio Hochstift« angesprochen: »Sie sind doch die ermittelnden Kommissare im Fall des toten Bürgermeisters, oder? Stimmt es, dass man im Bürener Rathaus eine weitere Tote gefunden hat? Hängen die Fälle vielleicht zusammen?«

Alex und Theresia schauten sich einmal gegenseitig an, bevor die Dienstältere zu einer Antwort ansetzte: »Ja, wir ermitteln. Aber sind Sie blind? Sehen wir etwa so aus, als ob wir gerade aus der Tür kämen? Nein! Das bedeutet also, dass wir noch gar nichts zur Situation sagen können!«

Als Theresia ihrer Meinung nach einen ausreichenden Kommentar abgegeben hatte, zückte sie ihren Polizeiausweis und stürmte, Alex und Milena im Schlepptau, die wenigen Stufen zum Eingang hinauf und an dem sich ein Grinsen verkneifenden Polizisten vorbei in die Stadtverwaltung.

Die verblüffte Reporterin blieb zurück. Auch die anderen Medienvertreter und Schaulustigen waren enttäuscht, besonders die Mitarbeiter eines schnell beorderten Teams von »WDR Bielefeld«, die gerade mit dem Kameraaufbau fertig geworden waren. Nun mussten sie warten, bis die Kommissare das Gebäude wieder verließen.

Schon im Treppenhaus wurden sie bereits von Alex' Kumpel Patrick erwartet. Er bedeutete den dreien, ihm durch das Treppenhaus zum Büro des Bürgermeisters zu folgen. Schon von Weitem ließ sich leicht erkennen, in welchem Zimmer die Tote lag. Ein Mann im typisch weißen KTU-Schutzanzug betrat gerade den Raum. Er drehte sich jedoch zu ihnen um, als Alex rief: »Mathis, hier sind wir! Wie sieht es aus? Schlimm?«

Erst in diesem Moment bemerkte er das Blut an den übergestreiften, ebenfalls weißen Schuhschonern.

Statt des angesprochenen KTU-Chefs Mathis Becker antwortete Patrick auf Alex' Frage: »Das kommt ganz darauf an, wie du ›schlimm‹ definierst, jedenfalls ist viel Blut geflossen! Warum habt ihr eigentlich so lange gebraucht? Die KTU ist schon seit einer gefühlten Ewigkeit hier …«

Inzwischen waren sie alle bei der Bürotür angelangt. Theresia musste hörbar die Luft einziehen, als sie die größtenteils bereits angetrocknete, aber unglaublich große Blutlache auf dem Boden erblickte. Sie schien von Doris' rechter Schläfe auszugehen. Auch etwas, was an Gehirnmasse erinnerte, musste Theresia zu ihrem Schrecken erkennen. Nach diesem Anblick verstand sie auch, warum Mathis es nicht geschafft hatte, seine Schuhüberzieher sauber zu halten. Ein wahres Blutbad war das hier! Nun bestand auch kein Zweifel mehr, dass die Tote wirklich Doris war. Die Presse durfte davon auf keinen Fall erfahren, um Panik in der Bevölkerung zu vermeiden.

Als Theresia ihren ersten Schrecken überwunden hatte, machte sie einen vorsichtigen Schritt auf Mathis Becker zu und schüttelte ihm die noch saubere, aber bereits behandschuhte Hand. »Na, wie weit sind Sie hier mit ihrer Arbeit, Mathis? Kann Frau Nolte sich die arme Sekretärin des Bürgermeisters schon ansehen?«, wollte sie von ihm wissen. Sie arbeitete zwar noch nicht sehr lang mit ihm zusammen, und er verstand sich auch besser mit Alex als mit ihr, wozu sicherlich auch die bösen Anrufe bei der KTU, die immer nur Theresia führte, ihren Teil beitrugen, aber immerhin sprach sie Mathis schon mit seinem Vornamen an. Sie musste zugeben, sie machte das auch, um Alex zu ärgern, auf das Siezen verzichtete sie jedoch nicht so schnell.

»Gleich, Theresia, wissen Sie, wir haben selten in einem so engen Zeitraum zwei solche Tatorte zu sichern. Die Hälfte meiner Truppe ist immer noch rund um die Wewelsburg beschäftigt, auch wenn dieser heftige Regen jetzt wahrscheinlich die noch nicht gesicherten Spuren vernichtet hat … Mit einem ersten Bericht zum Tatort an der Burg können Sie wegen dieser Sache hier erst morgen rechnen. Es tut mir leid, aber ändern kann ich es auch nicht. Wir haben alle Hände voll zu tun, da helfen auch keine bösen Anrufe bei unserer Sekretärin«, stellte Mathis Becker, die Stirn runzelnd und einen besorgten Blick auf das Büro werfend, fest.

Eine seiner Mitarbeiterinnen hatte das letzte Foto geschossen und packte die Kamera behutsam zurück in die Tasche. Milena Nolte hatte währenddessen schon einen ersten Blick auf die Leiche geworfen und wie Theresia den Kopf als Blutquelle ausgemacht, auch zu erkennen an der ausgetretenen Gehirnmasse …

Danach wollte sie von Mathis Becker wissen: »Was erzählen uns die Spritzmuster und die Blutlachenform? Ich bin in dem Fachgebiet weniger bewandert. Ich vermute aber, der Kopf, oder? Gibt es schon Hinweise auf den Tathergang?«

»An die Tathergangsrekonstruktion mache ich mich lieber, wenn unsere arme Doris abgeholt und ihr Blut aufgewischt ist«, warf Alex ein und erntete zustimmendes Nicken von Theresia.

»Genaueres kann ich jetzt auch noch nicht sagen, nur, dass sie wohl bereits auf dem Boden lag, als der Schuss ihre Schläfe zerriss. Es gibt aber auch andere Blutspuren, die nicht vom Schuss herrühren dürften. Außerdem ist ihr Nasenbein zertrümmert, das wird dann aber wahrscheinlich wieder eher in Ihr Fachgebiet fallen, Frau Nolte«, deutete Mathis Becker an, woraufhin Milena nachdenklich nickte.

Als schließlich auch der letzte von Mathis Beckers Mitarbeitern seine Arbeit für Milenas Einsatz und eine praktische Kaffeepause unterbrochen hatte, konnte diese sich zum ersten Mal über Doris' Leichnam beugen und die Voruntersuchung beginnen.

Theresia schlug vor: »Da Sie hier ohnehin beschäftigt sind, Frau Nolte, sprechen wir gleich mit der Bürener Ersatzbürgermeisterin, wenn Sie nichts dagegen haben. Wir sind in etwa einer halben Stunde wieder hier.«

»Mathis, weißt du zufällig, wo wir die ehrwürdige Baronin finden können?«, wollte Alex ergänzend wissen.

Der KTU-Chef zuckte jedoch nur mit den Schultern und drehte sich dann zu der Mitarbeiterin mit der Kamera um. Auch Milena schien schon vollkommen in ihre Arbeit an der Leiche vertieft zu sein.

Daraufhin seufzte Theresia auf und meinte zu ihrem Kollegen: »Herr Kantstein, dann lassen Sie uns an die Arbeit gehen, darum sind wir ja schließlich hier, oder nicht?« Als sie sich schon ein Stück von Milena Nolte und Mathis Becker entfernt hatten, fügte sie leise hinzu: »Mal sehen, wie unsere Gesine auf den Tod ihrer Sekretärin reagiert, wenn es sie wirklich interessieren würde, wären wir ihr ja wahrscheinlich schon am Eingang in die Arme gelaufen.

Sie hätte von dem Tumult auf jeden Fall etwas mitbekommen müssen.«

»Nach den Äußerungen Gesines am Sonntag sollte Doris sowieso möglichst schnell von ihrem Posten im Rathaus verschwinden. Sie hat mir ja auch gesagt, dass Doris nur ›bis auf Weiteres‹ unsere Ansprechpartnerin im Bürener Rathaus bleibt, ich hatte allerdings nicht mit einem so kurzen Zeitraum gerechnet … Doris schien mir eine der guten Seelen hier in der Stadtverwaltung zu sein«, überlegte Alex laut.

Als sie schon die Tür zum Bürgerbüro im Erdgeschoss durchquerten, stimmte Theresia Alex noch kurz zu: »In meinen drei Telefonaten mit ihr erschien sie mir auch recht sympathisch … Sie muss den Bürgermeister wirklich sehr gemocht haben.«

Im Bürgerbüro liefen zwei hektische Mitarbeiterinnen umher, und das, obwohl niemand ins Rathaus eingelassen wurde. Alex erkannte in der jüngeren von beiden zu seinem Leidwesen Anastasia, auch diese schien sich an Alex zu erinnern, denn ihr trauriger Gesichtsausdruck hellte sich etwas auf. Als sie den ihr schon bekannten Kommissar ansprach, zuckte selbst Theresia bei Anastasias Stimme zusammen: »Hey, Alex, schrecklich, was mit der armen Doris geschehen ist, nicht wahr? Darum seid ihr doch auch hier, oder?«

»Äh ja, genau … Wir sind aber leider gerade ziemlich im Stress, wie du dir bestimmt vorstellen kannst. Aber kannst du, äh … können Sie uns vielleicht sagen, wo wir Ihre neue Chefin finden?« Alex wurde von Wort zu Wort röter, was vor allem an der Anwesenheit Theresias lag, die die Situation offenbar genoss. Sicher würde sie ihn später noch einmal darauf ansprechen.

»Äh ja … Die Baronin residiert im zweiten Obergeschoss links, ihr Büro kann man gar nicht übersehen«, beeilte sich Anastasia, den Weg zu beschreiben. Sie schien jedoch sehr von Alex' Verhalten verwirrt zu sein und redete – Gesine von Hohenleben wurde insgeheim in der Verwaltung von allen nur ›Baronin‹ genannt – wie mit einer ihrer Kolleginnen.

Theresia musste zunächst über das Verhalten der beiden schmunzeln, sie benahmen sich aus ihrer Sicht wie zwei Verliebte, drängte dann aber zur Eile: »Vielen Dank für die Auskunft!«, meinte sie schnell zu Anastasia und fuhr dann fort: »Jetzt lassen Sie uns endlich aufbrechen, Herr Kantstein, schließlich haben wir jetzt eine zweite Tote, die ohne Zweifel im Zusammenhang mit unserem ersten Mordfall steht. Wir müssen möglichst schnell die Verbindung finden, ehe die Spuren wieder kalt sind.«

Alex stand immer noch verwirrt vor Anastasia, als Theresia schon in Richtung Treppenhaus geeilt war, er folgte ihr aber schnell. Auf Anastasia musste es wie eine Flucht wirken. Eigentlich war es auch eine.

*

Gesine von Hohenleben saß an ihrem Schreibtisch und erfreute sich an der deutlich verbesserten Büroausstattung: Neben einem neuen Schreibtisch und schicken Schiebeschränken begeisterte sie besonders der rückenfreundliche Chefsessel. Wie lange hatte sie schon darauf gewartet und vom Einrichtungshaus »Finke« Entwürfe erstellen lassen. Immer wieder waren diese Ideen und Pläne an Maximilian Krämer gescheitert. »Wir müssen sparen!« – Jetzt nicht mehr! Bereits am Freitag hatte sie diese in ihrer neuen Position als Bürgermeisterin Bürens bestellt. Bald hätte sie auch größere Räumlichkeiten und vor allem eigenes Personal zu ihrer Verfügung. Dann musste sie einfach nur noch auf ihren Wahlsieg warten, den sollte ihr dieses Mal kein dahergelaufener CDU-Mann wegschnappen.

Nur ärgerlich, dass die Geschichte mit Doris auf diese Art und Weise hatte enden müssen. Die ganze Aufregung im Rathaus und ein mit Blut besudeltes Bürgermeisterbüro, einfach nur ärgerlich …

In ihre Gedanken und Zukunftsfantasien versunken, schreckte die designierte Bürgermeisterin hoch, als es laut an ihrer Bürotür klopfte. Nach einem kurzen Blick in den Spiegel und einem Korrekturgriff in ihr braunes Haar bat sie die Besucher herein.

Die Tür öffnete sich mit lautem Quietschen sofort – ein weiteres Ärgernis, das sich mit dem neuen Büro erledigt hätte – und das Ermittlerteam trat ein. Persönlich war Gesine von Hohenleben bisher nur Alex bekannt, deshalb wunderte sie sich über seine weibliche Begleitung.

Mit einem gekünstelten Lächeln erhob sich Gesine von ihrem neuen bequemen Bürosessel und begrüßte die beiden Kommissare: »Guten Tag, ich bin Gesine von Hohenleben, Bürgermeisterin von Büren. Sie sind Kriminalhauptkommissar Kantstein und …?« Auf diesen Titel hatte sie einfach nicht verzichten können, hielt es aber für besonders karrierefördernd, sich die Namen von wichtigen Persönlichkeiten zu merken, das machte immer einen guten Eindruck.

Theresia hob ihre Augenbrauen, so oder zumindest so ähnlich hatte sie sich die Baronin nach Doris' und Alex' Beschreibungen vorgestellt. Eine unausstehliche, anmaßende und egoistische Frau, eben aus dem früheren Landadel. Widerwillig reichte Theresia der Natter ihre Hand und stellt sich vor: »Theresia Rose, ebenfalls Kriminalhauptkommissarin!«

»Sehr erfreut, Frau Rose. Was kann ich denn für Sie beide tun?«, antwortete Gesine floskelhaft mit immer noch aufgesetztem Lächeln. Als Reaktion auf dieses Verhalten fiel Theresia nur die direkte Konfrontation ein, auch wenn es vielleicht in diesem Fall nicht die beste Lösung war. »Wir sind gekommen, um Sie zu einer offiziellen Befragung vorzuladen. Morgen um Punkt 9 Uhr bei uns in der KPB!«

Im ersten Moment waren alle im Raum Anwesenden überrascht, einschließlich Theresia selbst. Als Erstes gelang es Gesine, das Gesagte zu registrieren und zu verarbeiten. Das aufgesetzte Lächeln verschwand, und sie zog die Augenbrauen zornig zusammen.

»Das ist doch jetzt wohl nicht Ihr Ernst, oder? Sie reißen hier eine unbescholtene Bürgerin aus ihrer Arbeit! Und diese Arbeit ist nichts Geringeres als die Verwaltung der Stadt Büren! Sie können sich gar nicht vorstellen, was ich hier alles zu tun habe, und dann wollen Sie mich ohne die Angabe eines Grundes einfach so vorladen? Das lasse ich mir nicht bieten!«, entrüstete Gesine sich über die Vorladung.

Theresia lächelte nur seelenruhig, solche Situationen kannte sie aus dem Polizeidienst zur Genüge und hatte es schon lange aufgegeben, sich über diese gespielte Empörung aufzuregen. »Doch, es ist unser voller Ernst. Und Sie können das auch nicht verweigern. Noch ist es nur eine Zeugenbefragung zu den aktuellen Ermittlungen … Hiermit gilt die Vorladung als zugestellt!«, endete Theresia noch immer gelassen.

Sie knallte den Vorladungsbescheid auf den Schreibtisch der Bürgermeisterin. Sie hatte diesen von einem befreundeten Richter ohne das Wissen von Alex ausfertigen lassen. Die Bombe war geplatzt. Mit Alex im Schlepptau verließ sie ohne ein weiteres Wort das Büro, wobei sie jedoch in sich hineinlächelte. Manchen Leuten musste man einfach zeigen, wo der Hammer hing.

KAPITEL 34

Der Schock saß tief. Ich konnte nicht glauben, dass das der Mann war, in den ich mich verliebt hatte. Als ich am Tag nach unserer Auseinandersetzung auf den Straßenstrich kam – dick geschminkt und mit großer Sonnenbrille, die mein blutunterlaufenes Auge verstecken sollte – konnte ich die hämischen Blicke der anderen Mädchen regelrecht spüren. Die Einzige, die mich mitleidig ansah, war Tamara. »Ich habe geahnt, dass das passieren würde«, flüsterte sie mir zu, als sie mich kurz zur Seite nahm. »Ich habe dich gewarnt.«

Ich konnte nur stumm nicken, denn ansonsten wäre ich in Tränen ausgebrochen, so verstört war ich noch immer über das, was am Morgen passiert war. Dann erzählte sie mir ihre Geschichte, die ganz ähnlich begonnen hatte wie meine.

»Glaub mir«, sagte sie am Ende, »Joe ist unberechenbar. Ihm geht es nur ums Geld. Liebe gibt es für ihn nicht. Die ersten Monate behandelt er alle neuen Mädchen so, um sie sich gefügig zu machen.« Und schließlich warnte sie mich noch mal: »Sei vorsichtig in der nächsten Zeit. Er wird dich genau beobachten, damit du nicht aus der Reihe tanzt.«

Daran hielt ich mich dieses Mal. Ich tat alles, um Joe zufriedenzustellen, dennoch konnte ich ihm anscheinend nichts recht machen. Mein Leben wurde zu einer Achterbahnfahrt. Es gab Tage, da passierte nichts. Ich ging meinem Job nach, schlief mit jedem noch so ekelerregenden Freier, nur um Joe nicht nochmals eine Gelegenheit zu geben, gegen mich vorzugehen. Dennoch passierte es immer wieder, dass er mich abholte, nach Hause brachte und dort aus nichtigem Anlass schlug. Nein, er verprügelte mich nicht, dazu war er schlau genug. Er schlug mich gerade so fest, dass bis auf mein blaues Auge keine bleibenden Spuren zu sehen waren. Danach hatte er meistens Sex mit mir, der eher einer Vergewaltigung glich, da ich nur teilnahmslos dalag, in der Hoffnung, es möge schnell vorbeigehen.

Diese Unberechenbarkeit in Joes Verhalten führte dazu, dass ich in ständiger Angst lebte. Das war es, was Joe wollte. Er machte seine Mädchen gefügig, indem er sie in Furcht und Schrecken versetzte und ständig erniedrigte. Gleichzeitig dienten seine Gewalttätigkeiten, die ja auch die anderen immer mitbekamen, dazu, auch die übrigen Mädchen bei der Stange zu halten und von aufmüpfigem Verhalten abzuschrecken. Man wusste nie, wann man von seinem Zorn getroffen wurde, und deshalb setzte man alles daran, so gut es ging, nach seinen Regeln zu leben. Seltsamerweise schien es mich besonders hart zu treffen, was die anderen Mädchen wiederum freute, da sie selbst sicher sein konnten, Joes Launen zu entgehen.

Dies war auch die Zeit, in der meine innere Wut und die Aggression wieder zu wachsen begannen. Meine Furcht wirkte sich enorm auf mein inneres Gleichgewicht aus, und ich merkte, wie ich immer ruheloser wurde. Ich wusste nicht, was ich tun sollte: Am liebsten wäre ich geflohen, hatte aber keine Ahnung, wie und wohin. Joe hatte mir nach unserer ersten Auseinandersetzung mein Erspartes weggenommen als Entschädigung für die Freier, die ich nicht bedient hatte, wie er sagte. Auch jetzt schaffte ich fast ausschließlich für sein Konto an, da ich die Wohnung und sonstige Dinge, die ich von ihm bekommen hatte, abarbeiten musste. Ich befand mich in einem Teufelskreis, aus dem ich keinen Ausweg sah. Tagsüber, wenn ich eigentlich schlafen sollte, begann ich wieder umherzustreifen, schlaf- und ruhelos, innerlich aufgerieben, voller Angst vor dem nächsten Tag. Ich fragte mich, wie es so weit hatte kommen können, und warum ausgerechnet mir kein bisschen Glück vergönnt war nach dem beschissenen Leben, das ich bisher bereits hinter mich gebracht hatte. Meine Blackouts wurden wieder häufiger, aber jedes Mal nach einem solchen Zwischenfall fühlte ich mich seltsamerweise besser, als hätte ich einen Befreiungsschlag hinter mir. Mein zweites Ich hatte wieder von mir Besitz ergriffen, und es verlieh mir eine Macht, die ich in meinem realen Leben nicht hatte.

Allerdings merkte ich nicht, wie ich unaufhaltsam auf den Rand eines Abgrundes zusteuerte, der mich in seine dunklen Tiefen zu reißen drohte.

KAPITEL 35

Es regnete ununterbrochen. Seit dem ersten Wolkenbruch am Dienstagmorgen hatte es nicht eine Viertelstunde aufgehört zu regnen. Im Wetter spiegelte sich die Laune von Alex besonders gut wider. Er hatte eigentlich zum Abspannen etwas laufen wollen, aber bei diesem Regen … Auch in seinem Fitnessstudio konnte Alex sich vorerst nicht mehr blicken lassen. In letzter Zeit lief aber auch alles schief, sowohl beruflich als auch privat.

So saßen Alex und Theresia mit einem heißen Kaffee mitten im Sommer in ihrem gemeinsamen Büro und fröstelten. Zwar war es nicht wirklich kalt, nach den Rekordtemperaturen der letzten Tage bedeuteten zwölf Grad dennoch eine erhebliche Abkühlung.

Immerhin hatte das Ermittlerteam ein interessantes Diskussionsthema, während es auf Gesine und Sven zur Befragung wartete. Milena hatte gestern Abend direkt vor Dienstschluss ihren Autopsiebericht zu Bürgermeister Krämer abgegeben. Auch erste Ergebnisse der KTU-Techniker lagen bereits vor. Da war jedoch ein weiteres Gespräch mit Rückfragen notwendig.

Als Alex gerade feststellte, dass sie bis jetzt ohne wirkliche Beweise arbeiteten und sie im Trüben fischten, klopfte es an der Bürotür. Er hoffte, dass die folgenden Befragungen neue Anhaltspunkte liefern würden.

Wie schon zwei Tage zuvor wirkte Sven Hennemanns Zustand nicht gut, was aber in Anbetracht der Umstände nicht verwunderlich war. Alex stellte fest, dass der Gymnasiallehrer wie ein Zombie aussah.

»Dieselbe Prozedur?«, wollte er wissen.

»Ja, mehr oder weniger, Herr Hennemann. Nur, dass wir beide dieses Mal viel weniger Kenntnisse von den Umständen haben«, meinte Theresia mitleidig.

»Genau! Dann lassen Sie uns mal anfangen: Wann haben Sie die Leiche von Frau Doris Meyerhoff entdeckt?«, begann Alex die Befragung.

»Das war gestern Morgen, so ungefähr um neun, ich hatte in den ersten beiden Stunden frei und wollte daher im Rathaus einen neuen Personalausweis beantragen, meiner läuft nämlich bald ab«, setzte Sven an und musste plötzlich schlucken. »Weil ich vorher auf die Toilette musste, bin ich auf der Suche danach durch einige Gänge geirrt. Auf einem Flur hatte sich vor einer Bürotür eine kleine rote Blutlache gebildet. Ich hatte natürlich noch die Bilder vom toten Bürgermeister am Sonntag vor Augen – daher war ich gleich alarmiert. Als ich sah, dass es das Büro des Bürgermeisters war, fühlte ich mich bestätigt. Ich riss, meiner Eingebung folgend, einfach die Tür auf und – sah diese erschossene Frau. Da war so unglaublich viel Blut, ich wusste gar nicht, dass ein Mensch so viel Blut hat …«

Sven musste erneut schlucken; die beiden Kommissare merkten sofort, dass er sich in die Situation vom Vortag zurückversetzt fühlte.

»Dann habe ich – zumindest glaube ich das – geschrien. Daraufhin ist eine Frau aus einem anderen Büro gekommen und hat sofort die Polizei verständigt und mich auf einen Stuhl in ihrem Büro gesetzt. Ich war absolut perplex und habe danach nicht mehr sonderlich viel mitbekommen. Das wäre es dann ...«, stellte der Gymnasiallehrer fest und verfiel wieder in Schweigen.

Auch Alex musste schlucken. Wie hätte er an Svens Stelle gehandelt? Wie wäre seine Reaktion gewesen? Zwei Leichenfunde so kurz hintereinander, das musste zu viel für einen normalen Menschen sein! Aber hieß es unter Polizisten nicht: »Zufälle gibt es nicht (oder zumindest fast nicht)«? Also musste er es zumindest in Erwägung ziehen, auch, wenn er in diesem Fall nicht daran glaubte.

»Herr Hennemann, ich muss Sie leider fragen: Wo waren Sie in der Nacht von Samstag auf Sonntag zwischen 22.30 und 3.00 Uhr? Und wo Montagnacht ab 10 Uhr?«, wollte Alex fast entschuldigend wissen. Die zweite Tatzeit schätzte er erst einmal.

Sven hob seine Augenbrauen, antwortete aber trotzdem: »Von Samstag auf Sonntag war ich mit ein paar Freunden etwa bis 2 Uhr auf dem Schützenfest, danach bin ich mit einem Taxi zu meiner Wohnung in Steinhausen gefahren. Am Montag habe ich bis 23 Uhr gelesen. Klausuren zu korrigieren, war mir nach dem Schock nicht mehr möglich.«

Theresia seufzte und setzte sich in ihrem quietschenden Bürosessel auf. Der arme Mann, der da vor saß, sollte gefälligst nur noch das Protokoll unterschreiben und sich dann sofort in psychologische Behandlung begeben. Er wirkte auf sie wie ein Häufchen Elend. Immer weiter sackte er in sich zusammen.

Gedacht, gesagt. »Herr Kantstein, drucken Sie bitte schnell Ihre Mitschrift zur Unterschrift aus, ich suche die Adresse unserer Polizeipsychologin heraus, vielleicht kann die Ihnen helfen, den Schock zu verarbeiten, Herr Hennemann«, stellte Theresia entschlossen fest.

Schon wenige Minuten später, um Viertel nach neun,

war das Protokoll unterzeichnet, und Sven verließ zum Psychologengespräch direkt im Anschluss das Büro der Kommissare.

Alex hatte ihn hinausbegleitet, und als Sven gerade um die Ecke verschwunden war, stand urplötzlich die wütende stellvertretende Bürgermeisterin aus Büren vor ihm. »Ich warte hier jetzt schon …«, sie warf einen schnellen Blick auf ihre Armbanduhr, »… seit 17 Minuten auf Sie! Ich weiß nicht, ob Sie sich das in Ihrem kleinen Hirn vorstellen können, aber ich habe wahrhaft Besseres zu tun, als mir hier meinen Ar… wund zu sitzen. Was für eine elendige Schlamperei!«

Nach diesem Wutausbruch der unerwartet aufgetauchten von Hohenleben musste Alex sich das Lachen verkneifen. Wenn er wollte, könnte er ihren Ausspruch mit dem »kleinen Hirn« sogar als Beleidigung werten, aber es gab momentan Wichtigeres zu tun, als eine aufgeblasene Bürgermeisterin in ihre Schranken zu verweisen.

Er drehte sich schnell um und bedeutete Gesine, ihm in das Büro der Kommissare zu folgen. Theresia bekam einen warnenden Blick von Alex zugeworfen, während Gesine von Hohenleben in ihrer Wut ihre Handtasche mit solcher Wucht an sich riss, dass sich mit einem Knacken einer der beiden Griffe ablöste. Nun musste sich auch Theresia ein Lachen verkneifen.

Alex und seine Kollegin hatten schon in ihren Schreibtischstühlen Platz genommen, als Gesine die Bürotür hinter sich zuknallte und sich ebenfalls setzte. Mit mühsam beherrschter Stimme presste sie hervor: »Hätten Sie vielleicht ein Glas Wasser für mich? Mir ist etwas übel.«

»Natürlich, Frau von Hohenleben«, bestätigte Alex. Nun musste er trotz all seiner Bemühungen doch grinsen. Als das Wasserglas auf dem Tisch stand, blätterte Theresia gerade in Alex' Notizblock. Fündig geworden, schaltete sie ihr geliebtes Diktiergerät ein. Wenn es nach Alex gegangen wäre, hätten sie längst modernere digitale Technik benutzt, aber Theresia bestand auf ihre analogen Hilfsmittel. Die Vernehmung konnte beginnen.

»Frau von Hohenleben, Sie haben meinem Kollegen gegenüber geäußert, dass Sie sich nicht gut mit dem getöteten Dr. Maximilian Krämer verstanden haben. Oft haben Sie sich mit ihm gestritten«, begann Theresia mit einer simplen Eröffnung. Es ärgerte sie unglaublich, dass sie nichts Handfestes gegen diese Frau vorweisen konnten.

»Ja, das kann ich bestätigen«, murmelte Gesine beinahe unverständlich und nahm einen Schluck Wasser.

Alex fragte weiter: »Und der Grund dafür war aus Ihrer Sicht beim inzwischen verstorbenen Bürgermeister zu finden? Wir haben da mehrere gegenteilige Zeugenaussagen ...«

»Und wenn schon. Was ändert das?«

»Eine Menge, Frau Baronin. Wo waren Sie eigentlich am Mittwochabend zwischen 18 und 19 Uhr?«, wollte Alex auf Gesines mürrische Antwort hin wissen.

»Na ja, also ...«

»Jetzt rücken Sie schon mit Ihrer Antwort heraus ...«, begann Theresia ihren Satz, als sie sich plötzlich an das kurze Gespräch mit Alfons Hönkes am Sonntag erinnerte, »ich glaube sogar, dass ich Ihnen sagen kann, wo Sie waren: auf der Jubiläumsfeier des Kaninchenkastenumstellvereins im ›Pinns‹. Genau da, wo der Bürgermeister verschwand!«

Alex musste lächeln. Überraschender Angriff durch glasklare Schlussfolgerungen. Genau diese Eigenschaft war eine der wenigen, die er *wirklich* an seiner Kollegin Theresia schätzte.

Während Theresia ihre plötzliche Erkenntnis mit Sprengkraft mitteilte, schreckte Gesine hoch. Mist, damit hätte sie eigentlich rechnen müssen. Aber das hatte sie nicht mit einkalkuliert. Hatte sich nach ihrer Rede am Sonntag noch jemand von der Feier bei der Polizei gemeldet? Diese, als großer Sieg über den Bürgermeister geplante Rede, war der größte Flop in ihrer gesamten politischen Karriere: Ihre sorgsam vorbereitete Ansprache hatte sie noch nicht einmal zur Hälfte halten können – und dann auch noch mit Anschuldigungen gegen den toten Bürgermeister begonnen. Wie stand sie denn nun vor der Öffentlichkeit da?

»Ja, ich habe aber nur kurz vorbeigeschaut, die Leute haben mir dort zu viel gesoffen. Darum mache ich auch auf den Schützenfesten immer nur eine Anstandsvisite und bin danach schnell weg. Aber mit dem Verschwinden des Bürgermeisters habe ich wirklich absolut nichts zu tun.«

»Wohin sind Sie denn nach der Veranstaltung gefahren?«

»Direkt zu mir nach Hause. Bezeugen kann das niemand«, antwortete die Baronin in die Enge getrieben.

Das konnte man erst einmal so stehen lassen, fand Theresia. Eine für die Theorie der Kommissare sehr aussichtsreiche Ausgangsposition, da war doch auch gleich der Vorladungsbescheid gerechtfertigt.

Alex ging zum nächsten Termin über: »Wollen Sie uns wenigstens freiwillig über die Nacht von Samstag auf Sonntag aufklären?«

»Da habe ich an meiner Rede zur Wiedereröffnung der Wewelsburg gefeilt«, meinte Gesine und fügte etwas aggressiver hinzu: »allein!«

Somit kam die Baronin für den Entführungs- wie auch Tötungszeitraum des Bürgermeisters infrage, fehlte nur noch der bis dato sehr vage Todeszeitpunkt von Doris. Milena hatte eine genauere Eingrenzung für den heutigen Nachmittag versprochen. Das größte Problem der beiden Hauptkommissare war, Beweise für Gesines Schuld zu finden, aus denen sich diese nicht mit Ausflüchten herausreden konnte. Sie hatten weder den Aufenthaltsort des Bürgermeisters zwischen Entführung und Tod noch Zeugen, die Gesine beobachtet hatten, noch sonstige Beweise.

Es stand fest, dass die Baronin das beste bisher bekannte Motiv hatte und keine Alibis vorweisen konnte. Zudem zeigte sie keine wirkliche Reue hinsichtlich ihrer Beleidigungen des Bürgermeisters in ihrer Rede oder etwa Trauer um den verstorbenen Kollegen … Für einen Machtgewinn schien sie zu allem bereit. Nicht zuletzt wirkte auch ihre Reaktion auf die kritischen Nachfragen der beiden Kommissare verdächtig.

»Nachdem wir am Sonntag bereits über Ihr Verhältnis zu Maximilian Krämer gesprochen haben, wäre es jetzt interessant, zu erfahren, wie Sie zur zweiten Toten, Doris Meyerhoff standen«, stellte Alex die nächste Frage. Wie sehr hatte Gesine von Hohenleben sich doch am Sonntag dagegen gesträubt, ihre Beziehung zu Maximilian Krämer zu schildern.

»Ehrlich gesagt hatte ich keine besondere Beziehung zu Frau Meyerhoff. Wir hatten in der Verwaltung nur wenig miteinander zu tun.«

»Was vermuten Sie dann, warum Doris Meyerhoff befürchtete, ihre Stelle zu verlieren, wenn Sie Bürgermeisterin von Büren werden?«, hakte Theresia nach. Noch zu gut konnte sie sich an das Telefonat mit Doris erinnern, in dem diese ihr über die Stellvertreterin von Maximilian Krämer berichtete.

»Ich weiß nicht, wie Sie zu solch abstrusen Vermutungen kommen! Unverschämt. Dazu sage ich kein Wort mehr!«, zeterte die Baronin und verschränkte die Arme.

»Ist das Ihr Ernst, Frau von Hohenleben? Wenn ja, haben Sie uns sonst noch etwas mitzuteilen?«, wollte Theresia wissen, der durch die neuen Verdachtsmomente gegen Gesine von Hohenleben keine Fragen mehr in den Sinn kamen. Durch gezieltes Nachhaken konnte man sich bei dieser Frau keinen Erfolg versprechen. Sie mauerte. Irgendetwas war da eindeutig faul.

»Ja, das habe ich! Es kann doch wohl nicht mit rechten Dingen zugehen, dass Sie mich einfach so aus meiner höchstwichtigen Arbeit herausreißen, mich 17 Minuten warten lassen, um mir dann vier oder fünf lächerliche Fragen zu stellen! Und mir dann als Krönung auch infam zu unterstellen jetzt bitteschön, *ich* hätte den Bürgermeister und seine Sekretärin auf dem Gewissen! So etwas werde ich mir ab sofort nicht mehr von Ihnen bieten lassen. Wenden Sie sich bitte bei weiteren Anfragen an meinen Anwalt. Den hätte ich schon viel früher einschalten sollen.«

Alex und Theresia mussten sich nach diesem neuerlichen Wutausbruch wieder das Lachen verkneifen. »Was ist daran dann jetzt bitte schön so lustig?«, schleuderte Gesine den grinsenden Kommissaren gereizt entgegen.

»Nichts, aber halten Sie sich doch bitte weiterhin zu unserer Verfügung, Frau von Hohenleben. Das Vernehmungsprotokoll faxen wir dann Ihrem Büro zu, damit Sie es unterschreiben können. Wir wollen Sie jetzt nicht weiter aufhalten, und Sie können sich wieder ihren höchstwichtigen Aufgaben widmen. Wir wünschen Ihnen noch einen schönen Tag«, formulierte Theresia sehr zur Erheiterung von Alex. Vielleicht einer von Gesines letzten Tagen in Freiheit, dachten beide.

Ohne einen Abschiedsgruß schnappte Gesine sich ihre kaputte Handtasche und verließ das Büro der beiden Hauptkommissare. Das Knallen der Bürotür war auch noch einige Räume weiter zu hören.

Mit einem zufriedenen Blick stellte Theresia fest, dass es noch immer regnete, stärker als zuvor. Ohne Schirm und nur mit einer dünnen Jacke bekleidet, wurde Gesine sicher klatschnass. Selbst schuld! Nach diesem Verhör wandten sich beide wieder ihrer Arbeit zu.

KAPITEL 36

Alex und Theresia mussten heute einen sehr straffen Zeitplan haben, wenn Theresia Milena sogar anrief und sie bat, zur Kaffeepause aus der Rechtsmedizinin in die Kantine heraufzukommen. Die Kommissarin hatte angedeutet, dass auf diesem Wege für den Bericht zu Doris' Tod nicht zu viel Zeit verloren gehen sollte. Wie sagte man so schön: zwei Fliegen mit einer Klappe schlagen.

Immerhin bedeutete das Gespräch mit den Kommissaren eine willkommene Abwechslung für Milena. Auf diesem Wege konnte sie dem aktuellen Stress, der mit ihrer Amtsübernahme einherging, kurzzeitig entgehen und sich eine Verschnaufpause gönnen. Die beiden könnten sich ruhig noch ein paar Minuten Zeit lassen, fand Milena, als sie merkte, dass Alex und Theresia schon durch die Kantinentür kamen.

Einen Augenblick später standen die beiden Kommissare an dem von Milena in Beschlag genommenen Tisch.

»Guten Tag, Frau Nolte«, sagten sie wie aus einem Mund, und Alex fuhr fort, »ich hole eben schnell drei Kaffee, bin sofort wieder da!«

Theresia nahm Milena gegenüber Platz und meinte: »Ich bin mal auf Ihre Ergebnisse gespannt, Frau Nolte.«

Gerade wollte Milena zu einer Antwort ansetzen, als Alex drei dampfende Kaffeetassen zum Mensatisch balancierte, diese verteilte und neben der Rechtsmedizinerin Platz nahm.

»Frau Meyerhoff starb in einem relativ eng einzugrenzenden Zeitraum zwischen 23.30 und 0.30 Uhr, das dürfte zunächst einmal das Interessanteste für Sie sein. Ansonsten gibt es bei ihr nicht so viel zu berichten wie beim Bürgermeister. Frau Meyerhoff starb tatsächlich – wie wir schon vermutet hatten – durch den Schuss in ihre rechte Schläfe. Sie lag dabei auf dem Boden. Zum Projektil und den Blutspuren am Tatort müssen Sie sich bei der KTU erkundigen«, eröffnete Milena ihren Bericht mit den wichtigsten Fakten.

»Was ist mit dem zertrümmerten Nasenbein und anderen prämortalen Verletzungen?«, wollte Theresia sofort von der Rechtsmedizinerin wissen.

»Ja, die arme Frau hat es voll erwischt! Kurz vor ihrem Tod hat sie einen heftigen Schlag auf das Nasenbein bekommen, der wohl zu einer kurzen Bewusstlosigkeit geführt haben muss. Bis auf drei abgeknickte Fingernägel konnte ich aber nichts weiter feststellen – wahrscheinlich ein gescheiterter Abwehrversuch des Opfers«, fuhr Milena in ihren Erläuterungen fort.

Hoffnungsvoll wandte Alex ein: »Gibt es denn vielleicht Rückstände oder DNS-Spuren vom Täter unter den Fingernägeln?«

»Nein, da muss ich Sie leider enttäuschen, Herr Kantstein. Ich konnte nur ein paar schwarze Wollfasern finden, die habe ich schon ins Labor geschickt. Vielleicht ist noch interessant, dass die Sekretärin offenbar von einer nicht allzu großen Person geschlagen worden ist. Auch der Schlag war nicht unbedingt der kräftigste. Was das bedeuten könnte, müssen Sie selbst beurteilen«, meinte Milena achselzuckend.

Erfreut über diese interessante Information blickte Theresia auf: ein kleiner, nicht allzu kräftiger Täter, möglicherweise auch eine Täterin … Das war das Raster, in das auch Gesine von Hohenleben passte.

*

Sekretärin Meiers las die aktuelle Tageszeitung. Nach der Lektüre ihres Chefs warf sie, wann immer zeitlich möglich, gern einen Blick hinein. Sofort fiel ihr ein Foto ihrer Freundin Theresia ins Auge, die sich durch eine Menge von Schaulustigen hindurchdrängelte und offenbar auf die Tür des Bürener Rathauses zusteuerte. Interessiert las sie auch den zugehörigen Zeitungsartikel:

Weiterer Mord in Büren

– Stehen wir vor einer ganzen Mordserie? –

BÜREN (OWB). Nach dem Fund des kürzlich ermordeten Bürener Bürgermeisters Dr. Maximilian Krämer wurde am gestrigen Dienstagmorgen die Assistentin des Bürgermeisters im Bürener Rathaus tot aufgefunden. Die zuständigen Behörden ermitteln bereits. Es ist zu vermuten, dass beide Todesfälle zusammenhängen.

Ein junger Lehrer betrat gegen 9 Uhr morgens die Stadtverwaltung im Bürener Rathaus. Aufgrund der langen Wartezeit wollte er eine der Toiletten aufsuchen, welche in der Nähe des Büros des toten Bürgermeisters liegen. Nach dem Verlassen der Toilette bemerkte der 39-Jährige ein Rinnsal Blut, das unter der Tür auf den Flur floss.

Verunsichert öffnete der Mann die Tür, um nach dem Rechten zu sehen, und fand die Sekretärin D. Meyerhoff, erschossen am Boden liegend, vor.

Daraufhin informierte der Lehrer eines Bürener Gymnasiums die Verwaltungsleitung, die wiederum die Polizei einschaltete. Die zuständigen Kommissare sehen bisher von einer Stellungnahme ab, erklären aber, dass Zusammenhänge zwischen beiden Morden nicht auszuschließen seien. Weitere Informationen werden in Rücksicht auf die laufenden Ermittlungen zurückgehalten.

Die 46-jährige Angestellte wurde gestern Abend das letzte Mal von einer Reinigungsfachkraft gese-

hen, die die Räumlichkeiten der Stadtverwaltung und des Rathauses säuberte.

Personen, die um das Rathaus nach 19 Uhr noch verdächtige Dinge beobachtet haben, melden sich bitte umgehend bei der Kreispolizeibehörde Paderborn.

Weiterhin wird auch um Hinweise im Zusammenhang mit Entführung und Mord an Dr. Maximilian Krämer gebeten.

Als Fräulein Meiers gerade mit der Lektüre fertig geworden war, betraten die im Artikel erwähnten Kommissare das Vorzimmer von Staatsanwalt Johannes Schnittmann. Fräulein Meiers deutete anerkennend auf den Artikel und winkte die beiden dann weiter in das Büro ihres Chefs. Was für ein Glück, dachte sie, dass Birnbaum und McMilland schon vor fünf Minuten verschwunden waren. Die Sekretärin konnte das andere Ermittlungsteam ebenso wenig leiden wie Alex und Theresia.

Zielstrebig durchquerten die beiden Kommissare das Vorzimmer. Dr. Schnittmann hatte seinen Blick gerade scheinbar konzentriert auf ein Dokument auf seinem Schreibtisch gerichtet und blickte erst zu den beiden auf, als Theresia ihre Stimme hob: »Guten Tag, Herr Schnittmann!« Schon hatte die Kriminalhauptkommissarin vor seinem Schreibtisch Platz genommen.

»Guten Tag, haben Sie endlich etwas Neues im Fall Krämer-Meyerhoff? Was ich am Rande erwähnen wollte: Ich muss Ihnen zu Ihrem beherzten Abwimmeln der Presse gratulieren, Frau Rose! Zu den neuen Dimensionen des Falls sind bisher kaum Details an die

Presse durchgesickert. Aber nun zurück zum Wichtigsten, zu Ihren Ergebnissen«, entgegnete Schnittmann interessiert.

»Im Blut von Herrn Krämer wurden Rückstände von LSD festgestellt. Außerdem hat sich unser Verdacht gegen Gesine von Hohenleben durch kriminaltechnische Befunde hinsichtlich Tätergröße und -figur sowie unsere Befragung bedeutend erhärtet«, stellte Alex stolz fest.

Theresia musste sich zurückhalten, um nicht laut aufzustöhnen. Ihre Augen weiteten sich dennoch merklich. Ausgerechnet diese beiden Informationen wären es gewesen, die sie Staatsanwalt Schnittmann nicht anvertraut hätte, aber nun war es geschehen und ließ sich nicht mehr rückgängig machen. Sie mussten jetzt wohl oder übel mit den Konsequenzen leben.

Diese zeichneten sich bereits in Schnittmanns langsam rot werdendem Gesicht ab. Diese allmähliche Art von Verfärbung hatte Theresia in ihren Dienstjahren unter ihm als Staatsanwalt als besonders gefährlich kennengelernt. Schnittmann pflegte nämlich – wie auch Gesine – sich die Namen scheinbar wichtiger Personen zu merken, und wusste daher sofort, von wem die Rede war.

»Passen Sie bloß auf, worin Sie sich da verstricken … Bei politischen Intrigen und Machtspielen kann ich Sie nicht beschützen. Sicherlich wird heute noch eine Beschwerde eintreffen. Sind Sie sich denn wirklich so sicher?«, begann Schnittmann mit gepresster Stimme. Wie in solchen Situationen gewohnt, wandte er sich von den Kommissaren ab und dem Fenster zu. Seine Wut brachte die Luft im Raum förmlich zum Vibrieren.

Theresia und Alex wechselten einen vielsagenden Blick, wobei dem jungen Hauptkommissar bewusst wurde, dass er mit seiner unbedachten Äußerung Auslöser dieser Situation gewesen war.

Plötzlich wandte sich Schnittmann lächelnd zu den beiden um. »Ich gehe davon aus, dass Sie die volle Verantwortung für Ihren Verdacht gegen die aktuelle Bürgermeisterin von Büren übernehmen?«, stellte er fest, nicht ohne einen gewissen Unterton von Schadenfreude in der Stimme.

Theresia bemerkte das Verhalten ihres Vorgesetzten. Ihr blieb jedoch nichts anderes übrig, als zustimmend zu nicken.

»Das ist ja auch selbstverständlich!«, setzte Schnittmann nach. »Außerdem werde ich gern Ihrer schüchternen Bitte um Unterstützung durch unsere hervorragenden Kommissare McMilland und Birnbaum nachkommen. Die beiden können Ihnen sicherlich ausgezeichnet bei der Geschichte mit dem LSD weiterhelfen«, präsentierte Johannes Schnittmann seinen Plan, den er gerade wegen des Rivalitätsverhältnisses geschmiedet hatte.

Die schlimmsten Erwartungen von Theresia und Alex wurden um ein Vielfaches übertroffen. Als Theresia schon einen freundlich formulierten, aber keineswegs so gemeinten Einwand erheben wollte, schnitt der Staatsanwalt ihr schon im Vorhinein das Wort ab. Wie passend doch sein Name war.

»Nein, bloß keine falsche Bescheidenheit, Frau Rose. Ihre Zusammenarbeit wird garantiert gute Früchte tragen. Und nun kehren Sie bitte zurück an Ihre Arbeit, wir wollen doch, dass dieser schreckliche Fall möglichst bald aufgeklärt wird. Nicht, dass es noch weitere Opfer zu beklagen gibt«, meinte er und blickte dann, bemüht, geschäftig zu wirken, wieder auf seine Unterlagen.

Alex hatte den Chefermittler noch nie so lächeln gesehen, schon fast gruselig …

Als sie das Büro verlassen hatten, beschlossen sie, die angeordnete Zusammenarbeit so lange wir nur möglich hinauszuzögern.

KAPITEL 37

Der Showdown – ich erinnere mich noch wie heute.

Ein Tag wie jeder andere. Ich arbeite, gehe meinem Gewerbe nach, fertige einen Freier nach dem anderen ab, denke mit Schrecken an den Feierabend. Wird er mich abholen, oder habe ich heute Ruhe vor ihm? Die Angst in meinem Nacken, Wut und Unruhe in mir, sie lauern, warten darauf, auszubrechen. Ich kann sie spüren, meine unberechenbaren Freunde. Erwarte sie beinahe freudig, denn sie geben mir Kraft, machen mich mächtig, lassen mich mein kleines, beschissenes Leben vergessen.

Joe fährt vor, winkt mich herbei. Heute bin ich wieder an der Reihe. Gehe zu seinem Wagen, mit der Angst im Nacken, der Wut im Bauch. Setze mich neben ihn. Wortlos. Wir fahren los, ohne zu sprechen, Spannung in der Luft, zum Greifen nah. Wir fahren zu mir, gehen in meine Wohnung, Joe geht in die Küche, schenkt sich einen Drink ein. Dreht sich zu mir um, seine Augen blitzen stahlhart, blaue Augen, die in diesem Augenblick aussehen wie dunkle leblose Punkte. In dem Moment wird mir klar, er ist wahnsinnig, ein Psychopath in einer schönen Hülle, die alle über sein wahres Inneres zu täuschen vermag.

»Was hast du schon wieder getan, Süße?«, beginnt er gefährlich leise, kaum Betonung in seiner Stimme. »Muss ich denn immer auf dich aufpassen?« Er steht direkt vor mir, umfasst mein Kinn mit einer eisernen Hand. Ich bin gezwungen, zu ihm aufzuschauen. Mit heißem Whiskyatem spricht er zu mir. Ich versuche, mich aus seinem Griff zu befreien. Ich habe mal wieder keine Ahnung, wovon er spricht, was er von mir hören will. »Warum antwortest du mir nicht, mein Schatz?« Diabolisch lächelnd blickt er zu mir herab. Ich winde mich in seinem Griff, spüre die Kante des Küchenschranks hart in meinem Rücken. Dann der erste Schlag. Er trifft meine Wange mit voller Wucht, gewaltiger Schmerz, Wut, die weiter in mir hochkocht, Tränen, die zu laufen beginnen. »Peter, dein Stammfreier, hat sich bei mir beschwert. Du hast ihn gestern offenbar so gut behandelt, dass er lauter Blutergüsse am Körper hat. Besonders in ›bestimmten‹ Regionen …«

Der nächste Schlag, diesmal die andere Wange, ich sehe Sterne. Trotzdem arbeitet es in meinem Gehirn. Ich kann mich an Peter nicht erinnern, schon gar nicht daran, dass ich ihn misshandelt habe. Vielleicht hatte ich gestern ein Blackout, während er bei mir war? Keine Ahnung, in meinem Kopf ist alles durch die Schläge vernebelt. Der Schmerz, die Angst, die Wut lassen jeden Gedanken in einem dunstigen Schleier versinken: rote Schlieren, die vor meinem geistigen Auge wabern. Unbändige Wut, die in mir aufsteigt in Erwartung des nächsten Schlages. Aber der bleibt aus. Stattdessen drückt er mich gegen den Küchenschrank, legt seine Hände um meinen Hals, drückt zu, langsam zunächst. Sein Gesicht ganz nah bei meinem. »Hast du immer noch nicht verstanden, wie das Geschäft funktioniert, du kleine Nutte? Ich werde dir ein für alle Mal zeigen, was es heißt, gegen meine Regeln zu verstoßen.« Mein Hals wird enger, die Luft wird knapp, der Schmerz unerträglich, Panik steigt in mir hoch. Er hat Wahnsinn im Blick. Er wird mich töten. Kein Zweifel. Ich versuche, seinem Griff zu entkommen, rudere mit meinen Armen, versuche, etwas in die Hände zu bekommen, das mich retten kann. Ich greife zu.

Meine Wut übernimmt endgültig die Regie.

*

Ich öffne die Augen. Ich liege auf dem Bauch, kann auch aus dieser Perspektive erkennen, dass ich in der Küche bin. Was ist passiert? Warum liege ich hier und nicht in meinem Bett? Ich ziehe mich am Tischbein schwerfällig hoch. Mein ganzer Körper schmerzt, besonders der Kopf, ich stöhne, kann kaum stehen, mir wird schwarz vor Augen, muss mich am Küchentisch festhalten, um nicht wieder zusammenzusinken. Die Schwärze weicht allmählich. Was ich wahrnehme, jagt mir einen Schauer über den Rücken: Blut, überall Blut. Meine Kleidung ist davon besudelt. Ungläubig schaue ich an mir herab. Blicke um mich. Erstarre.

Da liegt er. Er liegt auf dem Rücken, Arme und Beine von sich gestreckt. Vorsichtig gehe ich um den Tisch herum, Beine wie Gummi, pochender Schmerz im Kopf. Was ich sehe, lässt mich erbeben. Joe liegt da, um ihn herum eine riesige Blutlache, eine Wunde an seinem Kopf, daneben der marmorne Messerblock, der sonst immer auf dem Küchenschrank steht. Panik steigt ihn mir auf – Was habe ich getan? Mein Hirn kann die Bilder kaum verarbeiten. Minutenlang stehe ich dort in Schockstarre, bemüht, die Situation zu erfassen. Was ist passiert? Fieberhaft versuche ich, nachzuvollziehen, was hier geschehen ist. Und langsam kommt die Erinnerung: Joe und ich in der Küche, seine Fragen und Vorwürfe, seine Schläge, der Griff an meinen Hals, der mich zu ersticken droht. All das kann ich langsam in meiner Erinnerung abrufen, aber was ist dann passiert? Sosehr ich mich auch bemühe, die Bilder dazu fehlen in meinem Kopf. Aber wer sonst sollte Joe den Messerblock an die Schläfe geschlagen haben? Außer ihm und mir war niemand in der Wohnung.

Ich schaue auf Joe hinab, bin nicht in der Lage, mich zu ihm hinunterzubücken und zu schauen, ob er noch lebt. Ich fühle mich, als betrachtete ich mich von außen bei meinem Tun oder auch Nichtstun. So geschockt ich auch bin, so distanziert fühle ich mich gleichzeitig von der ganzen Szenerie. Einerseits empfinde ich Panik, Ekel, Angst, andererseits spüre ich eine Macht in mir, die mich innerlich ruhig macht und mir die Kraft verleiht, analytisch mit dieser Situation umzugehen.

Je länger ich dort stehe, desto mehr übernimmt die rationale Seite mein Tun. Der Schock lässt nach, und allmählich breitet sich eine unheimliche Ruhe in mir aus. Mir wird klar, dass ich es gewesen bin. Aber ich empfinde weder Reue noch Angst, im Gegenteil: Ich blicke auf Joe, meinen Peiniger, und fühle einen nie gekannten Triumph in mir aufsteigen. Ich habe es ihm gezeigt, meine Machtlosigkeit überwunden und mich von seinen Quälereien befreit. Plötzlich bin ich nicht mehr das arme, gequälte missbrauchte Mädchen, ich bin die andere, die Starke, die mein schwaches Ich beschützt.

Die andere übernimmt erneut die Regie, eiskalt abwägend, was nun zu tun ist.

Und sie ist effizient. Sie bückt sich zu Joe hinab, stellt fest, dass er noch atmet, die Wunde ist nicht besonders tief, blutet zwar noch, aber nicht stark. Er wird's überleben, leider, denkt sie mit einem kleinen Bedauern, dass sie das Schwein nicht endgültig um die Ecke gebracht hat. Dann durchsucht sie seine Taschen und findet Geld, viel Geld. Joe hat offensichtlich, bevor er sie abgeholt hat, die Einnahmen seiner Mädchen eingetrieben. Es müssen mehrere Tausend Mark sein. Sie lächelt triumphierend, das müsste reichen, um irgendwo ein neues Leben zu beginnen. Sie richtet sich wieder auf, blickt in der Wohnung umher. Was muss sie mitnehmen? Schnell packt sie einige Sachen zusammen, steckt sie in einen Rucksack. Blind greift sie in ihren Kleiderschrank, um sich ihrer blutbesudelten Kleidung zu entledigen und etwas Sauberes anzuziehen. Angst, dass Joe, wenn er wieder zu Bewusstsein kommt, die Polizei verständigen wird, hat sie nicht. Es ist eine Gewalttat im Prostitutionsmilieu, und Joe wird den Teufel tun, die Behörden auf sich und seine Machenschaften aufmerksam zu machen. Plötzlich ein Stöhnen, Joe kommt wieder zu sich, sie muss sich beeilen.

Sie geht zur Wohnungstür, blickt noch einmal zurück, wieder ein Aufbruch. Aber diesmal bereut sie nichts.

KAPITEL 38

Alex und Theresia waren bei ihrer Tätersuche bisher keinen Schritt weitergekommen. Weder hatten die vielen Zeitungsartikel, die seit letzten Samstag überall im Paderborner Land und auch darüber hinaus erschienen waren, einen Zeugen für einen der zwei Kriminalfälle hervorbringen können, noch war seit dem Beginn der Autosuche am Vortag auch nur der geringste Hinweis aufgetaucht.

Um sich endlich Gewissheit über Gesines Aufenthalt bei der Jubiläumsfeier des Kaninchenkastenumstellvereins zu verschaffen und auch andere mögliche Täter zu berücksichtigen, hatte Alex die Idee gehabt, eine Teilnehmerliste der Veranstaltung beim Vereinsvorsitzenden Hönkes anzufordern.

»Guten Tag, Hönkes hier, wer da?« Das war genau die Art, sich am Telefon zu melden, wie Alex sie vom Vorsitzenden des Kaninchenkastenumstellvereins erwartet hatte. »Guten Tag, hier Kantstein, Kripo Paderborn, Sie erinnern sich bestimmt an unsere letzte Unterhaltung«, begrüßte Alex Hönkes.

Mit dem nun folgenden: »Genau, einfach schrecklich, was erst mit unserem Bürgermeister und nun auch mit der armen Sekretärin geschehen ist. Das Telefonat mit ihr war richtig nett. Sie hat sich wirklich für die Arbeit unseres Vereins interessiert und mir viele kluge Fragen zur Vereinsgeschichte und -arbeit gestellt. Eine sehr sympathische Frau!«, bekamen die beiden Kommissare schon fast eine Grabrede zu hören. Sie mussten an letzten Donnerstag denken, wo das noch ganz anders geklungen hatte.

Alex kam schnell zur Sache: »Ja, wirklich schrecklich! Aber nun zum eigentlichen Grund meines Anrufs: Gesine von Hohenleben war doch ebenfalls auf Ihrer Jubiläumsveranstaltung, oder? Können Sie uns vielleicht sagen, wie lange sie geblieben ist?«

»Ach diese furchtbare Frau. Ich erinnere mich noch gut an ihre verleumderischen Worte bei der Rede auf der Wiedereröffnungsfeier der Wewelsburg. Grausig! Ja, sie war leider auch eingeladen. Ich kann aber nicht sagen, wann genau sie gegangen ist. Die Suche nach unserem guten Bürgermeister hat mich voll in Anspruch genommen. Später habe ich sie dann nicht mehr gesehen. Eigentlich wollte ich sie als Ersatzrednerin gewinnen, als der Bürgermeister verschwunden war. Aber da war sie unauffindbar. Ich vermute, dass die schon früh weg war, sie macht ja immer nur einen kurzen Anstandsbesuch«, dröhnte Hönkes so in den Telefonhörer, dass Alex zusammenzuckte.

»Okay, können Sie uns dann vielleicht eine Liste mit den Anwesenden auf der Feier und ihrer ungefähren Anwesenheitsdauer zukommen lassen, das wird unsere Ermittlungen deutlich vereinfachen!«, startete Alex einen Versuch, der den Gefragten sicherlich einiges an Zeit kosten würde. »Tauschen Sie sich dazu ruhig mit Ihren Vereinskollegen aus, damit die Liste möglichst vollständig wird und Sie niemanden vergessen. Mit ›Anwesenden‹ meine ich sowohl Gäste als auch Vereinsmitglieder, Mitarbeiter der Gaststätte und Leute, die nur kurz vorbeigeschaut haben«, fuhr Alex fort und fügte wegen der Ergebnisse der Autopsie hinzu: »Wenn möglich, markieren Sie doch die Leute, die etwas kleiner und nicht gerade Boxer sind …«

»Uff, das wird ganz schön viel Arbeit, Herr Kantstein. Gut, dass ich letztes Jahr in Rente gegangen bin. Dann kann ich mir mehr Zeit dafür nehmen, aber es wird wohl trotzdem eine Weile dauern.«

»Das ist verständlich, Herr Hönkes! Vielen Dank auf jeden Fall schon für Ihre Bemühungen, so etwas macht sicher nicht jeder so gewissenhaft wie Sie. Eine Frage hätte ich aber noch: Was wissen Sie über den Wagen des Bürgermeisters?«

»Der Wagen, ein schwarzer BMW … Ich weiß nicht, am Donnerstagmorgen, als Sie mich besucht haben, stand er jedenfalls nicht mehr da, wo der Bürgermeister ihn geparkt hatte. Ob er am Abend schon weg war, daran kann ich mich nicht mehr erinnern«, meinte Hönkes nachdenklich. »Ich habe schon in der Zeitung gelesen, dass Sie den suchen, weiterhelfen kann ich da aber auch nicht.«

»Das wäre es dann fürs Erste, Herr Hönkes. Einen schönen Tag noch, wir warten gespannt auf Ihre Liste«, verabschiedete sich Alex.

»Gleichfalls, keine Sache. Sie haben ja sicherlich auch mehr als genug zu tun!«, dröhnte es ein letztes Mal, dann legte Alex auf. In dem Moment läutete Theresias Telefon, und Alex wartete neugierig auf ein Zeichen Theresias, wer der Anrufer war.

Aber er wartete vergeblich. Es gab kein Zeichen.

Stattdessen legte Theresia schon kurz darauf den Hörer ihres Apparats auf. Auf Alex' immer noch ungeduldigen Blick hin antwortete sie schließlich: »Eine Pressekonferenz! Jetzt! Meiers hat mich gerade informiert. Schnittmann hat sie ohne ihr Wissen, und was in diesem Falle wohl noch schwerwiegender ist, ohne unser Wissen, einberufen!«

»Dann war es gestern wohl nicht nur die Zusammenarbeitsanordung, die unseren lieben Herrn Staatsanwalt so gefreut hat«, stellte Alex resignierend fest.

»Und diese Aktion, obwohl er immer nur das beste Bild von seiner Einsatztruppe bei der Presse vermitteln will. So etwas schafft man nicht ohne Vorbereitung, das muss er schon länger planen – wahrscheinlich in seinen stundenlangen Meetings mit McMilland und Birnbaum!«, ereiferte sich Theresia über die (Un-)Logik des Johannes Schnittmann.

»Vielleicht hat er eine Ausrede von unserer Seite befürchtet, die natürlich abgewehrt ist, wenn wir erst gar nicht eingeladen sind. Wann beginnt diese tolle Konferenz denn, Röschen?«

»Herr Kantstein, ich glaube, es reicht auch irgendwann mal. Werden Sie denn nie erwachsen? Müssen Sie mich immer provozieren? Wir sollten lieber unseren Helden Schnittmann aufs Korn nehmen und uns auf die Arbeit konzentrieren. Beginn der Konferenz ist schon in einer Viertelstunde!«, regte sich die Kriminalkommissarin auf.

Alex nickte beschämt über sein Verhalten und fügte leiser zu Theresias Äußerung hinzu: »Das reicht gerade, um die nötigen Dokumente zusammenzusuchen und zum Raum zu hetzen, ich nehme an Konferenzraum 1?«

»So sieht es aus, wir sollten uns beeilen, nicht, dass Schnittmann ohne uns anfangen muss.«

*

»… und darum setzt sich mein kompetentes Ermittlungsteam auch mit ganzer Kraft für eine schnelle Aufklärung des Falles Krämer-Meyerhoff ein«, waren die abschließenden Worte von Staatsanwalt Schnittmann, bevor die Journalisten ihre Fragen stellen konnten.

Genau in diesem Moment platzten Theresia und Alex in Konferenzraum 3. Sie waren pünktlich um 10 Uhr vor Konferenzraum 1 gewesen, hatten aber feststellen müssen, dass hier gerade eine aktuelle Studie der Kreis-Polizei-Behörde zu Verstößen gegen die Hundesteuer im Kreis Paderborn vorgestellt wurde. Wie kaum anders zu erwarten, war das von geringem journalistischen Interesse. Gerade einmal zwei Stühle im gesamten Raum waren mit desinteressierten, pickelgesichtigen Praktikanten besetzt. Am Empfang hatten sie dann die Information erhalten, dass Herr Schnittmann persönlich kurzfristig einen Raumwechsel beschlossen habe.

Durch dieses doppelt hinterhältige Verhalten ihres Vorgesetzten war Theresia komplett in Rage geraten. »Da sind ja auch schon unsere beiden Kommissare, die müssen sich wohl zuerst im Raum geirrt haben …«, meinte Schnittmann und behandelte sie damit so, als hätten sie gerade erst bei der Polizei angefangen. Dass Schnittmann nun diese Dreistigkeit besaß, ließ bei Theresia das Fass des aufgestauten Zornes endgültig überlaufen.

Während Alex sich bereits neben Schnittmann niedergelassen hatte, um einer weiteren Peinlichkeit oder Konfrontation zu entgehen, ließ Theresia sich die offene Beleidigung nicht gefallen: Sie baute sich vor Staatsanwalt Schnittmann auf …

… und schlug ihm mit der flachen Hand ungebremst ins Gesicht. Nicht nur der Staatsanwalt, sondern auch die anwesenden Journalisten schnappten nach Luft.

Das Bild von der ihren Vorgesetzten ohrfeigenden Kriminalhauptkommissarin sollte in der deutschen Presse weite Kreise ziehen: sogar bis auf die Titelseite der Zeitung mit den vier Buchstaben.

Unter den anwesenden Mitarbeitern der Presse wurde nach wenigen Sekunden ein Murmeln laut. Schließlich fragte ein, den Kommissaren unbekannter Journalist: »Frau Kommissarin! Erklären Sie sich uns: Weshalb ohrfeigen Sie Ihren Vorgesetzten, Staatsanwalt Schnittmann? Trägt er die Verantwortung für die ausbleibenden Ermittlungserfolge? Oder ... oder hat er Sie sexuell belästigt?«

Theresia merkte, dass sie Schnittmann – sosehr er es auch verdient hatte – wohl besser in einer anderen Situation mit ihrer Wut konfrontiert hätte. Nun war es zu spät. Sie blieb nach außen vollkommen ruhig und stellte nur fest: »Das hat für diese Pressekonferenz keine Relevanz. Eine interne Problematik. So, jetzt können wir mit der Fragerunde beginnen, oder? Die Zeit läuft uns davon. Wir haben wichtigere Dinge zu klären, als diese Situation. Also machen wir, dass wir fertig werden, wir haben schließlich noch anderes zu tun, als hier ein nettes Kaffeekränzchen zu veranstalten!«

Die Journalisten waren sichtbar unzufrieden, wollten aber offenbar nicht riskieren, dass die Pressekonferenz abgebrochen wurde. So schnellten sofort die Hände etlicher Reporter in die Höhe, um die begehrte erste Frage zu stellen. Wie in einer Grundschule, in der noch alle Schüler motiviert sind, dachte Theresia. Eine Mitarbeiterin der »Neuen Westfälischen« kam zu Wort: »Stimmt es, dass Sie die Stellvertreterin des verstorbenen Bürgermeisters der beiden Morde verdächtigen?«

Das Leck.

Es mussten erneut Informationen nach außen gedrungen sein. Nur durch wen? Das konnte einfach nicht wahr sein!

»Wir ermitteln momentan in verschiedene Richtungen und das ergebnisoffen! Zu Ihrer Frage nach konkreten Verdächtigen können wir leider zum aktuellen Zeitpunkt aus ermittlungstechnischen Gründen keine Angaben machen«, kommentierte Alex, der sich inzwischen wieder vom Schock erholt hatte, möglichst vorsichtig.

Die nächste Frage stellte ein Reporter von »Radio Hochstift«: »Was wissen Sie zum Aufenthaltsort des Bürgermeisters zwischen Verschwinden und Tod?«

»Dazu haben wir leider momentan noch keine Informationen. Ich möchte allerdings in diesem Rahmen noch einmal dringend um Hinweise aus der Bevölkerung bitten. Diese betreffen sowohl Beobachtungen bezüglich der Zeit von der Entführung des Bürgermeisters bis zu seinem Tod, als auch den Mord am zweiten Opfer Doris Meyerhoff. Außerdem suchen wir auch weiterhin den schwarzen BMW des Bürgermeisters. Ich wiederhole an dieser Stelle einmal das Kennzeichen: PB MK 142«, kündigte Theresia an, auch wenn sie keine wirklichen Hoffnungen auf neue Erkenntnisse hatte.

»Wann wird der Leichnam des Bürgermeisters zur Bestattung freigegeben?«, wollte ein Theresia unbekannter Journalist wissen.

»Die Freigabe des Leichnams erfolgt heute. Die Bestattung findet unserer Information nach am Samstagvormittag in Büren statt.«

Ein Raunen ging durch die Menge. Theresia konnte jetzt schon ahnen, dass sich keiner dieser Journalisten das Ereignis entgehen ließe. Sie hoffte nur für die Krämers, dass die Reporter wenigstens etwas Anstand bewahrten.

Einige weitere Fragen wurden von den Medienvertretern gestellt, bis Theresia die Pressekonferenz beendete: »Vielen Dank für Ihr Interesse an unserer Ermittlungsarbeit. Sobald wir neue Informationen haben, die wir an Sie weitergeben können, erhalten Sie eine Pressemitteilung. Wir hoffen alle auf eine schnellstmögliche Aufklärung der beiden Morde. Ihnen allen noch einen schönen Tag.«

Auf ihrem Weg nach draußen versuchten noch mehrere Journalisten Theresia zu einer Stellungnahme bezüglich der Ohrfeige zu bewegen. Diese schwieg jedoch hartnäckig. Jetzt noch ein falsches Wort und sie wäre erledigt – egal ob die Ohrfeige gerechtfertigt gewesen war oder nicht.

Staatsanwalt Dr. Johannes Schnittmann hatte seit seiner Ohrfeige kein einziges Wort mehr herausgebracht. Er kochte vor Wut. Nun verließ er als Letzter, nach den Journalisten und den beiden Ermittlern, den Konferenzraum.

So hatte sich also die sicher geglaubte Schikane der beiden doch in eine öffentliche Blamage verwandelt. Auf eine Beförderung durfte er nach dieser Geschichte wohl kaum mehr hoffen. Zudem war sein Ruf in der KPB sicherlich untergraben, selbst schuld. Ein Staatsanwalt, der sich vor versammelter Presse von seiner Kommissarin ohrfeigen ließ? Eine Demütigung sondergleichen. Das hatte er nun davon. Aber diese Kommissarin bekäme seine Wut noch zu spüren. So etwas konnte man sich doch nicht erlauben! Er müsste über die Chancen einer Dienstbeschwerde oder eines Disziplinarverfahrens nachdenken. Dabei musste aber gesichert sein, dass der Fall nicht auf ihn zurückfiel. Schließlich hatte er die Ermittler nicht über die anstehende Pressekonferenz informiert, zusätzlich die

Konferenz kurzfristig verlegt und sich auch noch diesen abfälligen Kommentar erlaubt, eine heikle Angelegenheit. In Zukunft dürfte er auf keinen Fall mehr öffentliche Veranstaltungen nutzen, um seine Auseinandersetzungen mit den beiden auszutragen. Das Problem blieb jedoch bestehen: Wie konnte er sein Fehlverhalten diskret unter den Tisch fallen lassen, ohne dass die Ohrfeige straflos blieb?

KAPITEL 39

Theresia und Alex waren schon wieder im Bürener Land in Richtung Wewelsburg unterwegs. Nach dem glorreichen Auftritt Theresias auf der Pressekonferenz in Paderborn waren sie gerade in das gemeinsame Büro zurückgekehrt, als das Telefon auch schon wieder klingelte. Blutspuren im Hexenkeller der Wewelsburg. So lautete der aktuelle Wissensstand der beiden Ermittler. Nun dachten sie auf ihrer Fahrt über den gesamten Ermittlungsstand nach. Sie kamen zu dem Schluss, dass Gesine von Hohenleben bestimmt in den Fall verwickelt war. Theresia hielt dies äußerst treffend fest: »Wir wissen, wohin es bei diesen Ermittlungen geht, wir wissen aber nicht, wie es dorthin geht!« Was sie ebenfalls nicht wussten, war, ob Theresias Auftreten auf der Pressekonferenz noch negative Folgen hätte. Zu befürchten war es. Staatsanwalt Schnittmann ließe die Ohrfeige sicher nicht auf sich sitzen.

*

Auf dem Besucherparkplatz der Burg angekommen, wurden Theresia und Alex dadurch überrascht, dass es zum ersten Mal seit Dienstagfrüh aufgehört hatte zu regnen. Der Himmel über den beiden Kommissaren hellte sich sogar so weit auf, dass man erkennen konnte, wo sich die Sonne bisher hinter den Wolken verborgen hatte.

Nichts rund um die Burg erinnerte mehr an das Wiedereröffnungsfest am Sonntag.

Nachdem Alex und Theresia die Burggräfte überquert hatten, konnten sie schon einen Polizisten vor dem Eingang des Kreismuseums sehen, der gerade ein älteres Ehepaar mit ihrem Enkelkind abwies.

»Es tut uns leid, aber Sie können das Kreismuseum in der Burg heute wegen Ermittlungsarbeiten der Kriminalpolizei nicht besuchen … Versuchen Sie es doch bitte in den nächsten Tagen noch mal«, leierte er herunter, dass es wie eine Tonbandaufnahme klang.

Nörgelnd zog der kleine Junge am Jackenärmel seines Großvaters: »Opa, du hast doch versprochen, dass wir uns heute eine richtige Burg angucken! Warum geht das jetzt nicht?«

Die beiden Kommissare verfolgten das Gespräch nicht weiter. Schließlich hatten sie Dringenderes zu tun. Also zückten Alex und Theresia nur ihre Polizeiausweise, nickten dem Kollegen zu und betraten die große Eingangshalle mit der mittelalterlich anmutenden Kochstelle. Eine Mitarbeiterin des Museums, die hinter der Kasse saß, begrüßte die beiden schon fast überschwänglich: »Guten Tag! Sind Sie endlich die Zuständigen von der Polizei? Alle anderen meinen hier, dass sie nicht befugt seien, Entscheidungen zu treffen. Heute haben wir noch mehrere Führungen, wegen der Neueröffnung, Sie wissen schon … Können die überhaupt stattfinden, und was ist hier eigentlich los?«

»Beruhigen Sie sich erst einmal! Wo sind denn die Kollegen? Wir müssen uns die Lage hier ansehen, dann können wir das entscheiden. Aber das dauert keine Ewigkeiten …«, redete Theresia auf die Museumsmitarbeiterin ein.

»Äh ja, hier durch die Tür und dann zur schmalen Tür im Raum dahinter. Das ist ja alles so furchtbar. Denken Sie etwa, der arme Herr Krämer wurde in unserem ›Hexenkeller‹ gefangen gehalten?«, antwortete die völlig verstörte Frau und deutete auf die Tür links neben ihr.

»Vielen Dank, wir melden uns, sobald wir Ihnen genauere Informationen geben können«, meinte Alex auf seine beruhigende Art zu ihr und folgte dann Theresia in den ersten Ausstellungsraum.

Diese schien noch nie zuvor das Kreismuseum besucht zu haben, denn sie wusste nicht, wo es in den sogenannten »Hexenkeller« ging. Der Keller war doch schließlich das Highlight jedes Wewelsburg-Besuchs in seiner Kindheit gewesen, erinnerte sich Alex.

Also steuerte er gezielt auf die richtige Tür zu und eilte die Treppenstufen hinunter. Hinter ihm kam Theresia kaum nach. »Warten Sie doch mal einen Moment, Herr Kantstein! Ich bin zwar noch keine alte Frau, aber auch kein D-Zug mehr!« Alex war währenddessen bereits am Treppenende angelangt und blickte Theresia mit Siegerlächeln entgegen.

Über die hohe Schwelle aus dem Verliesbereich trat in

diesem Moment der KTU-Chef Mathis Becker. »Hallo, ihr beiden, da seid ihr ja endlich! Gute Nachrichten für die Ermittlungen.« Sie schüttelten sich kurz die Hände und Becker fuhr fort: »Wir können jetzt nachweisen, dass der Bürgermeister hier gefangen gehalten wurde. Das Blut, das wir entdeckt haben, stammt einem Schnellabgleich zufolge eindeutig von ihm, und auch die Zeitspanne, seit das Blut vor Ort ist, stimmt. Erste Reste sind demnach von Donnerstag, das letzte Blut ist irgendwann im Lauf des Samstagvormittags hinzugekommen.«

»Perfekt«, freute sich Theresia, die es die Treppe inzwischen hinuntergeschafft hatte, »können wir uns das mal ansehen?«

»Natürlich. Die ersten Reste haben wir da drüben auf der Treppe entdeckt. Herr Krämer muss da wohl am Donnerstag gestürzt sein. Weit mehr Spuren haben wir jedoch in einem der alten Verliesräume gefunden. Kommt mit. Es ist aber etwas eng da drin. Und ihr müsst aufpassen, besonders du, Alex. Niedrige Decke!«, warnte Mathis sie, bevor sie ihm durch die Glastür in das Verlies folgten.

Die Blutspuren in der rechten Zelle waren gut sichtbar ausgeleuchtet. Besonders im Bereich der Ringe, die an der Wand befestigt waren, befanden sich Flecken, die offenbar auch von erfolglosen Befreiungsversuchen des Bürgermeisters herrührten. Nun konnte Milena also endlich einen konkreten Todeszeitpunkt feststellen, da sie jetzt die wichtige Raumtemperatur in ihre Berechnungen einbeziehen konnte.

»Sagt das Blut oder irgendwelche anderen Spuren auch etwas über den Täter aus?«, wollte Alex von Mathis wissen.

»Bisher leider nicht. Aber die Spurenlage im Büro des Bürgermeisters ist aufschlussreich: Der Todesschütze muss aufgrund des Einschusswinkels eher klein gewesen sein«, informierte Mathis Becker die beiden Kommissare.

Die These Milenas von einem kleinen, schmächtigen Täter wurde somit durch die Befunde der KTU bestätigt. Es war aber doch nur ein weiteres Indiz, das zu anderen Indizien hinzukam. Kein eindeutiger Beweis oder gar eine konkrete Spur.

Alex und Theresia machten sich gemeinsam mit Mathis an den Aufstieg aus dem Verlies. Wieder in der Eingangshalle angelangt, erinnerte Theresia sich an die hysterische Mitarbeiterin, die unbedingt erfahren wollte, wann das Museum wieder geöffnet werden konnte. »Mathis, wie lange brauchen Sie hier eigentlich noch?«, wollte sie darum von dem KTU-Techniker wissen.

Mathis antwortete nach kurzem Überlegen: »Wir sollten heute eigentlich im Lauf des Tages fertig werden, dann kann das Museum wieder freigegeben werden. Die Befragung der Familie, die das Blut entdeckt hat, ist schon von einem Ihrer Kollegen aus Büren übernommen worden.«

»Das hört sich gut an«, stellte Alex fest, »Wann können wir denn mit euren Berichten und konkreten Ergebnissen rechnen, Mathis? Du weißt schon, unser lieber Herr Staatsanwalt übt immer mehr Druck aus.«

»Nein, dazu kann ich aktuell wenig sagen. Ihr habt uns ja regelrecht mit Fällen und Untersuchungen überhäuft. Bis wir fertig sind, wird es sicherlich noch eine Weile dauern. Morgen, kann ich euch versprechen, liegt auf jeden Fall der Abschlussbericht zum Fundort des Bürgermeisters an der Burg auf eurem Schreibtisch, vielleicht schaffe

ich auch noch mehr, aber das muss ich dann sehen …«
Daraufhin schauten Theresia und Alex sich enttäuscht an, schließlich kannten sie die Situation, in der sich Mathis Becker befand, selbst nur zu gut.

*

Auf der Rückfahrt nach Paderborn waren weniger die Ermittlungen als Theresias Ohrfeige das bestimmende Thema: »Das hatte der Schnittmann doch schon lange verdient!«, stellte Theresia fast trotzig fest.
Alex meinte daraufhin lächelnd: »Natürlich, Röschen, ich fand es genial, hast du seinen Gesichtsausdruck gesehen? Einfach köstlich. Absolut unbezahlbar. In Momenten wie diesen bin ich dann doch sehr glücklich, mit dir … äh, Ihnen in einem Team zu arbeiten.«

Auf diesen Kommentar hin schnaubte Theresia nur einmal und hob ihre rechte Augenbraue. »Das wird aber noch richtigen Ärger geben. Im ersten Moment war er sicherlich geschockt, er könnte aber Disziplinarmaßnahmen für mich erwirken. Dann wäre meine Beamtenpension ruck, zuck futsch! Nicht, dass ich so ende wie diese etwas bescheuerte TV-Kommissarin Sophie Haas. Die musste ihren Chefsessel in Köln auch räumen und in so ein Kaff in der Eifel übersiedeln. So etwas werde ich mir sicher nicht gefallen lassen.«

»Aber Schnittmann sitzt als ermittelnder Staatsanwalt eindeutig am längeren Hebel«, wandte Alex ein.

»Das stimmt schon, aber ich habe mir da etwas überlegt, das Ihnen vielleicht gefallen könnte, Kantstein«, begann Theresia ihren gerade erst gefassten Plan auszubreiten. »Was halten Sie davon, wenn wir während der weiteren

Ermittlungen im Fall Krämer-Meyerhoff unsere Ermittlungszentrale nach Büren verlegen?«

»Eine Art freiwilliges und vorbeugendes Exil also?«, meinte Alex schmunzelnd zu diesem Vorschlag.

»Genau, und wir haben auch gute Argumente dafür: Wir können die Ermittlungen von Büren aus besser koordinieren und haben dort den optimalen Zugriff auf die Familie, das soziale Umfeld der Opfer, die Zeugen und auch auf unsere verdächtige Baronin. Nicht zu vergessen die unmittelbare Nähe zu den Tatorten … Somit wäre unser vorübergehender Umzug äußerst wichtig für den schnellen Erfolg der Ermittlungen, den unser Herr Staatsanwalt immer so beschwört«, führte Theresia ihren Plan weiter aus, woraufhin Alex, der sich auf die Fahrt konzentrieren musste, anerkennend nickte.

»Wenn in der ehemaligen Kreisverwaltung noch ein Plätzchen für uns frei ist, dann lässt sich das bestimmt gut machen.«

»Sie gehen dann aber bitte zu Dr. Schnittmann, Kantstein. Wenn ich dort auflaufe, bringt das für unser Umzugsmanöver zur Vermeidung eines Ohrfeigen-Disziplinarverfahrens wohl kaum etwas«, musste Theresia ihren jungen Kollegen widerwillig bitten, noch immer ärgerte sie sich über die unüberlegte Tat vor versammelter Presse.

Auch daraufhin musste Alex wieder schmunzeln: »Das packe ich schon, Röschen.«

KAPITEL 40

Theresia war bereits dabei, die zum Fall gehörenden Akten zusammenzupacken und in Kisten zu verstauen. Alex hatte den beiden über seinen Freund Patrick ein Büro im Bürener Rathaus organisiert, dessen früherer Benutzer gerade in Rente gegangen war.

Wie am Vortag abgesprochen, machte Alex sich auf den Weg zu Schnittmann. Doch Theresia ließ diese Gelegenheit nicht ungenutzt verstreichen, um ihrem jungen Kollegen noch einen gut gemeinten Ratschlag mitzugeben: »Lassen Sie sich bloß nicht aus der Defensive locken, Kantstein. Nicht, dass Sie wieder mit unseren Ermittlungserfolgen überzeugen wollen wie beim letzten Mal.«

Während Alex das Büro verließ, warf Theresia noch einen Blick auf den Zeitungsartikel, der über die Pressekonferenz erschienen war. Sie erkannte, was sie mit ihrem unüberlegten Handeln wirklich angerichtet hatte:

Kriminalkommissarin ohrfeigt Vorgesetzten auf Pressekonferenz

– Gehorsamsverweigerung nun auch bei der Polizei?! –

PADERBORN (OWB). Während einer Pressekonferenz am gestrigen Donnerstagvormittag ohrfeigte die Kriminalhauptkommissarin Theresia Rose ihren Vorgesetzten, den Staatsan-

walt Dr. Schnittmann. Unterdessen kommen die Ermittlungen im Mordfall Krämer-Meyerhoff nur schleppend voran.

Besagte Kommissarin betrat mit circa zehn Minuten Verspätung wutentbrannt den Konferenzraum. Ohne ein einziges Wort ohrfeigte sie ihren Vorgesetzten. Dieser zeigte zunächst keine Reaktion, sodass die Pressekonferenz ohne weitere Störungen fortgeführt wurde.

Dennoch ist es fraglich, ob eine solche Tat ohne Konsequenzen bleibt. Insubordination (d. h. Gehorsamsverweigerung) kann mit Disziplinarmaßnahmen geahndet werden oder sogar das Karriereende für die Kommissarin bedeuten, sollte Staatsanwalt Schnittmann Anzeige wegen Körperverletzung erheben. Die betroffenen Personen wollten zu diesem Vorfall bisher keine Stellung beziehen, alle Nachfragen diesbezüglich wurden mit Schweigen beantwortet.

Zu den Mordfällen »Krämer und Meyerhoff« verweigert die Polizei aus »ermittlungstechnischen Gründen« bisher jegliche Informationsweitergabe an die Presse. Kriminalkommissar Kantstein betonte jedoch, dass die Ermittlungen bisher »ergebnisoffen« verlaufen sind. Die Bestattung des ermordeten Bürgermeisters findet aller Voraussicht nach am kommenden Samstag in Büren statt.

Weitere Informationen bleiben abzuwarten. Die Polizei ist weiterhin dankbar für alle verwertbaren Hinweise aus der Bevölkerung. Neben Beobachtungen zu den Morden wird auch weiter-

hin der BMW des verstorbenen Bürgermeisters mit dem Kennzeichen PB MK 142 gesucht.

*

Als Alex das Büro des Staatsanwalts betrat, saß dieser gerade mit dem Rücken zu ihm und blickte, wie so oft, auf die belebte Riemekestraße hinab. Der junge Kommissar konnte nur hoffen, dass sich die Stimmung seines Vorgesetzten seit dem Pressekonferenz-Eklat verbessert hatte. Etwas anderes wollte er sich gar nicht ausmalen.

Vorsichtig und diskret räusperte sich Alex, ohne sich – wie Theresia – einfach auf einen der Bürostühle fallen zu lassen. Das führte nur zu schlechter Laune.

»Ah ja, wir hatten einen Termin vereinbart, auch mal etwas Neues … Wo haben Sie denn unsere geschätzte Kollegin, Frau Rose gelassen? Mit ihr hätte ich gern mal einige Worte gewechselt«, stichelte Schnittmann, wieder erholt von der Niederlage des Vortages, und fuhr ungewöhnlich gehetzt fort, »nun lassen Sie uns aber zu Ihrem Anliegen kommen. Ich habe schließlich anderes zu tun, als mich mit Ihrem endlosen Fall zu befassen.«

»Gut, dann kommen wir direkt zur Sache«, begann Alex nervös und verwundert vom Verhalten Johannes Schnittmanns.

Erneut wurde er vom Staatsanwalt unterbrochen: »Solche Floskeln und Ausschmückungen können Sie sich sparen, Kantstein! Nur damit das klar ist.«

»Okay, also ich möchte gern eine zeitweilige Verlegung des Ermittlungsbüros bei Ihnen beantragen. Momentan macht es wenig Sinn, von unserem Büro in Paderborn aus weiterzuermitteln. Wir sind jetzt in einer Phase angelangt, in der wir möglichst oft das Gespräch mit den Betroffenen in Büren, Weine und Wewelsburg suchen müssen, und das funktioniert persönlich besser als nur telefonisch. Außerdem sind alle mit der Rechtsmedizin zusammenhängenden Aspekte bereits geklärt, sodass auch hier keine Problemlage entsteht«, argumentierte Alex.

Schnittmann brachte sogleich den Aspekt ins Spiel, der auch schon Theresia beschäftigt hatte: Wo sollte die Ermittlungszentrale eingerichtet werden?

Aber darauf war Alex nach seinem Gespräch mit Patrick vorbereitet und ließ sich, wie er dachte, ganz nach Röschens Vorschlag nicht in die Offensive locken: »Herr Dr. Schnittmann, wenn das das größte Problem ist, brauchen wir uns nicht die geringsten Sorgen zu machen. In der Stadtverwaltung ist gerade ein Büro frei geworden: Der frühere Mitarbeiter wurde pensioniert!«

»Wenn das so ist … Aber wie wollen Sie dann Ihre Zusammenarbeit mit dem Dezernat für Drogen und Diebstahl bewerkstelligen?« Man merkte dem Staatsanwalt deutlich an, dass er sich einerseits über eine mögliche Waffenruhe mit Theresia nach dem Presseeklat am Vortag freute, andererseits aber auch nicht gern auf ein Disziplinarverfahren verzichten wollte. Eine solche Umzugsgenehmigung würde eine gewisse Straffreiheit für Theresia bedeuten.

»Diese Zusammenarbeit bekommen wir sicher glänzend hin, dann bleibt eben einer von uns beiden am Morgen etwas länger in Paderborn und kommt anschließend in unser Büro in Büren nach. Aber eine Ermittlungszentrale direkt vor Ort hätte viele Vorteile, wir könnten uns wesentlich einfacher an den Tatorten umsehen und wären zumindest in einer etwas weniger exponierten Stellung für Angriffe und ständige Anfragen der Presse«, fuhr Alex fort, wobei er sich schon recht sicher war, dass Dr. Schnittmann dem vorübergehenden Übersiedlungsvorschlag zustimmen wollte.

Bevor es jedoch zu einer Entscheidung des Staatsanwalts kommen konnte, musste dieser sich natürlich wieder einmal zum Fenster drehen. Alex stöhnte innerlich auf: Endete dieses Spiel denn niemals?

*

Währenddessen hatte Theresia beim Einpacken in einen Umzugskarton eine Mappe entdeckt und sich festgelesen: einer der KTU-Berichte, den sie noch nicht kannte. Offenbar war der Bericht gerade erst auf ihrem Schreibtisch abgelegt worden.

Wie hypnotisiert setzte sich Theresia auf ihren Schreibtischstuhl, wobei von Setzen nicht wirklich die Rede sein konnte. Fast plumpste sie daneben …

Der Anfang des erstaunlich früh aufgetauchten Berichts war ihr schon aus dem Gespräch mit Mathis Becker bekannt, doch der Blick von Theresia war von einem sehr kurzen Absatz des Schriftstücks gefesselt. Dort hieß es:

In einer Art Kalender oder Notizbuch vom Schreibtisch des Bürgermeisters Krämer wurde unordentlich eine Seite entfernt. Im Gegensatz zum ordentlichen Rest des Schreibtischs wirkte dieses Detail deplatziert. Die Gegenstände vom Schreibtisch des Bürgermeisters wurden in die Asservatenkammer der KTU aufgenommen (Aktenzeichen: Krämer/Meyerhoff_1.IV).

Konnte dieser Block oder Kalender etwa Informationen für die weitere Ermittlungsarbeit enthalten? Vielleicht hatte Bürgermeister Krämer oder seine Sekretärin Doris etwas Wichtiges vermerkt. Schon viel eher hätten sie das Büro von Maximilian Krämer nach verwertbaren Hinweisen durchsuchen müssen.

Aufgeregt über die neue Spur griff Theresia nach ihrem Telefon und hätte beinahe abermals danebengelegen. Sie bekam den Hörer jedoch gerade noch zu fassen. Hektisch wählte sie die Kurzwahl für das Büro der KTU: zuerst die Vier, dann die Fünf.

Wie genau eine Woche zuvor am Freitag meldete sich die Sekretärin, dieses Mal wesentlich entspannter: »Sie sind die Kommissarin von der Kreis-Polizei-Behörde, die immer so … die momentan so viele Tatortanalysen bei uns liegen hat? Sind die Berichte etwa noch nicht bei Ihnen angekommen?«

»Genau, das ist der Punkt, ich habe da eine wichtige Frage«, begann Theresia vorsichtig, da auch sie sich gut an das Telefonat erinnern konnte.

»Fragen haben alle. Aber ich kann Ihnen wahrscheinlich keine beantworten, Frau Rose!«, meinte die Sekretärin schnippisch, »Da müssen Sie sich an unseren Mathis wenden, der ist aber gerade zum Mittagessen, er dürfte in etwa einer halben Stunde wieder da sein. War's das?«

»So lange kann ich jetzt nicht warten, ich komme zu Ihnen runter, vielleicht ist er ja bis dahin schon wieder da. Sie können einstweilen die Formulare für Einsicht in die Asservatenkammer bereitlegen. Ich bin sofort da«, erklärte Theresia hastig, um dann Alex nur noch eine kurze Notiz hinzukritzeln. Danach lief sie, den Bericht noch in der Hand haltend, eilig die Treppe hinunter, anstatt wie sonst auf den Aufzug zu warten. Sie wusste zwar nicht, was sie erwartete, aber sie hatte so ein bestimmtes Gefühl.

Sie glaubte an eine Spur …

Auf der Treppe war Theresia so in Gedanken, dass sie mit der Sekretärin des Staatsanwalts, Fräulein Meier, zusammenstieß. Die Mappe mit dem Bericht konnte sie nicht mehr in der Hand halten. Als sich die beiden halbwegs aufgerappelt hatten, suchten sowohl die Kommissarin als auch die Sekretärin mit ihren Blicken in der Luft nach der Mappe.

Nun folgten die beiden Frauen also mit ihrem Blick der Mappe, die doch tatsächlich ein weiteres Stockwerk hinuntergesegelt war. Bevor sie sich überhaupt dem Boden nähern konnte, fing ein Kollege die Mappe auf. Erst atmete Theresia erleichtert durch und lächelte. Sie wollte jetzt schließlich keine Zeit mehr durch das Einsammeln von Papieren verlieren. Schnell eilte sie die Treppe hinunter. Als sich der Kollege jedoch zu Theresia umwandte, erstarrte ihr Lächeln: Kommissar Robert Birnbaum stand vor ihr. Ausgerechnet jetzt!

»Ah, Frau Rose! Sind wir heute etwas ungestüm?«, meinte Robert Birnbaum mit spöttischem Lächeln. Theresia reagierte ungehalten auf ihren Kollegen und Rivalen um die begehrte Gunst der Staatsanwaltschaft. Ohne sich jedoch zu einem Kommentar hinreißen zu lassen, nahm sie ihm die Mappe ab und lief weiter die Treppe hinunter. Sie konnte nur noch seine Worte hinter sich vernehmen: »Passen Sie auf, dass Sie nicht noch einmal stolpern, dieses Mal wäre ich nicht zur Stelle, um Sie zu retten, Frau Rose. Ich freue mich schon auf unsere Zusammenarbeit!«

Seine Stimme klang so spöttisch wie das Lächeln, das seine Lippen umspielte. Theresia beschleunigte ihr Tempo. Sicherlich wäre sie bereits gestürzt, wenn es sich bei dieser Treppe um jene aus der Wewelsburg gehandelt hätte.

*

Ungeduldig wartete Theresia nun im Sekretariat der KTU. Die Sekretärin hatte ihr doch versichert, dass sie ganz schnell die Asservate mit dem Aktenzeichen »Krämer/Meyerhoff_1.IV«, also die Kiste mit den Dingen vom Schreibtisch des Bürgermeisters, herbeischaffen würde, damit sich hoffentlich ihre Vermutung hinsichtlich einer wichtigen Spur bestätigte.

Mit Mathis Becker konnte sie nicht sprechen, er war, anders als erhofft, noch nicht zurückgekehrt. Aber vielleicht fand sie ja selbst etwas mithilfe des Blocks heraus. Sie hatte einfach dieses, zugegebenermaßen unbegründete und völlig irrationale, Gefühl …

Endlich tauchte die Frau mit einer durchsichtigen Plastikkiste im Arm auf. »So, hier haben Sie Ihre Kiste, Handschuhe liegen obendrauf! Sie können sich die Dinge gern an dem Tisch da vorne ansehen, aber nichts verändern, bekommen Sie das hin?«, wies die Sekretärin Theresia an.

Theresia mühte sich daraufhin ungeduldig damit ab, die Handschuhe überzustreifen. Als es ihr endlich gelungen war, stürzte sie sich förmlich auf den Inhalt des Kartons: eine Tüte mit verschiedenen Stiften, zwei Mappen mit Berechnungen zu Bürens Finanzlage, ein Zettelkasten, ein Locher, eine Schreibtischunterlage und weitere uninteressante Büroutensilien. Sogar das Telefon des Bürgermeisters befand sich unter den Asservaten.

Aber wo war der gesuchte Notizblock?

Noch einmal sah Theresia konzentriert den Inhalt der Kiste durch, keine Spur vom Kalender des Bürgermeisters. Verärgert stand Theresia auf und ging zum Schreibtisch der Sekretärin: »Wo ist der verdammte Notizkalender, von dem in dem Bericht die Rede ist?«

Ebenfalls verärgert stöhnte die Sekretärin auf. Sie streifte sich einen Handschuh über, ging zu dem Theresia zugewiesenen Tisch und zog – vollkommen überraschend für die Kriminalkommissarin – den Kalender zwischen den anderen Inhalten der Kiste hervor. Offenbar hatte diese Sekretärin einen besseren Überblick, als sie ihn je hätte.

»So!«, war der einzige Kommentar, zu dem sich die Sekretärin herabließ. Sie zog die Augenbrauen höher, als Theresia es jemals für anatomisch möglich gehalten hatte, und kehrte zu ihrem Schreibtisch zurück.

Dieses Verhalten wurde von Theresia ausnahmsweise ignoriert, da sie sich bereits auf den Kalender konzentrierte. Es war offensichtlich in aller Eile eine Seite aus ihm entfernt worden. Da sie ja nichts verändern durfte, konnte sie nicht, wie aus allerhand Krimis bekannt, einmal mit dem Bleistift über die nächste Seite rubbeln, sondern musste sie gegen das Licht halten. Aber auch so konnte sie die Abdrücke von Doris' Schrift gut erkennen:

Drei Anrufe. Letzte Wochen. Frau. Drohungen.

KAPITEL 41

»Drei Anrufe. Letzte Wochen. Frau. Drohungen«, so endete Theresias Bericht von den Vorkommnissen rund um Doris' Notiz. Erleichtert hatte sie zuvor Alex' Ausführungen zum Gespräch mit Staatsanwalt Schnittmann gelauscht. Etwas unsicher hatte dieser schließlich doch den Vorschlägen Alex' zugestimmt und somit den Weg für die erhoffte Verlegung der Ermittlungszentrale nach Büren frei gemacht.

Nachdem nun die wichtigsten Details besprochen waren, schnappten sich Theresia und Alex kurzerhand jeweils einen der Umzugskartons, die Theresia sorgfältig eingepackt hatte. Gemeinsam verließen sie das Büro und gingen zu Theresias altem Mercedes, da dieser geräumiger war und mehr Platz für den Aktentransport bot.

Kurz darauf startete die Kommissarin ihren Wagen. Unverzüglich begann der eingebaute Kassettenrekorder Theresias Lieblingskassette abzuspielen. Natürlich mit Aufnahmen von 50er- und 60er-Jahre-Musik.

Im ersten Moment lachte Alex laut auf. Dann übte er sich in Zurückhaltung, konnte sich ein weiteres Schmunzeln aber nicht verkneifen. Theresias Hand war in unglaublicher Geschwindigkeit zum Knopf des Kassettenrekorders gezuckt, als dieser mit dem Abspielen der Kassette begonnen hatte. Aber es war zu spät gewesen. Liebend gern hätte sich die Kriminalhauptkommissarin vor ihrem Kollegen in Grund und Boden geschämt. Sie spürte, wie sie rot wurde. Das war ihr das letzte Mal bei ihrem ersten Kuss als 15-Jährige passiert. Normalerweise war es ihr egal, welches Bild sich andere von ihr machten, und sie spielte gern die starke Frau. Insbesondere gegenüber ihrem Kollegen pflegte sie dieses Image. Aber in diesem Fall: hoffnungslos. Jetzt hatte sie doch etwas von ihrem gut gehüteten Privatleben offenbart. Obwohl sie sonst immer strikt ihre Arbeit vom Privaten trennte. Herr Kantstein hörte sicher modernere Musik und hielt sie jetzt für absolut von gestern.

»Ach, Röschen«, begann Alex besänftigend auf seine sonst so selbstsichere Kollegin einzureden, »machen Sie die Kassette doch wieder an, ich höre das Zeug gern! Das ist mal ganz anders als mein normaler Musikkonsum.«

Verunsichert schaute Theresia zu Alex, ließ aber zu, dass dieser den Kassettenrekorder wieder einschaltete. Für einen kurzen Moment gab es so etwas wie Eintracht zwischen den beiden Kommissaren.

*

Ausgerechnet Anastasia, die junge Stadtmitarbeiterin von der Wewelsburg-Wiedereröffnung, hatte die Kommissare zu ihrem neuen Büro in der Stadtverwaltung Büren begleitet. Alex war mehr als erleichtert, als Anastasia sie vor einer Tür im Dachgeschoss allein ließ und mit geschäftiger Miene und ihrer fröhlichen Art verschwand.

Theresia stieß die Tür des Büros auf.

Sowohl die Kommissarin als auch ihr Kollege Alex waren geschockt von dem Bild, das sich ihnen bot: ein kleiner Raum, an allen Wänden mit Regalen vollgestellt, die ihrerseits unter Massen von Ordnern zusammenzubrechen drohten, kein Fenster und nur ein Tisch. Bei genauerer Betrachtung stellten sie fest, dass nur eine der beiden Glühbirnen funktionierte, aber immerhin hatten sie ein Telefon, wenn auch mit Wählscheibe! Die Begeisterung darüber fand sich jedoch nur auf Theresias und weniger auf Alex' Seite.

Der ganze Raum wirkte, als ob der bisherige Nutzer nicht erst vor wenigen Wochen, sondern schon vor Jahren in den Ruhestand verabschiedet worden wäre. Alles war mit einer dicken Staubschicht überzogen.

Seufzend quetschten sich Alex und Theresia nebeneinander an den Tisch, um zu überlegen, wie weiter vorzugehen war. Die beiden Aktenkisten landeten derweil auf dem Tisch, da nirgendwo sonst Platz vorhanden war. Selbst der Fußboden war mit Akten und alten Kartons zugestellt.

»Mit irgendetwas in dieser Art mussten wir eigentlich rechnen, Herr Kantstein. Bei unserem bisherigen Glück bei den Ermittlungen …«, stellte Theresia treffend fest.

Während Alex sich einen Moment später schon auf den Weg zum Hausmeister des Rathauses machte, um wenigstens Ersatz für die Glühbirne zu bekommen, schnappte Theresia sich Ordnerstapel für Ordnerstapel aus den Regalen und brachte sie auf den Flur, wo sie die Ordner an den Wänden aufreihte. Hier oben fiele diese Veränderung sicher niemandem – außer vielleicht den Putzfrauen – auf. Das Ordnerschleppen kostete einiges an Kraft und brachte die sonst allerhöchstens an etwas Gartenarbeit gewöhnte Theresia ziemlich ins Schwitzen.

Der nächste Kraftakt wartete bereits auf die Kriminalkommissarin: der Abbau einer der Regalwände.

Theresia fand, dass sie und ihr Kollege zumindest etwas mehr Raum zum Arbeiten benötigten, außerdem war eine freie Wand ideal, um Ermittlungsergebnisse und Zusammenhänge darzustellen. Aber diese Arbeit blieb ja – wie immer – nur an ihr hängen!

Also wuchtete die 55-jährige Kommissarin fünf Regalbretter aus ihren Verankerungen und brachte sie samt dem Regalgestell zu den Ordnern auf den schmalen Flur. Danach rückte sie den Tisch an die frei gewordene Wand. Fast wäre sie daran gescheitert, weil der Raum einfach viel zu klein war. Auch so stieß sie den Tisch an eine Regalwand, bevor sie ihr Ziel erreichte. Mit diesem Schritt fertig geworden, verstaute Theresia die Akten der beiden Mordfälle in den nun leeren Regalen.

Sie hatte gerade damit begonnen, den Staub wegzuwischen, als Alex staunend das neue Büro betrat. Er winkte mit einer Glühbirne und einem Papierkorb. Der hatte bisher auch noch in der Raumausstattung gefehlt. Er versuchte, ein wenig zu scherzen: »Welche unglaubliche Weite diese ehrwürdigen Hallen haben!« Da musste auch Theresia schmunzeln. Der zweite Moment der Eintracht. Und das an nur einem Tag!

Nachdem Alex die Glühbirne ausgetauscht hatte, machte Theresia einen Vorschlag: »Was halten Sie davon, wenn Sie noch einmal bei Familie Krämer anrufen? Vielleicht ist denen ja inzwischen etwas zu Gesine eingefallen oder etwas anderes, das uns weiterbringen könnte. Immerhin haben wir die Frau Baronin von Hohenleben jetzt direkt vor unserer Nase.«

»Gut, mache ich«, sagte Alex und zog sein Notizbuch aus der Tasche. Dann versuchte er, das Wählscheibentelefon ihres Büros zu bedienen.

Und scheiterte.

Er hatte die Wählscheibe unwissend immer nur von Zahl zu Zahl gedreht. Jetzt war es Theresia, die etwas zu lachen hatte. Jahrzehntelang hatte sie nur diese Telefone gekannt. Auch heute vermisste sie sie und ihr einmalig schrilles Klingeln in den Büros noch. »Geben Sie die Nummer her, Kantstein, ich kümmere mich dann mal darum«, bot Theresia an. Sobald sie die Nummer der Krämers problemlos gewählt hatte, reichte sie den Hörer an ihren Kollegen weiter, dem jetzt erst, als es zu spät war, sein Smartphone einfiel.

Schon nach dem ersten Klingeln meldete sich Annegret:

»Krämer, was kann ich für Sie tun?« Die arme Frau klang sehr mitgenommen, auch fünf Tage nach der Todesnachricht von der Polizei. Vermutlich erinnerte sie sich aufgrund der Beerdigungsvorbereitungen für den nächsten Tag besonders an ihren Max.

Darum meldete sich Alex so mitfühlend wie nur eben möglich: »Ich bin es, Frau Krämer, Kommissar Kantstein. Ich wollte mich erkundigen, wie es Ihnen geht.«

»Es wird schon wieder, besonders jetzt, wo ich meine ganze Familie und die meines Mannes um mich habe, das tut zumindest etwas gut. Immer, wenn ich an ihn denken muss, fühle ich mich aber wieder genauso schlecht, wie in dem Moment, in dem all meine Hoffnungen auf seine Rückkehr zerstört wurden.«

»Dann wünsche ich Ihnen weiterhin alles Gute. Wir tun alles, was möglich ist, um den Mörder Ihres Mannes zu finden. Hoffentlich wird die Beerdigung morgen nicht zu schlimm für Sie. Ich wollte Ihnen noch mitteilen, dass wir in das Bürener Rathaus umgezogen sind und von hier aus unsere Ermittlungen führen. Wenn Ihnen noch etwas einfällt, melden Sie sich doch bitte, wir wären Ihnen dankbar, Frau Krämer. Besonders interessiert uns Gesine von Hohenleben, aber auch andere Informationen können unsere Ermittlungen voranbringen. Wir werden den Mörder ihres Mannes fassen«, versprach Alex mitfühlend.

»Mache ich, mache ich. Nun entschuldigen Sie mich bitte, Herr Kantstein. Ich muss mich einen Moment hinlegen, die Kopfschmerzen … Morgen auf der Beerdigung muss ich vier Stunden durchhalten«, beendete Annegret Krämer das Telefonat und legte auf, ohne Alex die Chance zu geben, sich zu verabschieden.

KAPITEL 42

Theresia fühlte sich beim Verlassen der Polizeidienststelle in Büren ziemlich ausgelaugt. Ihr Schädel brummte und ihre Arme schmerzten aufgrund des heutigen Umzugs in dieses kleine verschlafene Städtchen. Sie war schließlich nicht mehr die Jüngste und das Schleppen der schweren Kisten hatte ihr doch erheblich zugesetzt. Eigentlich verspürte die Kriminalhauptkommissarin das Bedürfnis, sich nach einer ausgiebigen erfrischenden Dusche ins Bett zu legen und vielleicht ein paar Seiten zu lesen, bis ihr die Augen zufielen. Allerdings wusste sie nur zu gut, dass ihr diese Phase der Entspannung nicht vergönnt wäre, denn an diesem Abend fand erneut ihr Computerkurs statt.

Als Theresia schließlich an ihrem alten Mercedes angelangt war, überlegte sie kurz, nach Hause zu fahren und den Unterricht zu schwänzen, verwarf diesen Gedanken jedoch sofort wieder, andernfalls würde sie ihre PC-Kenntnisse nie verbessern können – ganz zum Vergnügen ihres hochgeschätzten Kollegen Herrn Kantstein. Also stieg sie in ihren Wagen, wobei sich auch ihr Rücken schmerzhaft bei ihr meldete und fuhr zu ihrer Wohnung, damit sie sich ein wenig frisch machen und sie ihren Laptop holen konnte. Sie hatte wenig Lust, mit der nach Fisch riechenden Frau um die Wette zu stinken.

*

In ihrer Wohnung angekommen, sprang Theresia schnell unter die Dusche, um im Anschluss ihren Laptop aus ihrem Schlafzimmer zu holen und die Wohnung auch schon wieder zu verlassen.

Gegen 19.45 Uhr erreichte sie das Gebäude, in dem sie sich beim letzten Mal sehr unwohl gefühlt hatte – wohl aufgrund der Aufregung. Heute betrat sie es viel entspannter und ohne Herzklopfen, obwohl sie hoffte, sich nicht wieder so zu blamieren wie bei ihrer ersten Unterrichtsstunde. Ihr Verhalten war ihr im Nachhinein sehr peinlich gewesen. Als sie schließlich den Raum betrat, war noch keiner der Kursteilnehmer anwesend, lediglich der Dozent, Herr Papst, saß vor seinem Laptop und bemerkte nicht, wie die Kriminalhauptkommissarin eintrat, was diese sichtlich ärgerte, denn von einem solchen Jungspund erwartete sie doch den ihr angemessenen Respekt. Erst nachdem sie sich hörbar geräuspert hatte, blickte der VHS-Dozent auf.

»Oh, Guten Abend. Sie sind aber früh dran. Um diese Uhrzeit hatte ich noch niemanden erwartet. Ihr Name war noch mal?«, entschuldigte sich der junge Mann mit einem übertrieben breiten Lächeln auf seinen Lippen, was ihn eher schleimig als sympathisch wirken ließ, wie Theresia fand.

»Rose. Theresia Rose«, antwortete Theresia mit einem schnippischen Unterton, den ihr Gegenüber aber zu ignorieren schien.

»Rose, Rose, Rose …«, murmelte dieser, während er einige Momente an seinem Laptop herumtippte und -klickte, bis er schließlich sagte: »Wie ich hier gerade sehe, haben Sie die Kursgebühren über 60€ noch nicht bezahlt. Wenn Sie möchten, können Sie jetzt direkt bei mir in bar bezahlen oder sie überweisen das Geld innerhalb der nächsten Tage. Wie ist es Ihnen lieber?«

»Oh wirklich? Das ist mir aber wirklich peinlich. Moment, ich schaue mal kurz in meinem Portemonnaie nach, ob ich es passend dabeihabe«, sagte Theresia, deren Gesicht leicht gerötet war, und begann in ihrer Geldbörse zu suchen. Sie fand jedoch lediglich einen zerknickten Zwanzigeuroschein und 3,70 € im Kleingeldfach sowie eine Büroklammer und einen abgelaufenen 50-Cent-Wertgutschein für eine Autobahnraststätte.

»Tut mir leid. Das Geld habe ich leider nicht dabei. Ich werde es wohl überweisen müssen. Ich hoffe, Sie schmeißen mich jetzt nicht raus?!«

»Aber nein, wenn Sie es innerhalb der nächsten sieben Tage überweisen, ist alles in Ordnung. Sie können heute selbstverständlich noch am Kurs teilnehmen«, antwortete Udo Papst und gab ihr – immer noch lächelnd – einen Zettel, auf dem eine Bankverbindung stand, den Theresia sofort einsteckte. Dieses Mal erschien ihr das Lächeln des Mannes sogar ansatzweise sympathisch.

Es war 19.52 Uhr, als sie sich schließlich umdrehte und sich einen Platz suchen wollte. Nur ein älterer Herr, eine ältere Dame und natürlich die Frau, die so entsetzlich nach Fisch roch, saßen im Raum, sodass Theresia sich nicht in unmittelbare Nähe der Fischfrau setzen musste.

»So, guten Abend miteinander. Der Rest des Kurses ist zwar noch nicht da, aber ich schlage vor, dass wir schon mal beginnen«, eröffnete Herr Papst die Stunde, »beim letzten Mal haben wir uns ja einige Grundfunktionen des Textverarbeitungsprogramms ›Word‹ angeschaut. Ich möchte heute dieses Wissen gerne vertiefen, damit wir in der nächsten Sitzung mit dem Kalkulationsprogramm

Excel weitermachen können. Aber bevor wir jetzt starten: Gibt es noch Fragen zur letzten Stunde?«

Niemand meldete sich, also begann er damit, zu erklären, wie sich eine Tabelle in dem Schreibprogramm erstellen lässt. Theresia war ziemlich begeistert von den Möglichkeiten, die das Programm bot, und bekam so langsam das Gefühl, sich an dieses ganze technische Zeugs zu gewöhnen. So schwer war das alles gar nicht, wie sie immer gedacht hatte. Auch das Verändern der Tabelle, wie zum Beispiel das Hinzufügen von Zeilen und Spalten, gelang ihr auf Anhieb. Auch das Einfügen von Bildern und Textfeldern war nach kurzer und präziser Erklärung durch Herrn Papst kein Problem mehr.

Wenn Herr Kantstein sich mal ein wenig mehr Zeit genommen hätte, um mir all diese Sachen zu erklären, hätte ich mir die 60 € auch sparen können. Aber er ist ja nicht mein persönlicher PC-Assistent und ich habe mich auch nicht sonderlich für seinen Technikkram interessiert. Ich bin wahrscheinlich selbst ein wenig daran schuld, dachte Theresia, während sie dabei war, einen Bericht über ihre bisher erlernten Fähigkeiten im Computerkurs zu tippen. Dabei sollte sie möglichst viele Funktionen, die sie nun kannte, auch anwenden. Eigentlich kein Problem, denn Berichte schreiben war ja quasi ihr Beruf.

Am Schluss der Unterrichtsstunde sammelte Herr Papst die Ergebnisse mit einem USB-Stick von den Laptops seiner Teilnehmer ein, um die Resultate zu Hause durchsehen zu können. Dazu erklärte er zunächst, wie man eine Datei von der Computerfestplatte auf das Speichermedium kopieren konnte. Klang einfach, aber als sie den USB-Stick in ihren Computer steckte, verabschiedete sich ihr Laptop mit der typischen Melodie, die dieser abspielte, wenn man ihn herunterfuhr. »Was ist das denn jetzt? Wieso geht mein Laptop denn auf einmal aus?«, entfuhr es ihr erschrocken und wütend zugleich. Herr Papst kam zu ihr und drückte den Einschaltknopf, aber außer einem kurzen Piepen und einem Lämpchen, das mehrfach blinkte, tat sich nichts.

»Der Akku Ihres Laptops ist leer, Frau Rose. Sie scheinen vergessen zu haben, ihn zu laden«, diagnostizierte ihr Lehrer sofort.

»Ach wirklich? Daran habe ich gar nicht mehr gedacht«, entschuldigte sich Theresia.

»Ist ja überhaupt kein Problem, Frau Rose. Zu Beginn der nächsten Sitzung kommen Sie einfach mit Ihrem aufgeladenen Notebook zu mir und können mir dann die Datei auf meinen USB-Stick kopieren«, bot Herr Papst an.

»Vielen Dank, Herr Papst«, antwortete Theresia sichtlich beruhigt.

Sie packte schnell ihre Sachen zusammen, denn sie wollte nur nach Hause. Nachdem sie sich freundlich bei Herrn Papst verabschiedet hatte, ging sie zügig zu ihrem Wagen. Irgendwie ärgerte es sie schon, dass sie ihrem Lehrer das Produkt ihrer Bemühungen nicht hatte zeigen können, denn sie war außerordentlich stolz auf das Resultat gewesen. Beim nächsten Mal wollte sie vorher kontrollieren, ob ihr Akku geladen war, da sie sich einen solchen Fauxpas nicht noch mal erlauben wollte. Die Tatsache, dass sie immer noch nicht die Kursgebühr bezahlt hatte, war ihr schon alleine peinlich genug gewesen. Sobald sie konnte, musste sie zu ihrer Bank gehen, um die Überweisung zu tätigen. Mit gemischten Gefühlen startete Theresia schließlich den Motor, um nach Hause zu fahren, wo sie todmüde ins Bett fiel und in einen tiefen, traumlosen Schlaf sank.

KAPITEL 43

Nach meiner Tat verschwand ich aus Deutschland und ging nach Holland, nach Amsterdam, in eine Stadt, in der man gut untertauchen kann. Ich benutzte Joes Geld, um mir eine neue Existenz aufzubauen. Diesmal war ich schlauer als beim letzten Mal, als ich meine ganze Barschaft mit vollen Händen ausgegeben hatte. Ich hatte bei Joe und durch die Gespräche mit den anderen Mädchen einiges über das Prostituiertengeschäft gelernt und wusste, dass es auch andere Möglichkeiten gab, enorm viel Geld zu verdienen. Und so mietete ich mir eine Luxuswohnung, möblierte sie stilvoll, kaufte mir Kleidung, die weder billig noch nuttig aussahen, sondern klassisch und edel. In den teuren Hotels Amsterdams trieb ich meine Freier auf, die nicht das Gefühl hatten, mit einer Nutte zu verkehren, sondern mit einer stilvollen jungen Frau, mit der man nicht nur Sex haben, sondern sich auch in der Öffentlichkeit sehen lassen konnte. Dazu mein Name, ein Mitbringsel von Joe, »Julia de Muel«, das zog die Männer an. Zu Beginn lief das Geschäft schleppend, aber nach einigen Wochen hatte sich mein Service auch bei Geschäftsfreunden meiner ersten Freier herumgesprochen, und so begann das Geld zu fließen.

Ich führte nach all dem Elend der letzten Jahre also ein vergleichsweise angenehmes Leben, zumindest finanziell musste ich mir keine Sorgen mehr machen. Ich konnte mir alles leisten, was mein Herz begehrte, und das war einiges. Ich hatte Kleidung im Überfluss, meine Wohnung war mit allem ausgestattet, was man zu brauchen meinte. Ich fuhr sogar zum ersten Mal in meinem Leben in den Urlaub. Kaufen war für mich eine Ersatzbefriedigung. Für was? Damals hätte ich Ihnen keine klare Antwort auf diese Frage geben können, denn mir erschien mein Leben erfüllt und reich. Aber heute weiß ich, dass mir etwas Entscheidendes fehlte, dass ich von einer inneren Leere erfüllt war, die ich durch Einkäufe zu kompensieren versuchte.

Zunächst klappte das auch ganz gut. Mir mangelte es an nichts, meine innere Unruhe und Wut schwiegen eine ganze Zeit lang. Es schien, als wäre mein zweites, starkes, beschützendes Ich verschwunden, nachdem es mich aus der Misere gerettet hatte. Trotzdem spürte ich nach einer ganzen Zeit – ich muss wohl ungefähr 14 Jahre als Edelprostituierte gearbeitet haben – dass mich die Arbeit, das Geldscheffeln und wieder Ausgeben nicht mehr wirklich befriedigten. Aber trotzdem machte ich weiter.

Ich wurde aber auch unruhig und begann mich zu fragen, was aus meinem Leben werden sollte, wie meine Zukunft aussehen könnte und schließlich auch, wie ich dahin geraten war, wo ich mich nun befand. Schon bald wäre ich zu alt für diesen Job. Es wurde so schon immer schwieriger. Ich versuchte zunehmend, meine eigene Vergangenheit zu ergründen. Vieles war noch in guter oder besser schlechter und schmerzhafter Erinnerung, und es passierte nicht selten, dass ich weinen musste, stundenlang. Und der Zorn in mir wuchs wieder, dieses Mal nicht aus einer akuten Notlage heraus, sondern vielmehr wegen der Ungerechtigkeit des Lebens, die mich, so fand ich, mit voller Wucht getroffen hatte. Ich suchte nach Schuldigen für mein verkorkstes Leben, nach denen, die meinen Lebensweg so beeinflusst hatten, dass ich hier nun gelandet war, als Edelprostituierte in Amsterdam, ohne die geringste Chance, jemals einen anständigen Beruf, eine Familie mit Kindern, ein kleines Häuschen im Grünen und alles andere, was normale Menschen besaßen, zu haben.

Natürlich kam ich irgendwann auf die Ursache aller Ursachen für mein Dilemma: meine Mutter, beziehungsweise die Frau, die damals die Entscheidung getroffen hatte, mich, ihr kleines Baby – aus welchen Gründen auch immer – in fremde Hände zu geben. Für mich war sie keine liebende Mutter, sondern eine Rabenmutter. Schon da, so war ich mir sicher, hatte mein Schicksal eine unheilvolle Richtung eingeschlagen. Ich fragte mich immer öfter, wer und wie diese Frau gewesen sein musste, die mit ihrer Entscheidung dazu beigetragen hatte, dass mein Leben sich so entwickelt hatte. Wie alt war sie jetzt, lebte sie noch, wenn ja, wo und wie? Dachte sie an mich oder hatte sie mich vergessen in dem Augenblick, als sie mich aus ihren Armen gegeben hatte? Fragen, die mich irgendwann nicht mehr losließen, mich Tag und Nacht zu beschäftigen begannen und mich allmählich innerlich zerfraßen.

Ich musste es herausfinden, das war mir nach einer erneuten schlaflosen Nacht des Grübelns und Nachdenkens klar, ansonsten würde ich keine Ruhe mehr finden, so jedenfalls erschien es mir damals.

Als Erstes musste ein deutsches Handy her.

KAPITEL 44

Theresia und Alex waren gerade aus der Mittagspause gekommen, als ein Bürener Kollege, der wohl samstags Bereitschaft hatte, an die Tür ihrer äußerst geräumigen Besenkammer klopfte und sie darüber informierte, dass eine gewisse Clara Krämer am Empfang stünde und die beiden Kriminalkommissare sprechen wolle. Alex nahm noch einen tiefen Schluck aus seiner Kaffeetasse und folgte dem Beamten zum Eingang, während Theresia sich setzte, um das noch vorherrschende Umzugschaos auf ihrem Schreibtisch in aller Eile zu beseitigen und nach ihrem guten alten Diktiergerät zu suchen.

»Komisch«, murmelte sie, während sie unter dem Tisch in einem riesigen Karton kramte, »irgendwo hier muss dieses verfluchte Ding doch stecken. Ich bin mir sicher, dass ich es eingepackt habe.«

»Hier herein«, hörte sie Alex im Flur sagen, und Theresia richtete sich rasch auf, um den Gast begrüßen zu können. Allerdings vergaß sie dabei die Tischplatte, die sich direkt über ihrem Kopf befand, sodass ihr »Hallo, Clara« von einem dumpfen Kopf-gegen-Tischplatte-Geräusch übertönt wurde. Leise fluchend rieb die Kriminalkommissarin sich den Kopf, während sie Clara die Hand gab. Alex hatte währenddessen Mühe, sich das Lachen zu verkneifen. Ob die Beule vielleicht die Rache für die Backpfeife war?

»Was suchst du denn unter dem Tisch?«, fragte der Hauptkommissar sichtlich schadenfroh.

»Sie«, antwortete Theresia gereizt.

»Mich? Ich stehe doch direkt vor dir.«

»Nein, Sie. Es heißt: Was suchen *Sie* denn unter dem Tisch? Falls es Sie interessiert, ich habe nach unserem Diktiergerät gesucht.«

»Das Ding aus dem letzten Jahrhundert? Das habe ich vor unserem Umzug entsorgt.«

»Sie haben – was?«

»Diktiergeräte sind doch Schnee von vorgestern. Ich benutze einfach mein Smartphone, dann haben wir alles sofort in digitaler Form und können es direkt auf den Computer überspielen.«

»Darüber ist das letzte Wort noch nicht gesprochen. Entschuldige, Clara, wie unhöflich von mir. Setz dich doch bitte. Wie war die Beerdigung deines Vaters?«, sagte Theresia mit rotem Kopf, ob aus Wut oder Scham, blieb unklar.

Nachdem Clara sich gesetzt hatte, holte Alex noch schnell ein Glas Wasser für ihren Gast aus der Mitarbeiterküche des Rathauses und brachte seiner Kollegin auch gleich ein Kühlkissen mit.

»Die Beerdigung war in Ordnung, Mama geht es immer noch schlecht, aber das ist ja klar«, antwortete Clara auf Theresias Frage.

»Das verstehe ich und es wird auch sicher noch eine ganze Weile dauern, bis es ihr wieder besser geht. Aber nun zur Sache: Also, Clara, wieso bist du hier? Was hast du uns mitzuteilen?«, begann der Kommissar, nachdem er die Universalwaffe, sein Smartphone, gezückt hatte.

»Es ist so: Sie haben ja gestern bei Ihrem Anruf zu meiner Mutter gesagt, dass wir alle mal über mögliche Täter nachdenken sollen, und mir ist heute Morgen auf dem

Weg zum Friedhof jemand eingefallen, dem ich das zu 100 Prozent zutraue.«

»Und wem?«, hakte Alex durchaus aufgeregt nach.

»Meinem Ex-Freund Ben Kessler. Mit dem hatte mein Vater richtig Stress. Wissen Sie, die beiden kamen nie auf einen grünen Zweig. Mittlerweile verstehe ich auch, warum.«

»So? Würdest du uns das bitte näher erklären?«, hakte die Kriminalkommissarin nach.

»Nun ja, Ben entsprach nicht gerade den Vorstellungen, die meine Eltern von einem Freund von mir hatten. Er raucht, trinkt und ist politisch *sehr aktiv*.«

»Was ist denn an dem ›politisch aktiv‹ so verwerflich?«, unterbrach Theresia Clara ein weiteres Mal.

»Ben ist Rechtsextremist. Davon wusste ich am Anfang unserer Beziehung aber nichts, erst nachdem er mich zu einem Treffen mit seinen Kumpels eingeladen hatte, wurde mir so einiges klar.«

»Du lieber Himmel, wie bist du denn an so einen Typen geraten, Kind?« Theresia war sichtlich geschockt darüber, dass sich die Tochter eines Bürgermeisters mit einem solchen Kerl eingelassen hatte.

»Wie gesagt, davon wusste ich nichts, und am Anfang war er auch total süß und romantisch. Er hat oft, wenn wir uns trafen, ein kleines Geschenk mitgebracht. Er war einfach wahnsinnig aufmerksam und zuvorkommend. Alle meine Freundinnen haben mich um ihn beneidet, weil er außerdem noch gut aussieht. Nach und nach merkte ich jedoch, wie er sich veränderte. Er war irgendwie immer gereizt. Als ich ihn danach fragte, meinte er immer, er hätte Stress zu Hause mit seinem alten Herrn. Doch jetzt weiß ich, dass es seine neuen ›Kollegen‹ waren, die ihn so verändert haben.«

»Verstehe«, meinte Alex, »weißt du, wie er in diese Kreise geraten ist?«

»Auf dem Schulhof liefen vor einiger Zeit Männer rum, die Flyer und CDs verteilt haben. Ben haben sie auch angesprochen und gefragt, ob er nicht mal zu einem ›Klubtreffen‹ kommen will. Er fand die Idee gut und ist da auch hingegangen. Das war der Beginn des Übels, vermute ich.«

»Und wie steht dein Vater damit in Verbindung?«, fragte Theresia, die sich weniger für das Liebesleben der jungen Frau interessierte.

»Nun, mein Vater hatte sich seit seiner Ernennung zum Bürgermeister für die Bekämpfung von Rechtsextremismus eingesetzt. Er nannte sie immer ›das Pack‹. Als wir dann einmal mit der Familie beim Abendessen saßen, hat Papa erzählt, dass er bei einem Gang durch die Paderborner Innenstadt Ben gesehen hat, wie er jetzt selbst Flyer verteilt hat. Als sich ein Passant über diese Aktion beschwert hat, gab Ben ihm eine Kopfnuss. Daraufhin hat mein Vater mir verboten, mich weiterhin mit ihm zu treffen.«

»Aber du hast dich daran nicht gehalten, oder?«, erkundigte sich Alex, wohl wissend, was im Kopf eines Teenagers vor sich ging.

»Nein, natürlich nicht. Ich fand das vollkommen schwachsinnig. Schließlich habe ich Ben geliebt. Deswegen haben wir uns weiterhin heimlich getroffen. Entweder bei seiner Großmutter oder irgendwo, wo wir uns sicher waren, dass mein Vater uns nicht sah. Irgendwann hat mein Vater es dann rausgefunden. Er ist völlig ausgerastet. Nach einem sehr langen und heftigen Streit bin ich weinend in mein Zimmer gerannt, mein Vater hat sich in sein Auto gesetzt und ist zu Ben gefahren. Dort hat er ihm gesagt, dass er gefälligst die Finger von mir lassen solle. Ich sei viel zu gut für ihn. Daraufhin ist Ben natürlich ausgetickt und hat meinem Vater mit allen möglichen Sachen gedroht, unter anderem damit, dass er ihn …«, weiter sprach Clara nicht.

Alex ergriff ihre Hand und sagte gefühlvoll: »Clara, wir danken dir für deine Ehrlichkeit und für den Mut, den du aufgebracht hast, uns all diese Dinge zu erzählen. Eine Frage noch: wie groß ist dein Ex-Freund?«

Clara nahm das Taschentuch, das Alex ihr aus einer Packung reichte. »Eher klein, aber weil ich ja auch nicht besonders groß bin, spielte das nie eine Rolle«

»Ist gut, danke dir«, meinte Theresia und brachte die Teenagerin nach Hause, während Alex bereits die Aufnahme auf den Computer übertrug und den Namen Ben Kessler durch die Polizeidatenbank laufen ließ: Offenbar war er schon mehr als einmal aktenkundig geworden.

Wenn sie ihn nicht zu Hause antrafen, mussten sie umgehend die Fahndung einleiten. Zunächst passte Claras grobe Angabe hinsichtlich der Größe in das Täterprofil. Dann war einerseits der Konflikt zwischen Ben Kessler – der offenbar nicht vor Gewalt zurückschreckte – und Maximilian Krämer, andererseits auch Ben Kesslers rechtsradikale Gesinnung. Das passte zum Mordschauplatz. In der ganzen Region war kein Ort mehr nationalsozialistisch vorbelastet als die Wewelsburg. Wenn Alex nur an das ehemalige KZ und Himmlers Pläne für eine Kultstätte dachte … Auch wenn das wenig zur Beschreibung von Bens Charakter passte, konnten sie in zwei Richtungen weiterermitteln. Ein weiterer Verdächtiger neben Gesine von Hohenleben. Ben schien eher gemeiner, rechter Pöbel zu sein, als jemand, der nationalsozialistische Gesinnungsmorde beging. Aber möglich war schließlich alles.

KAPITEL 45

Am Sonntagmorgen erwachte Theresia nicht etwa wegen ihres schrillen Aufziehweckers, sondern aufgrund eines leicht pulsierenden Schmerzes in ihrem Rücken. Das schien wohl die Rechnung für den Stress und die Anstrengung der vergangenen Tage zu sein. Mit gebeugtem Rücken hatte sie oft in Kisten gewühlt oder diese von A nach B getragen. Nach einem arbeitsreichen Samstag schlug der Umzug nun wohl endgültig durch. Nicht zuletzt die Sorge vor einem Disziplinarverfahren belastete sie immer noch und mochte daher dazu beigetragen haben. Theresia fühlte sich um Jahre gealtert. Jedenfalls körperlich. In ihrem Kopf war sie dagegen noch ziemlich wach, wie sie fand. Früher, als sie noch jung gewesen war, da hatte es all diesen Computerkram nicht gegeben. Da hatten die Kommissare für ihre Ermittlungen nur den Verstand benutzt. Heute griff man ja auf so manche Hilfsmittel zurück. Zwar hatte ihr PC-Kurs bereits zur Annäherung beigetragen, aber sie fragte sich dennoch nicht selten: Was war bloß aus der Welt geworden?

Doch ständiges Jammern half auch nicht weiter, also richtete Theresia sich auf und ging in die Küche, um ihre etwas in die Jahre gekommene Kaffeemaschine anzuwerfen. Kaffee sollte ihre müden Lebensgeister wecken. Während er durch die Maschine lief und sich langsam sein Aroma in der ganzen Küche ausbreitete, deckte die Kriminalhauptkommissarin gemächlich den Tisch. Ihr fiel auf, dass sie unbedingt Nachschub ihres Bio-Vollkorn-

Roggenbrotes brauchte. Zum Einkaufen fehlte ihr manchmal einfach die Zeit.

Nachdem der Kaffee fertig war, setzte sich Theresia und goss sich eine Tasse ein. Gemütlich schlürfend ließ sie ihren Blick durch die Küche wandern. Ihr Blick fiel auf den Kalender, der an der Wand zu ihrer Rechten hing. Der heutige Tag war rot eingekreist. Vor Schreck verschluckte sich die Polizeibeamtin und begann zu husten.

»Verdammter Mist!«, fluchte sie röchelnd.

Diesen lästigen Termin hatte sie doch glatt vergessen. Etwas beunruhigt schaute sie auf die Uhr direkt neben dem Kalender. Es war 9 Uhr. Eine halbe Stunde blieb ihr noch. Eine halbe Stunde voll Stille, Ruhe und Frieden …

Nicht ganz, denn sie wollte nicht ungeduscht *diesen* Termin wahrnehmen, deshalb trank sie ihren Kaffee und vertilgte eine Scheibe ihres Roggenbrotes in Windeseile. Danach verschwand sie im Badezimmer, um wenig später frisch geduscht und auch ein wenig entspannter wieder im Flur zu stehen.

Punkt 9.30 Uhr klingelte es. Theresia ging zur Tür, um zu öffnen. Dort stand sie also. Gabi. Theresias etwas schrille Nachbarin, die ihr zu Weihnachten einen selbst gebastelten Gutschein für eine gemeinsame Heim-Yoga-Stunde geschenkt hatte. Diesen Termin hatte sie immer wieder aufgeschoben, mit der Ausrede, sie hätte viel zu tun, aber bei ihrem letzten Versuch hatte Gabi darauf bestanden, dass es endlich Zeit für ein Treffen sei.

»Guten Morgen, Theresia!«, flötete ihr die Nachbarin in einer grauenvoll hohen Tonlage entgegen. Doch viel schlimmer als ihre Stimme war ihr Kleidungsstil – so sah es jedenfalls die Kriminalhauptkommissarin.

Die blonden lockigen Haare, die sonst wie eine Löwenmähne aussahen, hatte ihre Nachbarin zusammengebunden, um ihr Make-up stärker zu betonen. Der lila Lidschatten, der grellpinke Lippenstift und die vielen Schichten Rouge in ihrem Gesicht waren weder farblich aufeinander abgestimmt noch hoben sie die natürliche Schönheit der Nachbarin hervor. Auch das viel zu große T-Shirt im Leopardenstil, das ihr auf einer Seite halb über die Schulter hing, und die grünen Leggings, die ihre Beine aussehen ließen wie Presswürste, passten nicht zusammen. Trotzdem hatte Theresia die Lebendigkeit Gabis schon immer bewundert – anstrengend blieb sie trotzdem.

»Guten Morgen, Gabi«, grüßte Theresia, nachdem sich ihre Augen an die grelle Farbkombination gewöhnt hatten, jedoch mit einem leicht unmotivierten Unterton.

»Na, was ist denn mit dir los, meine Liebe? Ich spüre negative Schwingungen. Ist dein Manipura-Chakra etwa blockiert? Am besten komme ich erst einmal herein. Das bekommen wir schon wieder hin.«

»Wie bitte?«, fragte Theresia verdutzt, »Manipura-Chakra? Was soll das denn sein?«

»Das ist das Zentrum deiner Energie. Davon habe ich vor einiger Zeit in meinem Esoterik- und Yoga-Magazin gelesen. Ist ein gewisses Chakra blockiert, dann bewirkt das negative Energie. Ich gehe schon mal ins Wohnzimmer, ja? Ich habe für uns beide je eine Yoga-Matte mitgebracht«, erklärte Gabi und ging mit den zwei Matten unter dem Arm direkt in Theresias Wohnzimmer.

Die hingegen stand immer noch völlig perplex in der Wohnungstür und fragte sich ernsthaft, ob eine geschlossene Psychiatrie nicht der bessere Ort wäre, an dem Gabi ihre spinnerhaften Ideen ausleben konnte. Mit einem lauten Knall schloss sie die Tür und folgte der völlig überdrehten Nachbarin ins Wohnzimmer. Dort traute die Hauptkommissarin ihren Augen nicht. Innerhalb weniger Momente hatte Gabi das Wohnzimmer in ein Esoterik-Zentrum verwandelt:

Auf dem Boden lagen zwei Yoga-Matten, die Vorhänge waren zugezogen, Teelichter brannten, und es machte sich ein Zitronengeruch breit, der höchstwahrscheinlich von den Räucherstäbchen stammte, die Gabi entzündet hatte.

»So, jetzt ist alles vorbereitet, um deine Chakren zu öffnen, damit deine Energie wieder fließen kann«, lächelte Gabi zufrieden und bedeutete Theresia, sich auf die noch freie Yoga-Matte zu begeben.

»Wir fangen mit etwas sehr Einfachem an. Der Baum ist eine klassische Yoga-Übung für Anfänger. Mach mir einfach alles nach. Du wirst sehen, es ist total einfach und wird dich entspannen«, erklärte Gabi und begann, die Figur vorzuführen. Aufrecht stehend legte sie ihren rechten Fuß auf das linke Knie und hob dabei die Arme so hoch, dass sich nur die Fingerspitzen berührten. Seelenruhig stand sie nun da, ohne auch nur den Hauch einer Bewegung.

Mit geschlossenen Augen sagte sie zu Theresia: »Komm schon, Theresia, mach es mir einfach nach.«

Die Hauptkommissarin tat, wie geheißen, mühte sich jedoch damit ab, das Gleichgewicht zu halten.

»Und spürst du, wie sich deine Chakren öffnen, die Blockaden lösen und dein Chi wieder fließen kann?«, fragte ihre schrille Nachbarin, ohne die Augen zu öffnen.

Tatsächlich spürte Theresia eine gewisse Entspannung, die sich in ihr ausbreitete, allerdings nur für einen Moment anhielt, denn ihr Gleichgewichtsproblem sorgte dafür, dass sie nach einem Moment der Entspannung prompt auf dem Boden landete. Ein Abstützen war ihr nicht mehr möglich gewesen. Der dumpfe Aufprall sorgte dafür, dass Gabi ihre Augen wieder öffnete und eine reichlich irritierte und wenig entspannte Theresia vor sich sitzen sah.

»Alles in Ordnung bei dir da unten?«, kicherte Gabi und merkte dabei nicht, dass der Kopf der Polizeibeamtin sich bereits rötlich färbte, »du weißt schon, dass man diese Übung im Stehen machen muss, oder?«

»Ja, natürlich, es ist nur … ach egal …«, schnaubte Theresia genervt und stand auf. »Mein Gleichgewichtssinn scheint wohl nicht mehr der beste zu sein.«

»Das ist doch kein Problem, Schätzchen. Wir werden alle einmal alt. Warte, ich stütze dich«, sagte Gabi, während sie ihrer etwas ungelenken Nachbarin half, die korrekte Position einzunehmen und diese zu halten. Nach kurzer Zeit löste sie ihre Hilfestellung, sodass sie selbst wieder zum Baum werden konnte.

Theresia, die ihre Augen geschlossen hatte, merkte dies nicht. Sie genoss den Moment tiefer Entspannung und hatte das Gefühl, dass ihre Sorgen allmählich von ihr abfielen. Gab es doch einen Funken Wahrheit in dem sinnlosen Chakra-Quatsch, den Gabi eben von sich gegeben hatte? Wie auch immer, der morgendliche Schmerz in ihrem Rücken, den sie auf den Stress geschoben hatte, war verschwunden und die Kriminalhauptkommissarin fühlte sich auch nicht mehr so uralt.

»Das machst du wirklich sehr gut, Theresia«, lobte Gabi ihre Yoga-Schülerin, »ich denke, wir können jetzt mit einer etwas schwierigeren Übung weitermachen. Dem Sonnengruß, einer klassischen Yoga-Figur. Da sie nicht ganz so einfach ist, zeige ich sie dir erst mal.« Mit der Eleganz eines Schwans beugte sie sich zunächst mit ausgestreckten Armen nach hinten, um ihren Oberkörper im Anschluss langsam nach vorne fallen zu lassen, sodass sie mit den Händen den Boden neben ihren Füßen berührte. Eines musste man ihr lassen: Beweglich war diese Frau auf jeden Fall. Es folgten schließlich weitere Bewegungen, die die Hauptkommissarin beeindruckten, von denen sie aber glaubte, nicht eine richtig ausführen zu können.

»Jetzt bist du dran!«, forderte Gabi Theresia auf, ihren Bewegungsablauf zu imitieren. Theresia seufzte kurz, schloss die Augen und begann dann ihre Arme zu strecken, während sie ihren Oberkörper nach hinten lehnte.

»Und jetzt musst du dich langsam nach vorne beugen«, flüsterte ihr Gabi zu.

Theresia versuchte die Übung so durchzuführen, wie sie es gerade eben gesehen hatte. Vor ihrem inneren Auge klappte das wunderbar, doch ihr Körper spielte nicht mit. Sie konnte sich nicht so weit bücken, wie sie eigentlich wollte. Etwas enttäuscht über die Unfähigkeit ihres eigenen Körpers, erhob sich Theresia und öffnete die Augen. Gabi stand mit verschränkten Armen neben ihr und guckte sie nachdenklich an.

»Theresia, Theresia, Theresia. An deiner Beweglichkeit müssen wir wirklich noch etwas arbeiten. Aber keine Sorge, ich hatte am Anfang auch Probleme mit dieser Übung. Du wirst sehen, je öfter du dich daran probierst, desto einfacher wird es«, versuchte Gabi ihre frustriert dreinblickende Nachbarin aufzumuntern. »Ich schlage vor, du übst erst mal die Sachen, die ich dir gezeigt habe, und wenn du dich bereit fühlst, dann kannst du jederzeit bei mir klingeln. Ich helfe dir gern weiter. Du wirst sehen, wenn dein Chi wieder richtig fließt, wie agil du eigentlich noch bist.«

»Vielen Dank, Gabi. Du hast mir mit meinem Chakra-Dings-Problem wirklich weitergeholfen«, antwortete die Polizistin. Zusammen räumten beide Theresias Wohnzimmer auf, in dem es mittlerweile sehr intensiv, aber trotzdem künstlich nach Zitrone roch. Die Yoga-Matte, die Gabi ihr mitgebracht hatte, durfte sie sogar behalten, um weiter zu üben. So schräg sie auch war, ihre Nachbarin schien netter zu sein, als die Hauptkommissarin vorher gedacht hatte. Vielleicht kam sie ja wirklich auf das Angebot zurück. Sie musste ja nicht unbedingt an diese Chakra-Chi-Sache glauben, um Yoga machen zu können.

Nachdem sie Gabi an der Tür verabschiedet hatte, atmete Theresia auf. Jetzt hatte sie zunächst Ruhe. So liebenswürdig Gabi auch war – anstrengend blieb sie trotzdem. Um ihre Nerven zu beruhigen, ging sie erst mal in die Küche und kochte sich einen weiteren Kaffee, der sie fast so sehr entspannte wie die Übungen, die Gabi ihr gezeigt hatte. Auch wenn sie an diesen ganzen Chakra-Quatsch nicht glaubte, hatte sie sich vorgenommen, den Beginn des Sonnengrußes am nächsten Morgen nach dem Aufstehen noch einmal zu probieren. Einerseits, um ihre Beweglichkeit zu trainieren, andererseits, um ganz entspannt in den Tag starten zu können.

KAPITEL 46

Einfach nur Stress in den letzten Tagen! Maren Schlüter hatte so lange für diese Story recherchiert. Und jetzt, ausgerechnet jetzt hatte sie fünf Tage in Folge auf Anweisung ihres Chefs bei der Zeitung langweilige Vereinsversammlungen und Pressekonferenzen besucht. Vielleicht war das seine Rache für ihren kurzfristigen einwöchigen Urlaub, in dem sie ihr Undercover-Projekt vorangetrieben hatte. Durch diese Verpflichtungen war kaum Zeit mehr für ihr eigentliches Interesse geblieben. Während sie den Artikel schrieb, dachte sie an ihre Erlebnisse am letzten Mittwoch zurück.

*

Sie fühlte sich ein bisschen wie James Bond in geheimer Mission, nur in weiblicher Ausführung. Wochenlang hatte Maren Schlüter, ihres Zeichens studierte Germanistin, die gerade ihr Volontariat beim »Ostwestfälischen Blatt« absolviert hatte und nun als Redakteurin übernommen worden war, Bewerbungen über Bewerbungen geschrieben. Irgendwann waren ihr keine neuen Pseudonyme mehr eingefallen. Aber sie hatte Erfolg gehabt: Seit drei Tagen arbeitete sie nun als Assistentin der Geschäftsleitung bei dem Dudelsackhersteller »Scottish Instruments«. Dass sie sich ausgerechnet bei dieser Firma beworben hatte, lag nicht etwa daran, dass sie ihr Fachgebiet wechseln wollte: vielmehr hatte sie von einem Informanten einen Hinweis auf eine Korruptionsaffäre erhalten. Sie wollte diejenige sein, die diesen Skandal in einer großen Reportage für das »Ostwestfälische Blatt« so kurz nach ihrem Volontariat aufdeckte. Daher hatte sie sich unter falschem Namen und mit falschen Referenzen bei »Scottish Instruments« beworben. Sie trat ihre Stelle dort als Caroline Bärlich an, eine 29 Jahre alte und gut aussehende Dudelsackspielerin, die vor Kurzem ihr Musikstudium beendet hatte. Der Name gefiel ihr nicht sonderlich, aber für den späteren Erfolg nahm sie diese Unannehmlichkeit gerne auf sich.

An diesem Mittwochabend wollte sich ihr Chef nun mit Vertretern der Stadt Büren treffen, um einen Deal auszuhandeln und der Stadt mehrere Dudelsäcke zu verkaufen. Er hatte sie, seine neue Assistentin, gebeten, ihn zu begleiten. Maren selbst glaubte allerdings, dass das nicht an ihrer Qualifikation, sondern viel mehr an ihrem attraktiven Äußeren lag. So hatte sie sich eine blonde Perücke zugelegt, sowie einen Push-up BH und jede Menge Schminke, um ihre Schönheit »hervorzuheben«. Wahrscheinlich hoffte er noch auf eine etwas intimere Nachfolgeveranstaltung.

Als sie sich ein letztes Mal im Spiegel kontrollierte, bevor sie ihre Wohnung verließ, erschauderte sie. Sie sah aus wie eines dieser primitiven Mädchen bei »Germany's next Topmodel«, eine Castingshow, die sie schon immer verabscheut hatte. Aber was tat man nicht alles für eine gute Reportage?

Als Maren schließlich vor dem Bürener Rathaus aus ihrem roten Fiat Panda ausstieg, wurde sie von ihrem Chef Christoph Dipp, einem Mann Mitte 40, übertrieben herzlich begrüßt. Wenn dieser Mann wirklich ihr Boss wäre, hätte sie ihn schon längst wegen sexueller Belästigung angezeigt, denn diese Umarmung war mehr als anmaßend. Doch sie ertrug es, ohne sich zu beschweren. Da die Vertreter der Stadt noch nicht anwesend waren, begann Maren alias Caroline kurzerhand einen höflichen Smalltalk mit dem Hintergedanken, ein paar wichtige Hintergrundinformationen zu erhalten, die sie später in ihrem Artikel verwenden konnte.

»Um was geht es denn heute eigentlich genau, Herr Dipp?«, fragte sie mit einem Engelslächeln und ließ anzüglich ihre Augenlider flattern.

»Nun, Frau Bärlich, die Stadt Büren ist bereit, etwa ein halbes Dutzend unserer Oberklasse-Dudelsäcke zu kaufen. Unser Treffen heute mit der stellvertretenden Bürgermeisterin dient lediglich der Absprache ein paar letzter Details«, antwortete ihr Chef und strich sich dabei ziemlich auffällig durch sein kurzes braunes Haar, um schnell ein paar graue Strähnen zu überdecken. »Aber alles Weitere erfahren Sie ohnehin gleich. Wo bleibt sie denn nur? – Typisch Politikerin.«

Bevor Maren etwas erwidern konnte, tauchte auf einmal eine Frau mit braunem, mittellangem Haar auf, die auf hohen Absätzen auf ihren Chef zukam und ihn mit Küsschen links, Küsschen rechts begrüßte. Die beiden schienen sich schon länger zu kennen. Dann kam die Frau auf sie zu und reichte ihr die Hand.

»Guten Abend. Mein Name ist Gesine von Hohenleben. Ich bin die stellvertretende Bürgermeisterin von Büren. Und Sie sind …?«

»Caroline Bärlich, angenehm. Ich bin die persönliche Assistentin von Herrn Dipp. Ich freue mich, Sie kennenzulernen«, antwortete Maren, so wie sie es vor dem Spiegel zu Hause geübt hatte. Nun wartete sie auf eine Reaktion der Baronin, die sie bereits von ihrer Arbeit bei der Zeitung kannte.

Doch die hatte sich bereits umgedreht und ging geradewegs auf die Tür des Rathauses zu, die sie für ihre beiden Gäste öffnete.

»Wenn ich bitten darf«, flüsterte die Stellvertreterin des Bürgermeisters und schloss die Tür wieder ab, nachdem Maren und ihr Chef eingetreten waren. »Bitte folgen Sie mir leise, es könnte sein, dass die Putzfrauen noch im Haus unterwegs sind.« Frau von Hohenleben ging nun voraus und führte sie in den Keller des Rathauses in einen kleinen, alten muffigen Raum, der wohl seit dem letzten Jahrhundert nicht mehr renoviert worden war. Lediglich ein kleiner Tisch mit drei Stühlen und eine nackte Glühbirne zierten das Zimmer, das eher an eine Gefängniszelle erinnerte.

»So, bevor wir anfangen, möchte ich mich erst einmal für meine Verspätung entschuldigen. Ich musste mal wieder an so einer dämlichen Dorfveranstaltung teilnehmen. Der Kaninchenkastenumstellverein feiert sein 30-jähriges Jubiläum. Das ist so wichtig, wie wenn in China ein Sack Reis umfällt, aber was soll man machen? Als Stellvertretende Bürgermeisterin muss ich mich halt auf solchen Feierlichkeiten blicken lassen. Das ist gut für das Image. Doch lassen Sie uns endlich zum geschäftlichen Teil dieses Abends kommen.«

Maren spürte, wie das Adrenalin begann, durch ihre Adern zu fließen, und ihr Herz zu pochen anfing. Das war der Moment, auf den sie so lange gewartet hatte.

»Ja, Frau von Hohenleben, Sie haben bei unserem letzten Treffen unser Angebot erhalten, und ich hoffe, Sie sind zufrieden damit«, ergriff Dipp das Wort, »ich meine, ein solches Angebot kann man eigentlich nicht ausschlagen, oder? Sie bekommen immerhin eine beträchtliche Summe dafür, dass sie den Kauf der Dudelsäcke im Stadtrat durchbringen.«

Genau das war die Information, auf die Maren gehofft hatte. Erstaunlich, dass ihr Chef sie bereits an ihrem dritten Arbeitstag zu einem solchen Treffen mitnahm. Das war vermutlich nur auf ihre sexuellen Reize zurückzuführen. Eine bestechliche Politikerin und dann auch noch die stellvertretende Bürgermeisterin der Stadt Büren! Das würde einen kräftigen Skandal geben, wenn sie ihren Artikel veröffentlichte.

»Wenn Sie mich fragen, Herr Dipp, halte ich Ihre beträchtliche Summe für etwas zu gering. Immerhin muss ich die ganzen Sturköpfe des Stadtrates davon überzeugen, diese Ausgaben zu bewilligen. Das wird eine ganz schöne Arbeit, denen das als Mittel zur Steigerung der touristischen Attraktivität des Ortes zu verkaufen. Die Grünen sind ja schon bei den Alphörnern auf die Barrikaden gegangen. Was werden die bloß für einen Terz veranstalten, wenn ich sechs Dudelsäcke für die Stadt Büren anschaffen will? Halten Sie es nicht auch für gerechtfertigt, dass für mich da schon ein wenig mehr drin sein müsste als die Almosen, die Sie mir bieten?«

»Ich muss doch sehr bitten, Frau von Hohenleben!«, ereifert sich darauf Marens Chef, »das Angebot, das wir Ihnen gemacht haben, war mehr als fair.«

»Ach, meinen Sie? Entweder ich erhalte mindestens das Doppelte, oder Sie können Ihren Deal vergessen!«, fauchte Gesine zurück.

»Das Doppelte? Sie spinnen wohl! 30 Prozent mehr können Sie haben.«

»70 Prozent mehr!«

»50, und das ist mein letztes Angebot.«

»50 Prozent mehr? Na gut, damit lässt sich leben. Damit bekomme ich jetzt 3.000 € vom Gewinn.«

»So soll es sein«, sagte Dipp, der schon wesentlich entspannter wirkte, und reichte der stellvertretenden Bürgermeisterin die Hand, die prompt einschlug.

Daraufhin wandte sich Marens Chef an sie: »Frau Bärlich, Sie sind meine Zeugin, dass diese Vereinbarung von Frau von Hohenleben akzeptiert wurde. Sie stellen morgen in der Firma die nötigen Kaufpapiere zusammen. Danach leiten Sie sie umgehend an Frau von Hohenlebens private Adresse weiter.«

»Aber natürlich, Herr Dipp«, antwortete Maren, die wie in Trance gewesen war, weil sie die Geschehnisse noch verarbeiten musste.

»Einen schönen Abend wünsche ich noch«, sagte Gesine. Während der Verhandlung war diese Frau Maren ziemlich unsympathisch geworden. Zu Beginn hatte sie sie noch für freundlich gehalten, doch mittlerweile erschien sie ihr eher wie eine geldgeile, selbstsüchtige Ziege.

An der Tür verabschiedeten sich Maren und Christoph Dipp mit einem kurzen »Auf Wiedersehen« von der Baronin, die daraufhin auf dem Absatz kehrtmachte, um wieder im Rathaus zu verschwinden.

»Nun, Frau Bärlich, haben Sie heute Abend noch was vor? Ich möchte Sie gern einladen«, wandte sich Herr Dipp seiner neu eingestellten Assistentin zu.

»Einladen? Wohin?«, fragte Maren gespielt naiv.

»Ich kenne da eine hervorragende Cocktailbar in der Nähe meiner Wohnung. Wir können was trinken gehen, und danach sehen wir weiter«, sagte ihr Chef, während er ihr übers Haar strich.

»Was soll das heißen, danach sehen wir weiter?«, empörte sich Maren. »Eine moderne Assistentin ist etwas vollkommen anderes als eine Sekretärin vor 20 Jahren. Ich werde nicht Ihr Flittchen sein! Entschuldigen Sie, Herr Dipp, aber ich denke, es ist besser, wenn unsere Beziehung rein professionell bleibt. Ich wünsche Ihnen noch einen angenehmen Abend.«

Maren wendete sich daraufhin von ihrem Chef ab und stöckelte zurück zu ihrem roten Fiat Panda.

*

Wenn sie über diesen Abend nachdachte, kam ihr das Geschehen erneut unwirklich vor. Welcher Vorgesetzte nahm seine Assistentin schon am dritten Arbeitstag zu einem solchen Gespräch mit? Letztlich war es egal. Mit »Scottish Instruments« hatte sie nach dieser Recherche abgeschlossen. Gestern hatte sie unter ihrem Pseudonym gekündigt. Nun saß sie mit den begehrten Informationen im Büro und tippte in diesem Moment den letzten Satz ihres Artikels:

Inwiefern Frau von Hohenleben noch in weitere Korruptionsfälle verwickelt ist, wird durch die zuständigen Behörden bereits ermittelt.

Mit dieser Reportage musste ihr Chefredakteur doch einfach zufrieden sein! Vielleicht durfte sie in Zukunft anspruchsvollere Aufgaben als den Besuch von Vereinsveranstaltungen übernehmen. Aber es handelte sich schließlich auch nur um eine Lokalredaktion und nicht um »DIE ZEIT« …

KAPITEL 47

Theresia und Alex hatten vereinbart, sich auf dem Mitarbeiterparkplatz der Kreispolizeibehörde in Paderborn zu treffen, um gemeinsam nach Büren zu fahren. Doch als Theresia gerade ihren Mercedes verlassen wollte, klingelte ihr Handy.

Schon seit dem frühen Morgen hatte sie das Gefühl, dass dieser Tag unter keinem guten Stern stünde. Dieses Mal hatte ihr guter alter Wecker sie zwar nicht im Stich gelassen, sie war jedoch aus irgendeinem unerfindlichen Grund – anders als gewohnt – nicht sofort nach dem Weckerklingeln aufgestanden, sondern hatte sich noch einmal umgedreht und war tatsächlich wieder eingeschlafen. Keine Zeitungslektüre und erst recht kein Yoga-Chakren-Dings. Theresia konnte es nun einmal nicht haben, den Tag mit Hektik zu beginnen. Immerhin hatte sie es noch geschafft, pünktlich auf dem Behördenparkplatz vorzufahren.

»Ja, Rose hier!«, meldete sich die Kommissarin hektisch an ihrem Handy.

»Hallo, Theresia, ich soll dir vom Schnittmann Bescheid sagen, dass ihr beiden endlich wegen der Drogen, die der Bürgermeister laut rechtsmedizinischem Befund im Blut hatte, mit Birnbaum und McMilland zusammenarbeiten sollt«, meldete sich Theresias gute Freundin Fräulein Meiers. Sie musste einmal mehr die Überbringerin schlechter Nachrichten spielen.

Theresia stöhnte bei diesen Worten auf. Das hatte ihr-

gerade noch gefehlt: »Ist gut, sag ihm bitte, dass wir die Zusammenarbeit mit seiner Gurkentruppe heute noch in Angriff nehmen werden. Entschuldige bitte, aber ich muss jetzt wirklich auflegen.«

»Schon gut, Theresia!«, verabschiedete sich Fräulein Meiers verständnisvoll.

Diese Information hatte den Tag aus der Sicht der Kriminalhauptkommissarin vollkommen verdorben. Im Grunde genommen konnte heute nichts mehr schiefgehen. Immerhin schien an diesem Montagmorgen wenigstens die Sonne. Aber das gute Wetter machte die arme Theresia nur noch mürrischer.

Alex stand lässig an seinen Audi gelehnt und surfte mit seinem Smartphone im Internet. Als Theresia sich ihm näherte, begrüßte er die Kollegin neckend und wohlgelaunt, wie so oft als Gegenpart zu der Mittfünfzigerin: »Morgen, Röschen! Schon wieder etwas länger geschlafen, als geplant? So kenne ich dich ja gar nicht …«

»Ach, Kantstein, können Sie nicht einfach mal damit aufhören? Das ist ja nicht auszuhalten!«, brummte die nun auf einem weiteren Verstimmungstiefpunkt angelangte Theresia zurück.

»Wollen wir wetten …?«, begann Alex, als er auch schon von Theresia unterbrochen wurde.

»Sie wissen doch genau, dass ich nicht wette und schon gar nicht in meiner heutigen Verfassung oder mit Ihnen! Das können Sie vergessen.«

»Ich habe allerdings ein sehr verlockendes Angebot für Sie, Frau Rose. Ein Alibi für die Natter Baronin von Hohenleben. Damit wäre sie wohl raus aus unseren Ermittlungen«, bot Alex an, in dem Wissen, dass Theresia nicht anders konnte, als auf die Wette einzugehen.

»*Was*? Sie haben was? Das wollen Sie mir jetzt nicht ernsthaft auch noch antun. Ausgerechnet heute …«

»Doch ich habe das Alibi, worum sollen wir wetten?«, wollte Alex siegesgewiss von Theresia wissen.

»Die Ermittlungen gemeinsam mit Birnbaum und McMilland, sie müssen wegen Schnittmann noch heute stattfinden«, stellte Theresia fest.

Alex reichte Theresia seine rechte Hand, um die Wette zu besiegeln: »Wir wetten, ob ich Gesine von Hohenleben entlasten kann.«

Parallel dazu reichte er seiner Kollegin mit der Linken das Smartphone. Er hatte einen Artikel in der Online-Ausgabe des »Ostwestfälischen Blatts« aufgerufen. Triumphierend wollte er von seiner Kollegin wissen: »Heute noch keine Zeitung gelesen?«

Diese blieb eine Antwort schuldig, während sie einen kurzen Blick auf die Artikeleinleitung und den Titel erhaschte:

Bürener Spitzenpolitikerin in Alphorn-Skandal verwickelt
– Als Nächstes sollen sechs Dudelsäcke den Bürener Nothaushalt belasten –

BÜREN (OWB). Der stellvertretenden Bürgermeisterin der Stadt Büren konnte in den vergangenen Tagen eine maßgebliche Mitverantwortung an der Anschaffung der umstrittenen Alphörner nachgewiesen werden. Zusätzlich sollen unter ihrer Mitwirkung in Zukunft sechs Dudelsäcke angeschafft werden.

»Und was hat das jetzt mit dem Alibi unserer Gesine zu tun? Für mich belegt das nur ihr kriminelles Potenzial, und das heißt keineswegs, dass die aufgrund ihrer Verwicklung in diesen Skandal in unserem Fall unschuldig ist, oder? Vielleicht hat sie den Skandal ja durch den Tod des Bürgermeisters Krämer vertuscht«, wollte Theresia von Alex wissen – in der Hoffnung, dass dieser sich geirrt hatte und sie von der Zusammenarbeit mit Birnbaum und McMilland verschont blieb.

»Doch, das heißt es, wenn Sie sich den Rest des Artikels durchlesen …«

Vor einer Woche, an dem Mittwoch, an dem der Bürener Bürgermeister verschwand, wurde in einer privaten Sitzung der Stellvertretenden Bürgermeisterin Gesine von Hohenleben und Vertretern der Musikindustrie ein weiteres Arrangement beschlossen. Es geht um den Ankauf von sechs Dudelsäcken mit Kosten in Höhe von etwa 12.000 €. Die Vorbereitungen zu diesem »Projekt« begannen jedoch bereits mehrere Wochen vor dem Beschluss. So hatten erste Verhandlungen, schon bevor der Bürener Bürgermeister Dr. Maximilian Krämer verschwand, stattgefunden.

Die stellvertretende Bürgermeisterin wollte, laut Angaben der anwesenden getarnten Journalistin, diese Anschaffung als »Mittel zur Steigerung der touristischen Attraktivität« *deklarieren und so den Bürener Rat und die Bevölkerung von der Notwendigkeit dieses Kaufes überzeugen.*

Vor nicht allzu langer Zeit hatte die Stadt Büren

vier Alphörner erworben und damit den Bürener Haushalt mit knapp 5.000 €, trotz Zuschüssen seitens der Europäischen Union, belastet. Der Bund der Steuerzahler NRW hatte die Ausgaben öffentlich angeprangert.

Die tragende Rolle, die die 45-Jährige in beiden Fällen spielt, klärte sich ebenfalls bei den Gesprächen. Für die Anschaffung der Musikinstrumente zahlen die Vertreter der Musikbranche Beträge im vierstelligen Bereich an das derzeitige Stadtoberhaupt. Unsicher ist, seit wann Gesine von Hohenleben ihre Einkünfte durch Bestechungsgelder aufbessert.

Inwiefern Frau von Hohenleben noch in weitere Korruptionsfälle verwickelt ist, wird durch die zuständigen Behörden bereits ermittelt. Weitere Hintergrundberichte zur Bürener Korruptionsaffäre folgen in den nächsten Tagen.

Theresia las den gesamten Artikel und musste feststellen, dass die stellvertretende Bürgermeisterin Gesine von Hohenleben zum Tatzeitpunkt der Entführung des Bürgermeisters tatsächlich bei einem der konspirativen Treffen der Alphorn- und Dudelsackgruppe zugegen gewesen war, wie die Journalistin in ihrem Artikel berichtete.

»Ist ja schon gut, Kantstein, ich gebe auf! Hätte ich mich bloß nicht auf die Wette eingelassen. Ich wusste doch vorher, was dabei rumkommen würde. Finden Sie bitte heraus, von wem dieser Artikel ist, und reden Sie mit der betreffenden Person, während ich mich mit den beiden Trotteln vom Dienst herumschlage. Gibt es eigentlich etwas Neues bezüglich unseres Verdächtigen Ben Kessler, wenn die Baronin nun ausfallen sollte?«

»Nein, leider nicht. Die Streife, die wir bei seiner Meldeadresse vorbeigeschickt haben, hat nichts erreicht. Es war wohl nur seine Großmutter da, aber die wusste auch nichts Näheres. Ich habe den Burschen zur Fahndung ausgeschrieben, mal sehen, ob wir da etwas bekommen«, antwortete Alex, der sich aufgrund der schlechten Neuigkeiten nicht über den Gewinn der Wette freuen konnte.

Ohne auf die Antwort ihres Kollegen einzugehen, stapfte Theresia verdrossen in Richtung des Haupteingangs der Kreispolizeibehörde. Von wegen, dieser Tag konnte nicht mehr schlechter werden: Nun war ihre bisherige Hauptverdächtige wahrscheinlich entlastet, und sie musste sich auch noch mit Birnbaum und McMilland herumschlagen. Lieber wollte sie nicht mehr darüber nachdenken, wie es noch schlimmer kommen könnte. Bei ihrem heutigen Glück liefe sie sicherlich auch noch dem Staatsanwalt über den Weg. Es war einfach alles zum Verzweifeln!

Ausnahmsweise benutzte Theresia nicht wie sonst die Treppe, sondern den Aufzug, weil sie sich nicht dazu aufraffen konnte, zu Fuß zu gehen. Diese Entscheidung bereute Theresia aber bereits einen Moment später, als sie einen furchtbaren Fischgestank im Aufzug wahrnahm. Irgendwoher kannte sie diesen Geruch …

Als Theresia sich umwandte, um den Verdacht zu überprüfen, überwältigte sie eine weitere Welle des Gestanks: »Hallo, sind Sie nicht meine schreckhafte Sitznachbarin aus dem Computerkurs? Am letzten Freitag haben wir ja nicht nebeneinander gesessen und uns auch gar nicht mehr unterhalten. Aber das können wir auch jetzt noch machen, nicht?«

Tatsächlich, die ältere korpulente Dame aus ihrem »Computerkurs für Einsteiger über 50« stand vor Theresia. Was sollte sie nun tun?

»Guten Tag, ja, tatsächlich! Am Freitag hatte ich mich mit einem anderen Kursteilnehmer ausgetauscht, darum saß ich nicht bei Ihnen«, meinte Theresia zu ihrer unfreiwilligen Sitznachbarin und dachte dabei: Im Leben begegnet man sich immer zweimal. Leider. Auch, wenn sie ihr im Kurs schon einmal ausgewichen war.

»Was machen Sie denn hier, wenn ich fragen darf? Wollen Sie auch eine Anzeige erstatten?«, wollte die Fischfrau von Theresia wissen.

»Ich arbeite hier«, erwiderte diese wortkarg, um möglichst wenig Luft holen zu müssen.

»Das muss aber ein interessanter Beruf sein. Mich hätte heute Morgen fast so ein junger Typ mit seinem Sportwagen überfahren. Meine Nachbarin hat mir darum geraten, zur Polizei zu gehen. Denken Sie, dass Sie mir da helfen können?«, plapperte die Computerkurs-Teilnehmerin drauflos. Inzwischen hatte sich der Fischgestank noch weiter ausgebreitet.

»Nein, dafür bin ich nicht zuständig«, ließ Theresia ihre aufdringliche Mit-Kursteilnehmerin abblitzen. Fast hätte sie sich gewünscht, dass es diese Frau doch erwischt hätte. Schnell verdrängte sie diesen Gedanken wieder.

Genervt verließ die Kommissarin dann den Aufzug bei der ersten sich bietenden Gelegenheit, um nicht weiter mit der Frau sprechen zu müssen und dem bestialischen Gestank zu entgehen. Sie dachte an die armen Kollegen, zu denen die Frau unterwegs war. Hoffentlich sprach sie nicht von ihr als einer Bekannten.

Nun nahm Theresia die Treppe hinauf in das nächste

Stockwerk, in dem neben Theresias und Alex' Büro auch das von Robert Birnbaum und Melanie McMilland vorzufinden war. An der Bürotür angekommen, antwortete niemand auf Theresias Klopfen. Als diese die Klinke nach unten drückte, musste sie feststellen, dass die Tür noch verschlossen war. Das konnte doch einfach nicht wahr sein! Diese Möchtegernermittler schafften es noch nicht einmal, morgens um 9.30 Uhr in ihrem Büro aufzutauchen? Resignierend setzte Theresia sich auf einen der Wartestühle in der Nähe des Büros und machte sich daran, den Inhalt ihrer Handtasche zu sortieren, weil sie nichts Besseres zu tun wusste.

Nach knapp 25 Minuten tauchten Robert Birnbaum und Melanie McMilland endlich vor ihrem Büro auf. Doch Theresia musste sich fast in den Aufzug zurückversetzt fühlen: Zwar rochen die Kommissare nicht nach Fisch, aber die Körperausdünstungen der beiden waren genauso übel wie die der Fischfrau. Offensichtlich schienen sie einen Kater zu haben. Theresia riss sich zusammen, um wegen dieses Auftretens nicht ausfallend zu werden.

Als sie dann schließlich das Büro betrat, musste sie staunen: Der Raum war gut doppelt so groß wie das Büro von Theresia und Alex. Neben einer hochmodernen Kaffeemaschine, die Theresia natürlich als Erstes ins Auge fiel, gab es offensichtlich auch noch eine Musikanlage. Melanie schaltete diese ein und begann, Kaffee zu bereiten, während Robert Theresia bat, Platz zu nehmen.

»Ah, haben Sie sich doch hierher verirrt? Unser gemeinsamer, geschätzter Vorgesetzter hatte Sie schon letzte Woche Mittwoch angekündigt. Was können wir denn für Sie tun, Frau Rose?«, fragte der Kommissar Theresia, wobei diese glaubte, ein leichtes Lallen heraushören zu können. Und dazu auch noch diese furchtbare Musik, die in Theresias Ohren dröhnte. »Metall« nannte man das wohl. Das konnte alles nicht wahr sein! Melanie schien aufgrund ihrer irischen Vorfahren wohl trinkfester zu sein, das konnte man von ihrem Freund aber offenbar nicht sagen.

»Ich hätte gern einige Informationen zu LSD und zur Verbreitung in der Region von Ihnen«, kam Theresia direkt zur Sache, ohne auf die Anspielungen Birnbaums einzugehen.

»Ja, da müssten wir erst einmal schauen, das dauert. Wollen Sie sonst noch etwas?«, meinte Melanie McMilland abschätzig, wobei sie Robert Birnbaum eine Kaffeetasse in die Hand drückte, ohne Theresia etwas anzubieten. Diese hatte beobachtet, wie Melanie zuvor Zitrone zum Kaffee hinzugefügt hatte. Wenigstens diese Methode hatte sich seit ihrer Jugend nicht verändert, dachte Theresia.

»Wenn Sie dazu Informationen haben, interessiert mich außerdem, ob diese Drogen auch in der rechten Szene im Kreis verbreitet sind«, fügte Theresia hinzu, in der Hoffnung, dass wenigstens der zweite Tatverdächtige, Claras Ex-Freund Ben Kessler, mit den Morden in Verbindung gebracht werden konnte. Bisher wussten sie nicht einmal, wo er sich aufhielt. Dann berichtete sie den beiden von den bisher mageren Ergebnissen ihrer Ermittlungen.

»Wir schauen mal ... Kommen Sie doch am besten morgen noch einmal vorbei, Frau Rose, gerade können wir da nichts für Sie tun. Außerdem haben Sie ja augenscheinlich auch selbst noch einiges zu erledigen«, ließ Robert Birnbaum Theresia abblitzen.

Enttäuscht und aufgrund des nicht unberechtigten Vorwurfes missgelaunt verließ Theresia das (Alb-)Traumbüro und machte sich auf den Weg zum Polizeiarchiv. Sie wollte recherchieren, was dem Ex-Freund von Clara Krämer bisher zur Last gelegt worden war. In der Datenbank hatte Alex schließlich nur kurze Verweise zu den Ordnungswidrigkeiten und Straftaten bekommen. Bevor man einen Verdächtigen befragte, sollte man schließlich genau wissen, mit wem man es zu tun hatte. Außerdem sollte ihr Aufenthalt in der Kreispolizeibehörde zu irgendetwas nützlich sein. Nicht zuletzt musste die Kommissarin hier am wenigsten befürchten, dem Staatsanwalt über den Weg zu laufen …

KAPITEL 48

Alex schaute Theresia noch hinterher, bis sie in der Kreispolizeibehörde verschwunden war. Er begann mit seinem Smartphone auf der Website des »Ostwestfälischen Blatts« nach der Adresse der Paderborner Redaktion zu suchen: Frankfurter Weg 50. Daraufhin machte er sich in seinem Wagen auf den Weg zur Lokalredaktion.

*

Das neue Gebäude machte einen freundlichen Eindruck auf Alex. Er wurde von der Empfangsdame direkt an den Chefredakteur verwiesen. Einen Moment später saß er bereits vor dessen Schreibtisch. Die Sonne schien in das Büro. Was für ein schöner Tag, dachte Alex.

»Hallo, ich bin Manfred Erbe, der Chefredakteur. Was kann ich für Sie tun?«, wollte der etwas ältere, sehr freundliche Mann von dem Kriminalkommissar wissen.

»Angenehm. Kantstein von der Kriminalpolizei. Im Rahmen unserer aktuellen Entwicklungen im Fall Krämer-Meyerhoff sind wir auf einen Zeitungsartikel in Ihrer heutigen Ausgabe gestoßen: *›Bürener Spitzenpolitikerin in Alphornskandal verwickelt – Als Nächstes sollten sechs Dudelsäcke den Bürener Nothaushalt belasten‹* … begann Alex, wobei er wegen des Titels noch einmal einen flüchtigen Blick auf sein Smartphone warf.

»Ja, den Artikel hat unsere neue Mitarbeiterin Frau Schlüter verfasst. Sie ist gerade erst mit dem Volontariat fertig geworden. Ein grandioses Stück Rechercheleistung hat sie da hingelegt, auch wenn ich zu Beginn wegen ihrer mangelnden Erfahrung und des Themas skeptisch war.«

Daraufhin wollte Alex von dem Chefredakteur wissen: »Gibt es eine Möglichkeit, mit Ihrer Mitarbeiterin zu sprechen? Ich habe nämlich einige wichtige Fragen hinsichtlich unserer aktuellen Ermittlungen. Da könnten die Recherchen Ihrer Mitarbeiterin von großer Bedeutung für uns sein!«

»Warten Sie einen Augenblick, Herr Kantstein, ich rufe sie mal eben an, vielleicht ist sie ja gerade im Haus«, meinte der Mann, der in seiner Position für die Regionalausgabe des Kreises Paderborn verantwortlich war. Nach nur wenigen Worten am Telefon wandte er sich lächelnd an Alex. »Frau Schlüter hat gerade Zeit, folgen Sie mir bitte.«

Alex wurde durch einen Flur in das Redakteursbüro geführt. Hier saßen etwa sieben Redakteurinnen und

Redakteure, größtenteils über ihre Bildschirme gebeugt. Schon nach wenigen Augenblicken stand in der letzten Reihe eine junge Frau auf und kam auf die beiden zu. Alex war positiv vom Aussehen Maren Schlüters überrascht, besonders ihre Haare gefielen ihm. Aber daran, ermahnte er sich, durfte er nach seiner letzten Blamage nicht denken. Er erinnerte sich noch zu gut an die Kick-Boxing-Trainerin aus dem Fitnessstudio. In letzter Zeit war er in dieser Hinsicht nicht mehr so erfolgreich gewesen …

»Guten Tag, Sie sind also der Kommissar, der mich wegen meines Artikels befragen will? Womit habe ich denn diese Ehre verdient?«, begrüßte sie Alex freundlich und schüttelte ihm mit einem strahlenden Lächeln die Hand.

»Guten Tag, Frau Schlüter. Ich ermittle im Fall Krämer-Meyerhoff, auf den sie ja in Ihrem Artikel auch kurz eingegangen sind. Wo können wir uns denn für einen Moment ungestört unterhalten?«, fragte der junge Kommissar, ganz gebannt von der Ausstrahlung der Journalistin.

»Lassen Sie uns doch einfach in ein Café in der Nähe setzen, auch wenn ich mir nicht im Geringsten vorstellen kann, wie ich Ihnen weiterhelfen könnte. Gehen Sie doch bitte vor …«

Alex stimmte dem Vorschlag sofort zu und ging einige Schritte voraus. Der Chefredakteur tuschelte mit Maren Schlüter, woraufhin sie sich ihre Tasche schnappte und gemeinsam mit Alex unter dem freundlichen Nicken des Chefredakteurs aufbrach.

Auf dem Weg zum nächsten Café plauderten die beiden zunächst ein wenig. Aufgrund des guten Wetters suchten sie sich einen Tisch im Außenbereich.

»So, jetzt bin ich aber mal gespannt«, begann Maren Schlüter den ernsten Teil des Gesprächs, »was mein erstes größeres Rechercheergebnis mit einem Doppelmordfall, der landesweite Wellen schlägt, zu tun haben soll.«

Alex musste schmunzeln, diese Frau gefiel ihm wirklich. »Ihr Artikel war echt gut. Mir geht es vor allem, äh … um die Verflechtungen der Bürener Lokalpolitik in den Skandal. Die Alphörner haben schließlich schon für Kritik von allen Seiten gesorgt. Sie sind sogar im Schwarzbuch der Steuerzahler 2010 aufgetaucht.«

»Ja, das ist wohl zum größten Teil noch auf dem Mist der alten Riege vor der letzten Kommunalwahl gewachsen. Der neue Bürgermeister Krämer wollte nichts damit zu tun haben, darum konnte es wohl Gesine von Hohenleben als stellvertretender Bürgermeisterin gelingen, den Posten zu übernehmen. Sie kann das Geld von der Musikinstrumente-Lobby sicher gut gebrauchen …«, begann Maren Schlüter mit ihrem Bericht.

»Wann und wo hat sich der Kreis der ›Alphorn- und Dudelsackverschwörer‹ denn getroffen?«

»Wenn Sie jetzt auf eine Parallele zu Ihrem Fall spekulieren, dann kann ich das nur bestätigen. Wir haben uns sowohl am Mittwochabend, als auch am Montag zum Mordzeitpunkt getroffen. Auf welche Person aus dem beschränkten ›Verschwörer‹-Kreis haben Sie es denn besonders abgesehen? Ich nehme an, die Baronin? Ihr traue ich ja auch einen Mord zu. Aber sie war eben die ganze Zeit in Büren«, wollte Maren sicher nicht nur aus rein persönlichem Interesse wissen. Ihr war natürlich klar, dass Alex ihr nun antworten musste, um Gewissheit zu gewinnen.

Während der Kellner vor Maren einen Latte macchiato abstellte und Alex die bestellte Cola erhielt, überlegte er krampfhaft, wie er sein Dilemma lösen sollte. Einerseits vertraute er der smarten Journalistin, was sicherlich auch auf ihr atemberaubendes Äußeres zurückzuführen war, andererseits wusste er aber auch von den möglichen Konsequenzen, falls diese Maren Schlüter etwas in den falschen Hals bekam oder er zu viel verriet. Nachher wurde er noch selbst zum Leck.

»Ich bitte Sie, nichts von dem, was ich Ihnen hier erzähle, mit in die Redaktion zu nehmen oder gar zu publizieren: Gesine von Hohenleben ist, oder vielmehr war bis dato unsere Hauptverdächtige im Fall Krämer-Meyerhoff. Falls sie nun durch Ihre Aussage wirklich entlastet wird, müssten wir in eine ganz andere Richtung weiterermitteln.«

»Dann muss ich Sie wohl enttäuschen. Gesine von Hohenleben kam am Mittwoch zwar etwas zu spät, weil sie auf dieser Kaninchen…, äh, Kaninchenkastenumstelldings …veranstaltung war. Na ja, wie auch immer, sie war auf jeden Fall schon um 19.05 Uhr in Büren bei dem Treffen. Letzte Details für den Deal wurden dann an dem Montagabend bei der Baronin zu Hause geklärt, als diese Sekretärin ermordet wurde. Auch hier war ich dabei. Ich kann Ihnen aber auf jeden Fall versprechen, Ihre Informationen *vorerst* zurückzuhalten, auf jeden Fall nicht dauerhaft, Herr Kantstein!«, stellte Maren Schlüter klar und gab damit Gesine von Hohenleben ein wasserdichtes Alibi.

Alex betrachtete gerade verträumt eine Reflexion des Sonnenlichts in Marens schwarzen Locken und registrierte so erst mit einem Augenblick Verzögerung, was die Aussage der Journalistin für die Ermittlungen bedeutete: Die bisher Hauptverdächtige – auch dem Motiv nach – war entlastet! Jetzt konnten sie nur noch auf Claras Ex-Freund Ben Kessler als Spur zurückgreifen. Bisher war es ihnen noch nicht einmal möglich gewesen, mit ihm zu sprechen, da dieser laut Aussage seiner Großmutter, bei der er amtlich gemeldet war, schon länger nicht mehr in der kleinen Einliegerwohnung in Büren-Ahden aufgetaucht war. Und was, wenn auch er unschuldig im Fall Krämer-Meyerhoff war? Schließlich hatte auf Doris' Zettel gestanden: »Drei Anrufe. Letzte Wochen. Frau. Drohungen.« Unwillkürlich sackten Alex' Schultern herunter.

Maren schaute ihn an: »Nehmen Sie es nicht zu schwer, Herr Kantstein«, versuchte sie, ihn aufzumuntern.

Alex seufzte und leerte in einem Zug sein Cola-Glas.

»Wollen wir nicht mal ausgehen? Dann könnten wir uns auch das Du anbieten«, meinte Maren überraschend und mit einem Lächeln.

In Alex' Augen war das Lächeln fast etwas anzüglich. Eine Frau sprach *ihn* an? Nicht andersherum? Vielleicht aus Mitleid? Gab er etwa so ein erbärmliches Bild ab? Und dann auch noch *so* eine Frau? Das konnte einfach nicht mit rechten Dingen zugehen, war diese Maren Schlüter etwa doch nur hinter Informationen her? Andererseits … nach den letzten gescheiterten Versuchen …

»Gern, wann und wohin darf ich die Dame denn ausführen?«

»Morgen? Gegen 20 Uhr? Am liebsten in ein Steakhouse«, antwortete die Journalistin dem jungen Kommissar.

Eine Frau wollte in ein Steakhouse ausgeführt werden? Ein zumindest nicht zu erwartender Lokalwunsch. Das versprach, interessant zu werden. Wenn er sich nicht in ihr getäuscht hatte …

KAPITEL 49

Anastasia war ihm direkt nach seiner Ankunft in der Stadtverwaltung entgegengeeilt. Alex stöhnte erneut innerlich auf, das war nun mal der Fluch seiner ewigen Flirterei. Gestern hatte er nach dem Gespräch mit Maren Schlüter im Café nicht mehr viel tun können, genau an diesen Moment musste er denken, als Anastasia auf ihn zugestürmt kam.

Aber anstatt wieder auf ihn einzureden, hielt Anastasia kaum an, um ihn zu begrüßen, sondern eilte direkt weiter. Offenbar war sie wirklich im Stress, wie auch an ihrer gehetzten Stimme zu hören war: »Hallo, Alex. Hier ein Fax von Frau Rose! Ist schon gestern gekommen, da hatte ich aber keine Zeit mehr … Bis später …«

Mit dem Fax in der Hand machte er sich gedankenversunken auf den Weg in das Ermittlungskabuff der beiden Kommissare, das er heute für sich allein hatte. Vielleicht war Anastasia wegen des Bestechungsskandals um Gesine von Hohenleben so aufgeregt? Möglich, aber damit würde er sich heute nicht beschäftigen. Er wollte sich ausschließlich auf den zweiten Tatverdächtigen Ben Kessler konzentrieren.

Als er sich Theresias Fax durchlas, stellte er fest, dass sie bisher wenig in Paderborn erreicht hatte. Schmunzeln ließ ihn aber der süffisante Kommentar zu McMillands und Birnbaums Zustand. Wenn er so im Büro aufgetaucht wäre, hätte er nicht lange überlebt … Er musste nur an Theresias Reaktionen bei Schnittmann denken. Und da gab es schon eine gewisse Barriere. Außerdem schrieb seine Kollegin auch, was sie im Polizeiarchiv herausgefunden hatte:

»Neben dem Tragen verfassungsfeindlicher Symbole sind es vor allem leichte Körperverletzungen – meist im angetrunkenen Zustand – die ihm zur Last gelegt werden. Stets handelte es sich dabei wohl um emotional motivierte Taten. Das müsste etwas Neues sein, was Sie möglicherweise bei einer Befragung als Ansatz nehmen könnten. Außerdem gibt es noch einiges zu seinem Netzwerk, was aber aus meiner Perspektive für uns weniger hilfreich ist.« Zum Schluss machte ihn noch ein Kommentar Theresias stutzig: »Unsere Fahndung hat etwas ergeben – Ben Kessler wurde nach Auskunft der Kollegen gegen 11 Uhr am Paderborner Busbahnhof gesehen, als er in einen Schnellbus nach Büren einstieg. Als die Kollegen das aber erfahren haben, war der Busfahrer schon wieder zurück in Paderborn und konnte sich nicht mehr erinnern, wo Ben Kessler ausgestiegen war.« Diese Information bedeutete, dass Ben Kessler sich möglicherweise bei seiner Großmutter in Ahden aufhielt, oder sich zumindest dort aufgehalten hatte …

Alex verließ sofort das Ermittlungskabuff und eilte zum Mitarbeiter-Parkplatz des Rathauses. Er startete seinen Wagen und fuhr los. Und was stoppte ihn bereits nach wenigen Metern? – Eine rote Ampel! Aber so war das nun einmal. Fast war Alex an diese Form des »Glücks« gewöhnt. Als die Ampel dann endlich auf Grün umschaltete, konnte Alex seinen Weg in die »Flughafen-Gemeinde« fortsetzen.

*

Nachdem er zweimal nachgefragt hatte, fand er den Hirschweg schließlich. Sobald er geparkt hatte, klingelte Alex an der Wohnungstür der Großmutter Kessler.

Die alte Dame öffnete ihm nach einigen Momenten und wollte von ihm wissen: »Was machen Sie denn hier, junger Mann? Kennen wir uns, oder sind Sie etwa wieder einer von diesen Waschmaschinenvertretern, die hier ständig vorbeikommen und glauben, sie können einer alten Frau etwas andrehen – aber nicht mit mir! Oder kommen Sie gar von den Zeugen Jehovas?«

Alex musste schmunzeln: »Nein ich bin kein Zeuge Jehovas und auch kein Waschmaschinenvertreter. Mein Name ist Kantstein, und ich möchte gern Ihren Enkel Ben sprechen, wenn das möglich ist!«

»Da sind sie ja in kurzer Zeit schon der zweite. Am Freitagabend waren schon zwei nette Männer da. Sie haben aber mehr Glück als die beiden: Der Ben ist da! Der ist sonst nur selten hier, aber gestern ist mein Junge mal wieder zu seiner Oma gekommen. Sie glauben gar nicht, wie ich mich da gefreut habe. Kommen Sie herein. Soll ich Ihnen einen Kaffee machen? Viel mehr kann ich leider gerade nicht anbieten, Kuchen backe ich nur samstags«, sprudelte es aus der geistig offenbar noch sehr agilen Seniorin heraus. Mit den zwei netten Männern konnte sie eigentlich nur die Streife meinen, die Alex und Theresia vorbeigeschickt hatten.

Sie stützte sich auf ihren Gehstock und begann in Richtung des Wohnungsinneren zu schlurfen, wobei sie Alex noch zurief: »Machen Sie bitte die Haustür hinter sich zu, junger Mann, sonst zieht's so.« Das brachte Alex erneut zum Schmunzeln. Eine nette alte Frau. Wahrscheinlich wusste sie nichts von der politischen Einstellung ihres Enkels, dachte er bei sich.

Als er an einem alten kleinen Küchentisch mit geblümter Wachstuchdecke saß, betrachtete er die Küche. Es war ein kleiner Raum mit der typischen dunklen Holzküche der 60er- und 70er-Jahre. Eine schmale Tür ging in den Garten hinaus. Im Nachbarzimmer hörte Alex die alte Frau Kessler, wie sie mit ihrem Enkel Ben sprach: »Bennilein, ein Bekannter von dir ist gerade gekommen. Er sitzt in der Küche.« Man konnte sich kaum vorstellen, wie es zu der rechtsradikalen Entwicklung von »Bennilein« gekommen war.

Einen Moment später hörte der Kommissar das Quietschen einiger Bettfedern, und schon kurz darauf stand ein junger, verschlafen wirkender Mann in der Küchentür.

»Hä? Woher sollen wir uns denn kennen?«

»Bisher noch gar nicht, ich habe nur ein paar Fragen an dich, Ben«, meinte Alex und bemerkte auf den ersten Blick, dass Bens Statur einigermaßen zu den Erkenntnissen der KTU und der Rechtsmedizin passte: er war recht klein, wie auch Clara bereits bestätigt hatte.

»Bulle? Oder einer von diesen Psychos, die versuchen, mich auf den ›rechten‹ Weg zurückzuführen?«, kommentierte Ben Kessler kritisch.

»Bulle, wenn du so willst. Wir versuchen schon seit mehreren Tagen, dich zu erreichen, hatten aber bisher keinen Erfolg.«

»Ach, verpiss dich doch einfach. Ich habe dir nichts zu sagen!«, brummte der sichtlich schlecht gelaunte Ben Kessler.

»Wenn du meinst, dass es das Beste ist, gerne. Aber es geht immerhin um Mord«, Alex machte Anstalten sich zu erheben, »und dann wirst du für morgen vorgeladen …«

Im Hintergrund stand immer noch die Großmutter von Ben Kessler. Sie musste sich vor Schreck zusätzlich zu ihrem Stock auch an der Anrichte festhalten und atmete erschrocken aus. »Habe ich das richtig verstanden? Mord? Bennilein, du hast doch nichts damit zu tun, oder?«, wollte sie von ihrem Enkel wissen.

»Ja, es geht um Mord«, antwortete Alex an Bens Stelle, »aber ihr Enkel will mir offenbar keine Auskunft erteilen, und da bleibt mir nichts anderes übrig …«

»Ben Kessler, du entschuldigst dich jetzt sofort bei dem Polizisten und bittest ihn, wieder Platz zu nehmen, dann könnt ihr in Ruhe über alles reden!«, keifte die alte Frau und erzielte damit einschüchternde Wirkung. Sie schien aus ihrer Alterslethargie erwacht zu sein.

Ben zuckte zusammen und wurde fast kleinlaut – das Letzte, was Alex von einem rechten Jugendlichen erwartet hätte. »Schon gut, Oma, aber nur, wenn du solange in den Garten gehst, sonst regst du dich zu sehr auf. Ich regle das hier allein«, gab Ben nach. Alex musste bei dieser Situation in sich hineinlächeln. Nach einem kurzen Moment des Überlegens war die Großmutter im Garten verschwunden und Alex mit Ben allein.

»Was denkst du dir eigentlich, einfach so aufzutauchen? Meine Oma weiß nichts von meiner politischen Gesinnung und dabei soll es auch bleiben. Sie hatte schon genug unter der Entnazifizierung meines Großvaters zu leiden. Der musste dafür ins Arbeitslager, und das, obwohl er eigentlich Kriegsheld sein sollte! Was ist denn jetzt mit dem Mord? Klar, dass die B…, äh, die Polizei da als Erstes zu so einem wie mir kommt.«

»Wegen deiner Einstellung bin ich gar nicht hier. Aber, Ben, du willst mir doch wohl nicht erzählen, dass du nichts von dem Medienrummel um den Tod von Maximilian Krämer, dem Vater deiner Ex, Clara, mitbekommen hast?«, fragte Alex verärgert über Bens unkooperatives Verhalten.

»Der ist tot?! – Nein, wenn ich es doch sage, davon weiß ich nichts! Aber verdient hat er es schon. Er hat Clara davon überzeugt, mit mir Schluss zu machen, dabei sollte Liebe doch keine Grenzen kennen, seien sie religiös oder politisch …«

Jetzt verstand Alex, was Clara am Samstag nach der Beerdigung ihres Vaters mit »total romantisch« gemeint hatte. Ben Kesslers Art, zu sprechen, war im letzten Halbsatz schon ziemlich poetisch gewesen.

»Das wollen wir erst mal sehen«, kommentierte Alex, wobei er inzwischen vermutete, dass Ben nichts mit der Tat zu tun hatte – trotz seines Hasses gegenüber Maximilian Krämer. »Es ist aber doch so, dass du in emotional aufgeladenen Situationen – insbesondere unter Alkoholeinfluss – häufiger die Kontrolle verlierst, oder?«, griff er auf Theresias Erkenntnisse aus dem Polizeiarchiv zurück.

»Das stimmt wohl, was aber überhaupt kein Grund dafür ist, mir einen Mord vorzuwerfen!«, reagierte Ben schon gereizter.

Alex' zunächst vage Vermutung erhärtete sich. Es wirkte nicht so, als sei Ben ein besonders guter Lügner. Es sei denn, er hatte ein Blackout gehabt oder Alex täuschte sich. Möglicherweise waren sie damit bereits den zweiten Verdächtigen los und hatten dann auch keine Ermittlungsrichtung mehr. Da half selbst der ideologisch aufgeladene Hintergrund der Wewelsburg wenig weiter. Hoffentlich hatte Theresia wenigstens neue Erkenntnisse. Aber all das hinderte Alex schließlich nicht daran, Ben weiter zu befragen und seine Vermutung zu zementieren. Vielleicht konnte er ja noch die eine oder andere interessante Information aus ihm herauskitzeln.

»Wo warst du denn zum Todeszeitpunkt von Maximilian Krämer und seiner Sekretärin Doris?«, fragte Alex darum weiter.

»Wann sind die beiden denn umgebracht worden?«, wollte Ben im Gegenzug wissen. Damit war auch Alex' letzter Trumpf vernichtet. Wenn Ben spontan eine Antwort präsentiert hätte, hätte er ungewollt verraten, über die Morde Bescheid gewusst zu haben, aber so …

»Maximilian Krämer wurde in der Nacht von Samstag auf Sonntag umgebracht, seine Sekretärin Doris Meyerhoff in der Nacht von Montag auf Dienstag.«

»Von Samstag auf Sonntag war ich bis halb vier mit ein paar Kumpels unterwegs. Von Montag auf Dienstag war ich in meiner Bude, das kann keiner bezeugen. Sind wir gleich mal fertig hier?«, grummelte Ben inzwischen ziemlich schlecht gelaunt.

»Okay, schreib mir bitte eine Nummer auf, unter der ich einen von denen erreichen kann. Ich hab noch zwei andere Fragen, dann lasse ich dich in Ruhe«, versprach Alex, auch wenn er Bens »Kumpel« nicht unbedingt für die zuverlässigsten Zeugen hielt.

Ben brummte wieder etwas und notierte eine Handynummer auf einem Serviettenfetzen. Das Einzige, was Alex verstehen konnte, war: »Aber mach da ja keinen Stress!«

Alex nickte und stellte die erste seiner Fragen: »Wenn du es nicht gewesen sein willst, wer war es dann und aus welchem Grund?«

»Dafür habe ich Krämer zu wenig gekannt, aber die paar Male, die ich bei Clara zu Hause war, wirkte alles wie die perfekte Bilderbuchfamilie. Das Einzige, was das Bild störte, waren die langen Arbeitszeiten des *Herrn* Bürgermeisters. Clara hat immer geklagt, wie wenig ihr Vater zu Hause sei.«

Wieder bestätigte sich für Alex das Bild der Vorzeigefamilie, daran war nicht zu rütteln, aber der Mord erschien ihm trotzdem persönlich motiviert, warum hätte man den armen Mann sonst so lange in der Wewelsburg festhalten sollen?

»Warum hast du Maximilian Krämer damit gedroht, ihn zu ermorden?«

»Der alte Sack hat mir verboten, mich mit meiner Clara zu treffen, und hat mir dann auch noch gesagt, sein hübsches Töchterlein sei zu gut für einen wie mich! Das hat mir natürlich gestunken.« Zwar war das hier eine ganz andere Situation, aber Alex fühlte sich in seine Schulzeit zurückversetzt. Damals war auch ein Vater einer seiner Freundinnen gekommen und hatte ihm gedroht.

»Gut, das wär's dann, Ben. Schöne Grüße an deine Großmutter, und falls dir das alles mal zu viel wird und du reden willst ...« Alex notierte ihm seine private Handynummer auf einem weiteren Serviettenfetzen und hoffte, dass das eine gute Idee gewesen war. Dann verließ er das kleine Häuschen und fuhr von Ahden zurück nach Büren in das Ermittlungsbüro.

Dort angekommen, kümmerte er sich um die Nummer auf seiner Servierte. Erst nach mehrmaligem Durchklingeln meldete sich jemand am anderen Ende der Leitung: »Gereon hier.«

»Guten Tag, hier ist Kriminalkommissar Alexander Kantstein. Es geht um ...«

Alex hörte nur ein unterdrücktes »Fuck« und dann ein Tuten in der Leitung.

Jetzt hieß es, hartnäckig bleiben. Von seinem Smartphone wechselte er zu einem Apparat des Rathauses. Dieses Mal hob der Angerufene schneller ab. »Mit wem spreche ich«, brummte es ihm entgegen.

»Ich bin es noch mal, Kantstein, aber leg bitte nicht auf, es geht um deinen Freund, Ben.«

»Wer einen an die Bullen verrät, ist kein Freund mehr«, kam prompt die trotzige Antwort.

»Ich will nur von dir wissen, wo du in der Nacht von Samstag auf Sonntag mit wem warst«, versuchte es der Kommissar.

Zunächst war es am anderen Ende der Leitung nur still. Stille war jedoch bereits ein Fortschritt. »Ich war so bis vier, halb fünf mit ein paar Kollegen unterwegs«, antwortete Gereon schließlich doch.

»War Ben dabei?«

Das »Ja« war schließlich kaum noch von einem Brummen zu unterscheiden.

»Gut, dann bitte ich dich – auch für deinen Freund – diese Aussage bei einer Polizeiwache deiner Wahl zu Protokoll zu geben«, fuhr Alex fort.

»Und ich hab die Garantie, dass das keine Falle oder so ist?«, wollte der vermutlich auch rechts gesinnte Freund Bens misstrauisch wissen.

»Ja, garantiert«, entgegnete der Kommissar. Wieder hatte der junge Mann aufgelegt.

Das Alibi bestätigte jedoch nur, worüber Alex sich bereits im Gespräch mit Ben Kessler recht sicher gewesen war. Nun mussten sie ihre Ermittlungen ganz neu ausrichten. Wohin, das war auch ihm noch rätselhaft.

KAPITEL 50

Ich machte mich auf den Weg, packte ein paar Sachen, noch nicht in dem Bewusstsein, dass ich nie mehr wiederkäme. Das kam erst später, als es schon viel zu spät für mich und meine Zukunft war. Zurück nach Deutschland also, »back to the roots«.

Mein Weg führte mich zunächst in das Waisenheim, in dem ich einen Großteil meiner Kindheit verbracht hatte, in der Hoffnung, dort etwas über meine Herkunft zu erfahren. Und tatsächlich erwies sich dies als der richtige Ansatz. Die Heimleiterin, keine Nonne mehr wie zu meiner Zeit, zeigte sich äußerst verständnisvoll für meinen Wunsch, herauszufinden, wer meine Eltern waren. Ich hatte ihr eine kleine Lügengeschichte über mein Leben nach dem Heim aufgetischt, die sie hingenommen hatte. Schließlich übergab sie mir eine Kopie meiner Geburtsurkunde, die sie von allen im Heim lebenden Kindern 40 Jahre aufbewahrten. Knapp, aber passend. Wenig später wäre diese Frist bereits verstrichen gewesen.

Meine Hände zitterten vor Aufregung, als ich dieses Stück Papier in die Hand nahm, das mir Aufschluss über meine Herkunft gab. Da stand er, schwarz auf weiß, der Name der Frau, die mein Leben entscheidend beeinflusst hatte, indem sie sich aus dem Staub gemacht hatte: Cordula Krieger. Sie war erst 17 Jahre alt gewesen, als sie mich zur Welt brachte, selbst noch ein halbes Kind. Und der Vater? »Unbekannt« stand dort, zudem noch Angaben zu mir, der kleinen Tochter, der Geburtsort, kein Taufname. Nicht mehr und nicht weniger. Ich fühlte mich wie erschlagen in dem Moment, innerlich leer, als sei ich am Ende einer langen Reise angekommen, am Beginn meines Lebens.

Die Heimleiterin gab mir noch den Tipp, mich an das zuständige Jugendamt meiner Geburtsstadt zu wenden, falls ich weitere Informationen zu meinen Eltern und den Pflegeeltern, die mich aufgenommen hatten, bekommen wollte. Man habe dort vielleicht eine Akte über mich, die man mir auch zugänglich machen müsse, da jeder Mensch ein Recht habe, zu erfahren, wer seine Eltern seien.

Das zuständige Jugendamt hatte tatsächlich eine Akte über mich, allerdings konnte man mir dort auch keine Auskünfte über den weiteren Werdegang meiner Mutter geben. Ich recherchierte selbst weiter und begann mit der Adresse, die als Wohnort meiner Mutter auf der Geburtsurkunde angegeben war.

Ohne viel Hoffnung, sie dort noch zu finden – das wäre zu einfach gewesen – fuhr ich hin. Seit dem Beginn meiner Suche war fast ein Jahr vergangen. Ich kam zu einem schäbigen Wohnkomplex in einem der Randgebiete der Stadt Dondorf in der Nähe von Köln. Mehrere Plattenbauten reihten sich aneinander, dazwischen ungepflegte Grünanlagen und kleine Spielplätze, auf denen Frauen mit Kopftüchern ihre Kinder beaufsichtigten. Verschlissene Parkbänke, auf denen sich halbwüchsige Jugendliche mit Baseballkappen und Jogginghosen, mit Bierdosen in der einen und halb gerauchten Zigaretten in der anderen Hand lümmelten. Das war also der Ort, an dem meine Mutter aufgewachsen war, damals wahrscheinlich schon genauso trost- und hoffnungslos wie heute.

Bei der angegebenen Adresse befand sich natürlich kein Klingelschildchen mehr mit dem Namen »Krieger«. »Gerber« stand dort gut leserlich in feinen Druckbuchstaben geschrieben. Ehe ich mich anders entscheiden konnte, hatte ich schon den Klingelknopf gedrückt. Als hätte jemand genau neben der Wohnungstür gestanden und auf dieses Klingeln gewartet, ertönte prompt eine Stimme durch die Sprechanlage.

»Ja bitte?« Eine knarzige, alte Frauenstimme. Ich brachte mein Anliegen hervor, worauf die Stimme antwortete, dass sie mit dem Namen, den ich suchte, nichts anfangen könne, da sie auch erst seit einigen Jahren hier lebe. Ein Dank meinerseits, Enttäuschung in mir. Ich drehte mich um, um meines Weges zu ziehen. Ich war schon einige Schritte weg von der Eingangstür, als plötzlich wieder die Stimme aus der Gegensprechanlage ertönte.

»Hören Sie? Sind Sie noch da? Mir fällt da gerade etwas ein, was Ihnen vielleicht weiterhelfen kann.«

Ich sprang zurück zur Haustür und meldete mich. »Jaja, ich bin noch hier. Was meinen Sie?«

»Der alte Hammerschmidt nebenan wohnt schon sein ganzes Leben hier. Vielleicht erinnert der sich noch an die Familie Krieger und kann Ihnen mehr darüber sagen, was aus ihnen geworden ist.« Ich konnte mein Glück kaum fassen, bedankte mich überschwänglich bei der Alten und drückte dann den Knopf neben dem Schildchen »Hammerschmidt«.

Er war zu Hause und wie so viele alte Leute durchaus offen für jede Art von Ablenkung, die ihnen das ewige Einerlei der Tage verkürzte. So befand ich mich einige Minuten später in seinem kleinen, etwas schmuddeligen Wohnzimmer auf einer alten, durchgesessenen Couch aus verschlissenem, dunkelbraunem Cordstoff. Herr Hammerschmidt hatte Tee gekocht und ein paar trockene

Kekse dazugestellt. Er selbst war ein kleiner runzeliger Mann in undefinierbarem Alter, aber im Kopf immer noch fit, wie er mehrfach betonte, da könne ihm niemand so schnell etwas vormachen. Ja, natürlich erinnere er sich an die Kriegers, man habe ja schließlich viele Jahre nebeneinander gewohnt. Oft sei es laut gewesen da drüben. Schreiereien, Türenknallen, und die Waltraud, meine Großmutter, sei ihm nicht selten mit einem blauen Auge im Treppenhaus entgegengekommen. Ja, der Helmut, der sei ein richtiger Nichtsnutz gewesen.

»Hatte immer nur sporadisch Arbeit, aber saufen, das konnte er, ob Geld da war oder nicht. Und irgendwann war er einfach weg, abgehauen, wohin, weiß kein Mensch. Aber, glauben Sie mir, Kindchen, das war ein Glück für die Waltraud und die Cordula, deine Mutter. Kann mir kaum vorstellen, dass die beiden dem Helmut auch nur eine Träne nachgeweint haben. Danach ging's auch bergauf für die beiden. Waltraud konnte endlich ihr hart verdientes Geld auf die Kante legen, und die Kleine brauchte auch keine Angst mehr haben, nach Hause zu kommen. Ihre Mutter, die Cordula, das war ein bildhübsches Mädel. Sie sehen ihr übrigens ziemlich ähnlich.« Ein Augenzwinkern aus seinen hellwachen Augen traf mich. Ich lächelte ihn an. »Dass sie schwanger war, wusste ich nicht. Aber die Mädchen von heute wie damals können ja einiges vertuschen mit geschickter Kleidung.« Wieder ein Augenzwinkern in meine Richtung. »Ich glaube, sie hat eine Lehre bei der Stadt gemacht, irgendwas in der Verwaltung, aber da kennt sich ja keiner mehr aus heutzutage mit den ganzen Berufsbezeichnungen. Und dann hat die Cordula irgendwann so mit 18 einen Kerl angeschleppt, so ein ganz Feiner war das, ein reicher Pinkel mit dickem

Bonzenauto, das er unten immer parkte und um das die Kinder dann staunend herumliefen. So was sieht man hier selten, wissen Sie. Politiker war der, von der CDU, passt ja auch für so einen Bonzen.«

Der alte Hammerschmidt schien ganz in seinen Erinnerungen zu versinken, und ich ließ ihn reden.

»Ja, und dann ist die Cordula weggezogen mit dem Kerl. Ich bin ziemlich sicher, nach Köln. Ein Sprung auf der Karriereleiter für den Herrn Politiker. Da sind die richtig aufgehoben, die schwarzen Bonzen. Und geheiratet haben sie auch … Das weiß ich noch genau. Die Waltraud war ganz nervös, als sie auf die Hochzeit musste mit all den feinen Pinkeln. Ganz anders als hier in Dondorf. Da passte sie nun gar nicht hin. Aber irgendwie hat sie das gemeistert. Die Waltraud hat übrigens noch lange hier gewohnt, und Cordula hat sie oft besucht, daran erinnere ich mich noch. Ganz fein sah sie immer aus, bildhübsch, teuer gekleidet. Und wenige Jahre später hatte sie dann manchmal auch Kinder dabei, zwei oder drei? Ich weiß es nicht mehr genau.«

Der Redefluss des Alten war kaum zu stoppen, aber ich hatte genug gehört. Ich musste das Ganze erst einmal verdauen. Die Informationen zu meiner Familie waren fast mehr, als ich in dem Augenblick verkraften konnte, aber eine fehlte mir noch. »Können Sie sich erinnern, wie der Politiker hieß, den Cordula geheiratet hat?«

Er überlegte einige Zeit. »Kramer, Krämer oder so ähnlich. Genau weiß ich es nicht, aber Bundeskanzler kann der nicht geworden sein, sonst hätte ich den Namen behalten.« Dabei gluckste er zufrieden in sich hinein. »Die Waltraud ist schon vor mehr als 15 Jahren an einem Schlaganfall gestorben. Ist nicht sehr alt geworden, die Gute, aber wenigstens hatte sie das Mädchen vorher gut versorgt.«

Ja, meine Mutter war gut versorgt gewesen. Ich schaute den Alten an und hatte nur den bitteren Gedanken im Kopf, dass genau das meine eigene Mutter mit mir offensichtlich nicht im Sinn gehabt hatte, als sie mich aus ihrem Leben ausschloss.

*

Der Rest meiner Geschichte ist schnell erzählt. Ich möchte, dass Sie mich verstehen. Vielleicht nicht gutheißen, was ich tat und noch tue, aber doch ein Fünkchen Verständnis dafür aufbringen. Und deshalb ist der Rest nicht mehr ganz so wichtig. Ich erzähle ihn nur, damit Sie den roten Faden nicht verlieren, der mich von damals bis hierher geführt hat.

Wie ich mich gefühlt habe nach der Geschichte, die mir der alte Mann über meine Familie erzählt hatte? In den ersten Tagen tat ich nichts, ich blieb in meinem Hotelzimmer im Bett und kaute die Geschichte meiner Mutter, auch ein Teil meiner Geschichte, gedanklich durch, durchlebte sie und litt dabei. Wenn ich mir in der Vergangenheit meine Mutter und ihr Leben vorgestellt hatte, dann war sie stets eine Frau gewesen, die aus der Not heraus gehandelt hatte, und auch Jahre, nachdem sie mich weggegeben hatte, keine Mittel und Möglichkeiten hatte, nach mir zu suchen. Meine *Mutter*, ein Opfer wie ich selbst. Etwas anderes wäre mir nie in den Sinn gekommen.

Aber die Geschichte, die der Alte erzählt hatte, zeichnete ein ganz anderes Bild von ihr. Sie war offensichtlich sehr schnell nach meiner Geburt wieder auf die Beine gekommen, hatte sogar reich geheiratet und weitere Kinder in die Welt gesetzt. Weit weg von dem heruntergekommenen

Arbeiterviertel. Und ich? Ich? Sie hatte mich vergessen, ihr erstgeborenes, ungewolltes Kind. Auch nachdem sie ein offensichtlich gutes Leben für sich geschaffen hatte, war sie nicht auf die Idee gekommen, nach mir zu suchen, nachzuforschen, wie es mir ergangen war ohne sie. Ich konnte es nicht fassen, den Gedanken daran kaum ertragen. Meine *Mutter*, meine Rabenmutter, diese Frau, die mich ausgesetzt, dem eigenen ungnädigen Schicksal überlassen hatte.

Die altbekannte, lange nicht gespürte Wut wuchs in mir, dazu gesellte sich allerdings noch ein anderes Gefühl: Hass. Hass auf diese mir unbekannte Frau, die in erster Linie dazu beigetragen hatte, dass mein Leben bisher so verlaufen war. Ich weinte, schrie vor Verzweiflung und Schmerz, zürnte über die Ungerechtigkeit der Welt. Und schließlich rollte ich mich in meinem Bett wie ein Baby zusammen, die Beine eng an meine Brust gezogen, und fiel nach tagelangem Hadern in einen bleiernen Schlaf.

Als ich Stunden später – oder waren es Tage, ich weiß es nicht mehr – erwachte, spürte ich die alte Kraft in mir, die Kraft, die mich schon mehrfach in schweren Lebenslagen getragen und geleitet hatte. Dieses andere Ich, das meine Hilflosigkeit und Schwäche einfach ausblendete, als wäre ich eine andere. Ich fühlte mich wie verwandelt, geläutert, stark. Die Gefühle der Verzweiflung und des Schmerzes waren verschwunden, geblieben waren nur der Hass und ein verzehrender Wunsch nach Rache.

Jetzt wusste ich, ich würde meine Mutter finden und sie zur Rede stellen, ich würde ihr zeigen, was aus ihrem verstoßenen Kind geworden war. Ich wollte sie weinen sehen, um Vergebung flehen, auf den Knien vor mir liegen.

Ich wollte ihr Leben zerstören, so wie sie das meine zerstört hatte.

KAPITEL 51

Dieses Mal stand Theresia bereits um 9 Uhr vor dem Büro des Dezernats für Drogen und Diebstahl, auch wenn sie keine großen Hoffnungen hatte, jemanden anzutreffen, aber sie mussten endlich mit den Ermittlungen vorankommen. Sie drückte die Türklinke herunter und …

Oh Wunder, oh Wunder, tatsächlich saß Robert Birnbaum bereits an seinem Schreibtisch. Allerdings ignorierte dieser ein weiteres Mal das Auftauchen der Kommissarin und ließ durch sein Blättern in einer »Autobild« Desinteresse und aus Theresias Perspektive auch größte Respektlosigkeit erkennen. Wie schon am Tag zuvor und eigentlich auch sonst immer in seiner Gegenwart musste Theresia sich sehr zusammenreißen, um nicht unhöflich zu werden. Sie klammerte sich darum so fest an ihre Handtasche, als wolle sie diese erwürgen.

Nach geschlagenen zwei Minuten des Wartens war es Theresia schließlich leid; sie räusperte sich: »Mhh! Herr Birnbaum, wenn Sie so freundlich wären …? Haben Sie inzwischen die Informationen für mich?«

»Äh, ach ja, die Informationen … Erst einmal willkommen bei uns, Frau Rosen«, versuchte Birnbaum, wenig überzeugend den überraschten Polizeibeamten zu geben, und verballhornte zynisch ihren Namen.

»Rose! Ich komme wegen der Anfrage im Mordfall Krämer-Meyerhoff, Sie wissen schon. Was haben Sie herausgefunden?«, äußerte Theresia schon etwas lauter als zu Beginn. Sie hatte große Mühe, sich unter Kontrolle zu halten. Einen weiteren tätlichen Angriff durfte sie sich in ihrer momentanen Situation unter keinen Umständen erlauben, was auch Robert Birnbaum wusste.

»Ach, natürlich. Die Anfrage, wie konnte ich das nur vergessen?«, antwortete Robert Birnbaum. Er begann, einen Aktenstapel zu durchwühlen, der sicherlich auch aufgrund einiger Exemplare der »Autobild« so groß ausfiel. In solchen Momenten war Theresia mit ihrem sonst so kritisch betrachteten Kollegen Alex doch sehr zufrieden.

Während Theresia genervt ausatmete, nahm Robert Birnbaum endlich eine Mappe zur Hand. Es war die oberste vom ganzen Stapel. Er öffnete sie und überprüfte augenscheinlich den Inhalt. Daraufhin nickte er zufrieden, schloss die Mappe und überreichte sie Theresia, die das gesamte Geschehen ungeduldig beobachtet hatte.

»Falls noch Fragen auftauchen sollten, wenden Sie sich einfach noch mal an uns. Viel Erfolg bei den weiteren Ermittlungen!« Er erhob sich und schob die überraschte Theresia in Richtung Tür.

*

Gespannt, welche Ergebnisse die Mappe enthielt, ließ Theresia sich in ihrem Büro in den Schreibtischstuhl fallen. Endlich war diese – wenn auch bewusst stark beschränkte – Zusammenarbeit beendet. Theresia schlug die Mappe auf. Auf der ersten Seite prangten nur die Worte:

BERICHT
Dezernat für Drogen und Diebstahl
Kreispolizeibehörde Paderborn

Theresia blätterte weiter:

Bericht zur Verbreitung von LSD im Kreis Paderborn

Lysergsäurediethylamid (im folgenden LSD) ist im Kreis Paderborn hauptsächlich in der Jugendszene verbreitet. Spielt als Droge aber keine große Rolle.

2010 gab es sieben Strafdelikte im Zusammenhang mit LSD. Nachdem die Zahl jahrelang abgenommen hat, steigt sie seit 2008 leicht an.

Die Beschaffungsquellen sind dem Dezernat unbekannt.

»Waaas? Mehr haben diese *Luschen* vom Doppel-D nicht herausgefunden? Das hätte man ja nur einmal durch unsere Polizeidatenbank laufen lassen müssen und man hätte mehr herausgefunden! Einfach nur Schikane! Und eine solche Antwort bekommt man auf eine Anfrage beim zuständigen Dezernat für Drogen und Diebstahl!«

Nachdem Theresia sich wieder etwas beruhigt hatte, machte sie sich auf die nächste Negativ-Überraschung gefasst. Sicherlich hatten die Kollegen auch wenig zu ihrer zweiten Anfrage herausgefunden. Wieder blätterte Theresia weiter:

LSD in der rechten Szene im Kreis Paderborn
Dem Dezernat für Drogen und Diebstahl
liegen keine Informationen zu dieser Anfrage vor.

Theresia musste sich noch einmal ernsthaft zusammenreißen, um nicht vollkommen die Kontrolle zu verlieren. Ein Blatt beinhaltete die Mappe schließlich noch, auch wenn sie nicht wusste, was darauf stehen sollte. Die Hoffnung starb schließlich zuletzt. So sagte man, oder?

Das war's ... ;D

»Ein dreckig grinsendes Smiley – widerlich! Und solche Kindsköpfe arbeiten als Kommissare bei der Polizei. Gurkentruppe! Ein wahres Armutszeugnis für uns. Etwas anderes fällt mir bei aller Liebe dazu nicht ein. Dieser sogenannte Bericht ist das Papier nicht wert, auf dem er gedruckt wurde. Und wenn ich erst an die ganze Zeit denke, die ich für dieses Nichts und wieder Nichts vergeudet habe. Ich habe ja von Anfang an gesagt, dass das nichts werden kann. Schon als der Schnittmann von dieser ›Zusammenarbeit‹ angefangen hat!«

Wutentbrannt zerriss die Kommissarin die Mappe mitsamt dem Bericht. In diesem Moment klingelte ihr Handy. Sie riss ihre Handtasche auf und drückte schließlich so fest auf die grüne Hörertaste, dass jeder Außenstehende mit einem Auseinanderbrechen des Handys gerechnet hätte.

»Rose hier«, fauchte Theresia ins Handy.

»Alexander Kantstein. Wer hat Sie denn heute gefressen?«

»Der Birnbaum, Sie glauben gar nicht, was die sich wieder erlaubt haben ... Auf vier Seiten Papier, ohne eine einzige wirkliche Information, habe ich jetzt einen geschlagenen Tag lang gewartet. Haben Sie denn wenigstens Erfreuliches zu berichten?«

»Wie man es nimmt. Für Ben Kessler ist die Nachricht gut, für unsere Ermittlungen eher weniger ...«

Alex konnte seinen Gedankengang nicht zu Ende führen, da Theresia ihn bereits nach dieser Information unterbrach: »Was? Ist er etwa entlastet? Das kann doch nicht wahr sein. Er war unser letzter akut Verdächtiger!«

»Aber immerhin wissen wir jetzt, dass wir bisher falschgelegen haben. Es gibt immer noch Spuren, denen wir bisher nicht nachgegangen sind«, wandte Alex wenig überzeugend ein.

»Wann bekommen wir denn die Liste von diesem Hönkes? Vielleicht hilft uns die ja weiter, wenigstens eine Ahnung zu bekommen«, versuchte auch Theresia sich in verzagtem Optimismus.

»Ich kümmere mich darum«, versicherte Alex, »bis dann!«

»Ja, bis dann!«, verabschiedete sich auch Theresia.

Heute hatten also zwei weitere Enttäuschungen auf sie gewartet. Theresia sackte in ihrem Bürosessel zusammen. Dieser unselige Fall zehrte an ihren Nerven wie schon lange keiner zuvor. Und das sollte etwas heißen bei ihrer langen Diensterfahrung. Aber sie hatten schließlich auch nicht jede Woche mit einem solch verzwickten Doppelmord zu tun … Gleich würde sie einfach zu Alex nach Büren fahren und hoffen, dass der Rest des Tages noch etwas brachte.

KAPITEL 52

Selten hatte Alex den Feierabend so herbeigesehnt wie an diesem Dienstagabend. Als der Zeiger auf der Uhr in dem Kabuff exakt 18.30 anzeigte, schnappte er sich seine Jacke, die über seinem Stuhl hing, und verließ das Büro, nachdem er sich von Theresia mit einem kurzen »Schönen Abend und bis morgen!« verabschiedet hatte. Nach ihrer Enttäuschung in Paderborn war sie nach Büren gekommen und hatte nun keine Gelegenheit mehr, seinen Gruß zu erwidern, denn Alex war schon verschwunden. Pfeifend, die Jacke lässig über die Schulter geworfen, ging er durch das Gebäude und trat schließlich auf den Parkplatz hinaus, auf dem sein Audi stand. Als er gerade gut gelaunt einsteigen wollte, fiel ihm ein nicht unbedeutender Kratzer hinten links an seiner Fahrzeugkarosserie auf. Jemand schien mit einem Wagen den Audi gestreift zu haben, bei genauerem Hinsehen sah Alex sogar Lackreste des anderen Autos, das silberfarbig sein musste. Als Spezialist für Verbrechen spekulierte der Hauptkommissar natürlich sofort über den möglichen Schuldigen. Einer seiner Kollegen konnte es nicht gewesen sein, die hätten ihm sicherlich Bescheid gesagt oder einen Zettel auf der Windschutzscheibe hinterlassen, also musste es sich um jemanden handeln, der entweder nichts von Höflichkeit hielt oder mit voller Absicht seinen Wagen beschädigt hatte. Aber wer konnte das sein? Alex rätselte darüber, während er in den Wagen stieg und vom Parkplatz fuhr. Vielleicht sollte er seinen Audi mal von der KTU untersuchen lassen. Mathis Becker hatte sicherlich kein Problem damit, ihm einen Gefallen zu tun.

Bevor er zu dem Steakhouse fuhr, in das er Maren zum Essen eingeladen hatte, machte Alex noch einen kleinen Umweg zu einem Blumenladen in der Westernstraße, der ganz in der Nähe war. Dort hatte er am Morgen, kurz, nachdem er aufgestanden war, angerufen, um einen Blumenstrauß für 19 Uhr vorzubestellen. Der geschmackvoll gestaltete Strauß gefiel ihm sehr. Die Floristin schien sich viel Mühe gegeben zu haben. In der Mitte befand sich eine einzige rote Rose, die von blauen Blumen umringt war. Zurück am Auto legte der Hauptkommissar den Strauß behutsam auf den Beifahrersitz, bevor er sein schwarzes Sakko aus dem Kofferraum holte und anzog.

Als er das Steakhouse »Argentina« schließlich erreichte, atmete der Kriminalhauptkommissar erleichtert auf, denn Maren war noch nicht da. Es wäre ihm sehr peinlich gewesen, wenn er später als sie angekommen wäre, denn ein Gentleman ließ eine Frau nicht warten. Also schnappte Alex sich den Blumenstrauß, stieg aus, verriegelte das Auto und positionierte sich vor dem Eingang des Restaurants. Er hoffte inständig, dass ihr die Blumen gefielen. Er war sich ziemlich unsicher, was Marens Geschmack anging, denn *sie* war es immerhin gewesen, die vorgeschlagen hatte, in einem Steakhouse essen zu gehen. Das hatte ihn beeindruckt. So verhielt sich nicht jede x-beliebige Frau.

Während Alex wartete, dachte er über mögliche Gesprächsthemen nach, denn nichts war schlimmer als ein Date, bei dem man über belanglose Themen wie das Wetter nicht hinauskam. Was ihn natürlich brennend interessierte, war die Aufdeckung des Alphornskandals und ihre Arbeit als Redakteurin im Allgemeinen.

*

Maren tippte gelangweilt den letzten Satz ihres Artikels über die Forschungsarbeit eines Chemieprofessors an der Paderborner Universität, der die Eigenschaften von irgendwelchen Kristallen untersucht hatte. Ausgerechnet sie, diejenige, die Chemie als Allererstes in der Schule abgewählt hatte, musste sich jetzt mit einem solchen Thema auseinandersetzen. Während des Gesprächs mit dem Professor am Vormittag wären ihr fast die Augen zugefallen, weil sie das chemische Fachchinesisch nicht verstand. Den ganzen Nachmittag hatte sie damit verbracht, Informationen zu dem Forschungsprojekt zu recherchieren, um einen fachlich korrekten Artikel abgeben zu können. Nun hatte sie es endlich hinter sich. Sie speicherte das Dokument auf dem Server der Redaktion ab, sodass ihr Chef ihn abrufen konnte. Ob der Artikel ihrem Chef gefiel, war der jungen Redakteurin gerade ziemlich egal. Sie interessierte sich vielmehr für die Uhrzeit, denn sie wollte auf keinen Fall zu spät zu ihrem Date mit dem Kriminalhauptkommissar kommen. Da sie Zeit sparen wollte, hatte sie ihr Kleid für den Abend sowie ihr Make-up-Kästchen mit in die Redaktion genommen, um sich nun in der Damentoilette umziehen und schminken zu können. Während sie Mascara und Lidschatten auf ihre Augen auftrug, dachte auch sie über mögliche Gesprächsthemen nach. Alexander hatte sicher einige Geschichten aus dem Polizeialltag zu erzählen, wie etwa den Stand der Ermittlungen im Fall des ermordeten Bürgermeisters von Büren. Vielleicht erhielt sie ja sogar ein paar exklusive Informationen, die ihr beim Schreiben eines Artikels einen Vorteil verschaffen konnten. Diesen letzten Gedanken verwarf Maren sofort wieder, sie freute sich eigentlich auf einen schönen und interessanten Abend mit diesem jungen Mann, der sie vom ersten Moment an angezogen hatte. Fertig geschminkt verließ sie die Toilette und einige Minuten später auch die Redaktion, um in ihren farblich zum roten Cocktailkleid passenden Fiat zu steigen.

*

Alex wurde langsam unruhig. Er wartete nun schon seit zehn Minuten auf Maren, und sie war immer noch nicht aufgetaucht. Hoffentlich versetzt sie mich nicht, dachte er und verlagerte sein Gewicht abwechselnd vom linken auf das rechte Bein. Nervös schaute er auf sein Smartphone, bisher hatte er noch keine Nachricht von Maren erhalten, die ihr Zuspätkommen erklärte. Als er wieder aufblickte, sah er, dass Maren in einem roten Cocktailkleid bereits direkt vor ihm stand. Einige Momente vergingen, bevor er reagierte und sie mit einer innigen Umarmung begrüßte, die sie erwiderte.

»Hey«, sagte er in einem lockeren Ton, um seine Nervosität zu überspielen, und übergab ihr die Blumen, »du siehst super aus!«

»Das Kompliment kann ich nur zurückgeben, und dein Blumenstrauß ist phänomenal«, meinte Maren sichtlich geschmeichelt.

»Wollen wir reingehen, ich bin mir sicher, dass unser Tisch nicht für immer reserviert bleibt«, schlug Alex mit schelmischem Lächeln vor. Ohne die Antwort abzuwarten, öffnete er die Tür. »Darf ich bitten?«

»Aber zuerst lege ich die Blumen in mein Auto, sonst vergesse ich sie nachher noch. Das wäre wirklich zu schade.« Maren lachte herzlich und ging noch einmal kurz zu ihrem Fiat. Als sie dann zurückkam, ging sie mit einem Lächeln an Alex vorbei, der ihr höflich die Tür aufhielt.

Ein Kellner führte die beiden durch das Restaurant zu einem etwas abseits stehenden Tisch für zwei, den Alex reserviert hatte. »Kann ich Ihnen etwas zu trinken bringen?«, fragte der junge Mann mit lateinamerikanischen Gesichtszügen, während er die Speisekarten verteilte.

»Ich hätte gerne ein Glas vom Rotwein des Hauses«, antwortete Alex sofort.

»Und für die Dame?«

»Ebenso, ein Glas Rotwein.«

»Dann machen wir doch gleich eine Flasche daraus«, meinte Alex lächelnd.

Der Kellner nickte, notierte die Bestellung auf einem Block und verschwand.

Alex öffnete die Speisekarte und studierte sie kurz. Bereits nach wenigen Momenten legte er sie beiseite und schien zufrieden zu sein.

»Hast du dir so schnell was ausgesucht?«, fragte Maren ihn ungläubig.

»Wir Männer sind eben nicht so wählerisch wie ihr Frauen«, antwortete dieser mit einem Grinsen.

»Haha, sehr witzig, mein Lieber!«, erwiderte die Redakteurin mit ebenso breitem Grinsen. »Wir Frauen überdenken Entscheidungen eben, bevor wir sie treffen. Das wird bei euch Männern schwierig. Denken ist bekanntlich nicht eure Stärke.«

Alex brach in Gelächter aus, während Maren sich die Speisekarte anschaute und diese nach zehn Sekunden wieder zurücklegte.

»Wie, jetzt sag nicht, du hast dich schon entschieden. Das glaub ich dir nicht«, stichelte Alex erneut.

»Ich hab's gerade eben wie ein Mann gemacht. Ohne Denken«, stichelte sie zurück.

»Was hättest du denn gerne? Dann bestelle ich gleich für uns beide«, fragte Alex jetzt wieder ernster.

»Ein ›Bife de Lomo‹. Mediano. Medium, bitte. Als Beilage hätte ich gern Kartoffelecken mit Sauerrahm«, antwortete sie und wunderte sich über Alex' offenen Mund. »Was ist? Passt dir das nicht?«

»Doch, doch«, meinte er, »es ist nur so, ich möchte eigentlich fast das Gleiche. Ebenfalls ›Bife de Lomo‹. Allerdings Grande und Englisch. Die Kartoffelecken nehme ich auch.«

Als der Kellner schließlich kam, um die Bestellung aufzunehmen, orderte Alex wie besprochen. Der Kriminalhauptkommissar machte innerlich einen Luftsprung, denn er merkte, dass diese Frau etwas Besonderes war, und diese Gelegenheit wollte er sich auf keinen Fall wieder kaputtmachen, ermahnte er sich selbst. Wann traf man schon eine Frau, die auch, was Steaks anging, denselben Geschmack hatte? Und wie gut man sich mit ihr unterhalten konnte … Aber vielleicht interpretierte er da auch bereits zu viel hinein.

»Also, erzähl doch mal von dir. Wie kommt es, dass eine so begabte Journalistin wie du noch keine Stelle bei der FAZ bekommen hat?«, begann er den Small Talk.

»Na ja, begabte Journalistin ist vielleicht übertrieben, aber jetzt, wo du mich fragst, komme ich ein wenig ins

Grübeln.« Sie grinste. »Nein, Spaß beiseite. In meinem Beruf ist es meist so, dass man nicht direkt bei der Crème de la Crème aller Zeitungen anfängt. Man muss sich nach dem Volontariat erst mal beweisen. Ich bin froh, dass mich das ›Ostwestfälische Blatt‹ übernommen hat, ich kenne genug Leute, die nach dem Volontariat jahrelang arbeitslos waren. Außerdem hat es den Vorteil, dass ich meine alte günstige Wohnung behalten kann. Frankfurt ist ein eher teureres Pflaster … Meine Mutter wohnt auch in der Nähe, sodass ich sie ab und zu unterstützen kann. Aber jetzt mal zu dir. Wie kommt es denn, dass ein Spitzenermittler wie du nicht beim Landeskriminalamt arbeitet und die richtig großen Sachen aufklärt?« Sie grinste erneut.

Alex ließ sich auf das Fragespiel ein. »Nun, erst mal«, begann er, »gefällt mir die Umgebung hier ziemlich gut. Ich stehe nicht so auf Großstädte, auch wenn die öffentlichen Verkehrsmittel wesentlich zuverlässiger und pünktlicher sind als hier. Dazu kommt, dass ich nicht die allerbesten Noten während meiner Polizeiausbildung hatte. Das kommt davon, wenn man sich während der Ausbildung zu sehr ablenken lässt und sich zu viel auf seine Freizeit konzentriert. Wenn dann natürlich andere bessere Noten haben als du, sind die Chancen, von einem Dienststellenleiter irgendwo eingestellt zu werden, relativ gering, also war ich genauso froh wie du, in Paderborn eine Stelle bekommen zu haben. Mittlerweile habe ich mich auch mit meiner etwas komischen, aber doch liebenswürdigen Partnerin abgefunden.« Alex lächelte Maren an. Sie lächelte zurück. Beide wussten, wovon er sprach, denn auch Maren hatte von der »Insubordination« Theresias gehört.

Während sich die beiden unterhielten, brachte der Kellner ihr Essen und die bestellte Flasche Rotwein, welcher perfekt zu dem »Bife de Lomo« passte, wie er behauptete. Als Alex einige Bissen seines vorzüglichen Steaks gegessen hatte, fragte er Maren, die ihm gegenübersaß: »Sag mal, was mich die ganze Zeit schon brennend interessiert, ist die Frage, wie du es geschafft hast, diesen Dudelsackskandal aufzudecken. Ich meine, Gesine von Hohenleben oder Verantwortliche von »Scottish Instruments« werden dir ja nicht während eines Interviews alles ausführlich erzählt haben, oder?«

Die Redakteurin kaute erst ihr Stück Fleisch zu Ende und trank dann einen Schluck Rotwein. »Weißt du, die Reize einer Frau können wesentlich mehr bewirken, wenn man sie, sagen wir – hervorhebt. Mehr sage ich erst mal nicht. Betriebsgeheimnis.« Sie grinste, sodass man ihre Zähne sehen konnte, die sich durch den Wein leicht rosa gefärbt hatten, aber das störte Alex nicht im Geringsten.

»Ach, komm schon«, bettelte Alex und schnappte sich spielerisch eine Kartoffelecke von Marens Teller, obwohl er ja selbst welche hatte.

»Herr Kommissar, darf ich Sie darauf hinweisen, dass sie sich gerade des Diebstahls schuldig gemacht haben?«, spielte sie sich gekünstelt auf und klaute ebenfalls eine Kartoffelecke von seinem Teller, um sein »Vergehen« zu ahnden. »Ich muss doch sehr bitten, Frau Redakteurin«, lachte der Hauptkommissar und sie stimmte in sein Lachen ein.

Als sie fertig gegessen hatten, winkte Alex den Kellner herbei und bat um die Rechnung. Während dieser wieder verschwand, stritten sie sich darum, wer die Rechnung bezahlen sollte. Als Gentleman bestand Alex darauf, die gesamte Rechnung zu begleichen, doch seine Begleitung legte als emanzipierte Frau Wert darauf, ihren Anteil selbst zu übernehmen. Nach einigem Hin und Her einigten sie sich darauf, dass Alex die gesamte Rechnung bezahlte, aber nur, wenn Maren diese beim nächsten Date übernehmen durfte.

Während seine Begleitung noch kurz zur Toilette ging, um sich frisch zu machen, bezahlte Alex die Rechnung und legte ein gutes Trinkgeld obendrauf. Als Maren wiederkam, wartete Alex bereits auf sie und sie verließen gemeinsam das Steakhouse.

Es stürmte inzwischen heftig. Sicher gäbe es bald einen kräftigen Regen oder sogar ein Gewitter. Vor Marens rotem Wagen verabschiedeten sich beide voneinander mit einer innigen Umarmung. »Das war wirklich ein schöner Abend, Alex«, bemerkte die Redakteurin und gab Alex einen Kuss auf die Wange. Ihre Haare wehten im Wind.

»Ja, der Abend war wirklich schön«, erwiderte dieser, von dem Kuss etwas überrascht.

»Ich hoffe, wir sehen uns bald wieder«, verabschiedete sich Maren und stieg in ihren roten Panda, »wenn du Neuigkeiten über euren Fall hast, kannst du dich ja bei mir melden. Meine Handynummer hast du. Ciao!« Dann schloss sie die Tür und fuhr davon.

Alex war wie gelähmt. Das Date war besser gelaufen, als er sich erhofft hatte. Vielleicht konnte sich da etwas entwickeln … Mit diesen angenehmen Gedanken stieg er in seinen Wagen, dessen Kratzer er bis zum jetzigen Moment verdrängt hatte, und fuhr ebenfalls nach Hause. Sobald Zeit dafür war, wollte er bei der KTU vorbeischauen.

KAPITEL 53

Das Wetter in der Nacht auf diesen Mittwoch war nicht ganz nach Bauer Ottos Geschmack gewesen. Das Gewitter hatte nicht nur sintflutartigen Regen mit sich gebracht, sondern auch einen gewaltigen Sturm, der zu den schlimmsten gehörte, die er je erlebt hatte. Stundenlang hatte Otto wach im Bett gelegen und gehofft, dass der Wind nicht die Pfannen von seinem Dach herunterriss oder gleich das ganze Dach anhob. Es hätte ihm auf seine alten Tage gerade noch gefehlt, dass er auf die Leiter steigen und mit seinem kaputten Rücken das Dach reparieren müsste. Mit 67 Jahren war man halt nicht mehr der Jüngste, das hatte der alte Bauer, der mittlerweile seit knapp 50 Jahren seinen Hof bewirtschaftete, gezwungenermaßen akzeptiert.

Da Bauer Otto seiner Versicherung jedoch nicht die Gelegenheit geben wollte, ihm vorzuwerfen, er habe einen möglichen Schaden nicht rechtzeitig gemeldet, holte er am frühen Morgen seine Leiter aus dem Gartenschuppen, um das Dach zu inspizieren. Zu seiner Erleichterung konnte er keine erheblichen Mängel feststellen, lediglich ein paar Pfannen waren verrutscht, was er in kurzer Zeit korrigierte.

Nach getaner Arbeit ging Bauer Otto zurück in die Küche seines Wohnhauses im beschaulichen Ahden, wo seine Frau Barbara bereits Kaffee gekocht und den Frühstückstisch gedeckt hatte. Otto liebte seine Frau über alles, auch wegen ihres köstlichen selbst gebackenen Brotes und ihrer himmlischen Marmeladen.

Nach einem gemütlichen gemeinsamen Frühstück verließ Otto die gemütliche Küche, überquerte den Innenhof seines Bauernhofes, um schließlich zu seiner in die Jahre gekommenen Gefährtin Lessie zu gehen. Lessie war ein etwa 35 Jahre alter Traktor der Marke »John Deere«, dessen grüne Farbe sehr wohl schon etwas verblasst war, der aber durch intensive Pflege des Bauern immer noch tadellos funktionierte. Zwar hatten sich alle seine Berufsgenossen in der Umgebung bereits neuere Modelle zugelegt und versuchten, auch ihn zum Kauf eines neuen Traktors zu bewegen, doch Otto lehnte dies entschieden ab. Er konnte mit diesen Geräten nichts anfangen, mit Automatikgetriebe oder sonstigem Firlefanz. Seine Lessie funktionierte, und darauf kam es für ihn an.

Kurz überprüfte er den äußeren Zustand seiner Gefährtin, um daraufhin über die kleine Trittleiter hoch in die Fahrerkabine zu klettern und sich dort in den bequemen Fahrersitz plumpsen zu lassen. Bevor er den Schlüssel in die Zündung steckte, schaute sich Otto noch kurz um. Alles hatte seine Richtigkeit. Als er den Schlüssel jedoch umdrehte, gab Lessie nur ein paar röchelnde Töne von sich, die nach wenigen Sekunden wieder erstarben.

»Komm schon, Mädchen, jetzt lass mich bitte nicht hängen«, redete der Bauer seiner Gefährtin gut zu. Seine Gesprächstherapie schien Erfolg zu haben. Beim fünften Versuch sprang der Motor stotternd an.

»Na, siehst du. Es geht doch, wenn man nur will. Ich verstehe gar nicht, was dieses Rumgezicke soll. Aber wir werden auch nicht jünger, nicht wahr?«, sagte Otto und lachte herzlich. Er legte den Gang ein und fuhr knatternd vom Hof.

Sein Ziel war die Kuhweide, die sich ganz in der Nähe

des Flughafens Paderborn-Lippstadt befand. Tierschützer hatten ihn wegen der Lage der Weide schon mehrfach beschuldigt, ein Tierquäler zu sein, aber bisher hatte noch keine seiner Kühe Stresssymptome gezeigt, wie etwa Nervosität oder Milchreduktion, was ein Zeichen für Otto war, dass seine Kühe sich dort wohlfühlten. Auch an der Weide war der Sturm nicht spurlos vorübergegangen, denn einige Zaunpfähle hatten Schieflage bekommen. Zum Glück hatte der Bauer das richtige Werkzeug in der Kabine seines Treckers verstaut und brachte alles innerhalb kurzer Zeit in Ordnung. Während er sich von der nicht alltäglichen Anstrengung erholte, trank er einen Schluck aus einer Wasserflasche, die er schon seit Wochen auf seinem Traktor lagerte. Das Wasser schmeckte abgestanden, aber erfrischte dennoch seine trockene Kehle.

Als sein Blick wenige Sekunden später auf seine Scheune fiel, runzelte er die Stirn. Irgendetwas stimmte da nicht. Zwar hatte der Sturm einige Dachpfannen mitgerissen, sodass nun einige kleine Löcher im Dach waren, doch das war es nicht, was ihn stutzig machte. Es war vielmehr das Scheunentor, das ihn irritierte. Denn das Vorhängeschloss, mit dem er es eigentlich immer sicherte, fehlte. War er wirklich schon so alt und vergesslich, dass er versäumt hatte, das Schloss anzubringen?

Er ging einmal um seine Scheune herum, um schließlich den gesuchten Gegenstand im Gras hinter dem Häuschen wiederzufinden. Geöffnet, jedoch ohne eine Spur von Gewalteinwirkung. Hatte Bauer Otto es vielleicht bei seinem letzten Kontrollgang vor drei Wochen hier verloren? Nein. Das wäre ihm aufgefallen. Also musste jemand anderes das Schloss geöffnet haben, um sich Eintritt in seine Scheune zu verschaffen.

So schnell er konnte, sprintete der alte Bauer zur Vorderseite der Scheune und öffnete das Tor. Er traute seinen Augen nicht. Halluzinierte er etwa? Mitten in seiner Scheune stand ein großes Auto, ein schwarzer BMW. Otto rieb sich die Augen. Dann ging er auf den Wagen zu und berührte die Motorhaube, um ganz sicherzugehen, dass ihn seine Sinne nicht täuschten. Da stand doch wirklich ein Auto in seiner Scheune. Eines, von dem er niemals zu träumen gewagt hätte, denn die Kosten für eine solche Luxuskarosse bewegten sich auf einem für ihn unerreichbaren Niveau.

Doch wer in aller Welt kam auf die Idee, einen solchen Wagen in *seiner* Scheune abzustellen? Nachdem der alte Bauer darüber eine Weile gegrübelt hatte, fiel es ihm wie Schuppen von den Augen. Natürlich! Der Wagen musste Diebesgut sein. Wie sollte es auch anders sein? Die Diebe warteten bestimmt darauf, dass ihre Beute ins Ausland gebracht werden konnte, und hatten seine Scheune als Unterstellmöglichkeit genutzt. Die Wahrscheinlichkeit, dass die Polizei genau diesen Schuppen durchsuchte, war ja sehr gering.

Doch da hatten diese Verbrecher die Rechnung ohne Bauer Otto gemacht. Er ging zurück zu seinem Traktor, wo sich sein Senioren-Mobiltelefon befand, das seine Frau ihm zu seinem 65. Geburtstag geschenkt hatte, damit sie ihn jederzeit erreichen konnte, falls etwas passierte und umgekehrt. Meistens beschränkten sich die Telefonate jedoch darauf, dass sie ihm Bescheid gab, dass das Mittagessen auf dem Tisch stand, wenn er mal wieder unterwegs auf den Feldern war. Jetzt jedoch ergriff er das Gerät und wählte die 110.

Nach einem kurzen Tuten meldete sich eine junge Frau. Er schilderte ihr seine Entdeckung, und sie wies ihn an, bei der Scheune zu bleiben, bis die Kollegen eintrafen. Also wartete Bauer Otto auf die Polizei.

KAPITEL 54

Natürlich hatte Alfons Hönkes kein Faxgerät und auch keinen Internetzugang. Also mussten Theresia und Alex an diesem Mittwochmorgen tatsächlich auf ihrem Weg nach Büren einen Abstecher nach Weine machen. Wie unnötig! Aber ohne die Liste konnten die beiden nicht viel unternehmen, jetzt, da sie ohne ihre beiden Hauptverdächtigen vor allem eines taten: im Dunkeln tappen.

Theresia, die aus ihrer Perspektive wieder einmal viel zu tief in Alex' Beifahrersitz saß, begann ihre bisher einzigen Ergebnisse zusammenzufassen: »Bis jetzt können wir vor allem vieles ausschließen. Die einzigen wirklichen Anhaltspunkte sind folgende: ein kleiner Täter, möglicherweise weiblich, wegen der telefonischen Drohungen. Persönliches Motiv. Weniger naheliegend, da wir bisher auch von den Angehörigen, Freuden und Kollegen keine zielführenden Hinweise erhalten haben. Außerdem war die Person wahrscheinlich bei der Kaninchenkastenumstellvereins-Jubiläumsfeier anwesend.«

»Nicht zu vergessen, der Wagen des Bürgermeisters …«, fügte Alex hinzu und verlangsamte dabei seinen

Audi TT, als sie das Ortsschild von Weine passierten. Ja, das Auto des Bürgermeisters; noch immer hatten sie in dieser Hinsicht keine Neuigkeiten – trotz der mehrfachen Suchaufrufe.

Alex parkte seinen Wagen wieder am Dorfplatz. Beide stiegen schweigend aus. Was Schnittmann wohl sagte, wenn er wüsste, wie mickrig ihre bisherigen Ergebnisse waren? Das wollte sich keiner der beiden Kommissare vorstellen.

Theresia drückte den Klingelknopf. Ein Windspiel klimperte, aber ansonsten waren keinerlei Geräusche zu vernehmen. »Ich dachte, Sie hätten gestern noch mit ihm telefoniert und ihn von unserem Kommen unterrichtet, Herr Kantstein«, meinte Theresia ungeduldig und drückte noch einmal fest auf den Klingelknopf.

Endlich war im Haus ein Schlurfen wie von alten abgetretenen Schlappen zu vernehmen. Theresia atmete auf, der Weg war offensichtlich nicht vergeblich gewesen. Quietschend öffnete sich die Haustür, und der Vorsitzende des Kaninchenkastenumstellvereins Alfons Hönkes stand vor ihnen. »Morgen, die Kommissare! Kommen'se rein.«

Die Kommissare wurden, wie inzwischen fast zwei Wochen zuvor, durch das Wohnzimmer in den Wintergarten geführt. »Meine Margit ist gerade in Büren einkaufen, kann ich denn was anbieten?«

Theresia fragte sich, warum »seine Margit« die Liste dann nicht in das provisorische Kommissariat hatte bringen können. Aber offensichtlich freute sich der Rentner über jeden Besuch, mit dem er über seinen Verein sprechen konnte. Lieber wollte sie keinen Kommentar dazu abgeben. »Tut mir leid, Herr Hönkes, aber Sie verstehen sicherlich, dass wir unter Ermittlungsdruck stehen, am besten wäre es, wenn Sie uns gleich die Liste geben.«

Alfons Hönkes nickte verständnisvoll, auch wenn offensichtlich war, dass Theresia mit ihrer Vermutung recht hatte und der Vorsitzende sich eine andere Antwort der Kommissarin gewünscht hätte. »Ja, das verstehe ich natürlich, wenn Sie einen Moment Platz nehmen wollen, dann hole ich die Liste aus der Küche und kann Ihnen ein, zwei Sätze dazu sagen.«

»Natürlich, Herr Hönkes«, beeilte sich Alex zu versichern.

Alex und Theresia setzten sich, während Alfons Hönkes in die Küche schlurfte.

»Irgendwie sieht der heute niedergeschlagen aus. Sonst ist er doch die Heiterkeit in Person. Finden Sie nicht auch, Herr Kantstein?«, wollte Theresia flüsternd von Alex wissen.

Dieser antwortete nur mit einem zustimmenden »Mmh«, da Hönkes gerade wieder zurückkam.

Er setzte sich zu ihnen und breitete vier DIN-A4-Seiten mit einer ordentlich geführten Liste aus. »So, das ist alles, was wir zusammenbekommen haben. An manchen Stellen steht ein Fragezeichen, und es kann auch sein, dass wir irgendjemanden übersehen haben. Vollständiger geht es erst mal nicht.«

Theresia nickte anerkennend. »Da haben Sie wirklich sehr gute Arbeit geleistet, sehr differenziert!«

Hönkes hatte nicht nur die Namen und die ungefähre Aufenthaltszeit von, bis aufgelistet, sondern die einzelnen Personen sogar in Gruppen eingeteilt: So wurde beispielsweise zwischen »Personal«, »Vereinsmitglied«, »Dorfbewohner« und »auswärtiger Gast« unterschieden. Einige

Personen waren mit einem gelben, andere mit einem grünen Textmarker markiert.

»Was bedeuten die Markierungen genau?«, fragte Theresia interessiert.

»Dazu wollte ich gerade kommen. Sie hatten mich ja gebeten, die kleineren, eher schwächeren Personen zu markieren, das sind die gelben. Meine Frau Margit hatte dann die Idee, alle zu markieren, die, soweit wir mitbekommen haben, auf der Feier Kontakt zu Krämer hatten. Diese Markierung ist natürlich am unvollständigsten, wir dachten aber, dass Ihnen das möglicherweise weiterhelfen könnte«, erklärte Hönkes den Kommissaren, wobei er offenbar stolz auf die gelobte Leistung war.

»Wirklich richtig gut«, fügte auch Alex noch einmal anerkennend hinzu, hatte allerdings noch eine Frage: »Wer hat Ihnen denn außer Ihrer Frau Margit bei der Liste geholfen?«

»Ja, also ich habe mich dreimal mit meiner Margit, Schlössers Mia und Pinns Konni, dem Wirt, zusammengesetzt, das hier ist unser Ergebnis.«

Alex notierte sich die Namen und nickte dann gedankenverloren.

»Gut, noch einmal vielen Dank, Herr Hönkes, Sie haben uns sehr geholfen. Doch nun ruft wieder die Pflicht, das verstehen Sie sicher«, machte sich Theresia an die Verabschiedung.

»Aber natürlich, ich begleite Sie eben zur Tür.«

Plötzlich klingelte Alex' Smartphone. Er nahm ab und begrüßte, nachdem er die Telefonnummer gesehen hatte, direkt seinen Freund: »Hi, Patrick, was gibt's? – Das ist jetzt nicht dein Ernst, oder? Wirklich gute Neuigkeiten!«

Theresia wunderte sich, was sollte ihnen denn jetzt so plötzlich aus der Klemme helfen?

»Wo denn? – Ahden, in der Nähe des Flughafens, gut wir kommen sofort!« Alex legte auf.

»Wir müssen jetzt wirklich los, Sie hören es ja, Herr Hönkes.«

»Natürlich, ich wünsche Ihnen beiden viel Erfolg, Sie schaffen das!«, dröhnte Hönkes' Stimme den beiden Kommissaren über den Dorfplatz hinterher. Als Theresia beim Einsteigen noch einen Blick über die Schulter warf, sah sie einen mit wackelndem Bauch lachenden Alfons Hönkes. Das war das Original. Keine Wehmut mehr zu erkennen – ganz anders als auf der Wewelsburg. Offenbar hatte er sich von seiner Beschäftigung mit dem Mord weitestgehend erholt.

*

Wie schon so oft, erwartete der KTU-Chef Mathis Becker die beiden Kommissare bereits. Patrick hatte sie zu einer alten Scheune ganz in der Nähe des Regionalflughafens Paderborn-Lippstadt bestellt. Von hier hatte man einen hervorragenden Blick auf die gesamte Umgebung und die Wewelsburg. Aus ihrer aktuellen Position hätte man sicher gut beobachten können, wie der Bürgermeister vom Nordturm gestürzt worden war.

Alex und Theresia betraten die Scheune. »So, da ist er, der BMW unseres verstorbenen Bürgermeisters!«, präsentierte Mathis den beiden Kommissaren den Wagen wie ein Zirkusdirektor seinem Publikum die absolute Hauptattraktion seiner Vorstellung. Rund um den Wagen waren mit Mathis insgesamt vier Spezialisten der KTU am Werk.

»Genaueres können wir, wie immer, erst später sagen, aber zwei wirklich interessante Dinge haben wir schon gefunden – dieses lange Haar und ein paar Hanffasern im Kofferraum. Möglicherweise von demselben Seil oder Strick, mit dem der Bürgermeister auch gefesselt war.«

»Ja, ich erinnere mich. Frau Nolte hat etwas in dieser Richtung gesagt, als sie ihren Obduktionsbericht vorgelegt hat. Liegen die Fasern vom Körper des Bürgermeisters denn der KTU vor? Ich meine, zum Abgleich …«, meldete sich Theresia zu Wort. Jetzt, wo es endlich voranging, war sie voll in ihrem Element.

»Ich glaube schon«, entgegnete Mathis Becker.

Alex schnappte sich die Tüte mit dem Haar und hielt sie ins Licht. Schwarz, oder täuschte er sich etwa? In seinem Kopf ratterten die Gedanken. Annegret Krämer hatte einen mittellangen Pagenschnitt mit natürlich braunem Haar. Die Haare der Tochter Clara waren offensichtlich gefärbt. Hatte sie etwa das Haar verloren? Dann wäre es für sie als Spur wertlos. Eine Geliebte des Bürgermeisters konnte und wollte Alex sich nicht vorstellen. Oder stammte das Haar wirklich von der Mörderin? Wenn ja, war es ein wahrer Glücksfall. »Mathis, könnten Sie das Haar bitte mit dem der Tochter Clara abgleichen lassen? Wenn Sie keinen Treffer erzielen, lassen Sie das doch bitte durch die Datenbank laufen«, veranlasste Alex die nächsten Schritte, auch wenn er nicht glaubte, dass die Datenbank etwas hergäbe.

»Sie meinen, die Mörderin?«, wollte Theresia wissen. Auch sie war inzwischen von einer Frau als Täterin überzeugt, darauf deuteten einfach alle ihre Spuren hin.

»Mache ich«, bestätigte Mathis, »sobald wir hier fertig sind.«

»Gibt es denn sonst noch etwas Verwertbares?«, hoffte Theresia weiter.

»Nein, wir haben bisher wie an den anderen Tatorten nur Spuren der Opfer. Der Täter, oder wenn Sie so wollen, die Täterin, hat außerordentlich sorgfältig gearbeitet«, musste Mathis die Hoffnungen der Kommissare enttäuschen.

»Okay, gibt's noch was? Ansonsten fahren wir nämlich nach Büren, um weiter Bürgermeister-Mörder zu jagen«, meinte Alex schmunzelnd. Theresia nickte zustimmend. Jetzt, da sie endlich die Liste von der Kaninchenkastenumstellvereins-Feier hatten, kamen sie hoffentlich mit den Ermittlungen voran, heute schien keiner dieser Pechtage zu sein …

»Nein, ich melde mich, wenn wir etwas Neues wissen«, verabschiedete sich Mathis. Die Kommissare grüßten noch einmal und verließen dann die Scheune, um nach Büren zurückzukehren.

KAPITEL 55

Es war Donnerstagmorgen. Theresia und Alex waren guter Hoffnung, der Lösung der beiden Mordfälle ein gutes Stück näherzukommen: Sie hatten die Liste der Kaninchenkastenumstellvereins-Feier, den Wagen des

Bürgermeisters, die Notiz der Sekretärin, ihre bisherigen Ergebnisse und – vermutlich in wenigen Minuten durch einen Kurier überbracht – den Laborbericht zu dem schwarzen Haar und der Hanffaser.

Theresia war gerade dabei, ein großes Plakatpapier an der Wand des Ermittlungskabuffs zu befestigen, als sie zusammenzuckte und es vor Schreck fallen ließ: Das alte Wählscheibentelefon, das Einzige im ganzen Büro, was Theresia – aber auch nur aufgrund des Alters – gefiel, schrillte in ohrenbetäubender Lautstärke. Alex schmunzelte über die Reaktion seiner Kollegin und nahm den Hörer ab.

»Alexander Kantstein von der Mordkommission Krämer-Meyerhoff. Mit wem spreche ich?«

»Meiers hier, Büro Staatsanwalt Schnittmann. Er will mit Ihnen sprechen. Wollen Sie, oder vielleicht lieber Theresia …?«, fragte die Sekretärin Schnittmanns, die sich offenbar wieder Sorgen um die Kommissare machte.

»Ach, nicht jetzt!«, seufzte Alex auf. »Stellen Sie mich ruhig durch, Frau Rose ist, glaube ich, noch nicht wieder so gut auf unseren Johannes zu sprechen.«

Fräulein Meiers versuchte sich an einem künstlich klingenden Lachen: »Ich stelle Sie durch, viel Glück!«

Alex war in der Warteschleife. Klar, Schnittmann musste ihn natürlich erst einmal warten lassen. Währenddessen nickte Theresia ihm aufmunternd zu und formte »Danke« mit ihren Lippen. Endlich nahm Schnittmann ab.

»Staatsanwalt Dr. Johannes Schnittmann. Mit wem spreche ich?« Sicher wusste der Staatsanwalt von seinem Anruf, aber das musste Alex jetzt ignorieren, um sich erfolgreich in der Schlacht zu schlagen. Diese ständige Schikane.

»Alexander Kantstein, wegen der Mordermittlungen Krämer-Meyerhoff.«

»Ach, Sie sind es, schön, dass Sie sich auch mal melden«, antwortete Schnittmann freundlich, allerdings glaubte Alex, bereits einen gefährlichen Unterton zu vernehmen.

»Wir kommen mit den Ermittlungen voran, der Fall entwickelt sich momentan so gut wie nie zuvor …«, beschönigte Alex ihre bisher doch sehr erfolglosen Bemühungen.

»Was bedeutet das konkret? Wann können Sie den Mörder dingfest machen? Oder haben Sie etwa noch keinen Verdächtigen? Der Verdacht in Bezug auf die stellvertretende Bürener Bürgermeisterin, den Sie bei unserem letzten Treffen geäußert haben, scheint abgehakt zu sein. Ich habe Ihnen gleich gesagt, dass das nichts werden kann«, feixte Schnittmann.

»Wir haben momentan leider keinen konkret Verdächtigen, allerdings ist es uns gelungen, den Personenkreis der Infragekommenden deutlich einzuschränken. Gerade arbeiten wir an einem konkreten Profil, danach wird eine weitere Eingrenzung auf eine Handvoll Personen möglich sein. Außerdem wurde gestern der Wagen des Bürgermeisters entdeckt, möglicherweise mit weiteren Hinweisen für uns«, erwiderte Alex dienstbeflissen und bezog sich dabei auch auf die Teilnehmerliste der Kaninchenkastenumstellvereinsfeier. Schnittmann schwieg.

Währenddessen notierte Theresia gerade weitere Schritte im Vorgehen: Laborergebnisse abgleichen, Informationen von Hönkes einholen, die Telefonliste des Rathauses checken …

»Kantstein, sehen Sie endlich zu, dass Sie Ergebnisse erzielen! Ich bekomme inzwischen Tag für Tag mehr kritische Anrufe von der Presse. Lange kann ich Sie und

Ihre Ermittlungen nicht mehr vor dieser Horde schützen. Wenn sich jetzt nicht langsam etwas tut, dann … dann sind Sie beide die längste Zeit die Ermittlungsleiter gewesen. Birnbaum und McMilland stehen praktisch schon in den Startlöchern«, formulierte der Staatsanwalt mit bedrohlicher Stimme.

»Verstanden, Chef!«, antwortete Alex, der sich nicht vorstellen konnte, wie Schnittmann »die Horde« für sie zurückhielt.

Theresia schlug die Hände über dem Kopf zusammen. Das konnte doch einfach nicht wahr sein! Diese Antwort ihres jungen Kollegen – das sah sie schon kommen – spitzte die ohnehin prekäre Lage noch weiter zu. Und Theresia behielt natürlich recht. Zu ihrem Leidwesen.

»Kantstein, wenn Sie mir noch einmal so flapsig kommen! Bis morgen 18 Uhr und keine Minute länger haben Sie Zeit, den Mörder zu finden. Anderenfalls sind Sie beide Ihren Job los, im Polizeiarchiv ist gerade erst etwas frei geworden«, beendete Schnittmann das Gespräch und knallte den Hörer auf.

»Da haben wir ja noch eine Gemeinsamkeit: Die Unfähigkeit zur Diplomatie – hätte ich gar nicht gedacht«, meinte Theresia scherzhaft, besann sich aber gleichzeitig der fast unmöglichen Forderung Schnittmanns, bis zum nächsten Tag den Mörder, oder vielmehr die Mörderin, dingfest zu machen. Theresia erhob sich und hielt die wenigen Erkenntnisse noch einmal an der frei geräumten Wand fest.

Es klopfte an der Bürotür.

»Herein«, brummte Alex, der sich seiner Schuld an dem Desaster durchaus bewusst war.

Anastasia betrat den Raum und sprach mit ihrer furchtbar schrillen Stimme: »Ich habe schon wieder ein Fax für die Kommissare erhalten. Und da Sie sich ja nie unten blicken lassen …«

»Vielen Dank, Anastasia. Es tut mir wirklich leid, aber wir sind gerade furchtbar im Stress«, versuchte Alex, die Stadtangestellte möglichst schnell wieder loszuwerden. Ihre Schultern sackten bei dieser Antwort ein Stück herab. Offenbar hatte sie auf ein nettes Gespräch mit den Kommissaren gehofft. Daraus wurde nun nichts. Anastasia verließ den Raum ohne ein weiteres Wort.

Alex atmete auf, sobald die Tür ins Schloss gefallen war. Theresia machte sich allerdings Gedanken über die Faxe, die sie über die Hauspost des Rathauses erhielten. »Ist es dienstrechtlich überhaupt erlaubt, dass Anastasia unsere Faxe lesen kann? Das ist ja jetzt nicht das erste Mal, dass sie für uns den Boten spielt. Zwar gibt es seit unserem Umzug keine weiteren Signale, die auf ein Leck schließen lassen – das muss aber nichts heißen.«

Auch Alex war sich in dieser Sache nicht sicher, hatte aber inzwischen das fünfseitige Fax überflogen: »Röschen, du kannst noch ›schwarzhaarig‹ in unser Täterprofil aufnehmen!«

Theresia stöhnte auf. »Frau Rose, bitte! Mache ich … Was ist mit den Hanffasern? Hat sich da unser Anfangsverdacht bestätigt?«

Alex überflog den KTU-Bericht noch einmal. »Eine eindeutige Übereinstimmung mit den Fasern aus der Asservatenkammer. Die Fasern aus dem Auto stammen von demselben Seil, wie die, die Milena an der Haut unseres Bürgermeisters gefunden hat!«

»Das sind dann ja ausnahmsweise mal gute Nachrichten. Dann können wir davon ausgehen, dass Krämer in seinem eigenen Kofferraum entführt wurde. Wer fragt

Hönkes nach den schwarzhaarigen Gästen?«, kommentierte Theresia wieder optimistischer.

Keiner der beiden Kommissare war sonderlich motiviert, diesen Job zu übernehmen, sie besannen sich gleichzeitig jedoch der Drohung und des Ultimatums des Staatsanwaltes: »Ich mache das!« Theresia und Alex grinsten sich an.

»Ich mache das, wenn du …äh, Sie solange noch einmal intensiv die KTU- und rechtsmedizinischen Berichte durchgehen«, wiederholte Alex. Diese Aufgabe – wenn auch hoffnungslos – war genau das Richtige für die Kommissarin, also hatten sie sich mehr oder weniger schnell geeinigt. Die heiße Ermittlungsphase hatte begonnen. Endlich.

Alex wählte die Nummer von Hönkes. »Margit Hönkes …«

»Hier Alexander Kantstein, wir haben noch eine Frage zu der Liste.«

»Ich vermute, Sie wollen meinen Mann sprechen?«, antwortete die geschäftige Vereinsvorsitzendenfrau.

»Ja, das wäre das Einfachste«, entgegnete Alex.

Während er darauf wartete, dass Alfons Hönkes ans Telefon kam, lehnte er sich in seinem quietschenden Schreibtischstuhl zurück und beobachtete Theresia, welche voll in ihrem Element war und die Aktenstapel von KTU-Berichten, bis hin zu Zeugenaussagen als Reaktion auf die Presseberichte um sich herum auf dem Tisch ausgebreitet hatte und mit immer neuen Notizzetteln versuchte, auch das kleinste, bisher nicht berücksichtigte Detail zu erfassen. Währenddessen plante sie bereits die nächsten Ermittlungsschritte – ganz, wie er sie kannte und schätzte.

Endlich meldete sich ein schnaufender Alfons Hönkes

auf der anderen Seite der Leitung. Vermutlich hatte Margit ihn aus einem Nickerchen in seinem geliebten Wintergarten gerissen. »Hönkes hier«, prustete der Vereinsvorsitzende in den Hörer, der Weg aus seinem Sessel zum Telefon schien ihn doch angestrengt zu haben.

»Kantstein, wegen der Liste, die wir gestern bei Ihnen abgeholt haben …«

»Haben Sie da noch Fragen? Ist etwas unklar geblieben?«, wollte der erstaunte Hönkes wissen.

»Nein, nein, Ihre Liste ist wirklich perfekt geworden«, versicherte Alex, »wir wüssten nur gern, wer von den Gästen Ihrer Feier schwarze Haare hat.«

»Ist der Täter etwa schwarzhaarig?«, wollte Hönkes – hörbar stolz auf das Lob – wissen.

»Wir vermuten das und wollen dieser Spur auf jeden Fall nachgehen. Können wir vielleicht gemeinsam die Liste durchgehen, und Sie sagen mir dann, wer schwarze Haare hat?«

»Machen wir so!«, meinte Hönkes, der sich inzwischen offenbar wieder von seiner »sportlichen Aktivität« erholt hatte, mit dröhnender Stimme.

»Also gut, fangen wir an: »Altemeier, Kathrin.«

»Blond!«

»Bauer, Horst.«

»Dunkelbraun.«

»Bremsche, Judith.«

»Ähm, ich glaube schwarzhaarig.«

»Wie lang?«

»So bis zur Schulter halt.«

So gingen die beiden die komplette Teilnehmerliste durch. Theresia fuhr währenddessen mit den Verknüpfungsarbeiten fort und kam gut voran. Hoffentlich setzten sich die aktuellen Erfolge fort und schlugen sich bis morgen Abend in einem konkreten Ermittlungsergebnis nieder. Das war in diesem Moment Theresias einziger Wunsch.

KAPITEL 56

Ich fand sie tatsächlich, meine Mutter, die gute Cordula, allerdings anders, als ich es mir in meinen Racheträumen ausgemalt hatte. Durch Internetrecherche konnte ich den Politiker, von dem der Alte erzählt hatte, recht schnell ausfindig machen. Hermann Krämer war sein Name, in Köln lebend, verheiratet mit Cordula Krämer, geborene Krieger.

Kaum hatte ich das herausgefunden, war es um mich geschehen. Ich kehrte schnell vom Internet-Café in mein Hotel zurück, was ich jetzt wollte, das musste ja niemand mitbekommen. Ohne meinen Mantel abzulegen, stürmte ich zum Telefon. In meiner Eile hatte ich doch tatsächlich die Nummer im Internet-Café liegen gelassen! Na ja, zurück konnte ich jetzt nicht. Ich musste jetzt unbedingt mit meiner Mutter sprechen. Ihre Stimme hören. Warum? Warum hatte sie all dieses Leid geschehen lassen?

Die Auskunft. Die Dame konnte mir sofort weiterhelfen. Mit zitternden Händen wählte ich die Nummer der Krämer-Familie. Immer noch wohnhaft in Köln. Ungeduldig lauschte ich dem Tuten im Hörer. Wann nahm endlich jemand ab? Es drängte doch so! Schließlich meldete sich endlich jemand am anderen Ende der Leitung. Hermann Krämer, ihr Mann. Ich forderte, aber er lieferte nicht. Dann kam die Schreckensnachricht …

KAPITEL 57

Alex und Theresia kamen gerade von einer kurzen Mittagspause aus der Pizzeria »Bella Riva« zurück. Der Vater von Maximilian Krämer – Hermann Krämer – stand vor der Bürotür der beiden und wollte offenbar gerade wieder gehen. Der alte Krämer wirkte zwar noch etwas niedergeschlagen und bedrückt, aber irgendwie auch gelassen, als sei in den letzten Tagen eine drückende Last von seinen Schultern gefallen.

»Guten Tag. Was können wir für Sie tun?«, wollte Theresia von ihm wissen. Währenddessen schloss Alex die Bürotür auf und bedeutete ihrem Gast, einzutreten. Da nur zwei Stühle vorhanden waren, nahm Alex mit der Wand zum Anlehnen vorlieb.

»Herrmann Krämer mein Name«, dann warf er einen Blick in das Büro, »zwar klein, aber doch gemütlich«, meinte Hermann, als er sich umschaute – sichtlich zur Freude Theresias.

»Ja, wir haben das Beste daraus gemacht«, antwortete die Kommissarin und dachte an ihre Aufräum-Aktion zurück.

Gleichzeitig dachte sie aber an das Ultimatum des Staatsanwaltes: Es blieben ihnen nur noch etwa 28 Stunden. Hoffentlich führte den alten Mann eine wichtige Information in ihr Büro. Alex schien dasselbe wie seine Kollegin zu denken und kam daher gleich zur Sache: »Was führt Sie zu uns, Herr Krämer?«

»Ich fahre heute zurück nach Köln. Ich werde wohl meine Wohnung auflösen und dann nach Büren ziehen. Meine Frau ist ja schon seit etwa eineinhalb Jahren tot, und jetzt unser ältester Sohn … Da muss die Familie zusammenhalten«, kam er ins Erzählen – man merkte ihm den Politiker an. Gleichzeitig fühlte sich Theresia aber auch an Alfons Hönkes erinnert. Beide hörten sich selbst gern reden, genossen aufmerksame Zuhörer und kamen nicht auf den Punkt! Wieder einmal schien ihre Direktheit gefragt zu sein, sonst konnten sie hier noch Stunden sitzen und den weisen Worten des Hermann Krämer lauschen.

»Entschuldigen Sie, Herr Krämer. Aber worum genau geht es Ihnen eigentlich?«

»Ja, ich konnte gestern schlecht schlafen, und da ist mir etwas eingefallen: Vor einigen Monaten rief so eine verrückte Frau bei mir an und beleidigte meine damals bereits verstorbene Ehefrau Cordula und meine Kinder. Sie behauptete allen Ernstes, dass meine Ehefrau die Alleinschuld für ihr verkorkstes Leben trage …«

Der Beginn der Erzählung klang vielversprechend, vielleicht konnte Hermann Krämer ihnen ja wirklich zu interessanten Erkenntnissen verhelfen. Theresia gab Alex ein Zeichen. Er sollte ihre gemeinsame Ermittlungsarbeit fortsetzen, während sie der Geschichte Krämers lauschte und versuchte, daraus Zusammenhänge mit ihrem Fall zu ziehen. Alex verstand den Hinweis sofort. »Entschuldigen Sie mich bitte, Herr Krämer, ich habe dringend etwas zu erledigen, erzählen Sie alles Weitere bitte meiner Kollegin.«

Hermann Krämer nickte zustimmend, woraufhin Alex den Raum verließ: Was hatte Theresia vor drei Stunden noch gleich als wichtige Aufgaben notiert? – Die Telefonliste des Bürgermeisters! Darum würde er sich kümmern und hoffentlich auch etwas erreichen. Bisher hatten sie sich mit anderen Dingen auseinandergesetzt, da diese Aufgabe die immer schwierige Auseinandersetzung mit den Telefongesellschaften zur Folge hatte. Aber wahrscheinlich war dies ein Fehler gewesen, den es jetzt auszubügeln galt.

»Fangen Sie bitte noch einmal von vorne an? Ich werde das Ganze dann fürs Protokoll aufzeichnen, wenn Sie nichts dagegen haben«, bat Theresia Hermann Krämer. Als dieser nickte, zog sie ein neues Diktiergerät aus dem Regal hinter einem Ordner hervor. Alex konnte im Moment glücklicherweise nichts dagegen sagen, weil er mit anderen Dingen beschäftigt war.

*

»Mitte Januar, wenn ich mich recht erinnere, es war ein Donnerstag, klingelte um etwa 17 Uhr, als es schon dunkel war, mein Telefon. Ich saß gerade in meinem Lieblingssessel und las ein Buch – ›Ulysses‹, ein wahrer Klassiker. Ich brauchte einen Moment, um den Apparat zu erreichen, aber dann nahm ich ab. Die Frau meldete sich nicht mit ihrem Namen, sondern forderte nur mit stoischer Gelassenheit: ›Ich will mit Cordula Krämer sprechen!‹ Im ersten Augenblick wusste ich nicht, wie ich reagieren sollte. Ich hatte den Tod meiner geliebten Cordula mehr oder weniger aus meinen Gedanken verbannt und betrachtete dieses Kapitel inzwischen als abgeschlossen – leider, aber das war nun einmal nicht zu ändern. Also erwiderte ich zunächst einmal nichts. ›Ich will mit Cordula Krämer sprechen!‹, forderte die Frau noch einmal wütender von mir.

›Das geht nicht‹, war das Einzige, was ich als Antwort herausbrachte. Die Stimme der Frau wurde mit einem Mal kalt und bedrohlich.

Ich kann mich nicht mehr genau an den Wortlaut erinnern, aber sie sagte etwas wie: ›Cordula Krämer – die feige Schlampe. Dieses Weibsbild hat mein ganzes Leben zerstört. Angefangen vom Tag meiner Geburt bis jetzt. Ohne diese Ausgeburt des Teufels gäbe es mich nicht. Aber lieber gar keine Existenz als so eine, wie ich sie habe! Diese Frau hat sich zu rechtfertigen! Auch wenn es nichts mehr ändert, muss sie sich den Folgen ihres Handelns stellen!‹

Ich war echt verwundert. Vor Schreck musste ich mich setzen. Was wollte diese Frau von meiner armen Cordula? ›Cordula kann nicht mit Ihnen sprechen, weil sie …‹, begann ich einen hilflosen Versuch, diese Frau abzuwimmeln, aber sie unterbrach mich.

›Keine Ausreden! Keine drei Jahre hat es gedauert und diese Schlampe war wieder schwanger. Und was hat ihr verzogener Zweitgeborener Maxi bekommen? Alles! Und die anderen beiden? Auch mehr als genug. Aber das erste Kind. Ja, das erste Kind, das musste sein Leben lang leiden, büßen für die Fehler seiner unfähigen Mutter!‹

›… weil sie tot ist!‹, flüsterte ich verängstigt ins Telefon. Ich weiß, ich hätte auflegen sollen, aber das war mir nicht möglich. Diese Stimme fesselte mich förmlich an den Hörer. Die Ungeheuerlichkeiten, die diese Person behauptete, das konnte doch nicht wahr sein!

›Tot? Hoffentlich hat sie gelitten. Gelitten, wie sie es verdient hat! Aber sie soll sich rechtfertigen, rechtfertigen soll sie sich …‹ Wut schien in Verzweiflung der Frau umzuschlagen. Von Rationalität konnte keine Rede sein. Nach einer kurzen Zeit der Stille flüsterte sie schließlich weiter: ›Wer soll an ihrer Stelle Buße tun?‹ Dann hörte ich nichts mehr. Ich war geschockt. Aus dieser Starre riss mich nach ungewisser Zeit das Tuten im Hörer. Meine verrückte Gesprächspartnerin hatte aufgelegt.

Am nächsten Tag durchsuchte ich das Kästchen mit dem Schmuck meiner Frau. Ganz unten hatte sie die Krankenhausbänder unserer Kinder aufbewahrt. Ich betrachtete die Bänder eine Weile und erinnerte mich an das Gefühl, als ich diese kleinen Menschen zum ersten Mal im Arm gehalten hatte. Dann suchte ich weiter. Unter der Schublade klebte noch ein viertes Band, datiert drei Monate, bevor wir uns das erste Mal getroffen hatten. In dieser Hinsicht hatte die Frau also recht … Das hätte ich nie erwartet. Ich hatte gedacht, alles über meine Frau zu wissen. Zumindest das Wichtigste …

Danach habe ich das alles verdrängt, bis gestern, als ich mit Annegret und den Kindern Babyfotos von unserem Max angeschaut habe, da hat es mich wie ein Blitz getroffen. Das vierte Armband. Darum sitze ich also vor Ihnen.«

*

Theresia stoppte die Tonbandaufnahme. »Gut, vielen Dank. Damit haben Sie uns sehr geholfen, Herr Krämer. Können Sie mir vielleicht noch das Krankenhaus nennen, aus dem das Bändchen stammte? Und das Datum?«

»Also, wenn ich mich recht erinnere, dann war es das St. Franziskus-Hospital in Ehrenfeld. Durfte wahrscheinlich nicht in Dondorf sein, weil es dann Gerede gegeben hätte. Das Datum weiß ich noch ganz genau: der 3. Februar 1963.«

»Wunderbar. Wenn sich etwas Neues ergibt, melden wir uns bei Ihnen, Ihre Nummer haben wir ja«, meinte Theresia.

Das konnte man eine interessante Entwicklung des Falles nennen, wenn die Richtung jetzt stimmte, hatten sie es möglicherweise mit einer Psychopatin zu tun, die nach ihrer Mutter einem ihrer Brüder die Schuld für ihr verkorkstes Leben gegeben hatte. Das könnte auch zu den Drohungen passen, die Doris kurz vor ihrem Tod noch notiert hatte! Doris, ein weiteres Opfer, das dem Wahn der Tochter Cordula Krämers zum Verhängnis geworden war …

Theresia geleitete Hermann Krämer zur Bürotür: »Noch einmal herzlichen Dank für Ihre Unterstützung und alles Gute. Wir tun alles, um die Mörderin Ihres Sohnes in kürzester Zeit zu fassen.«

»Kein Problem, das war doch selbstverständlich. Schließlich geht es hier um meinen Sohn«, kommentierte Krämer und verließ den Raum.

Theresia rief gleich die Auskunft an, um die Nummer des Ehrenfelder Krankenhauses herauszufinden.

*

Alex hatte nur wenig erreicht. Die Telefonliste ließ, wie üblich, auf sich warten, aber spätestens am nächsten Morgen sollten sie Bescheid wissen. Schließlich hatten sie auch schon die Genehmigung des Richters. Dafür war Theresia erfolgreicher gewesen. Cordula Krämer, ehemals Krieger, hatte offenbar tatsächlich am 3. Februar 1963 eine Tochter zur Welt gebracht und dann aus nicht bekannten Gründen zur Adoption freigegeben. Cordula war zu diesem Zeitpunkt erst 17 Jahre alt gewesen. Um die Akte dieses Mädchens, dessen Namen sie noch nicht einmal kannten, beim Jugendamt einzusehen, brauchten sie jedoch einen richterlichen Beschluss. Aber das bekämen Sie hin, da war sich Theresia sicher.

Sie hatten an diesem Nachmittag also zwei wichtige Informationen gewonnen: das Geburtsdatum der Täterin und – das Wichtigste: ein mögliches Motiv!

KAPITEL 58

Nach dem Desaster hatte ich weiter recherchiert. Krämer war ein hohes Tier im rheinländischen CDU-Landesverband gewesen, man hatte ihn sogar für einen Ministerposten nach den letzten Landtagswahlen 2010 im Auge gehabt. Dann kam die Minderheitsregierung. Gewesen, fragen Sie, was soll das heißen? Ja, das Schicksal hatte hart zugeschlagen bei den Krämers. Brustkrebs hatte sie hinweggerafft, meine »liebe« Mutter. Einen Monat nach besagter Landtagswahl war sie verstorben, ich konnte es kaum glauben. Von der Beerdigung gab es mehrere Berichte. Daraufhin hatte sich der CDU-Bonze von allen Ämtern zurückgezogen. Es konnte einfach nicht wahr sein. Wut flammte in mir auf. Schon zum zweiten Mal hatte sie sich mir entzogen, mich im Stich gelassen, meine Mutter. Rache? Unmöglich! Wieder stand ich da mit leeren Händen, aus der Hölle sah ich sie hämisch über mich lachen, Schadenfreude in ihren kalten Augen, selbst die Befriedigung der in mir lodernden Glut der Rache schien sie mir nicht zu gönnen.

Hinterlassen hatte sie ihren Mann und die drei Kinder, zwei Söhne und eine Tochter, schon längst erwachsen heute. Der älteste Sohn, Maximilian, nur wenig jünger als ich. Ich, das vierte, oder eher *erste* Kind. Alle drei hatten studiert und ihren Weg gemacht, wie ich im Internet weiter recherchierte. Tochter Martina war Professorin für antike Geschichte in Berlin, man konnte einiges über sie und ihren Werdegang im Netz finden, der jüngste Sohn Markus hatte es offensichtlich nur zum Lehrer an einem Hamburger Gymnasium gebracht mit allerdings großem ehrenamtlichen Engagement im heimatlichen Sportverein, sodass er oft in irgendwelchen Pressemeldungen im Internet auftauchte. Über seine private Situation ließ sich allerdings nichts finden.

Über Maximilian allerdings, den Ältesten, gab es da wesentlich mehr zu lesen. Er schien in die Fußstapfen des Vaters, des CDU-Bonzen, getreten zu sein. Als promovierter Jurist hatte er die politische Laufbahn eingeschlagen, CDU-Mitglied – was sonst? Zunächst in Köln tätig, wo er offensichtlich eine vielversprechende Karriere vor sich gehabt hatte, anfangs im Stadtrat, dann Aufstieg in den Landesverband der Partei. Dann ein Bruch im Lebensweg – Wechsel nach Büren. Woran das lag, ging aus den Beiträgen nicht hervor. Es gab keine Erklärung für den Richtungswechsel, es war mir auch egal, so wie mich im Prinzip die Befindlichkeiten und Einstellungen meiner Halbgeschwister nicht interessierten. Mich interessierte der Verlauf ihrer Lebenswege, was sie erreicht hatten in der Zeit, in der ich mich mit meinem Leben quälte und versuchte, zu überleben. Ich hatte alle diese Möglichkeiten nicht gehabt. Auch Privates fand ich über meinen Bruder Maximilian. Viele Zeitungsausschnitte von politischen Ereignissen und Events zeigten ihn in Pose, mal Blumen überreichend, mal einen Spaten PR-gerecht in der rechten Hand haltend und schließlich auch mit Familie. Er hatte *mein* Leben bekommen. Er sollte für unsere Mutter büßen, das war nur gerecht. Ich begann mit meinen Planungen. Am Anfang stand ein Anruf in seinem Büro. Wissen war schließlich Macht. Und dann …

KAPITEL 59

Da alle angeforderten Informationen erst am nächsten Tag verfügbar sein sollten, hatten Theresia und Alex ihren Arbeitsplatz in der Stadtverwaltung trotz des Ultimatums schon um 17 Uhr verlassen. Aus diesem Grund trafen sich die beiden Kommissare – sehr zum Leidwesen von Alex – am nächsten Morgen auch bereits vor 8 Uhr, um die verbleibenden zehn Stunden zur Lösung des Falles zu nutzen. Die Zeit lief ihnen davon …

*

Alex druckte zunächst die Telefonliste des Bürgermeisterbüros aus.

»So, dann an die Arbeit!«, begann Theresia, »Sie beschäftigen sich intensiv mit der Kaninchenkastenumstellvereins-Liste, während ich die Telefonliste nach verwertbarem Material durchsuche. Okay?«

Alex stimmte seiner Kollegin zu. Folglich setzten sich die beiden Kommissare gegenüber an den einen Schreibtisch und begannen ihre Listen zu durchforsten.

Alex markierte zunächst die Personen, die in ihr Raster passten: Klein und schwach, Kontakt zu Krämer, schwarzhaarig. Die Aufenthaltszeit wollte er nicht mit berücksichtigen, da sie ja bereits seit dem ersten Tag der Ermittlungsarbeiten vermuteten, dass der Täter oder die Täterin Krämer nach seiner Betäubung in dem ungenutzten Stall neben der Kneipe festgehalten hatte, und er darum erst später am Abend oder nachts in seinem eigenen Wagen zur Wewelsburg transportiert worden war. Das Taschentuch mit dem gestickten Monogramm …

Er konnte insgesamt vier Personen ausmachen, die in etwa auf ihre Suchkriterien passten: Judith Bremsche, Martin Helle, Anna Neumann und zuletzt Marta Uhlig.

Judith Bremsche – die Erste. Sie war unter der Kategorie »auswärtige Gäste« geführt. Hatte so jemand die Chance, irgendetwas mit dem Bürgermeister anzustellen? Gab es überhaupt Planungsmöglichkeiten und kannte die Person sich vor Ort aus? Fragen, welche es noch zu klären galt.

Martin Helle hatte – laut Anmerkung am Rand der Liste – den Bürgermeister Krämer, als ihm schlecht geworden war, zur Toilette des »Pinns« begleitet und etwa eine halbe Stunde später bei der Suche des Bürgermeisters geholfen. Zwei gute Möglichkeiten, Krämer verschwinden zu lassen … Aber er war männlich, das passte ebenso wenig zu den gefundenen Haaren wie zu den Anrufen im Rathaus und beim alten Krämer in Köln. Also allerhöchstens ein Komplize.

Anna Neumann. Sie hatte die Getränke für den Bürgermeister und Alfons Hönkes serviert. Eine Möglichkeit, dem Bürgermeister die K.-o.-Tropfen unterzujubeln? Sicher. Aber wann hätte sie den Bürgermeister von der Herrentoilette holen können?

Zuletzt Marta Uhlig. Mitarbeiterin der Würstchenbude vor dem »Pinns«. Sie hatte Maximilian seine Currywurst zubereitet und überreicht, also auch eine gute Gelegenheit gehabt, ihn zu betäuben. Aber wie hätte sie den Stand verlassen sollen, um den Bürgermeister zum alten Stall zu schleppen? Das wäre doch sicher aufgefallen. Falls sie die Täterin sein sollte, brauchte sie wohl einen Komplizen. Möglicherweise Martin Helle?

Viermal Treffer, aber bei allen bestanden berechtigte Zweifel. Vielleicht konnten Theresias Erkenntnisse beim Erhärten eines Verdachtes helfen?

Während Alex mit diesen Gedanken beschäftigt war, wühlte Theresia sich durch die Telefonakten der letzten drei Wochen vor dem Tod des Bürgermeisters. Mehr Daten wurden nicht gespeichert. Zwar hielt auch die Kriminalkommissarin die Sammelwut der Behörden für übertrieben, in manchen Fällen konnte man die Daten aber doch gut gebrauchen. Vorratsdatenspeicherung hin oder her.

Sie suchte nach drei kurzen Anrufen von ein und derselben Nummer – hoffentlich kein Prepaid-Handy. Theresia durchsuchte Zettel um Zettel. Während Alex nur drei ordentlich zusammengeheftete DIN-A4-Blätter vor sich auf dem Schreibtisch liegen hatte und umblätterte, breitete Theresia sich mit ihren Ausdrucken über den ganzen Tisch aus. Sie hatte nicht erwartet, dass man in nur drei Wochen eine solche Fülle an Anrufen erhalten konnte. Das war der reinste Wahnsinn! Der Sekretärinnenjob schien heute stressiger zu sein, als Theresia jemals vermutet hatte.

Als Erstes strich sie die internen Anrufe aus der Liste, dann alle Telefonate, die länger als zwei Minuten gedauert hatten. Blieben etwa zwei Dutzend Anrufe übrig. Zwei Nummern waren mehrmals vertreten, eine viermal, vom Paderborner Möbelhaus »Finke«. Theresia erkannte die Nummer, nachdem sie sich in letzter Zeit mehrfach über Werbesendungen, die trotz eines entsprechenden Hinweises eingeworfen worden waren, beschwert hatte. Vielleicht sollte Maximilian Krämer ja neue Möbel bekommen, oder es ging um die neue Büroausstattung der Natter? Viermal war in diesem Fall zu viel. Doris hatte auf dem Notizzettel eindeutig »Drei Anrufe« notiert.

Aber mit der zweiten Nummer hatte Theresia Glück: drei Anrufe – der erste eineinhalb Minuten, der zweite 50 Sekunden und der dritte nur 30 Sekunden. Das konnte nur die anonyme Anruferin sein!

»Herr Kantstein, schauen Sie mal, ich glaube, ich habe da etwas!«, merkte Theresia an, nur kurz nachdem Alex seine Überlegungen beendet hatte. Er war mit seinen Gedanken gerade bei Maren Schlüter und schreckte darum auf.

»Ja, äh, ja, was ist denn?«

»Ich habe hier drei Anrufe, der Zeitraum passt ebenso wie die Länge …«

»Dann lassen Sie uns doch gleich einmal den Inhaber des Telefonanschlusses überprüfen, Frau Rose«, kommentierte Alex und klappte seinen Laptop auf.

Als die Windows-Erkennungsmelodie ertönte, zuckte Theresia zusammen. Verdammt noch mal! Genau wie in ihrem PC-Kurs 50+. Ob sie am heutigen Abend wohl zum Besuch freimachen konnte? Heute sollte die nächste Unterrichtseinheit bei Udo Papst stattfinden. Wenn sie nicht hinginge, könnte sie das mit dem Anschluss an den Kursstoff bestimmt vergessen. Aber da war wieder diese Frau mit dem Fischgeruch, der müsste sie irgendwie ausweichen …

Während Theresias Gedanken abdrifteten und sie über Details sinnierte, hatte Alex schon die Polizei-Datenbank aufgerufen. »Zeigen Sie die Nummer mal her, dann haben wir das hoffentlich ganz schnell«, verlangte er und nahm von Theresia die Nummer entgegen. »Also Festnetz ist das schon mal nicht, hoffentlich kein Prepaid …«

Theresia nickte zustimmend. Alex hatte ihr bei ihrem letzten Mordfall erklärt, worin der Unterschied zwischen Vertrags- und Prepaidhandys bestand.

Nach einem kurzen Moment des Wartens spuckte das Programm tatsächlich einen Namen aus. Es handelte sich um ein Vertragshandy. Offenbar war die Frau so in Rage gewesen, dass sie nicht an die Zurückverfolgbarkeit gedacht hatte. Oder sie hatte schlichtweg nicht damit gerechnet, dass die verstorbene Sekretärin Doris ihnen diese Information noch hatte übermitteln können. Theresia überflog die Informationen, die angezeigt wurden, während Alex die Kaninchenkastenumstellvereins-Liste hinzuzog.

»Offenbar eine A. Neumann. Als sie den Vertrag hier abgeschlossen hat, hat sie noch in Amsterdam gelebt, aber da wird sie ja wohl kaum mehr wohnen, oder was denken Sie?«

»Nein, sonst wäre sie ja sicher nicht in Weine als Kellnerin beschäftigt gewesen. Ich glaube nicht, dass sie geflohen ist. Es gibt übrigens eine Übereinstimmung mit der Kaninchenkastenumstellvereins-Liste: Eine gewisse Anna Neumann hat bei der Jubiläumsfeier gekellnert und dabei wohl auch unseren Bürgermeister bewirtet. Mit Cola und »Mümmelmann«. Dazu ist sie schwarzhaarig!«, freute sich Alex.

»Das ist perfekt, da bekommt der Schnittmann doch tatsächlich, was er haben will«, stellte Theresia euphorisch fest, sprach dann allerdings mit gedämpfter Laune weiter: »Aber wie fassen wir diese Frau bis heute Abend, bevor sie davon Wind bekommt und vielleicht untertaucht?«

Alex überlegte einen Moment und hatte dann gleich die beste Möglichkeit parat: »Handy-Ortung!«

»Geht das denn überhaupt so einfach? Was ist, wenn die ihr Handy abgeschaltet hat?«, wandte Theresia kritisch ein.

»Wir können es doch zumindest einmal versuchen. Oder hast du etwa eine bessere Idee? Weißt du was, Röschen, ich rufe direkt beim Erkennungsdienst in Paderborn an.«

»Mmh, machen Sie das ruhig«, meinte Theresia wenig überzeugt, das »Röschen« jedoch ignorierend, »ich rufe inzwischen in unserer Zentrale an. Dann wissen die einzelnen Polizeistellen auch Bescheid, welche Täterin nun gesucht wird.«

»Gut«, war Alex' einzige Antwort. Jetzt waren die beiden wieder in ihrem Element und begannen auf Hochtouren zu arbeiten.

KAPITEL 60

Ich wusste nicht mehr weiter. Was jetzt tun? Die Polizei käme mir sicher nicht so bald auf die Schliche. Schließlich suchten sie schon seit über zwei Wochen – seit dem mysteriösen Verschwinden des allseits geliebten Bürgermeisters – nach mir und hatten bisher nichts erreicht. Nicht den geringsten Hinweis hatten die Bullen. Rein gar nichts. Außer der verräterischen Spuren im Auto. Wie hatte ich nur so dumm sein können? Ich musste trotzdem in mich hineinlachen. Das hatte Krämer verdient. Die Zeitungen schienen inzwischen auch schon das Interesse am Fall zu verlieren. Das zeigten mir die Artikel zum Hundesteuerbetrug im Kreis Paderborn. So zufrieden wie an diesem Morgen hatte ich die Zeitung seit Tagen nicht mehr abgelegt. Aber irgendwann hätte das Versteckspiel ein Ende, daran zweifelte ich nicht. Besonders mit dieser ominösen Spur aus dem Wagen des Bürgermeisters, von der die Zeitung berichtet hatte. Wie sollte es weitergehen? Ich zerbrach mir den Kopf.

Ich verließ meine kleine, beengte Pension in Bad Wünnenberg – ein hübscher, idyllischer Kurort. Etwas entfernt von meinen Zielen im Bürener Stadtgebiet, aber trotzdem noch nah genug. Mein kleiner Polo stand direkt an der Straße. Ich stieg einfach ein, ohne zu wissen, wohin es gehen sollte. Nur schnell sollte es sein. Ich verließ Wünnenberg und fuhr weiter in Richtung des Dorfes Haaren. Hier begann die A33 – meine Möglichkeit zum Rasen und Nachdenken.

Fragen um Fragen schwirrten mir durch den Kopf. Was sollte ich jetzt tun? Nach meinen ersten Zweifeln in Amsterdam hatte ich nur zwei Ziele gehabt: Herausfinden, warum meine Mutter Cordula mich im Stich gelassen hatte, und dann: Rache. Jetzt hatte ich mich gerächt. Was blieb? Noch mehr Rache? Sollten auch die anderen Geschwister sterben?

Was blieb? Was konnte ich tun?

Nichts. Nichts! Ich war innerlich leer, ausgebrannt. Ich hatte kein Ziel mehr, keine wahren Zweifel. Einfach nur nichts. Was blieb denn? Ein ewiges Versteckspiel mit der Polizei: Neue Fährten legen, alte verwischen? Nein, das war kein Lebensziel. Ein Leben von meinen Verdiensten als Edelprostituierte in Amsterdam. Weiter eine Frau spielen, die ich nicht war? Wieder ein anderer Name, ein anderes Leben, aber keine wirklichen Veränderungen. Ich stellte wieder fest: Es blieb nichts. Rein gar nichts.

Ich drückte immer stärker aufs Gaspedal. Beschleunigung. War das der Weg zum Vergessen? Die Gedanken drängten weiter auf mich ein. Verwirrung. Gedankenhagel. Gedankennebel. Er nahm mir die Sicht. Was blieb? Nichts.

Verschwommen nahm ich die Autobahnhinweistafel wahr: »In 500 m Almetal-Brücke. Höhe …«

Das musste ein Zeichen sein. Schon gestern hatte ich an diese Möglichkeit gedacht. Ich nahm den Fuß vom Gaspedal. Mein kleiner Polo wurde langsamer. Die ersten Fahrzeuge überholten mich hupend. Langsamer und langsamer. Es musste jetzt geschehen. Jetzt war der Moment. Jetzt und nicht später. Ich trat auf das Bremspedal. Ich hatte meine Entscheidung getroffen. Ich fühlte mich nur noch frei …

KAPITEL 61

Der Wagen befand sich auf dem Zubringer zur A33 – Richtung Paderborn. Theresia und Alex eilten zum Rathausparkplatz und damit zu Alex' Audi. Die Kollegen vom Erkennungsdienst in Paderborn sollten währenddessen die Autobahnpolizeiwache Wünnenberg-Haaren informieren.

Schon wenige Augenblicke später raste Alex den Kapellenberg hinauf. Theresia setzte das Blaulicht auf das Dach des Wagens, die rote Ampel wurde ignoriert. Jetzt kam es schließlich darauf an. Während Alex durch den Kreisverkehr und weiter über die Ampel in Richtung Autobahnauffahrt preschte, hielt Theresia über ihr Handy Kontakt zu den Kollegen in Paderborn.

»So, das geortete Handy bewegt sich jetzt gerade am Autobahnkreuz vorbei. Da müssten sich die Kollegen von der Autobahnpolizei anhängen können. Einige sind schon vorgefahren, um das Feld abzusichern! Fahren Sie doch bitte weiter Frau Neumann entgegen«, empfahl der Kollege Theresia, die sich immer noch überrumpelt fühlte.

Alex war bei seinem mörderischen Tempo schon an der Autobahnauffahrt angelangt. Theresia wurde tief in den Sitz gedrückt. Sie brachte nur ein gestöhntes »Ja« als Reaktion auf die Anweisungen aus Paderborn hervor. Das war nichts mehr für eine alte Frau, dachte sie sich zum ersten Mal in ihrer gesamten Laufbahn. Inzwischen hatte der Erkennungsdienst auch Staatsanwalt Schnittmann eingeschaltet. Es war 12.30 Uhr.

*

Theresia hatte sich ein wenig beruhigt. Sie befanden sich auf der Autobahn, als sich der Mitarbeiter vom Erkennungsdienst ein weiteres Mal meldete. »Sie sind gleich an der Almetal-Brücke, oder?«

Theresia, die nicht gern Autobahn fuhr und daher auch nichts mit der Ortsangabe anfangen konnte, wandte sich an Alex. Der nickte daraufhin nur konzentriert. »Ja, wir sind gleich vor Ort«, gab Theresia ihren momentanen Standort weiter.

»Sie werden etwa in der Mitte der Brücke auf der gegenüberliegenden Seite einen dunkelgrünen Polo stehen sehen. Das muss der Wagen von Anna Neumann sein, das Handy bewegt sich nicht mehr! Die Kollegen von der Autobahnpolizei müssten auch jeden Moment da sein.

Aber setzen Sie bitte Warnblinker und fahren Sie rechts ran.«

Theresia gab die Hinweise direkt an Alex weiter. Die Frau musste lebensmüde sein. Mitten auf der Autobahn einfach so anzuhalten … Nicht, dass sie sich am Ende noch umbringen wollte!

Tatsächlich: Theresia konnte den Polo schon von Weitem sehen. Und … Anna Neumann stieg aus! Alex stoppte den Wagen und setzte den Warnblinker. Gut, dass hier mittags nicht allzu viel los war. Alex und Theresia verließen den Audi. Trotz des Blaulichts hupte ein vorbeifahrender Mercedes. Danach konnten die beiden Kommissare direkt über die beiden Spuren der Brücke zur Leitplanke laufen, ohne dass ein weiterer Wagen sie gefährdete.

Der Wind pfiff eisig. Anna Neumann starrte nur von der Brücke in Richtung des Dorfes Brenken. Sie schien trotz des Blaulichtes weder die beiden Kommissare noch den Wagen der Autobahnpolizei wahrzunehmen. Sie hielt sich an ihrer Autotür fest. Ein weiterer Polizeiwagen hatte begonnen, die Brückenzufahrt zu sperren. Die ersten Autos stauten sich bereits.

Alex kletterte über die beiden Leitplanken zur anderen Seite. Er fixierte Anna Neumann über die zwei Fahrstreifen der Autobahn. Anna schlug die Tür ihres Polos zu. Noch immer hatte sie offenkundig keine Notiz von den Vorgängen um sich herum genommen.

»Frau Anna Neumann?«, sprach Alex sie an.

Perplex blickte sich Anna um. »Julia de Muel«, antwortete sie reflexartig mit ihrem Künstlernamen, den sie seit Joe viele Jahre benutzt hatte.

Alex war überrascht. »Sind Sie nicht Frau Neumann?«, wollte er wissen.

Auch Theresia hatte die Planke und vor allem den Spalt zwischen den Leitschienen mühsam überklettert. »Müsli-was?«, fragte sie verwundert.

»Julia de Muel, aber auch egal. Sie haben recht, ich bin Anna Neumann …«

Erleichtert atmeten die Kommissare gleichzeitig auf und schauten sich an. Endlich. Allerdings galt es jetzt, einen Suizid zu verhindern. Dieses Vorhaben schien fast unmöglich.

Als sie ihren Blick zurück zu Anna Neumann lenkten, hatte diese sich bereits zwei Schritte von ihrem dunkelgrünen Gefährt entfernt und stand praktisch direkt an der Leitplanke. Nur noch die Schiene und ein Sicherheitsgitter trennten die Frau vom Abgrund.

»Was machen Sie da überhaupt?«, wollte Alex von Anna Neumann wissen und ging zwei Schritte auf sie zu. Inzwischen hatte er die erste der beiden Spuren fast überquert.

Die Autobahnpolizei hielt sich im Hintergrund. Ein ohrenbetäubendes Hupkonzert war vom Brückenende zu hören. Auch die Autofahrer, die an Alex' Audi TT auf der anderen Fahrbahn vorbeifuhren, machten sich bemerkbar. Niemand schien die Brisanz der Vorgänge wahrzunehmen.

Anna Neumann hatte die Leitplanke schon überstiegen. Ihre Absicht war nun offensichtlich. »Dasselbe könnte ich genauso gut Sie fragen! Halten Sie hier nicht den ganzen Verkehr auf?«, erwiderte die ehemalige Edelprostituierte zynisch.

Theresia machte vier eilige Schritte auf Anna Neumann zu und befand sich schließlich auf der Höhe des Polo. Wenn sie zu schnell auf die Frau zuschritt, spränge diese sicher sofort. Wenn sie aber zu langsam wäre …

»Wir müssen Sie wegen des dringenden Tatverdachts der Morde an Dr. Maximilian Krämer und Doris Meyerhoff festnehmen, Frau Neumann.«

»Doris? Ach, die gute Sekretärin von meinem Maximilian. Geflennt hat sie an seinem Schreibtisch und ihre letzten Worte waren ›Maximilian, ich komme!‹. Anrührend! Zeigt nur, dass der Richtige gestorben ist. Genauso schlimm wie seine Mutter. Wegen ihr habe ich mein ganzes Leben lang gelitten. Nur wegen dieser Frau.«

Anna Neumann musste verrückt sein, stellte Theresia fest. Eine Psychopatin durch und durch. Alles andere – ausgeschlossen … So konnte einfach kein normaler Mensch denken.

»Beruhigen Sie sich, Frau Neumann. Das hilft jetzt auch nichts mehr. Sie brauchen dringend Hilfe!«

»Nein, dafür ist es jetzt zu spät!Als ich Sie wirklich gebraucht hätte, hat der Sozialstaat – dein Freund und Helfer – mich in eine Zuhälterfamilie gesteckt. Ich weiß, was ich von Ihrer Hilfe zu erwarten habe. Nichts. Nichts als die Hölle!«

Theresia spürte, dass die Frau kurz vor dem Absprung stand. Sie mussten sie weiter in ein Gespräch verwickeln, nur nicht den Kontakt verlieren. Deshalb begann sie eindringlich auf Anna Neumann einzureden: »Frau Neumann, wir können nachvollziehen, warum Sie Ihren Bruder umgebracht haben, aber warum musste die arme Doris Meyerhoff sterben?«

Tatsächlich hielt Anna kurz inne, drehte sich mit einem diabolischen Grinsen auf den Lippen zu ihnen um. »Das habt ihr ach so schlauen Polizisten also nicht herausgefunden?« Sie stieß ein höhnisches Lachen aus. »Denkt doch mal nach. Na, na … fällt der Groschen?« Erwartungsfroh sah sie Theresia und Alex an, die beide nur hofften, Anna irgendwie davon überzeugen zu können, nicht den Schritt in den Abgrund zu tun.

»Wir wissen es wirklich nicht«, schaltete Alex sich ein. »Lassen Sie uns in Ruhe darüber sprechen. Kommen Sie von der Kante weg, dann können Sie uns ganz genau darlegen, was Sie dazu bewogen …«

»Okay, ich erkläre es euch«, wurde er rüde von Anna unterbrochen, »aber kommt mir bloß nicht zu nahe! Doris … die war doch bis über beide Ohren verknallt in den guten Bürgermeister, die hätte alles für ihn getan. Bei meinen Nachforschungen über meine Familie habe ich auch mehrfach im Büro meines lieben Bruders angerufen. Glaubt ihr, die gute Doris hätte die Güte gehabt, mich durchzustellen, damit ich mit meinem Bruder reden kann? Die hat ihn bewacht wie eine scharfgemachte Dogge. Sie hat mir einfach keine Chance gegeben. Ich wollte ihr sogar alles erklären. Aber denkt ihr, die alte Ziege hätte mich ausreden lassen? Bei meinem letzten Anruf hat sie mich sogar beleidigt und mich als verrückte Stalkerin beschimpft. Dann ist sie sogar so weit gegangen, mir mit der Polizei zu drohen, wenn ich die Anrufe nicht unterlasse. Als der Bürgermeister dann unglücklicherweise vom Nordturm dieser Burg gefallen war …«, Anna lachte erneut gehässig auf, »… war mir klar, dass die gute Doris früher oder später der Polizei über mich, die ›Telefonstalkerin‹ …«, sie spuckte dieses Wort fast aus, »berichtet hätte. Und dann wäret ihr – auch wenn ihr sonst nicht so helle seid – ganz schnell auf mich gekommen. Und damals habe ich noch gedacht, ich könnte nach meiner Rache in mein altes Leben zurückkehren. Deswegen musste ich Doris aus dem Weg räumen. Vorsorglich – sozusagen …« Sie stieß nochmals ein höhnisches Lachen aus. »Aber jetzt weiß ich, dass das alles keinen Sinn hat. Mein Leben ist vorbei. Obwohl, gelebt habe ich ja sowieso nie so richtig. Deshalb ist Doris, die Arme, doch wohl umsonst gestorben … aber sei's drum …«

Anna wandte sich von ihnen ab und tat noch einen Schritt nach vorn.

»Nein«, schrie Theresia voller Entsetzen, »gehen Sie nicht weiter. Wir haben noch so viele Fragen. Lassen Sie uns in Ruhe reden.«

»Schluss jetzt, es ist genug geredet. Wenn ihr noch was wissen wollt, müsst ihr es schon selbst rausfinden.« Eine letzte wahnsinnige Lachsalve erschütterte die Frau. Dann griff Anna Neumann entschlossen nach dem Sicherheitsgitter, das Letzte, was sie vom Abgrund trennte. Ebenso entschlossen begann sie hinüberzuklettern.

Theresia erstarrte. Alex reagierte. Und schließlich reagierte auch Theresia.

Sie überwanden die restliche Distanz zum Sicherheitsgitter. Jetzt rannten auch zwei der Autobahnpolizeibeamten, die das Geschehen bisher nur aus der Entfernung beobachtet hatten, auf das Gitter zu. Alex griff nach Annas Mantel. Er erwischte tatsächlich einen Zipfel.

Aber es war zu spät. Anna ließ sich fallen. Ohne einen Ton von sich zu geben. Sie fiel einfach in die Tiefe.

*

Aus dem Schockmoment erwacht, rasten sie nun mit dem Wagen der Autobahnpolizeiwache zum Ende der Brücke. Die Kontrolltreppe! Alex flog förmlich die Stufen der Treppe hinab, während Theresia deutlich langsamer folgte. Am Fuße der Almetal-Brücke lief Alex weiter. Eine abgezäunte Wiese. Alex riss sich die Jeans am Stacheldrahtzaun auf, aber er rannte weiter.

Neben einem großen Baum lag sie. Alex beugte sich zu Anna herab. Hörte er sie noch atmen?

Nein. Anna war tot.

Das war auch Theresia sofort klar, als sie sich wenig später über die Frau neigte.

EPILOG

18 Uhr. Das war die Deadline, die Schnittmann den Kommissaren für die Lösung des Falls gesetzt hatte. Jetzt war das Gespräch mit ihm bereits beendet. Wer hätte damit am Vortag gerechnet?

Heute hatte sich der Staatsanwalt nicht entscheiden können: ein Ausraster, weil Anna Neumann tot war, oder vielmehr ein Lob, weil Theresia und Alex den unliebsamen Fall Krämer-Meyerhoff endlich gelöst hatten? Er hatte sich schließlich für ein undefinierbares Brummeln entschieden. Gut verständlich war nur der letzte Satz gewesen: »Jetzt sehen Sie zu, dass Sie eine lückenlose Aufklärung des Falls in Ihrem Bericht hinbekommen!« Dann hatte er sich mit seiner Lieblingsgeste von den beiden abgewandt und zum Bürofenster gedreht. Alles war noch einmal gut gegangen, und offensichtlich plante Schnittmann auch nicht mehr, ein Disziplinarverfahren gegen Theresia anzustrengen. Seine Abwägungen hatten wohl schließlich ergeben, dass eine diskrete Behandlung der gesamten Problematik für ihn wohl die beste unter schlechten Lösungen war.

Nun waren die Kommissare wieder in Büren. Es hieß, auszuziehen aus dem Ermittlungskabuff. Fast hatten sie diesen Raum schon lieb gewonnen. Während Alex die Akten zum Fall in Kisten packte, rief Theresia noch einmal beim Ehrenfelder Krankenhaus und beim Jugendamt Köln an. Die Akten seien schon unterwegs, teilte man ihr beide Male mit. Vielleicht ließ sich so die Geschichte Anna Neumanns rekonstruieren: Was hatte Anna nach ihrer Adoption durchmachen müssen? Was hatte sie vor ihrem Todessprung mit »Zuhälterfamilie« gemeint? Und wer war Julia de Muel? Das waren sicher die Fragen, die Schnittmann unter seiner »lückenlosen Aufklärung« verstand – Arbeit für mindestens eine weitere Woche …

Als Theresia den Hörer auflegte, hatte Alex die wenigen Akten verstaut. Sie schauten sich an. Beide waren vom Ermittlungsmarathon erschöpft. Alex schnappte sich die größere der Kisten, Theresia die kleinere und ihre Handtasche. Licht ausgeknipst und Schluss.

Am Ausgang trafen sie noch Anastasia.

»Vielen Dank für Ihre Unterstützung«, bedankte sich Theresia.

»Gern, melden Sie sich mal wieder!«, erwiderte die Mitarbeiterin der Stadt Büren.

Alex nickte nur und sah dann zu, dass er weiterkam. Das mit Anastasia war ihm immer noch peinlich. Aber vielleicht entwickelte sich mit Maren Schlüter ja etwas? Er musste sie unbedingt anrufen.

Am Auto angekommen, sackten die Kommissare in ihre Sitze. Dieser Fall war einfach ganz anders verlaufen als gewöhnlich. Betroffen dachten sie an den Selbstmord der Täterin zurück. Ein Fall. Drei Tote. Trotz Aufklärung keine gute Bilanz.

Nach einigen Minuten schweigender Autofahrt wollte Theresia verwundert wissen: »Wo fahren wir denn hin? Paderborn liegt in der anderen Richtung.«

»Ich dachte mir, wir stoßen auf das Ende unseres Falles bei seinem Ausgangspunkt an: Im ›Pinns‹!«, schlug Alex schmunzelnd vor. Genau in diesem Augenblick fuhren sie am Ortsschild von Weine vorbei.

»Aber, Herr Kantstein«, wollte Theresia schon protestieren, »also gut, nur auf ein Bier. Sie müssen uns schließlich noch zurück nach Paderborn kutschieren. Vielleicht hilft uns das auch, den Selbstmord von Anna Neumann etwas zu verdrängen. Wir werden uns in der nächsten Zeit noch genug damit auseinanderzusetzen haben.«

Dann fiel Udo Papst eben aus, wahrscheinlich auch besser so, sagte sich Theresia. Alex jubilierte innerlich. Dieses Zugeständnis Theresias grenzte fast schon an ein achtes Weltwunder.

*

»Prost, Röschen.« Alex hob sein Glas.

Theresia zuckte nur einmal kurz mit ihrer Augenbraue, bevor sie mit Alex anstieß. »Prost, Herr Kantstein! Endlich geschafft.«

Beide tranken einen Schluck. Als ein dröhnendes Lachen ertönte, wandte Theresia sich um. Alfons Hönkes. Klar, dass er abends noch einmal über den Dorfplatz kam, um sich einen »Mümmelmann« in gemütlicher Runde zu genehmigen. Das passte einfach. Kurz darauf breitete sich auch ein Theresia nur zu gut bekannter Geruch in der Gaststätte aus: Fischgeruch. Das war doch nicht etwa ihre Sitznachbarin aus dem PC-Kurs? Die müsste doch eigentlich um diese Zeit schon in Paderborn in der VHS sitzen? Was machte sie überhaupt in Weine? Als sich die Kommissarin unauffällig umdrehte, sah sie, wie am Nachbartisch ein Fischgericht serviert wurde. So weit ließen sich ihre Sinne schon täuschen? Egal, Hauptsache, sie blieb von der Frau verschont.

Alex hatte inzwischen sein Smartphone hervorgeholt und meinte zur zufriedenen Theresia: »Die haben doch tatsächlich schon etwas zu unserem Fall geschrieben, schauen Sie mal!«

Nach einem kurzen Kampf mit der Technik konnte Theresia den Artikel lesen:

Psychopathin begeht Selbstmord

– Warum musste Maximilian Krämer sterben? –

BÜREN (OWB). Am heutigen Nachmittag klärten die Paderborner Kriminalkommissare Theresia Rose und Alexander Kantstein den Mord am Bürener Bürgermeister Dr. Maximilian Krämer auf. Bei dem Versuch, die überführte Täterin festzunehmen, beging diese Selbstmord, indem sie sich von der Almetal-Brücke stürzte. Das Motiv wird in den kommenden Wochen untersucht.

Nach wochenlangen Ermittlungen um den rätselhaften Mord am Bürener Bürgermeister Dr. Maximilian Krämer konnten die Kriminalhauptkommissare Theresia Rose und Alexander Kantstein die 48-jährige Täterin überführen und an der A33-Autobahnbrücke zwischen Brenken und Ahden stellen. Diese beging jedoch nach einem kurzen Wortwechsel Selbstmord, indem sie sich von der Brücke stürzte. Sie war sofort tot. Während des kurzen Gesprächs wurde klar, dass die Täterin, die von den Kommissaren als psychisch instabil beschrieben wird, ebenfalls den Mord an der Sekretärin des Bürgermeisters, Doris Meyerhoff, begangen hat, die vor Kurzem tot im Büro des Regionalpolitikers aufgefunden wurde.

Nach ersten Angaben der Polizisten gibt es eine verwandtschaftliche Beziehung zwischen der Täterin und Dr. Maximilian Krämer, denn laut DNA-Analyse stimmt ein gewisser Teil des Erbguts überein.

»Beide Kommissare haben großartige Arbeit geleistet – auch wenn der Selbstmord der Täterin leider nicht verhindert werden konnte«, würdigte der Staatsanwalt und Vorgesetzte Dr. Schnittmann die Ermittlungsarbeiten, welche durch überregionales Interesse der Medien gekennzeichnet waren. Parallel zu den Ermittlungsarbeiten wurde von unserer Zeitung ein Bestechungsskandal um die stellvertretende Bürgermeisterin Gesine von Hohenleben ans Licht gebracht. Sie hatte Bestechungsgelder für die Anschaffung von Alphörnern und für einen möglichen Kauf von Dudelsäcken

erhalten. Dies löste eine kontroverse Debatte über die Bestechlichkeit von Politikern nicht nur auf kommunaler Ebene aus.

In den folgenden Wochen werden die Motive der Täterin weiter untersucht. Dazu gehört eine genaue Analyse ihrer Vergangenheit, um die verwandtschaftlichen Verhältnisse endgültig zu klären. Es ist bereits Amtshilfe in den Niederlanden beantragt worden, da die Täterin hier vor den Morden lebte. Möglicherweise gibt es auch Anhaltspunkte in einer Pension in Bad Wünnenberg, wo sich die Täterin zuletzt versteckt hielt.

DANKSAGUNG

Wie so ein Roman entsteht, dass ist teilweise schon sehr merkwürdig. Die Geschichte unseres Buches begann 2011 während eines Schüleraustausches. Mit einem Comenius-REGIO-Projekt waren wir in Bürens Partnerstadt Ignalina in Litauen zu Gast und haben viele tolle Stunden verbracht. Neben den Projektteilen gehörten aber auch lange Busfahrten zu diesem Austausch. So kam es dann auch, dass wir begannen, zusammen mit Antje Degener, die bei der Stadt Büren arbeitet, eine Idee zu entwickeln: Wie wäre es eigentlich mit einer gemeinsamen Reise? Finanzieren könnte man das doch über einen selbstverfassten Roman, am besten einen Krimi.

Dieser für uns zunächst absurde Gedanke hielt sich aber auch nach dem Austausch hartnäckig, sodass wir uns zusammensetzten und gemeinsam herumfantasierten. Antje musste uns leider bald verlassen – wir danken ihr an dieser Stelle aber trotzdem insbesondere für die lustige Anfangsphase und so manches geopferte Kaffeepad …

Aus heute unerklärlichen Gründen hörten wir drei aber nicht auf. Im Gegenteil, wir hatten Lunte gerochen und trafen uns regelmäßig zu Krimitreffen alias »Kaffeekränzchen« – dabei und auch bei manchen persönlichen Schreibproblemen mussten uns unsere Familien ertragen. Aber das haben sie stillschweigend bravourös gemeistert! An dieser Stelle auch herzlichen Dank und einen augenzwinkernden Schulterknuff an diejenigen, die uns durch ihre (durchaus berechtigten) Zweifel dazu angespornt haben, weiter an unserem Werk zu arbeiten.

Irgendwann war unser Buch dann so gut wie fertig. Was nun tun? Das war die erste Frage, die sich uns stellte. Erst mal testen, ob wir nicht nur Stuss produziert haben – zahlreiche Bekannte bekamen »die Leseprobe« und sollten uns Feedback geben. Dabei haben uns sowohl die restlos begeisterten, als auch die Skeptiker durchaus weitergeholfen.

Der letzte Schritt vor der Verlagssuche war es nun, den Roman komplett »fremdlesen« zu lassen. Therese Wittkämper und Dennis Fox taten ihr Bestes, um uns zu korrigieren und stießen uns hartnäckig auf Probleme und weniger gut durchdachte Passagen. Durch eure Hilfe wurde unser Buch überhaupt erst verlagsfähig!!!

Apropos Verlag. Den fanden wir im Ländle. Nach ausgiebiger Exposéarbeit waren wir überrascht von der Gmeiner-Rückmeldung »Wir hätten gern das ganze Manuskript.« Als uns dann schon nach zwei Tagen die Nachricht erwartete, dass uns der Verlag gern kennenlernen wollte, brach Jubel aus. Nach einem aufschlussreichen Gespräch auf der Buchmesse bekamen wir schließlich die Meldung, dass unser Buch verlegt wird.

Aufgrund der folgenden, tollen Zusammenarbeit mit unserer Lektorin Claudia Senghaas und dem Gmeiner-Team halten Sie unseren Erstling nun in den Händen. Auch für das Lesen einen herzlichen, ehrlichen Dank.

Hilla Jürgensmeier, Hendrik Peeters
und Gregor Christiansmeyer
alias Mauritz von Neuhaus

P. S.: Unser Dank ist auch allen unabsichtlich Unerwähnten absolut sicher!

Das Neueste aus der Gmeiner-Bibliothek

Unser Lesermagazin

Bestellen Sie das kostenlose Krimi-Journal in Ihrer Buchhandlung oder unter www.gmeiner-verlag.de

Informieren Sie sich ...

www ... auf unserer Homepage:
www.gmeiner-verlag.de

@ ... über unseren Newsletter:
Melden Sie sich für unseren Newsletter an unter www.gmeiner-verlag.de/newsletter

f ... werden Sie Fan auf Facebook:
www.facebook.com/gmeiner.verlag

Mitmachen und gewinnen!

Schicken Sie uns Ihre Meinung zu unseren Büchern per Mail an gewinnspiel@gmeiner-verlag.de und nehmen Sie automatisch an unserem Jahresgewinnspiel mit »mörderisch guten« Preisen teil!